NORA WELLING

Late Night

Weitere Titel der Autorin:

Die EVERYTHING FOR YOU-Trilogie:
Alles, was ich für dich fühle
Alles, was du für mich bist
Alles, was du mir versprichst

NORA WELLING

LATE NIGHT

UNTER HAIEN

Roman

lübbe

Dieser Titel ist auch als E-Book erschienen

MIX
Papier aus verantwortungsvollen Quellen
FSC® C014496

Originalausgabe

Textredaktion: Anne Schünemann, Schönberg
Einband-/Umschlagmotive: © AdobeStock: New Africa | Andrey Kiselev
Umschlaggestaltung: Guter Punkt, München | www.guter-punkt.de
Satz: Dörlemann Satz, Lemförde
Gesetzt aus der Adobe Jenson Pro
Druck und Verarbeitung: GGP Media GmbH, Pößneck
Printed in Germany
ISBN 978-3-404-18549-8

2 4 5 3 1

Sie finden uns im Internet unter luebbe.de
Bitte beachten Sie auch: lesejury.de

Für mich

Liebe Lesefans!

»Late Night« behandelt Inhalte,
die potenziell triggern können.

Auf Seite 319 findet ihr einen Hinweis auf diese Themen.

Achtung! Dieser enthält Spoiler für die gesamte Handlung.

KAPITEL 1

Louisa

Ich zog die Schultern zu den Ohren und verkroch mich in meinem Jackenkragen. Es war November, und Berlin zeigte sich von der garstigsten Seite. Seit Tagen war es feucht und kalt, und wenn es gerade einmal nicht regnete, fielen Graupel aus der Suppe am Himmel. Ein Lkw ratterte an mir vorbei und verpasste mir eine Dusche aus Pfützenwasser.

»Igitt!« Das hatte mir gerade noch gefehlt. Mit dem Handrücken wischte ich mir die stinkend kalte Brühe von den Wangen. Das Letzte, was ich gebrauchen konnte, war, mich zu erkälten. Schlimm genug, dass es Tobi erwischt hatte, und wenn es nach den Wettergöttern ging, würde er wohl nicht der Einzige bleiben. In den nächsten Tagen stand uns ein Tief ins Haus, das aus dem Regen echten Schnee machen würde, mit Windböen, wie man sie sonst nur von den Küsten kannte. Wie reizend. Genau das richtige Klima für einen Neuanfang.

Endlich tauchte das Mehrfamilienhaus vor mir auf, in dem Tobi wohnte. Durch einen Vorhang aus Regenwasser hechtete ich in den Schutz der schmalen Überdachung vor der Haustür und hämmerte auf den Klingelknopf mit dem Namen Werther.

»Hallo?« Tobis Stimme knisterte durch die Gegensprechanlage.

»Ich bin's, Lou. Mach auf, hier draußen ist es ekelhaft.«

»Welche Kinderkrankheiten hattest du?«

Was? Das konnte nicht sein Ernst sein. Ich fror mir die Finger blau, und er machte einen seiner blöden Witze? Nun, wenn er schon wieder zu Scherzen aufgelegt war, musste es ihm zumindest besser gehen. Das waren gute Neuigkeiten, also ließ ich Milde walten. »Weiß nicht genau. Keine, zumindest nicht, dass ich mich erinnern könnte. Du kennst doch meine Eltern. Pauline und ich sind gegen alles geimpft.«

Das schien die richtige Antwort zu sein. Der Türbuzzer erklang und gab mir den Weg ins Trockene frei. Wie immer war der Aufzug kaputt, also sprintete ich zu Fuß die Treppe in den dritten Stock hoch. Tobis Wohnungstür stand einen Spaltbreit offen. Mehr Einladung brauchte ich nicht. Ich nahm mir gerade genug Zeit, um die durchnässten Sneaker auszuziehen, dann stürmte ich ins Wohnzimmer.

Tobi hatte sich in einem Nest aus Decken und Kissen auf dem Sofa verkrochen. Schwungvoll knallte ich die Apothekentüte auf den Sofatisch. Dabei fielen prompt ein paar benutzte Taschentücher auf den Boden.

»Hier.« Ich deutete auf die Tüte. »Die Frau in der Apotheke hat geschworen, dass dieses Zeug dich im Nu fit bekommt. Ich habe dir so einen Saft für die Nacht und Kapseln für den Tag besorgt. In Ausnahmefällen ist es wohl auch okay, wenn man die verschiedenen Präparate mischt, und morgen ist so ein Ausnahmefall. Es geht doch nur um einen einzigen Tag.«

Tobi widmete meiner Schatztüte keinen Blick.

»Ich kann nicht, Lou. Das habe ich dir schon am Telefon erklärt. Es geht nicht.«

»Es ist doch nur eine Erkältung.« Ein flehender Unterton mischte sich in meine Stimme. »Du kannst mich morgen nicht hängen lassen. Tu mir das nicht an. Das ist die Gelegenheit, auf die wir immer gewartet haben.«

»Es ist die Gelegenheit, auf die du immer gewartet hast.« Er schnappte sich ein neues Taschentuch aus dem Spender auf dem Sofatisch und putzte sich geräuschvoll die Nase. Zugegeben, er sah wirklich erbärmlich aus. Mit diesem Gesichtserker könnte er ohne Weiteres einen Job als Rentier vor Santas Schlitten annehmen. Außerdem näselte er beim Sprechen, und auf seinen Wangen lag eine ungesunde Röte.

»Das ist nicht wahr. Ich dachte, du –«

Er hob eine Hand, um meinen Widerspruch zu stoppen. »Es geht wirklich nicht. Gerade hat die Arztpraxis angerufen, die Blutergebnisse sind da. Das hier ist kein Fall von Männergrippe. Der Test war positiv auf Röteln. Das ist eine meldepflichtige Krankheit. Ich habe dich nur in die Wohnung gelassen, weil du gesagt hast, du seist gegen alle gängigen Kinderkrankheiten geimpft. Sonst dürftest nicht einmal du hier sein. Morgen unter Leute zu gehen und vor zig Kameras zu treten ist absolut ausgeschlossen.« Er verzog das Gesicht zu einer Grimasse. »Es tut mir leid.«

Instinktiv taumelte ich einen Schritt zurück, als die Wirklichkeit mich einholte. Das, was ich seit Tagen, seit Tobi über Gliederschmerzen und erhöhte Temperatur klagte, fürchtete, war Realität geworden. Ich ließ mich auf den Sessel neben der Couch fallen und vergrub das Gesicht in den Händen. Mein Atem machte komische Dinge. Er blieb in meiner Brust stecken, fühlte sich plötzlich unangenehm heiß an. Vor meinen geschlossenen Augenlidern tanzten Sterne. *Nein, nein, nein.*

»Hey, Lou, sieh mich an.« Tobi sprach in seinem sanftesten Tonfall. In ein paar Jahren würde er ein herausragender Psychotherapeut sein. Schon jetzt besaß er diese Art, die es einem leicht machte, ihm zu vertrauen. »Du wirst das toll machen. Diese App ist dein Baby. Niemand weiß besser darüber Bescheid als du. Du solltest den Rötel-Viren ein Dankesschreiben zukommen lassen. Morgen ist deine Chance. Die Gelegenheit, auf die du –«

»Oh hi, Lou. Ich wusste nicht, dass du vorbeikommen wolltest.«

Ich hob den Kopf. In der Tür zum Wohnzimmer stand Nele. In der Hand hielt sie zwei dampfende Henkelbecher. Sie war seit eineinhalb Jahren Tobis Freundin, und sie machte keinen Hehl daraus, dass sie mich nicht mochte. Auch jetzt sah sie mich an, als wollte sie sagen: Verschwinde. Das hier ist mein Revier.

Ich nickte zu der Apothekentüte. »Ich habe Tobi ein paar Medikamente gebracht. Ich hatte gehofft –«

»Tobi braucht keine Medikamente.« Sie kam zu uns und stellte die beiden Becher neben die Tüte auf den Tisch. »Ich kümmere mich um ihn.« Neben Tobi setzte sie sich auf die Couch und wuschelte ihm durch die verschwitzten Haare. Angst vor Viren hatte sie jedenfalls nicht. Vielleicht war auch sie geimpft. »Ingwerwasser mit Zitrone, Schatz. Die Ärztin hat gesagt, du sollst viel trinken.«

Pflichtschuldig nahm Tobi einen Schluck des Gebräus. Er bemühte sich redlich, nicht das Gesicht zu verziehen, doch vor mir konnte er seine Grimasse nicht verbergen. Ich grinste innerlich, verkniff mir allerdings einen mitleidigen Kommentar. Niemand war ein größerer Kaffeejunkie als Tobi. Die Hölle musste zufrieren, ehe er freiwillig ein Getränk zu sich nahm, dass von der Farbe her an gesunden Mittelstrahlurin erinnerte. Darauf herumzureiten wäre nur Wasser auf Neles Mühlen gewesen. Es hatte fast ein ganzes Jahr lang gedauert, ehe sie mich zähneknirschend im Leben ihres Lovers akzeptiert hatte. Während der ersten Monate ihrer Beziehung hatte sich Tobi beinah komplett von mir zurückgezogen, weil seine Freundin jedes Mal einen Eifersuchtsanfall bekam, wenn wir uns trafen.

»Lou ist wegen ihres Auftritts bei *Unter Haien* hier. Morgen ist es so weit.«

Ich schüttelte fassungslos den Kopf. Tobi ließ mich wirklich und wahrhaftig hängen. Mein ältester Freund. Mein bester Kumpel seit Kindertagen. Dass er es nicht freiwillig tat, war noch nicht in meinem Unterbewusstsein angekommen. »Wenn ich da morgen auf die Bühne gehe, nimmt mich doch niemand ernst.«

»Warum soll dich jemand ernst nehmen müssen?« Mit hochgezogenen Augenbrauen warf Nele einen Seitenblick auf meine Oberweite. Ich saß immer noch in meinem Winterparka da, nur den Reißverschluss hatte ich inzwischen geöffnet, um nicht in der Hitze von Tobis tropisch temperierter Wohnung einzugehen. Darunter trug ich einen schlichten Rollkragenpulli und einen Sport-BH, aber was mir die Natur mitgegeben hatte, ließ sich nicht verstecken. »Halt den Juroren einfach deine Dinger ins Gesicht und du hast den Deal sicher.«

Abwehrend verschränkte ich die Arme vor der Brust.

»So funktioniert das nicht.« Tobi kam mir zur Hilfe. »*Unter Haien* ist eine seriöse Produktion. Die Deals sind nicht nur Show, die sind echt.«

»Und?«, fragte Nele. »Ihr könnt mir nicht erzählen, dass es nicht trotzdem hilft, auszusehen wie sie. Rundes Püppchengesicht, diese riesigen blauen Augen, blonde Haare bis zum Abwinken, volle Brüste – da springen alle drauf an. Dazu gibt es sogar Studien. Attraktive Menschen haben nur Vorteile.«

»Klar.« Diesmal konnte ich mir den Kommentar nicht verkneifen. Ebenso wenig wie den ironischen Unterton. »Wenn du meinst.« Ich hätte noch ganz andere Sachen sagen können. Ich hätte sie zum Beispiel fragen können, wo der Vorteil darin liegen sollte, dass ich beinah meinen besten Freund verloren hätte, weil sie weder ihm noch mir zutraute, die Finger voneinander zu lassen, sobald wir unbeobachtet waren. Ich hätte sie fragen können, worin der Vorteil bestand, dass mich während des gesamten Studiums nicht ein einziges Mal jemand gefragt hatte, ob ich Teil einer Lerngruppe sein wollte. An meinen Noten hatte es sicher nicht gelegen, denn die waren hervorragend gewesen. Zu guter Letzt hätte ich sie fragen können, warum ich seit der zehnten Klasse keinen festen Freund mehr gehabt hatte, wenn mein Aussehen doch angeblich nur Vorteile mit sich brachte. Aber ich war mir nicht sicher, ob ich wirklich bereit für ihre Antwort war, also biss ich mir einmal mehr auf die Zunge.

»Lass uns einfach den Pitch durchgehen«, sagte Tobi matt und wischte sich mit der Hand über die vom Fieber verschwitzte Stirn. »Ich habe die Präsentation auf dem Laptop, und wir wissen beide, dass du sie eigentlich nicht brauchst. Du kennst *micronounce* in- und auswendig. Diese App ist dein Baby, Lou. Hab Vertrauen in dich.«

Das Ding war, ich besaß nicht nur einen Busen und einen Mund, von dem mir ein Date mal gesagt hatte, er sähe unanständig aus, ich hatte auch ein Gehirn. Um Vertrauen ging es hier nicht. Ich wusste, wann ich verloren hatte. Wenn ich wollte, dass *micronounce* eine Chance auf dem Markt bekam, brauchte ich einen Investor. Und der Erfolg versprechendste Weg, einen zu finden, bestand momentan in dem Auftritt bei *Unter Haien*. Selbst ich musste mir mittlerweile eingestehen, dass es unmöglich war, Tobi in diesem Zustand vor Fernsehkameras zu stellen. Ihn vorzuschicken, weil ich glaubte, ihm würden die Investoren eher zuhören, war von Anfang an eine Schnapsidee gewesen. Ich hatte nur versucht, meiner Angst auszuweichen.

Ich seufzte. »Okay. Dann lass uns anfangen. Gehen wir die Juroren durch. Was meinst du, bei wem haben wir die größte Chance?«

»Wenn ihr jetzt wieder über die bescheuerte App sprecht, lass ich euch besser allein.« Widerstrebend erhob sich Nele von der Couch. »Solltest du was brauchen, ruf mich einfach.« Sie küsste Tobi auf den Mund. Länger, als es für die Situation angemessen gewesen wäre. »Ich bin direkt nebenan.« In ihrem Ton lag nicht nur ein Versprechen an Tobi, sondern auch eine Warnung an mich. Innerlich seufzte ich. Das würde eine lange Nacht werden.

Ich zog den Parka aus und angelte die Plastikmappe aus meinem Rucksack, in der ich alle Infos zu der Show gesammelt hatte. Tobi nahm sie mir aus der Hand, blätterte einmal durch die Seiten und zog eines der Fotos heraus, die ich aus dem Internet ausgedruckt hatte.

»Ruben Stephanski«, begann er und legte das Foto vor mir auf den Tisch. »Gründer der BrainBubble hier in Berlin. Wunderkind der Start-up-Szene. Ist in New York geboren und aufgewachsen. Einer der jüngsten Selfmade-Milliardäre weltweit. Mit vierzehn Jahren hat er eine Social-Media-Plattform programmiert, die innerhalb von Monaten die Aufmerksamkeit der Branchenriesen auf sich gezogen hat. Der Firmenverkauf hat ihn zum reichsten Teenager der Welt gemacht. Das Geld hat er klug angelegt, erfolgreich an der Börse spekuliert. Zu dieser Zeit begann er mit seinen Investmentprogrammen. Damals noch in sehr kleinem Rahmen. Vier Jahre später konnte er ContactLoop zurückkaufen und die angebotenen Services ausweiten. Persönlich ist er nie wieder voll in diesem Geschäftsbereich eingestiegen, sondern hat sich auf die Arbeit als Venture-Capitalist konzentriert. In der Show gilt er als Hardliner. In der ersten Staffel hat er sich den Ruf erarbeitet, besonders schwer zu beeindrucken zu sein, kein Wunder bei dem Werdegang. Dabei scheut er sich nicht vor riskanten Investments. Du weißt, wie sie ihn in der Presse nennen?«

Ich nickte. Selbst auf dem Foto besaß Stephanski eine beängstigende Präsenz. Möglich, dass das an seinen Augen lag. Die waren so grau wie der Himmel vor dem Fenster. Genauso sturmumwölkt und auf dieselbe Weise unheilverkündend. Seine Lippen waren leicht geöffnet auf dem Porträt. Womöglich sollte das ein Lächeln sein. Auf mich wirkte es eher wie ein Zähnefletschen.

Schwer schluckend riss ich den Blick von der Fotografie los, um Tobi zu antworten.

Ruben

»Weißt du, wie sie dich in der Redaktion nennen?«

»Nein. Wie denn?« Ich fuhr mit der Zeigefingerspitze den Schwung von Tamaras nackter Schulter nach. Jede Sekunde würde der Wecker klingeln. Dann hieß es für sie und mich Abschied nehmen und bye-bye, bis nie. Wer wollte es ihr verdenken, wenn sie die Situation bis zum letzten Moment auskostete. Sie hatte die Bedingungen gekannt, als wir uns gestern gemeinsam von der Party geschlichen hatten. Eine Nacht unverfänglicher Spaß, dann würden wir wieder unserer Wege gehen, als hätte es die gemeinsamen Stunden nie gegeben. Trotzdem war ich kein Untier. Ein paar Worte Small Talk zwischen dem Aufwachen und dem Ende unseres kleinen Techtelmechtels mussten drin sein.

»Sie nennen dich den Hai mit den schärfsten Zähnen.«

»Sie haben recht.« Ich biss in die empfindliche Haut unter ihrem Ohr. Nicht fest. Nicht so, dass ich sie verletzen würde, aber fest genug, um ein wenig wehzutun.

Sie stieß einen überraschten Laut aus, grub ihre Finger in meine Haare und zog meinen Kopf in die Höhe. Ein feiner Schmerz fuhr mir in die Kopfhaut. In dieser Beziehung verstanden Tamara und ich einander. Wer austeilen konnte, musste auch in der Lage sein einzustecken.

Genau in diesem Augenblick ertönte der Weckton meines Handys. Statt mich von Tamara in einen Kuss ziehen zu lassen, befreite ich mich aus ihrem Griff, tastete nach dem Smartphone und stellte den Alarm aus.

Verführerisch zog sie mit dem Zeigefinger eine Linie von ihrem linken Mundwinkel über ihr Kinn bis in die Kuhle zwischen ihren Schlüsselbeinen. Nur mit Mühe konnte ich es mir verkneifen, die Augen zu verdrehen. Wenn sie wirklich meinte, mich so einfach ablenken zu können, hielt sie in Wahrheit noch viel weniger von mir, als ich geglaubt hatte. Ich ignorierte sie und stand ungerührt auf.

»Sie nennen dich so, weil die Gründer alle Angst vor dir haben.« Dass aus ihrem geplanten Morgennümmerchen nichts wurde, schien sie nicht allzu hart zu treffen. Sie plapperte munter weiter. »Du achtest auf die winzigsten Fehler und sagst immer, was du meinst. Niemand kriegt dich an die Angel. Du –«

»Ich muss los«, unterbrach ich sie. Auf der Party in der vergangenen Nacht hatte ich ihre Einladung, sie nach Hause zu begleiten, nicht angenommen, um ein psychologisches Gutachten zu erhalten. Für manche mochte mich das zu einem Arschloch machen, aber wenn man ein Leben wie meines führte, lernte man schnell, auf die Urteile von anderen zu pfeifen. Ich war neunundzwanzig Jahre alt und galt mein halbes Leben lang als das Wunderkind der Fortune 500. Wenn man als Teenager durch einen glücklichen Zufall über Nacht in das Haifischbecken des großen Geldes geworfen wurde, lernte man eines sehr schnell. In dieser Welt lautete die Devise: Fressen oder gefressen werden. Mehr als diese zwei Optionen gab es nicht. Die kleinste Schwäche konnte einem zum Verhängnis werden. Alles, was zählte, war die perfekte Show. Tamara war zwar ganz süß, aber wenn sie tatsächlich dachte, ich hätte sie nicht längst durchschaut, machte sie sich etwas vor. Es wurde wirklich Zeit, dass ich hier rauskam. »Darf ich noch kurz dein Bad benutzen?«

»Klar, geh nur. Solange du nicht von mir erwartest, dass ich dir einen Kaffee aufsetze oder so. Hausmütterchen spielen macht keinen Spaß, und ich habe dir ja schon gestern gesagt, dass das hier nur ein bisschen Fun ist.« Mit geschlossenen Augen rollte sie sich auf den Rücken. Obwohl sie sich bewegte, blieben ihre Brüste genau dort, wo sie waren. Entweder diese Frau war mit dem besten Bindegewebe der Welt gesegnet, oder ihre Titten waren genauso falsch wie die Bewunderung, die sie mir gestern vorgespielt hatte. Tamara arbeitete als Redaktionsassistentin für den Sender, der die Casting-Show produzierte, in der ich als Jurymitglied auftrat. Ihre eigentliche Passion galt jedoch ihrem Instagramprofil. Dort inszenierte sie sich und ihren Körper auf zuckersüßen Fotos und mit vor Kitsch triefenden Gedichten, die jedem Motivationskalender zur Ehre gereicht hätten. Ihre Lieblingsthemen waren Wahrhaftigkeit und Selbstliebe. Die jungen Mädels standen darauf, was Tamara zu einigen lukrativen Werbedeals und einem nicht unbeachtlichen Ruhm in ihrer Zielgruppe verholfen hatte. Dabei fanden es ihre Follower nicht einmal seltsam, dass die von ihnen verehrte Bloggerin Natürlichkeit predigte, während sie gleichzeitig von ihren Schönheits-OPs berichtete und Apps empfahl, mit denen man Fotos besonders vorteilhaft bearbeiten konnte. Es war kein Zufall gewesen, dass sie mich gestern Nacht als ihre Trophäe der Stunde auserkoren hatte, und mit Bewunderung hatte das rein gar nichts zu tun. In puncto Berechnung stand sie mir keinen Deut nach. Sie wusste genau, welche Wirkung es auf ihre Abonnentenzahl haben würde, wenn uns jemand dabei beobachtete, wie wir gemeinsam die Party verließen. Die Aussicht, dass zudem ein paar Orgasmen für sie heraussprangen, hatte den Deal für sie perfekt gemacht.

Sie rekelte sich und sprach weiter: »Und Mann, Fun war das allemal. Du bist wirklich ziemlich gut. Dein Ruf ist nicht nur Gerede.«

Das verdiente keine Erwiderung. Ich schnappte mir die Boxershorts vom Boden und tappte durch den dunklen Flur ins Bad. Tamara wohnte in einer dieser typischen Berliner Altbauwohnungen. Hohe, stuckverzierte Decken, übergroße Kassettentüren und ein abgezogener Dielenboden, der jeden meiner Schritte mit einem Knarzen begleitete. In den vier Jahren, seit ich von New York in die deutsche Hauptstadt gezogen war, hatte ich einige davon gesehen. Ich vermied es, zu Hause zu schlafen, und wie es der Zufall wollte, bat sich mir oft genug die Gelegenheit dafür. Tamaras gab es viele in Berlin.

Ich wusch mir Hände und Gesicht und putzte mir mit dem Finger provisorisch die Zähne. Den Rest würde ich in meinem eigenen Bad erledigen. Bevor ich für den Drehtag in den Sender fahren würde, standen noch zehn Kilometer auf dem Laufband an. Duschen konnte ich danach.

Als ich zurück ins Schlafzimmer kam, hatte Tamara sich im Bett aufgesetzt und sah mir mit einem amüsierten Funkeln in den Augen entgegen.

»Bist du immer so?«, fragte sie, während ich meine Anzughose aufhob und hineinstieg.

»Wie bin ich denn?« Zuerst fand ich das Hemd nicht. Als wir einander gestern die Kleidung vom Leib gerissen hatten, musste es schnell gehen. Für Ordnung war da keine Zeit gewesen.

»So ein Kontrollfreak.« Sie grinste. »Du würdest wirklich nie auf die Idee kommen, die Snooze-Funktion deines Weckers zu nutzen, um noch mal zum Zug zu kommen, oder?«

Selbstgefällig hob ich eine Augenbraue und zeigte ihr die Zähne. »Perfektionistisch bis in die Schwanzspitze, Baby. Das nennt man Prioritäten. Du hast es selbst gesagt: Ich muss einem Ruf gerecht werden.«

Sie lachte aus voller Kehle. Es war ein rauchiges, volltöniges Lachen und vielleicht das Schönste, was sie mir von sich gezeigt hatte. Auf jeden Fall war es das einzig Echte, das ich bisher an ihr entdeckt hatte. Leider machte die übertriebene Laszivität, mit der sie sich eine ihrer langen dunklen Haarsträhnen um den Finger wickelte, den Moment zunichte. Jetzt, ohne Alkohol im System, war ich mir ziemlich sicher, dass sie Extensions trug. Ah, da war ja auch das Hemd. Ich pflückte es von der Kleiderstange, auf der es gestern im Eifer des Gefechts gelandet war. Aus irgendeinem Grund waren Schränke in den letzten Jahren aus der

Mode gekommen. Heutzutage hortete man Klamotten auf offenen Kleiderstangen und Regalbrettern. Nicht, dass es einen Unterschied machte, aber Trends zu erkennen gehörte zu meinem Job, und das hörte nicht bei Start-ups auf.

»Dann kann ich mir ja richtig was auf die letzte Nacht einbilden.« Aus dem Augenwinkel sah ich, wie sie die Lippen zu einem Schmollmund verzog. »Dass ausgerechnet mir der härteste Hai von allen an die Angel gegangen ist.«

Ich knöpfte das Hemd zu, bückte mich, um die Socken anzuziehen, und schlüpfte in die Schuhe. Fertig angezogen setzte ich mich noch einmal zu Tamara auf die Bettkante. Ich beugte mich zu ihr hinunter, senkte mein Gesicht ganz nah an ihres. Sie spitzte die Lippen für einen Kuss, doch ich ließ sie hängen.

»Du irrst dich«, raunte ich an ihren Lippen. »Haie lassen sich nicht angeln. Sie stehen an der Spitze der Nahrungskette.« Ich rieb meine Nase an ihrer. »Lies es nach. Ich bin sicher, du findest es auf Wikipedia.«

Ihr Atem beschleunigte sich, ging gleichzeitig flacher und heißer. »Dann hast du dich nur an mir satt gegessen? War ich dein Festmahl, Ruben Stephanski?«

Hätte ich ihr in diesem Moment zwischen die Beine gegriffen, hätte ich sie nass und bereit für mich vorgefunden. Es machte sie an, wenn ich den arroganten Mistkerl spielte, doch dazu fehlte uns die Zeit. Ich hatte einen langen Tag vor mir. Um genau zu sein, war jeder meiner Tage lang, und ich musste gut abwägen, womit ich meine Zeit verbrachte.

»Nein«, sagte ich deshalb knapp und richtete mich auf. Im Türrahmen drehte ich mich noch einmal zu ihr um. »Du, mein süßer Haihappen, warst ein leckerer Snack für zwischendurch.« Ich zwinkerte ihr zu und hob zum Abschied eine Hand. »Hab ein schönes Leben.« Ohne mich noch einmal nach ihr umzusehen, machte ich mich auf den Weg. Ihr Lachen begleitete mich bis zur Haustür. Sie meinte tatsächlich, ich hätte einen Scherz gemacht. Dabei war es mir absolut ernst gewesen. Mein Job war es, Potenzial zu erkennen. Rohdiamanten, die unter meiner Führung geschliffen und zum Funkeln gebracht werden konnten.

Tamara Liebe-dich-selbst-wie-du-bist war das genaue Gegenteil eines Rohdiamanten. Sie war ein Zirkonia. Auf den ersten Blick glitzerte und glänzte sie, aber in Wahrheit steckte nicht mehr dahinter als eine billige Kopie.

KAPITEL 2

Louisa

Die Aufnahmen zu *Unter Haien* fanden ganz in der Nähe des Olympiastadions und der Waldbühne statt. Am Abend zuvor hatte ich mir die Strecke von vier unterschiedlichen Routenplanern anzeigen und berechnen lassen. Unter Berücksichtigung aller wahrscheinlichen Verkehrslagen variierte die angegebene Fahrtzeit zwischen siebzehn und vierzig Minuten. Ich hatte beschlossen, vom Worst-Case-Szenario auszugehen und einen Puffer von fünfundsiebzig Prozent einzuplanen. Das sollte mein pünktliches Erscheinen am Set garantieren. Tobi hatte gelacht und gemeint, dass nur ich es fertigbekommen würde, aus einer einfachen Wegbeschreibung einen Algorithmus zu basteln. Sein Necken hatte mich nicht davon abgehalten, mir den Wecker heute Morgen auf kurz vor sechs zu stellen. Ich war der festen Überzeugung, auf alle unvorhersehbaren Ereignisse vorbereitet zu sein.

Dann kam die Straßensperre am Großen Stern. Ein Traktoren-Korso hatte sich zu einer unangemeldeten Demo zusammengefunden, um gegen die Milchpreispolitik zu protestieren. Das Chaos fing am Lützowplatz an und schien kein Ende zu nehmen. In mehreren Reihen stauten sich die Autos, nur ganz in der Ferne ragte die Siegessäule wie ein mahnender Zeigefinger in den wolkenschweren Himmel. Wenn es den Scheibenwischern meines rostigen Peugeot 205 gelang, den Schneeschauer von der Frontscheibe zu schieben, sah ich blaue Blinklichter am Horizont. Immer wieder unterbrachen Hupen und Sirenengesang das Chaos, und jedes Mal, wenn ich einen Blick auf die Navigationsapp warf, hatte sich die berechnete Fahrzeit verdoppelt.

»Verdammter Mist!« Ich trommelte mit der flachen Hand aufs Lenkrad. Das durfte nicht wahr sein. Gestern hatte ich noch überlegt, die Route über Kreuzberg zu nehmen, aber mitten in der Berufsverkehrszeit musste man dort immer mit Stau rechnen, und die Routenplaner waren sich einig gewesen, dass der Weg über den Großen Stern die geringere Verzögerung mit sich bringen würde. In meiner Verzweiflung tippte ich auf dem Handy herum und ließ das Navi Ausweichrouten berechnen. Zwecklos. Jede einzelne Straße in einem Radius von sieben Kilometern wurde in Staustufe Rot angezeigt. Es gab keinen Weg aus dem Chaos. Eiskalte Luft wehte aus den Lüftungslamellen der Mittelkonsole und trocknete den Angstschweiß auf meinem Nacken zu einem unangenehm klebrigen Film. Ganz toll, ich würde den Juroren von *Unter Haien* also als verschwitzte, klebrige, stinkende Vogelscheuche entgegentreten müssen.

Endlich tat sich was auf der Straße vor mir. In Blocks von zehn, vielleicht fünfzehn Autos leitete die Polizei die Verkehrsteilnehmer um die Traktoren-Kolonne herum. Sobald ich freie Bahn hatte, trat ich aufs Gas. Trotzdem schaffte ich es nicht mehr rechtzeitig ans Set. Der Pförtner an der Eingangsschranke warf mir einen mitleidigen Blick zu, nachdem er meinen Namen mit seiner Einlassliste abgeglichen hatte.

Die ganze Studioanlage war anders, als ich erwartet hatte. Idyllisch am Seeufer mitten im Wald gelegen, erinnerte sie eher an einen Herrensitz als an ein Fernsehstudio. Das älteste Gebäude, eine zweistöckige weiße Villa mit rotbraunem Satteldach, war mit Sicherheit einmal ein Wohnhaus gewesen. Daneben gruppierten sich mehrere Flachbauten, die teilweise durch überdachte Passagen miteinander verbunden waren. »STUDIO 1« stand in breiten schwarzen Lettern über die gesamte Länge eines dieser niedrigen Gebäude geschrieben.

Ich folgte den Wegweisern zum Besucherparkplatz und ignorierte dabei das vorgeschriebene Schritttempo. Natürlich fand ich keine freie Parklücke mehr. Mein Magen krampfte sich zusammen. Vielleicht sollte ich lieber umdrehen? Aber nein, Tobi hatte recht. Das hier war meine Chance. Ich musste sie nutzen, um jeden Preis. Also sei's drum, dies war der Tag, um etwas zu riskieren. Ich stellte den Peugeot halb auf die an den Parkplatz angrenzende Wiese. Die Vorderreifen versanken augenblicklich im Morast, doch mir blieb keine Zeit, darüber nachzugrübeln, wie ich hier später wieder wegkommen sollte. Das Problem musste bis nach dem Dreh warten. Hektisch schnappte ich mir die Laptoptasche vom Beifahrersitz und hastete zum Studioeingang. Keine zwei Schritte weiter bereute ich, nicht wenigstens noch den Regenschirm aus dem Fach unter dem Sitz geangelt zu haben. Tischtennisballgroße Schneeflocken wehten mir direkt ins Gesicht, schlüpften in den Kragen meines Blazers, durchnässten mein Dekolleté und versperrten mir die Sicht. *Platsch.* Knirschend brach eine Eispfütze unter meinem Gewicht ein. Der Absatz des linken Pumps knickte um. Knöcheltief landete ich im Eiswasser. Das Maschengewebe der Nylonstrumpfhose leitete die Nässe sofort weiter nach oben. Binnen Sekunden war mein Bein bis zum Knie durchnässt und kältetaub. So viel zu meinen Bemühungen, ein Outfit zu finden, das mich professionell wirken ließ, in dem ich mich aber trotzdem wohlfühlte. Meine Wahl war auf ein schlichtes schwarzes Kostüm im Chanel-Stil gefallen. Selbstverständlich war mein Outfit nur eine Kopie, aber der taillierte Blazer besaß die typische zweireihige Knopfleiste, die meine Oberweite ein wenig verdeckte und den Blick eher auf die Beine lenkte. Die Beine, die jetzt in dreckwasserfleckigen Strumpfhosen steckten. Wenigstens die Bühnenrequisiten waren sicher. Die hatte vorgestern die Spedition abgeholt, um sie ans Set zu bringen. Nur meine Karteikarten und den Laptop hätte ich im Leben nicht aus der Hand gegeben.

Dank der bescheuerten Straßensperre betrat ich eine geschlagene Stunde zu spät das Foyer der Villa. Ein gläserner Rezeptionstresen bildete das Herzstück des Eingangsbereichs. Auf einem Monitor dahinter begrüßte eine Laufschrift Gründer und Investoren zur finalen Sendung der zweiten Staffel von *Unter Haien*. Überall glänzte polierter Edelstahl, setzten beleuchtete Glasflächen stylishe Akzente.

Eine groß gewachsene, hübsche Blondine etwa in meinem Alter stand hinter dem Empfangstresen und sah mir mit gerunzelter Stirn entgegen. Ein Namensschild an ihrer Bluse verriet, dass sie Janine hieß. Die Art, wie sie einen Sekundenbruchteil lang die Lippen abschätzig zusammenkniff, blieb mir nicht verborgen. Ihr Körper kommunizierte klar und deutlich, was sie niemals gewagt hätte, offen zuzugeben. Ich stand noch nicht einmal vor ihr, und sie hatte sich bereits ein Urteil über mich gebildet.

»Sie kommen vom Hostessenservice, ja? Sie sollten vor drei Stunden hier sein. Wir dulden keine Verspätung. Ich werde der Vermittlungsagentur sagen –«

»Mein Name ist Louisa Freymuth.« Ich straffte die Schultern und trat auf sie zu. Meine Courage mochte gespielt sein, aber ich wollte wetten, dass Frau Unbarmherzig nicht halb so gut darin war, Körpersprache zu entziffern wie ich. Sie konnte mich bestimmt nicht durchschauen. »Es gab eine Straßensperre auf dem Weg. Ich komme nicht vom Hostessenservice, sondern habe einen Termin, um mein Unternehmen zu präsentieren. *Micronounce.*«

Verwirrt blinzelte sie. Einmal, zweimal. Noch einmal taxierte sie meinen Körper. Diesmal war es nicht Verärgerung, sondern Spott, vermischt mit Mitleid, den ich in ihrer Miene erkannte.

Sie räusperte sich. »Ah. Ja. Wie war noch mal der Name?«

»Freymuth. Louisa Freymuth von *micronounce.*«

Sie griff sich einen Stift von der Ablage und fuhr damit Zeile für Zeile eines Ausdrucks auf einem Klemmbrett entlang. »Oh, hier haben wir Sie ja. *Micronounce.* Gut, dass Sie jetzt hier sind, auch wenn wir Sie früher erwartet haben. Es gab nämlich ein Problem mit der Spedition. Der Spediteur hat uns heute Morgen kontaktiert. Der Kleintransporter mit Ihrem Bühnenbild hatte einen Unfall. Unter diesen Umständen … Oh, Herr Stephanski, was machen Sie denn hier?« Sie unterbrach sich selbst. »Bitte gehen Sie wieder in Ihren Bereich. Ich bekomme Ärger, wenn jemand rausbekommt, dass ich zugelassen habe, dass Gründer und Investoren sich vor der Show begegnen.«

Sehr langsam folgte ich ihrem Blick zu einem Bereich hinter dem Empfang, der im Schatten lag. Bruchstücke aus dem Wortknäuel, das sie mir gerade entgegengeworfen hatte, wirbelten mir durch den Kopf. *Unfall. Kleintransporter. Kein Bühnenbild. Herr Stephanski.*

Die Figur im Hintergrund trat aus dem Schatten, und im nächsten Augenblick stand ich ihm wirklich und leibhaftig gegenüber. Ruben Stephanski. Kein Foto, keine Aufzeichnung der vorherigen Staffel wurde ihm gerecht. Ruben Stephanski war ein Adonis in dreiteiligem marineblauen Anzug mit grünblauen Nadelstreifen und eisgrauer Krawatte. Das indirekte Licht im Foyer ließ seine exakt geschnittenen mittelblonden Haare in einem warmen Kupferton schimmern. Die Anzugweste spannte sich über seine wohldefinierte Brust. Selbst unter all den Schichten Stoff konnte ich seine langen, eleganten Muskeln erahnen. Das Designerhemd, das unter der Weste hervorstach, war so weiß, dass es mich blendete. Ebenso wie das Einstecktuch in der Brusttasche des Jacketts. Er hielt seinen Körper aufrecht und bewegte sich auf eine Weise, als würde er durch Raum und Zeit schweben, weil nicht einmal die Schwerkraft ihm zusetzen konnte. Jeder Muskel gehorchte seinem Befehl, schien zum Zerreißen gespannt und dennoch lässig kontrolliert. Nicht die kleinste seiner Regungen wirkte unwillkürlich oder zufällig. Dabei war er so jung. Zu jung, um ein solches Charisma zu besitzen. Dank meiner Recherchen wusste ich, dass er nur fünf Jahre älter war als ich. Seine Souveränität und die Art seines Auftretens machten daraus Äonen. Diesem Mann entging nichts. In seiner Anwesenheit fühlte ich mich wie unter einem Mikroskop.

»Das WLAN in der Maske ist ausgefallen.« Er richtete seine Worte an Miss Rezeptionstresen. Obwohl ich weder gemeint war, noch in seiner unmittelbaren Reichweite stand, gingen sie auch mir durch und durch. Gott, diese Stimme! So tief und volltönig, mit einem Timbre, das eine Saite in mir zum Schwingen brachte, von deren Existenz ich bisher nicht einmal etwas geahnt hatte. So musste es klingen, wenn Chris Pine Deutsch sprach. Komplett, mit dem leichten, amerikanischen Akzent. »Ich habe keine Zeit, hier nur herumzusitzen und aufgrund von technischen Nachlässigkeiten meine Arbeit nicht erledigen zu können. Kümmern Sie sich darum. Umgehend.«

Röte schoss der Rezeptionistin in die Wangen. »N-natürlich, Herr Stephanski. Es ist das Wetter. Das bringt alles durcheinander. Frau Freymuth hier hat es auch ganz fürchterlich getroffen. Ich war gerade dabei, ihr zu erklären, dass ihre Requisiten nicht angekommen sind. Wir müssen heute alle improvisieren.« Die Arme verhedderte sich in ihren eigenen Worten. Ich konnte es ihr nicht verdenken. Auch mir hatte der Anblick des sagenhaften Ruben Stephanski die Sprache verschlagen. *Reiß dich zusammen, Louisa. Es genügt vollkommen, wenn er dich wahrnimmt, sobald du auf der Bühne stehst. Auf der Bühne, die so nackt aussehen wird wie eine Lagerhalle, weil dein Bühnenbild nicht angekommen ist.*

Erst als Ruben Stephanski sich wieder abwandte, sickerte die volle Tragweite meiner Situation zu mir durch.

Ruben

»Ich will den Auftritt nicht verschieben!« Ihr empörter Ausruf echote mir auf dem Weg zurück in den Aufenthaltsraum, den die Produktion den Juroren für die Zeit des Drehs zur Verfügung gestellt hatte, hinterher. »Wenn es wirklich nicht anders möglich ist, gehe ich eben nackt auf die Bühne.« Ihre Stimme stolperte, wurde leiser, je weiter ich mich vom Foyer entfernte. »Also, ich meine, ohne Requisiten. Ich schaff das auch so. Das Wichtigste habe ich im Kopf. Ich kenne mein Produkt …« Ich umrundete eine Ecke, und ihre Stimme verklang komplett.

Wenig später stand ich am Fenster des Aufenthaltsraums und blickte auf die bleigraue Wasseroberfläche des Stößensees. Hagelkörner schlugen winzige Krater ins Wasser. An einem Steg in der Nähe des Ufers schaukelten ein paar Freizeitboote auf und ab. Abgedeckt für den kommenden Winter, eingehüllt und in Schlaf gelegt. Meine Silhouette spiegelte sich in der Fensterscheibe. Die Stimmung des Mannes, der mir entgegenblickte, war genauso grau wie das verdammte Wetter. Noch einmal so viel Entschlossenheit und Begeisterung fühlen wie die Gründer, die sich bei der Show bewarben. Nur deshalb hatte ich zugesagt, als der Sender mir vor rund einem Jahr das Angebot gemacht hatte, als Juror bei *Unter Haien* aufzutreten. Überdruss war mein ewiger Begleiter geworden. Wenn man so hoch gestiegen war wie ich, gab es nicht mehr viele Gipfel zu erklimmen. Die meisten Menschen langweilten mich. Ganz besonders diejenigen, die ihre eigenen Fähigkeiten maßlos überschätzten. Unglücklicherweise zog ein Format wie *Unter Haien* überproportional viele Vertreter dieser Spezies von Idioten an. Das war mir vor meiner Zusage nicht bewusst gewesen.

Die Kleine im Foyer war anders. Nicht die hinter dem Rezeptionstresen. Die Gründerin. Einen winzigen Moment lang hatte sie mich überrascht, und das gelang nur noch wenigen Menschen. Zuerst hatte ich sie für eine der Hostessen gehalten, die von der Produktionsfirma engagiert worden waren, damit es meinen Mitjuroren und mir an nichts fehlte. Die weiße Bluse, die sie unter dem engen schwarzen Kostümchen trug, hatte dafür gesprochen. Aber mehr noch der Körper, der in diesem Kostümchen steckte. Die Sache war die: Ich war ein Mann und kein Kostverächter. Wenn mir ein Geschöpf mit ellenlangen Beinen, einer Sanduhrfigur und langer blonder Haarpracht unverhofft gegenüberstand, guckte ich hin. Wenn dieses Geschöpf dann auch noch das Gesicht einer jungen Brigitte Bardot zu ihren besten Sexkätzchenzeiten besaß, mit puderrosafarbenem Schmollmund und dunkel geschminkten lichtblauen Augen, konnten aus einem Blick zwei oder drei werden. Daran fand ich nichts verwerflich. Ihr Aussehen war jedoch nicht der Grund, warum ich noch immer an sie dachte. Ihre Stimme hallte durch meine Gedanken. Die Panik darin, nachdem sie sich von dem kurzen Schreck erholt hatte, mir unerwartet gegenüberzustehen, aber auch die Entschlossenheit, ihren Auftritt trotz der ungünstigen Umstände durchzuziehen. So viel Chuzpe nötigte mir Respekt ab. Genau das war es, was Gründer benötigten, wenn sie auf Dauer in der Geschäftswelt bestehen wollten.

Innerlich zuckte ich mit den Schultern. Das, was mein Interesse geweckt hatte, würde vergehen. Sie würde es sich anders überlegen. Niemand zeigte gerne Schwäche, schon gar nicht bei einer Angeber-Show wie *Unter Haien*. Und schwächer, als unvorbereitet und nass wie eine durchweichte Gossenratte vor ein Millionenpublikum zu treten, konnte man kaum wirken.

»Na, Stephanski? Suchst du was Bestimmtes da draußen vor dem Fenster, oder hast du nach ein paar Stunden im Grünen schon Heimweh nach deinem Elfenbeinturm in der Innenstadt?« Stefanie Wiedmann war die einzige weibliche Jurorin des Formats. Sie entstammte einer jahrhundertealten Modedynastie. Dennoch war es ihr gelungen, das Familienunternehmen dank cleverer Investments in eine neue Ära zu führen. Dafür respektierte ich sie. Der Respekt beruhte nicht auf Gegenseitigkeit.

Ich wandte mich zu ihr um. »Gehen das WLAN und das Handynetz wieder?«

Sie schnaubte kurz. »Wo denkst du hin? Geduld, junger Wilder. Irgendwann wirst auch du lernen, dass das Gras nicht schneller wächst, wenn man daran zieht.« Sie hob eine Augenbraue und verzog den Mund zu einem schiefen Lächeln. »Was ist aus dem Bugparade-Investment geworden? In der Presse liest man, ihr hättet euch getrennt?«

Ich wusste es besser, als mir ansehen zu lassen, wie sehr mir die Firmenpleite der Bugparade-Gründer am Ego kratzte. Ich hatte mein Bestes gegeben, um ihr Unternehmen fit für den großen Markt zu machen. Das Konzept von Bugparade beruhte darauf, Nützlinge wie Schlupflarven, Nematoden und Brackwespen gezielt gegen Schädlinge im eigenen Garten einzusetzen. Dieser schonende Pflanzenschutz ließ sich vor allem an umweltbewusste Gartenliebhaber vertreiben. Doch das Geschäft war zu schnell gewachsen. Die Firma hatte sich mit den Krediten übernommen, und am Ende war der Weg in die Insolvenz die einzige Möglichkeit gewesen.

Scheinbar ungerührt zuckte ich mit den Schultern. »Fehlinvestments gehören dazu. Solange mein durchschnittliches Return-on-Investment deines um satte zehn Prozentpunkte überragt, mache ich nichts falsch, würde ich sagen.«

»Die Sendung hat noch nicht mal angefangen, und ihr zwei seid schon wieder dabei, euch die Köpfe einzuschlagen.« Ralf Imogen, ein weiterer Investor, gesellte sich zu Stefanie und mir. Lachend legte er jedem von uns eine Hand auf die Schulter. »Ich wette, die Zuschauer packen schon Popcorn in die Mikrowelle, um sich drauf vorzubereiten, euch bei eurem Gezänk zuzuhören. Aber hebt euch das lieber für die Show auf, ja?«

Ralfs väterlicher Tonfall ging mir genauso auf die Nerven wie Stefanies wohlplatzierte Spitzen. Dabei stimmte es ja. Der Wettstreit zwischen Stefanie und mir war im Laufe der ersten Staffel zu einem der Quotenbringer geworden. Wir waren einfach in allem polare Gegensätze. Sie entstammte einer alten Geld-Dynastie, ich war der junge Emporkömmling. Sie setzte auf traditionelle Vertriebswege, meine Welt waren die Apps und neuen Technologien. Kein Wunder, dass wir selten eine Meinung teilten, und Pech für sie, wenn in aller Regel ich den besseren Riecher hatte und gewann.

»Häppchen?« Eine der Hostessen unterbrach unsere Unterhaltung, indem sie uns ein Tablett mit Fingerfood unter die Nase hielt. Die Canapés sahen so wenig ansprechend aus, wie man es von Set-Catering erwarten konnte. Ralf griff dennoch beherzt zu. Stefanie und ich lehnten dankend ab. Meinetwegen könnte die Show jetzt beginnen. Das kleine Zwischengeplänkel mit Stefanie hatte meinen Appetit geweckt. Es wurde Zeit, meinen Mitjuroren und der Welt zu zeigen, welcher Hai den besten Jagdinstinkt besaß.

KAPITEL 3

Louisa

Drei. Mein Herz hämmerte zum Takt des LED-Countdowns seitlich über meinem Kopf. *Zwei.* Nur noch zwei Sekunden. Zwei Sekunden, bis mein Leben sich für immer verändern könnte. *Eins.* Die Tür vor mir war groß und schwarz und schwer. Verstärkt mit Eisenstreben und Querstangen. *Go!* Dann schwang sie auf, und ich trat in das gleißende Licht der Scheinwerfer. Augenblicklich quoll mir Schweiß aus den Poren. Die Scheinwerfer verwandelten die Bühne in die reinste Sauna. So mussten sich die Gladiatoren im antiken Rom gefühlt haben. Bis unter den Scheitel voll mit Adrenalin. Fokussiert und gleichzeitig auf eine Weise weltentrückt, die schwer zu beschreiben war. Tunnelblick nannte man es in psychologischen Fachartikeln. Ich hatte nie etwas Ähnliches erlebt.

Meine Beine fühlten sich an, als würden sie nicht zu mir gehören. Der Stoff der Bluse juckte auf der Haut. Jede einzelne Strumpfhosenmasche drückte mir in die Beine. Mühsam zwang ich mich dazu, nicht gegen die gleißende Helligkeit anzublinzeln. Das würde Unsicherheit suggerieren. Jede noch so kleine Bewegung glich einem Kraftakt. Überdeutlich war ich mir meines Auftretens bewusst. Dort, rechts von mir, hätten die Requisiten stehen sollen. Ein überdimensionales Handy, dessen Bildschirm die Oberfläche der App zeigte. Plakate von autistischen Menschen, die in augenscheinlich angenehme Gespräche vertieft waren. Schaubilder mit den wichtigsten Muskelgruppen im menschlichen Gesicht. Zertifikate über Gutachten, die Tobi und ich bereits eingeholt hatten. Stattdessen herrschte auf der Bühne gähnende Leere.

Dem Chaos auf meinem Kopf war die Maskenbildnerin mit Föhn und Rundbürste zu Leibe gerückt. Sie hatte mein Make-up aufgefrischt und mit jeder Menge Puder fixiert. Gegen die Falten, die sich nach dem Sprint durch den Schneesturm in mein Kostüm und die Bluse gelegt hatten, und die Wasserränder auf der Strumpfhose war sie machtlos gewesen. Niemand hätte mir nach allem, was an diesem Tag schiefgelaufen war, zu einem professionell wirkenden Auftritt verhelfen können.

Ich holte tief Luft. Dank der Regieanweisungen direkt vor dem Auftritt wusste ich, dass ich als Erste das Wort ergreifen musste. »Liebe Haie, mein Name ist Louisa Freymuth. Ich bin Gründerin von *micronounce*. Meine App ermöglicht es Menschen im Spektrum, Kommunikationsschwierigkeiten zu überwinden, und ebnet ihnen so den Weg für ein besseres Leben in der neurotypischen Mehrheitsgesellschaft.«

»Menschen im Spektrum?« Die Zwischenfrage kam von Ralf Imogen.

Ich nutzte meine Atempause und seinen Einwurf, um einen ersten Blick auf die Juroren zu werfen. Sie waren zu viert. Trotz des Gegenlichts erkannte ich bei zwei von ihnen bereits Zeichen von Langeweile oder Abwehr. Stirnrunzeln. Augenverdrehen. Das Typische eben. Mist! Ich hätte ganz anders anfangen sollen, aber dafür war es zu spät. Die Chance auf einen ersten Eindruck bekam man nur ein einziges Mal.

»Menschen, die unter einer Autismus-Spektrum-Störung leiden.«

»Ah.« Imogen atmete aus und lehnte sich in seinem Sessel zurück. Ihn hatte ich endgültig verloren.

Ich befeuchtete meine Lippen mit der Zunge.

»Liebes, mach einfach weiter«, forderte mich Stefanie Wiedmann auf. Ihr »Liebes« konnte sie sich sparen. Genau aus diesem Grund hatte ich Tobi vorschicken wollen. Ich war nicht ihr liebes kleines Mädchen. Ich war als Gründerin hier. Sie musste ich wohl ebenfalls abschreiben.

»Menschen lügen.« Ich nahm den Faden wieder auf, konzentrierte mich auf den Pitch, den ich mit Tobi unzählige Male durchgegangen war. »Im Durchschnitt dreimal in zehn Minuten. Dabei sind es nicht immer die großen Lügen, hinter denen wir uns verstecken. Oft sind es winzige

Ungereimtheiten in unserem Ton oder der Körpersprache, die beweisen, dass das, was wir sagen, und das, was wir fühlen, nicht übereinstimmen. Neurotypische Menschen haben gelernt, damit umzugehen. Im Laufe unserer Entwicklung lernen wir, welche Signale unserer Mitmenschen wir ernst nehmen und welche wir besser übergehen sollten. Dazu benutzen wir eine universelle Sprache. Eine Sprache, die unabhängig von Kultur, Bildung oder sozioökonomischem Hintergrund allen neurotypischen Menschen gemein ist. Stammesangehörige in Papua-Neuguinea machen von ihr ebenso Gebrauch wie Heavy Hitters an der Wallstreet. Kleinkinder in den Slums von Mexiko erlernen sie ebenso instinktiv wie der Nachwuchs in den Frühförderzentren der Industrienationen. Mit *micronounce* habe ich diese Sprache nun auch für Menschen im Spektrum übersetzbar gemacht.«

»Die App ist eine Übersetzungssoftware für Autisten? Klingt ja nach einem ganz großen Markt.« Imogens Stimme troff vor Ironie.

Hör nicht hin. Lass dich nicht verunsichern. Ich fuhr fort: »Keine Übersetzungssoftware. Eher eine Art ...« Ich suchte nach dem richtigen Wort. »Lügendetektor.« Nicht gut. Zu reißerisch. Zu banal. Ich versuchte es noch einmal. »Mithilfe der Handykamera analysiert *micronounce* Mikroexpressionen in der Miene des Gesprächsgegenübers und vergleicht sie mit einer Datenbank von bisher rund zwei Millionen Referenzbildern. Dreiundvierzig Muskeln in unserem Gesicht formen über zehntausend verschiedene Ausdrücke. Lidzucken, Naserümpfen, geweitete Pupillen, ein Abwenden des Blicks, verjüngte Lippen, aufeinandergebissene Kiefer, Anspannung in der unteren Augenpartie. Winzige Regungen, derer wir uns meist nicht einmal bewusst sind, weil sie deutlich weniger als eine Sekunde«, ich machte eine abwägende Geste mit der Hand, »in der Regel so um eine Zehntel- bis Fünfzehntelsekunde lang auf unserem Gesicht zu sehen sind.« An meinen Fingern zählte ich ab: »Freude, Interesse-Schrägstrich-Neugier, Überraschung, Ekel, Ärger, Traurigkeit, Furcht, Scham und Schuld. Das sind die neun Grundemotionen. Wenn wir diese sicher erkennen – und das ermöglicht *micronounce* –, haben wir das Rüstzeug, um unser Gegenüber einzuschätzen. Wir können entscheiden, wann wir besser zurückrudern oder wann wir eher nachhaken sollen. Wir ahnen, wann ein Mensch bereit für unsere erlebte und gefühlte Wahrheit ist und wann wir ihn oder sie besser durch eine Lüge schützen sollten. Diese Kompetenz fällt gerade Menschen im Spektrum sehr schwer, was sie im Alltag oft stark behindert.«

»Eine Wunder-App. Oder willst du uns weismachen, dass hinter der absurden Idee eines Lügendetektors, der Menschen beim Reden helfen soll, echte Wissenschaft steckt?« Zum ersten Mal meldete sich Thomas Gering zu Wort. Ihn hatte ich am wenigsten für ein Investment bei *micronounce* auf dem Schirm. Er war ein Patriarch der alten Schule. Was für ihn zählte, war Geld, Geld und noch mal Geld. Um seinen eigenen Reichtum zu vermehren, kannte er keine Skrupel. Ein Investment in eine Firma, die sich für das Wohl einer Minderheit einsetzte, musste ihm hirnrissig erscheinen.

Trotzdem musste ich ihm natürlich antworten. Ich wollte gerade den Mund öffnen, da kam mir Ruben Stephanski zuvor. »Zum Thema Mikromimik gibt es experimentelle Studien, allerdings keine empirischen Beweise. Google ›Affektionsmechanismen‹, wenn dir das nicht zu viel neue Technologie ist. Könnte sich vielleicht lohnen. Tatsächlich gibt es nämlich andere Möglichkeiten, Menschen zu manipulieren, als sie zu tyrannisieren.«

Ich schluckte. Hatte Stephanski das wirklich gesagt?

Er hatte.

Die Reaktionen seiner Mitjuroren waren der Beweis. Thomas Gering wurde puterrot im Gesicht. Ralf Imogen sah aus, als würde er sich nach einer Tüte Popcorn sehnen, um die Show richtig genießen zu können. Und Ruben Stephanski selbst wirkte überaus zufrieden mit sich. Keine Frage, dass er wusste, wovon er sprach. Thomas Gering hatte er perfekt manipuliert, und ihm gefiel das Ergebnis. Nur, was das für mich bedeutete, konnte ich nicht einschätzen. War er auf meiner Seite? Interessierte er sich für Neuropsychologie? Oder ging es ihm lediglich darum, die anderen Haie zu reizen, indem er gegen den Strom schwamm?

Wenn dem so war, schien sein Plan aufgegangen zu sein. Die Haie hatten den Köder geschluckt. Ihre Fragen prasselten wie Gewehrfeuer auf mich ein.

»Wie soll diese App Geld verdienen?«

»Wie willst du das Produkt an die Menschen bringen?«

»Welche Bewertungsgrundlagen liegen deinem Business-Modell zugrunde?«

»Gibt es Marktanalysen?«

»Gutachten?«

»Wer soll damit Geld verdienen?«

»Hast du Erfahrungen im Non-Profit-Sektor?«

»Was sind deine betriebswirtschaftlichen Qualifikationen?«

Ich wusste gar nicht mehr, welche Frage von wem kam und worauf ich zuerst eingehen sollte. Sie überfuhren mich mit ökonomischen Fachfragen, dabei sollten sie einfach begreifen, wie wichtig mein Anliegen war. Hier ging es nicht um eine Spielerei für ein paar Freaks. Vor meinem inneren Auge tauchte das Gesicht meiner großen Schwester Pauline auf. Ihretwegen machte ich das alles. Ich hatte miterlebt, wie schwer der Alltag ihr manchmal fiel. Wenn ich Menschen wie ihr mit *micronounce* auch nur ein wenig Erleichterung schenken konnte, würde ich mich auch noch hundertmal vor einem Millionenpublikum zum Affen machen. »Der Markt ist riesig. Es gibt rund sieben Komma sieben Milliarden Menschen auf der Welt. Bis zu einem Prozent von ihnen leiden an einer Autismus-Spektrum-Störung. Selbst vorsichtigere Schätzungen, wie die der UN, gehen von rund 67 Millionen Menschen im Spektrum weltweit aus. Ihnen allen kann *micronounce* helfen. Gemeinsam können wir ihnen die Kommunikation erleichtern.«

»Liebes …« Oh, ich hasste Stefanie. Ihre unerträglich gönnerhafte Art war mindestens so schlimm wie das cholerische Gehabe von Gering. »Die Show ist keine Traumfabrik. Hat dir niemand gesagt, dass Wolkenschlösser keine betriebswirtschaftliche Größe sind? Es ist ja sehr lobenswert, dass du auf das Schicksal von Behinderten aufmerksam machen willst. Aber ich glaube, dein Unternehmen ist noch nicht so weit.«

Diese arrogante Kuh schaffte es doch tatsächlich, mir Wuttränen in die Augen zu treiben. Ich ballte die Hände zu Fäusten. Mein größter Albtraum wurde Wirklichkeit. Die Investoren verstanden die App nicht. Sie sahen nur, was sie sehen wollten. Ich blinzelte hektisch, versuchte, gegen das Beben anzukämpfen, das in mir aufstieg. Dabei lohnte es sich sowieso nicht mehr, noch weitere Worte zu verlieren. Die Haie hatten ihr Urteil gefällt.

»Ich gebe Stefanie recht und mache es kurz. Ich sehe hier keine Chance für ein Investment.« Das kam von Imogen.

»Es ist eine schöne Idee, aber wir sind Geschäftsleute. Du musst noch ein bisschen mehr über die Geschäftswelt lernen«, sagte Stefanie Wiedmann.

»Nein«, verkündete auch Gering sein Urteil knapp.

Und wenn schon, dachte ich mir. *Ich brauche euch nicht. Irgendwie werde ich es auch ohne euch schaffen. Alleine. Langsamer vielleicht und mühsam, aber mich bekommt ihr nicht klein. Ihr haltet mich nicht auf.*

Eine Bewegung im Augenwinkel fing meine Aufmerksamkeit ein. Stephanski, der im Sessel links außen in der Reihe der Juroren saß, hatte sich nach vorne gelehnt. Die Hände grub er in die Sessellehnen. »Genug«, verlangte er. Seine Stimme besaß genug Resonanz, um auch zu den anderen Juroren durchzudringen. »Wie Imogen sagt – machen wir es kurz. Wie viel brauchst du?«

Ich schluckte erstaunt. *Jetzt!*, rief es in mir. *Jetzt musst du da sein. Mit jedem einzelnen Gedanken.* »Ähm … vierhunderttausend. Für einen Zeitraum von fünf Jahren. Und ich biete dafür dreiundzwanzig Prozent meiner Firmenanteile.«

»Verrückt«, »Utopisch«, »Ausgeschlossen, dass diese App 1,7 Millionen wert sein soll«, klang es durch die Reihe der Juroren.

»Ich mach's.« Ruben Stephanskis Stimme übertönte sie alle. Stille wie nach einem Bombeneinschlag folgte seiner Ansage. Er tippte sich mit dem Zeigefinger auf die Lippen, als würde er ein genüssliches Grinsen verstecken. »Ich denke, dein Produkt hat Potenzial. Nur eins noch.« Jetzt sah er mir direkt in die Augen. Sein Blick war durchdringend, taxierend. Zum ersten Mal hatte ich den Eindruck, dass sich seine Worte wirklich an mich richteten, nicht an die anderen Haie, denen er aus irgendeinem Grund eins auswischen wollte. Ich schnappte nach Luft, taumelte innerlich unter der Wucht seiner Aufmerksamkeit.

»Wenn ich nur so wenige Firmenanteile bekomme, brauche ich andere Möglichkeiten, um aktiv in dein Geschäft einzugreifen. Deshalb stelle ich eine Bedingung.«

»Eine Bedingung?« Ich klang wie ein heiserer Papagei. Passierte das hier wirklich?

»Das Angebot ist an eine einjährige Mentorenschaft geknüpft. Du ziehst mit deiner Firma in die BrainBubble. Du weißt, was die BrainBubble ist?«

Ich nickte perplex. »Ihr«, ich musste mich räuspern, meine Stimme gehorchte mir nicht, dann erinnerte ich mich, dass wir uns duzen sollten. »Dein Gründerzentrum, hier in Berlin.«

»Richtig. Du wirst mir ständige Einblicke in deine Arbeit gewähren. Kein Schritt ohne meine Zustimmung, sonst ziehe ich das Investment zurück, und du stehst wieder auf deinen eigenen zwei Beinen.«

Und das sollte der Wermutstropfen in seinem Angebot sein? Es klang eher, als wäre es viel zu gut, um wahr zu sein. Ruben Stephanski bot mir einen Platz in seinem Gründerzentrum und wollte mich aktiv dabei unterstützen, die nächsten Schritte auf dem Business-Parkett zu unternehmen. Mit einem Produkt, an das ich glaubte, weil es so viel Gutes bewirken konnte. Wenn Tobi jetzt hier gewesen wäre, hätte ich ihn gebeten, mich zu kneifen. So blieb mir nur zu nicken, geplättet und vollkommen überwältigt. »Ja, ähm«, stammelte ich. »Ja, das wäre super.« Ein Strahlen breitete sich auf meinem Gesicht aus. »Auf jeden Fall. Diese Bedingung nehme ich gerne an.«

»Unglaublich.«

»Verrückt.«

»Diesmal wird er auf die Schnauze fallen.«

Wer da so fassungslos sein Urteil verkündete, war mir egal. In diesem Moment zählte nur Stephanski für mich.

»Die Herausforderung nehme ich an.« Er erhob sich aus seinem Sessel, kam auf mich zu, streckte mir die Hand entgegen. Seine Finger waren lang und schlank. Die Finger eines Pianisten, nur dass er kein Musiker war. Sein Instrument waren Menschen. Sie kontrollierte er. Sie brachte er dazu, nach seiner Melodie zu tanzen. Das hatte er gerade sehr eindrucksvoll bewiesen.

»Dann haben wir einen Deal?«

Ich schlug ein. Ein Funken, wie von einem elektrischen Impuls, jagte von der Stelle, wo wir uns berührten, durch meinen Körper. Die Aufregung, die sich entlud. Adrenalin und Anspannung und … *Nein*. In meinem Kopf schlug ich eine unsichtbare Tür zu. Kein *Und*. Ganz und gar kein *Und*. »Wir haben einen Deal.«

Er löste seine Finger von meinen, und für die Dauer eines Wimpernschlags durchfuhr mich ein seltsames Verlustgefühl. Ich wischte mir die Handflächen an meinem Rock ab. Hoffentlich waren sie nicht feucht gewesen.

»Meine Leute melden sich bei dir. Ich freue mich auf die Zusammenarbeit.«

Ich wollte etwas antworten, kam aber nicht mehr dazu.

»Cut!«, rief der Regisseur vom Bühnenrand. Augenblicklich sprang ein Bataillon an Hilfskräften auf die Bühne. Techniker, die neue Requisiten ans Set brachten, Maskenbildner, die den Juroren mit Puderquasten und Pinseln das Gesicht auffrischten. Ein Aufnahmeassistent bedeutete mir hektisch, endlich die Bühne zu verlassen. Mein Auftritt bei *Unter Haien* war vorbei, und ich hatte einen Deal!

KAPITEL 4

Ruben

Das einzig Brauchbare an dem verdammten Artikel war das Foto. Der Fotograf hatte ein gutes Händchen mit Licht und Kamerawinkel bewiesen. Mein Profil lag halb im Schatten, dramatische Lichtakzente betonten das Kinn und den Nasenrücken. Die Schwarz-Weiß-Aufnahme ließ mich älter wirken, nicht wie einen »jungen Wilden«, wie Stefanie Wiedmann und Thomas Gering mich mit Vorliebe betitelten.

Himmel, war ich froh, dass die zweite Staffel von *Unter Haien* im Kasten war. Da die Jury aus echten Geschäftsleuten bestand, konnte es sich keiner von uns leisten, wochenlang in den eigenen Firmen zu fehlen. Aus diesem Grund erstreckten sich die Dreharbeiten zu einer Staffel immer über mehrere Monate. Mehr als zwei Drehtage pro Monat ließen sich selten mit unseren Terminkalendern vereinbaren. Über die Feiertage bis ins neue Jahr hinein hatte es eine Drehpause gegeben. Mittlerweile war es Anfang März. Erst kürzlich war die erste Sendung der zweiten Staffel über die Bildschirme geflimmert. Demnächst würden auch die Dreharbeiten zur dritten Staffel beginnen. Wenn ich mich auf eines nicht freute, dann auf die permanenten Sticheleien von Stefanie Wiedmann und Thomas Gering, und außer dem Deal mit *micronounce* hatte ich aus der zweiten Staffel nicht einmal ein Erfolg versprechendes Investment mitgenommen.

Ich richtete meine Konzentration zurück auf den Artikel. Bedauerlicherweise machte die Headline das gelungene Foto wieder wett. *Der Weg des neuen Mark Zuckerberg* titelte der Redakteur wenig einfallsreich. Erste Million im zarten Alter von vierzehn Jahren. Erste Milliarde mit zwanzig. Heute arbeiteten rund vierzigtausend Mitarbeiter für mich, der Marktwert meiner Stammfirma ContactLoop wurde auf rund sechzig Milliarden Euro geschätzt. Aktuelle Marktforschungen hatten ergeben, dass das Logo mit den vier farbigen Spiralen, die sich blumenförmig ineinanderwanden, einen ähnlich hohen Wiedererkennungswert besaß wie die Bildmarken von IBM oder Pepsi. Aktuell hielt ich Firmenanteile an rund neunzig erfolgreichen Start-ups, in den vier Jahren, seit ich mich als Investor betätigte, hatte ich mit meinem Inkubatoren-Programm noch einmal so vielen Unternehmen zum erfolgreichen Markteinstieg verholfen, und noch immer fiel den Schreiberlingen nichts anderes ein, als meinen Werdegang mit dem anderer erfolgreicher Menschen zu vergleichen. Es war zum Kotzen!

Ein leises »Pling« aus dem Lautsprecher des Computers lenkte meine Aufmerksamkeit weg von dem unsäglich einfallslosen Geschreibsel des minderbemittelten Tintenterroristen hin zu meinem E-Mail-Postfach.

Die Nachricht stammte von der Rechtsabteilung. Mit einer Hand warf ich das idiotische Magazin in den Mülleimer, mit der anderen öffnete ich die E-Mail.

Sieh an, sieh an, es geht um die liebe Louisa Freymuth. Ein Handschlag zählte in der Geschäftswelt noch immer als ehrenhafter Vertragsabschluss. Doch wie bei jedem anderen Deal gehörte ein umfassender Backgroundcheck dazu, ehe ich meine Zusage, in ihr Unternehmen zu investieren, bei einem Notar finalisierte. Meine Leute hatten sich bereits um alles gekümmert. Businessplan, Schufa-Auskunft, Erkundigungen beim europäischen und deutschen Patentamt. Die komprimierte Fassung ihrer Rechercheergebnisse wollte ich persönlich abnicken, schließlich war es mein Geld, das ich Louisa mit unserem Deal zusicherte. Zeile für Zeile überflog ich die Angaben, die mein Team über sie zusammengetragen hatte.

Geburtstag: 10. 10. 1997
Vater: Dipl.-Ing. Peter Freymuth, Bauingenieur, leitender Angestellter bei einer Firma, die maßgeblich am Bau des Berliner Flughafens beteiligt war.

Na, das waren ja die besten Voraussetzungen. Ich schnaubte amüsiert und las weiter.

Mutter: Markéta Freymuth, geb. Zachová. Hausfrau
Geschwister: 1 Schwester. Pauline Freymuth, geb. 23. 02. 1990, lebt in einer Wohngemeinschaft für Menschen mit Autismus-Spektrum-Störung in Brandenburg.

Interessant. Das erklärte wohl Louisas Hang zum Weltverbesserungstum. Nun, den würde ich ihr austreiben. Wer ein Unternehmen gründete, musste dies mit Gewinnabsicht tun. Wenn dabei noch was Gutes heraussprang, umso besser. Doch umsonst gab es in dieser Welt nur den Tod. Auch gute Taten mussten sich rechnen.

Ausbildung: Abitur 2013 am Anne-Frank-Gymnasium, Berlin. Studium der Informatik an der Humboldt-Universität zu Berlin. Bachelor- und Masterabschluss mit der Note »sehr gut«.

Ich stockte beim Lesen. Wenn Louisa Freymuth 1997 geboren wurde und 2013 Abitur gemacht hatte, bedeutete das, sie war beim Erlangen der Hochschulreife sechzehn Jahre alt gewesen und musste mindestens eine, eher zwei Klassenstufen übersprungen haben. Ein Lächeln breitete sich auf meinen Lippen aus. Rein realistisch gesehen hatten die anderen Haie natürlich recht. Louisa Freymuth war eine außergewöhnlich attraktive Frau, von Betriebswirtschaft verstand sie nur leider ungefähr genauso viel wie ein Tausendfüßler vom Schlittschuhlaufen, das war bereits in den ersten Sekunden ihres Auftritts ersichtlich gewesen. Dennoch hatte irgendetwas an ihr meinen Instinkt geweckt. Stefanie, Ralf und Thomas sahen nur, was sie sehen wollten, und das ging mir gehörig gegen den Strich. Louisa Freymuth wusste, wovon sie sprach, das bestätigte ihr Werdegang. Sie war eine überdurchschnittlich intelligente Frau, und trotzdem schien sie sich ihres eigenen Potenzials nicht sicher zu sein.

Ein Genie im Dornröschenschlaf, das darauf wartete, von mir geweckt zu werden. Ich schnaubte über den lächerlichen Gedanken. Louisa Freymuth musste nicht geweckt werden. Sie besaß Esprit und Mut. Unter keinen Umständen hätte sie sich sonst getraut, in fleckigen Strumpfhosen, mit zerknittertem Kostüm und ohne Requisiten auf die Bühne zu treten. Alles, was sie brauchte, war ... Führung. Ich scrollte weiter durch die Angaben zu ihrer Person. Sie lebte allein in einem Einzimmerapartment in Friedrichshain, hatte keine Schulden, zahlte keine Kredite ab. Die App hatte sie gemeinsam mit einem Freund entwickelt, der weitere zehn Prozent der Firmenanteile hielt. Tobias Werther.

Ob die beiden was miteinander hatten? Louisas Familienstand war in den Unterlagen als ledig vermerkt, aber das musste nichts bedeuten. Die Tatsache, dass sie allein lebte, sprach dagegen. Sie und Werther kannten sich seit Jahrzehnten. Wenn sie wirklich miteinander ins Bett gingen, wäre in dieser Zeit wohl entweder ihre Freundschaft zerbrochen, oder sie hätten die Beziehung auf die nächste Ebene gehoben. Nun, im Grunde sollte es mir egal sein. Schon bald würde Louisa Freymuth meine Geschäftspartnerin sein. Was sie in ihrer Freizeit trieb, spielte dafür keine Rolle. Nur südlich der Gürtellinie kam das Memo nicht an. In meiner Anzughose wurde es unangenehm eng bei dem Gedanken, Louisa könnte ungebunden und frei sein. Außer der Arbeit an ihrer App hatte sie keine Hobbys angegeben. Nach allem, was meine Leute seit der Sendung über sie herausgefunden und mit ihr besprochen hatten, war Louisa Freymuth ein weißes Blatt, das darauf wartete, von mir mit der Geschichte ihres Lebens beschrieben zu werden.

Da war es wieder. Dieses Kribbeln, dieser Funke. Die absolute Gewissheit, eine Spur zu haben, die niemand außer mir erschnüffelt hatte. *Danke, Haie. Ihr werdet schon sehen: Dieser Sieg geht am Ende an mich.*

Hatte ich mich tatsächlich noch vor Wochen über meinen Überdruss beklagt? Hier hatte ich meine Herausforderung. Rein geschäftlich natürlich.

Ich griff zum Telefonhörer und wählte die Kurzwahl meines Assistenten.

»Ruben?« Marcel meldete sich nach dem zweiten Klingeln.

»Mach einen Notartermin aus«, wies ich ihn an. »Um den *micronounce*-Deal zu fixieren.«

»Bei Dr. Thiele, wie immer?«

»Ja.«

»Wird gemacht. Dein Drei-Uhr-Termin wartet übrigens schon am Empfang. Soll ich ihn zu dir hochschicken?«

»Mach das. Und ruf Thorsten an, er soll bei dem Meeting dabei sein.«

»In Ordnung.«

»Ach, und Marcel?«

»Ja?«

»Reservier einen Tisch für den Abend nach dem Notartermin. Für zwei Personen. Irgendwas … Ausgefallenes. Das *Hellir* würde passen.«

»Für dich und Louisa Freymuth?« Der Unterton in Marcels Stimme gefiel mir nicht. Natürlich hatte er die Aufzeichnung der Sendung gesehen, und er war kein bisschen besser als die Haie. Auch er sah nur das von ihr, was einem ins Gesicht sprang.

»Ein Geschäftsessen. Für mich und die Gründerin von *micronounce*.« Mein Tonfall war Zurechtweisung genug. Selbst durch die Telefonleitung hörte ich Marcel schlucken. »Das ist alles.« Ehe er etwas erwidern konnte, legte ich auf.

Louisa

Meine Finger bebten, als ich den altmodischen Füllfederhalter, den mir der Notar gereicht hatte, ablegte. Ich konnte den Blick nicht von der Zeile unten links auf dem Vertrag abwenden. Da stand mein Name. Und darüber, in meiner gewohnten, geschwungenen Handschrift, meine Unterschrift. *Louisa Freymuth.* Dr. Thiele hatte mich daran erinnert, mit vollem Namen zu unterschreiben. Nur das garantierte die Rechtsgültigkeit des Vertrags. Das blaue Gekritzel verschwamm vor meinen Augen, so lange hatte ich nicht mehr geblinzelt.

Okay, Freymuth, Zeit aufzuwachen.

Sehr langsam hob ich den Kopf.

»Bitte«, sagte ich zu Dr. Thiele und schob den Stapel mit den drei Vertragskopien ein Stück weit in die Tischmitte. Mein Lächeln fühlte sich zittrig und gezwungen an. Die Unterschriftlinie rechts auf dem Vertrag war noch immer leer.

»Sehr schön, sehr schön. Jetzt Sie.« Thiele schien meine Aufregung nicht zu bemerken. Oder – was wahrscheinlicher war – er ignorierte sie. In seinem Büro wurden Millionendeals ausgehandelt. Nervöse Klienten dürften für ihn kein Novum sein. Er schob den Stapel in Ruben Stephanskis Richtung. Den quälten nicht dieselben Probleme wie mich. Mit einer knappen Handbewegung zog er die Ausdrucke zu sich, zückte einen eigenen Füllfederhalter aus der Innentasche seines Jacketts und setzte seine Unterschriften an die vorgesehenen Stellen aller drei Vertragsexemplare.

»So. Das haben wir.« Schmunzelnd nahm er mich ins Visier. »Hiermit bin ich also offizieller Miteigentümer von *micronounce*. Danke für Ihr Vertrauen, Frau Freymuth.«

»Oh. Oh, nein. Ich habe zu danken. Und, Louisa bitte. Oder Lou. Meine Freunde nennen mich Lou.« *Du plapperst. Halt. Den. Mund.* »Was nicht implizieren soll, dass wir Freunde sind.« *Liebes Unterbewusstsein, unter Mundhalten hatte ich mir was anderes vorgestellt.* »Ich meinte nur wegen der Sendung. Auch wenn wir jetzt natürlich in einem anderen Umfeld sind. Aber in der Sendung wurde ja auch geduzt und ...« Mir gingen die Worte aus. Jetzt, mitten im Satz und viel zu spät, gehorchten meine Stimmbänder mir also. Wunderbar.

Stephanski stützte sich mit einer Hand auf die Stuhllehne. Die andere legte er ans Kinn, sodass zwei Finger seinen Mund teilweise bedeckten. Ganz eindeutig versteckte er sein Amüsement und tat sein Bestes, um den Eindruck zu erwecken, mein Verhalten sei normal.

»Louisa gefällt mir sehr gut.« Siehst du: Keine Freunde, übersetzte die Stimme in meinem Hinterkopf. »Ich bin Ruben. Wollen wir dann?« Er deutete eine Bewegung an, als wolle er aufstehen, wartete aber, bis ich mich zuerst erhob. Auch Dr. Thiele stand auf. Von der Begrüßung bis zur Unterschrift hatte der Notartermin gerade einmal eine Stunde gedauert. Dr. Thiele hatte den Vertrag Passus für Passus vorgelesen, mit Pausen zwischen den Absätzen, in denen Ruben oder ich hätten Fragen stellen können. Weder er noch ich hatten von dieser Gelegenheit Gebrauch gemacht. Für Ruben zählte eine solche Vertragsunterzeichnung zum Tagesgeschäft. Und ich? Nun, ich war so überwältigt gewesen, dass ich ohnehin keinen Ton herausgebracht hätte.

Auf dem Weg zur Konferenzraumtür tauschten der Notar und Ruben ein wenig Small Talk aus. Es ging um ein Event in der Philharmonie, zu dem beide offenbar Karten besaßen. Eine Premiere, bei der eine weltberühmte Breakdance-Gruppe unter der Leitung von Opernregisseur Christoph Hagel bekannte Pianokonzerte tänzerisch interpretierte.

»Haben Sie schon eine Hagel-Inszenierung gesehen, Frau Freymuth?« Ich rechnete es Dr. Thiele hoch an, dass er wenigstens versuchte, mich in das Gespräch miteinzubeziehen.

Dennoch blieb mir nichts anderes übrig, als den Kopf zu schütteln. Für mich klang das alles sehr avantgardistisch und schwer vorstellbar, aber ich schätzte, bei dem Event ging es ohnehin weniger um Musik und Tanz als vielmehr darum, zu sehen und gesehen zu werden.

Wir erreichten die Tür. Dr. Thiele hielt sie für mich und Ruben auf. Er begleitete uns bis zum Empfangsbereich der Kanzlei. Dort angekommen, streckte er mir zum Abschied die Hand entgegen. »Es war mir ein Vergnügen, Sie kennengelernt zu haben, Frau Freymuth. Viel Erfolg für die Zukunft.«

»Danke, ebenfalls.« Ich erwiderte seinen Händedruck.

Als Nächstes verabschiedete sich Thiele von Stephanski.

Plötzlich waren da nur noch der Hai und ich. Ich suchte nach den richtigen Worten für den Abschied

Stephanski kam mir zuvor. »Louisa, bevor wir gehen: Hast du noch einen Moment?« Seine Hand landete auf meinem Oberarm. Eine vertrauliche Geste, gerne benutzt von Politikern, die Kontrahenten weismachen wollten, sie stünden auf ihrer Seite, wenngleich sie in Wahrheit Abwehr verspürten. In der *micronounce*-Referenzbilddatenbank befanden sich zahlreiche Fotos dieser Geste.

»Ja?« Mit der allerbesten Absicht, zurückzutreten und mich seiner Berührung zu entziehen, fuhr ich herum. Manipulation zu erkennen war mein Geschäft, und ich hatte was dagegen, wenn jemand mit mir spielen wollte. Doch dann erhaschte ich einen Blick in seine Augen, auf seine Miene, und einen Sekundenbruchteil lang war dort nicht länger der selbstgefällige Ausdruck von vorhin zu sehen. Sondern eine Gefühlsregung, die ich unerwarteterweise nicht zu entziffern vermochte.

Wie versteinert starrte ich ihn an. Mein Magen vollführte einen Purzelbaum.

Der Druck seiner Hand auf meinem Arm fühlte sich angenehm an. Nicht zu fest, nicht zu schwach. Sicher. In meinen Ohren rauschte der Puls.

Der Moment verging so schnell, wie er begonnen hatte. Ruben nahm die Hand von meinem Arm. Ich schloss kurz die Augen, atmete aus. Zurück blieb eine Spur Schwindel.

»Ich habe meinen Assistenten angewiesen, einen Tisch für uns zu reservieren. Wir haben viel zu besprechen, jetzt, wo es losgeht. Hast du Zeit für einen Abendtermin?«

»Ich …« Ich schluckte. Wie passte ein reservierter Tisch zu einem abendlichen Geschäftstermin? Und überhaupt, hätte er das nicht eigentlich vorher mit mir absprechen müssen? Er schien sich seiner Sache ja ziemlich sicher zu sein.

Zugegeben, eine Reservierung konnte man auch immer canceln, und an Arbeit mangelte es Stephanski sicherlich auch dann nicht, wenn ich jetzt absagte. Ich sollte wirklich aufhören, jedes seiner Worte, jede noch so kleine Regung auf die Goldwaage zu legen. »Jetzt gleich?«

»Der Tisch ist für achtzehn Uhr reserviert. Bestimmt nimmt es uns Guðný nicht übel, wenn wir ein paar Minuten früher erscheinen.« Er warf einen Blick auf sein linkes Handgelenk. Natürlich blitzte dort die Monstrosität einer Herrenuhr unter dem Hemdärmel hervor. »Es kommen ohnehin nur geladene Gäste ins *Hellir*.«

Hatte es den armen Mann auch erwischt und er litt plötzlich an einer Halsentzündung? Oder waren diese seltsamen Knack- und Hustlaute Namen gewesen? Oh, ich befand mich hier so dermaßen außerhalb meines Elements. »Ich weiß nicht, wo das ist.« Oder besser gesagt, wovon er redete.

»Dein Handy?« Mit der flachen Hand nach oben streckte er mir die Hand entgegen.

Ich blinzelte.

»Damit ich die Adresse eintippen kann.« Er verdrehte die Augen. Der Mann musste denken, er stände einem absoluten Noob gegenüber. Was ich, streng genommen, ja war. Trotzdem wäre es schön, ein wenig mehr Oberwasser zu haben.

»Ach so. Ja, klar. Hier.« Ich fummelte das Telefon aus der Handtasche, entsperrte das Display und legte es ihm in die dargebotene Hand. Fasziniert beobachtete ich, wie seine langen, schlanken Finger geschickt darauf herumwischten und -tippten. Was diese Finger wohl sonst noch derart geschickt und … *Nein, nein, nein!* Abgesehen davon: Ich wollte es gar nicht wissen. Schlimm genug, dass Ruben genau durchschaute, wie unerfahren ich in Geschäftsdingen war. Sollte er jemals herausfinden, dass das Businessparkett nicht der einzige Lebensbereich war, in dem es mir an Erfahrung mangelte, würde ich auf der Stelle sterben wollen.

»So, fertig. Die Adresse ist eingespeichert. Wir sehen uns dann dort. Oder brauchst du eine Mitfahrgelegenheit?«

»Oh, nein. Nein, ich bin mit dem Auto hier. Ich parke … draußen.«

»Ah.« In perfekter Synchronität hob er die rechte Augenbraue und den rechten Mundwinkel. »Und hier stehe ich und dachte, du hättest dein Auto in der Garderobe aufgehängt. Apropos«, er wandte sich zu dem Empfangstresen, wo zwei Notargehilfinnen geflissentlich damit beschäftigt waren, so zu wirken, als würden sie nicht jedem Wort meines Untergangs lauschen. »Frau Freymuth und ich bräuchten dann unsere Mäntel.«

»Natürlich, Herr Stephanski.« Eine der beiden sprang auf, als hätte ihr Stuhl Feuer gefangen. So schnell ihre High Heels es zuließen, verschwand sie um die Ecke in den Bereich der Kanzlei, in dem ich die Garderobe vermutete. Schweigen legte sich zwischen Ruben und mich. Ich wagte es nicht, ihn anzusehen, aus Angst, noch mehr Wörter würden sich an dem Filter zwischen meinem Hirn und dem Mund vorbeiquetschen. Mein Verstand wusste nämlich sehr wohl, dass es meiner Situation nicht helfen würde, wenn ich Ruben Stephanski erklärte, dass ich bewusst zwei Straßen weiter geparkt hatte, aus Angst, mein rostiger kleiner Peugeot würde auf dem Parkplatz der edlen Kanzlei herausstechen wie ein Amiga Commodore Computer auf einer Hightechmesse.

»Hier, Ihre Mäntel.« Die Notargehilfin trug einen Wust aus einfacher bunter Wolle und edlem Cashmere über dem Arm. Ruben nahm ihr beide Kleidungsstücke aus der Hand. Galant entwirrte er sie und hielt meinen Mantel so, dass ich hineinschlüpfen konnte.

»Danke«, murmelte ich. »Bis gleich.« Meine Haare verfingen sich unter dem Träger der Handtasche. Ich fummelte mit Mantelkragen, Haaren und Handtaschenträger herum und gab Fersengeld, sobald ich einigermaßen sicher war, mich nicht an einem Stück Oberbekleidung zu strangulieren. Wie um alles in der Welt sollte ich einen ganzen Abend allein mit Ruben Stephanski überleben?

KAPITEL 5

Louisa

Das Navi führte mich aus Charlottenburg mit seinen eleganten Vorkriegsbauten, den Luxusboutiquen und Sternehotels heraus durch Moabit und dann nördlich auf die B2. Nachdem ich den Nordhafen passiert hatte, änderte sich das Stadtbild. Industriebauten gruppierten sich um exakt abgesteckte Grünflächen. Bis zum letzten Platz gefüllte Parkplätze, so groß wie Fußballfelder, deuteten darauf hin, dass in dieser Gegend wirklich gearbeitet wurde. Schließlich nahmen die Grünflächen zu, immer öfter sah ich am Straßenrand eine Mutter mit Kinderwagen oder Gruppen Jugendlicher, die lachend die Straße entlanggingen. Bunte Markisen spannten sich über die Auslagen von Lebensmittelgeschäften, deren Namen in arabischen Buchstaben über den Eingangstüren prangten. Asiatische Hochzeitsläden mit Schaufenstern, funkelnd und glitzernd wie ein Weihnachtsbaum. Indische Restaurants, eins nach dem anderen. Dazwischen hier und da ein Sushi-Laden.

Ein Bus hielt vor mir an einer Haltestelle und spuckte eine bunte Menschentraube aus. Zwei junge Frauen mit Kopftüchern, eine Clique, die wahrscheinlich aus Studenten bestand, dazwischengestreut ein paar Kreative. Erkennbar an den dicken Hornbrillen, den kunstvoll frisierten Bärten der Männer und den Markennamen auf den Jacken und Sweatshirts. Die Altbauten rechts und links der Fahrbahn wirkten wirklich alt, nicht gentrifiziert. Bisher hatte es mich noch nicht oft in den Wedding verschlagen, dennoch beschlich mich das Gefühl, dass ich weitaus eher in dieses Umfeld passte als Ruben Stephanski.

Ich passierte die Gleise der Berliner Ringbahn, als das Navi verkündete: »In dreihundert Metern haben Sie Ihr Ziel erreicht.«

Was? Ich sah Gitterzäune und Werbeplakate für anstehende Konzerte, ein paar Baumaschinen und einen Parkplatz, über dem eine weißblaue Wimpelfahne wehte, aber kein Restaurant.

Hatte ich Ruben falsch verstanden, als er von einer Tischreservierung gesprochen hatte?

Wie es der Zufall wollte, wurde genau an der Stelle, an der ein rotes Fähnchen auf der App mein Ziel markierte, eine Parklücke frei. Ich setzte den Blinker und beschloss, auf die Technik zu vertrauen.

Direkt neben mir ragte ein terrassenförmiger Betonbau in den Himmel, bestimmt fünf Stockwerke hoch und auf eine brutalistische Art imposant. Das Gebäude erinnerte an einen riesigen Felsblock. Roh und unbearbeitet, als wäre es noch gar nicht richtig fertig. Dabei schimmerte Licht aus den Fenstern der Fassade ins abendliche Zwielicht. Außenliegende Treppen führten in die kaskadenförmig angeordneten Stockwerke. Und waren das Wasserfälle vor den Fenstern? Ich kam aus dem Staunen gar nicht mehr heraus.

»Louisa. Du hast es gefunden.« Rubens Stimme riss mich aus meiner Betrachtung. Er stand im Schatten einer der Außentreppen. Die Bewegung der Wasserfälle malte tanzende Schatten auf sein Gesicht.

»Ja. Ich war mir nicht sicher. Ich hatte ein Restaurant erwartet.« Ich musste lauter sprechen, um das Plätschern der Wasserfälle zu übertönen.

Mit einer einladenden Geste bedeutete er mir, ihm voran die Treppe hinaufzugehen.

»Das *Hellir* ist ein Pop-up. Du wirst es in keinem Branchenbuch finden. In ein paar Monaten gibt es hier wieder nur Ateliers, Urban Gardening, Arthouse-Filmmatineen, Schreibbüros und ein Yogastudio. Da sind wir.«

Wir hatten den vierten Treppenabsatz erreicht. Ruben überholte mich, um mir die Tür aufzuhalten. Direkt hinter der Eingangstür begrüßte uns ein Concierge.

»Name?«

Ruben trat an mir vorbei. »Stephanski. Guðný erwartet uns.«

»Ruben!«

Ah. Dann war Guðný wohl die junge Frau, die auf uns zustürzte. Über ihren Jeans und einem rosafarbenen Herrenhemd trug sie eine dunkelblaue Kochschürze. Ihr kinnlanges Haar hatte dieselbe Farbe wie das Hemd. Ihre Freude, Ruben zu sehen, wirkte echt.

Er beugte sich zu ihr hinunter und hauchte ihr Küsse auf beide Wangen.

»Ich habe mich so gefreut, als Marcel anrief und deinen Besuch ankündigte. Kommt rein.« Bei mir verzichtete sie auf die Küsschen. Stattdessen schüttelte sie mir die Hand. »Ich bin Guðný Atladóttir. Eigentlich bin ich nur nach Berlin gekommen, um dafür zu sorgen, dass mein Bruder während seiner Arbeit im Atelier nicht verhungert. Irgendwie ist daraus dieses kleine Pop-up geworden.« Lachend zuckte sie mit dem Schultern. »Wenn du mich jetzt fragen würdest, wie genau es dazu gekommen ist, könnte ich es dir nicht einmal sagen. Ich bringe euch zu eurem Tisch.«

»Freut mich, dich kennenzulernen. Ich bin Louisa.«

Durch einen schweren Vorhang betraten wir das Herzstück des Restaurants. Wenn mich schon das Äußere des Gebäudes erstaunt hatte, so nahm mir das Innere komplett den Atem. Ein paar wenige runde Tische gruppierten sich lose um eine frei stehende Industrieküche in der Mitte des Raums. Tief hängende Wände aus sandsteinfarbenem Rohbeton verliehen dem Innenbereich eine höhlenartige Atmosphäre. Diese wurde durch blubbernde Lavalampen in Rot und Orange betont. Vorhänge aus blau und grünlich schimmernden Glasperlen sorgten für einen Touch Retro-Style, der einen interessanten Gegensatz zu den schlichten, modernen Formen des Mobiliars bildete. Es duftete herrlich würzig. Nach frischen Kräutern, Zitrusfrüchten, Meer und Röstaromen. Mehrere Köche in weißen Jacken und Kochmützen hantierten für jeden sichtbar in der offenen Küche. Eigentümliche Musik aus versteckten Lautsprechern begleitete das Klappern von Messern, Töpfen und Pfannen. Ätherisch und fremdartig. Als würden Feen singen. Oder Wale.

»Louisa.« Am Tisch angekommen, rückte Ruben mir den Stuhl zurecht.

Mit Augen groß wie Untertassen schaute ich mich um. Ich konnte gar nicht so viel gucken, wie ich sehen wollte. »Das ist … wow. Und das hast du alles nur für ein paar Monate auf die Beine gestellt?«

Guðnýs Strahlen verriet ihren Stolz. »Danke. Ich sag ja, es war alles ein großer Zufall. Darf ich euch schon etwas zu trinken bringen lassen? Die Getränke gehören zum Menü.«

Ruben nahm mir gegenüber Platz. »Ich bin mir sicher, deine Auswahl wird exzellent sein. Und glaub ihr bloß nicht, Louisa. In Reykjavik hat Guðný mehrere Auszeichnungen für ihre Küche erhalten. Ihr Restaurantkonzept wurde mit dem Gastronomy-Invention-Preis gekürt. Mittlerweile interessieren sich Franchisenehmer aus sieben Ländern für ihr Gastroprogramm.«

»Und das habe ich alles diesem Charmeur hier zu verdanken.« Sie zwinkerte Ruben zu. »Jamie ist gleich mit dem Wasser und dem Aperitif bei euch. Genießt das Essen.«

Ich blickte ihr nach. Immer noch perplex. Ruben gab mir Zeit, das Gehörte zu verarbeiten, doch als ich endlich den Kopf wandte und ihn ansah, war ich noch immer so sprachlos wie zuvor.

»Wow. Also ich meine, ich weiß, dass ich das jetzt schon mehrfach gesagt habe, aber wow. Wenn es dein Ziel war, mich zu beeindrucken, ist es dir gelungen. Also, ich meine, nicht dass das nötig gewesen wäre. Ich wusste vorher schon, wie erfolgreich du darin bist, Jungunternehmern zum Durchbruch zu verhelfen, aber …« Wieder einmal geriet ich ins Stocken.

»… wow?« Er hob die Augenbrauen. Das Licht der Lavalampen spiegelte sich in seinen Augen, malte goldene Reflexe in das Grau.

»Es tut mir leid. Ich wollte nicht …«

»Was tut dir leid, Louisa? Dass du meine Arbeit bewunderst?«

Ich stutzte, weil ich einen kleinen Moment lang glaubte, er würde über mehr als die Arbeit reden, und die peinliche Antwort wäre: Ja. Ich bewunderte nicht nur seinen Geschäftssinn und seine Professionalität. Der ganze Mann nahm mich gefangen. Noch nie hatte ich mich in Gegenwart eines Mannes so … verletzlich gefühlt. Was kein Wunder war, schließlich hielt Ruben Stephanski meine gesamte Zukunft in der Hand. Doch ein kleiner Teil von mir wusste, dass es hier um mehr ging, und dafür schämte ich mich. Verlegen verschränkte ich meine Finger auf der Tischplatte.

Er fuhr fort. »Glaub mir, ich lasse mich gerne bewundern. Was andere von mir halten, ist mir wichtig. Ich arbeite hart und mag es, die Früchte dieser harten Arbeit zu präsentieren. So einfach ist das.«

Zum Glück tauchte in diesem Moment der Kellner an unserem Tisch auf. Aus einer großen, bauchigen Karaffe schenkte er Ruben und mir Wasser ein, dazu reichte er jedem von uns eine mit prickender Flüssigkeit gefüllte Sektflöte. »Quellwasser aus isländischem Vulkangestein. Dazu ein Champagner-Cuvée aus Chardonnay, Pinot Noir und Pinot Meunier. Die Vollmundigkeit der assemblierten Rebsorten unterstützt die Frische der Austern, die wir Ihnen zur Vorspeise servieren.«

Ich fragte mich, ob die Herkunft des Wassers geschmacklich tatsächlich eine Rolle spielte, verbiss mir die Frage aber. Ich hätte das Wasser auch in einem Zug hinuntergestürzt, wenn es aus einem Seitenarm der Spree gekommen wäre. Mein Mund war so trocken, dass sich mein Rachen mittlerweile ganz rau anfühlte.

Ruben Stephanski beobachtete jede meiner Regungen mit diesen Augen, denen nichts zu entgehen schien.

Der Kellner brachte die Vorspeisen. Pochierte Austern, angerichtet mit weißen Johannisbeeren, essbaren Rosenblättern, Fäden von Sauerampfer und winzigen Pfirsichspalten. Das Essen sah aus wie ein Gemälde. Zu schade, um es zu zerstören.

Ruben schien meine Vorbehalte nicht zu teilen. Er nahm das Besteck in seine schlanken Finger und begann zu essen. Zwischen zwei Bissen beäugte er meine immer noch auf der Tischdecke verschränkten Finger.

»Magst du keine Austern?«

»Doch, doch. Natürlich.« Hektisch griff ich nach dem Besteck.

Dank meiner Nervosität schmeckte ich rein gar nichts von den herrlichen Speisen. Es war solche Verschwendung.

»Louisa?«

Ich hob den Blick. »Ja?«

»Mache ich dich nervös? Ich habe das Gefühl, ich mache dich nervös. Aber sei dir versichert, dazu besteht kein Grund. Das hier ist kein Bewerbungsgespräch. Die Phase der Unternehmensprüfung haben wir hinter uns. Ich habe dieses Essen arrangiert, damit wir auf unsere Partnerschaft anstoßen können und uns besser kennenlernen. Eine gute Beziehung ist die Grundlage eines jeden erfolgreichen Geschäfts.«

Oh, wenn das so war.

Die Austern waren viel zu schnell aufgegessen. Solange ich vorgeben konnte, voll und ganz mit Guðnýs Köstlichkeiten beschäftigt zu sein, hatte ich wenigstens einen Grund, seiner Frage auszuweichen. Der Kellner räumte die geleerten Vorspeisenteller ab, und meine Ausrede war dahin.

Auffordernd hob Ruben die Augenbrauen. Er wartete noch immer auf eine Antwort, und plötzlich verhielt sich mein Sprachapparat wie eine Ketchupflasche. Zuerst passierte gar nichts, dann schüttelte und klopfte und rüttelte man, und ehe man sichs versah, stürzte fast der gesamte Inhalt auf den Teller, und man sah sich einem riesigen Schlamassel gegenüber.

»Was soll ich sagen, Ruben? Ja, natürlich bin ich nervös. Um ehrlich zu sein, bin ich zu Tode verängstigt. Ich weiß, wer du bist. Und ich weiß, wer ich bin. Und wir sitzen in diesem«, ich machte eine ausholende Geste mit der Hand, die unseren romantischen kleinen Zweiertisch meinen konnte oder die ganze Welt, »un-glaub-lich schönen Restaurant, mit diesen un-glaub-lich erlesenen Speisen, und ich habe mich noch niemals so außerhalb meiner Komfortzone gefühlt. Ich weiß nicht, was du von mir erwartest. Bei jedem Wort befürchte ich, du würdest aufwachen und merken, dass du mit deiner Investition in *micronounce* einen riesigen Fehler gemacht hast. Die anderen Haie in der Sendung wirkten jedenfalls nicht besonders angetan von meinen Qualitäten. Zu allem Überfluss kursieren Memes von meinem Ausschnitt in dieser fürchterlichen zerknitterten Bluse in den sozialen Medien. Im Übrigen auch auf deiner Plattform ContactLoop. Ich fühle mich wie eine Hochstaplerin und bewege mich auf ganz, ganz dünnem Eis. Ein falscher Schritt und ich breche ein.« Mein Mund war schon wieder trocken, und weil mein Wasserglas leer war, stürzte ich nun den Champagner hinunter. »Du meinst, wir sollten uns kennenlernen? Ich verrate dir was: In meiner Welt lernen sich Leute kennen, indem sie auf Partys gehen, billigen Tetra-Pak-Rotwein mit Cola trinken und ›Zwei Wahrheiten und eine Lüge‹ spielen.«

Sollte es irgendwann mal in Berlin ein Erdbeben geben, das den Stadtteil Wedding verschluckte, wäre genau das der richtige Moment dafür gewesen. Natürlich tat mir das Schicksal diesen Gefallen nicht. Stattdessen blieb mir nichts anderes übrig, als mit ein wenig mehr flüssiger Courage gegen das Gefühl von Demütigung anzukämpfen, das mein Ausbruch mir beschert hatte.

»Warum solltest du dich wie eine Hochstaplerin fühlen? Deine Technologie ist das Herz einer innovativen App. Ich habe deine Studienzeugnisse gesehen. Du hast zwei Klassen übersprungen. Du bist eine außergewöhnliche Frau, Louisa.«

Ich richtete meinen Blick zurück auf das Tischtuch. Ja, und weil ich so eine außergewöhnliche Frau war, wurde ich nicht mal auf die Tetra-Pak-Partys eingeladen. Das wird's sein. Wenigstens diesmal zeigte mein Verstand Kooperationswillen, und ich konnte mich davon abhalten, auch noch dieses selbstironische Gewäsch laut auszusprechen.

Der Zwischengang wurde serviert. In Lavasand gebackenes Vulkanknäckebrot mit Tomaten aus dem hiesigen Urban-Gardening-Projekt, geräuchertem Rohmilchkäse und Kapuzinerkresse.

Ruben probierte einen Happen, kaute bedächtig, dann legte er das Besteck ab und nahm mich ins Visier. »Ich habe mit acht Jahren bei einer Garagenentrümpelung einen alten Commodore Amiga gefunden und eigenhändig repariert. Ich habe in meinem Leben mehr als eineinhalbtausend Bücher gelesen. Bei meinem ersten Job habe ich die meiste Zeit am Kopierer verbracht.« Seine Stimme klang samtig und vollmundig. Jede Silbe betonte er, als hätte sie eine tiefere Bedeutung. Ich begriff, was er machte, und trotzdem fiel es mir schwer, es zu glauben.

Ich räusperte mich. »Nummer drei ist die Lüge. Du hattest schon immer deine eigene Firma.«

»Falsch.« Er deutete mit dem Zeigefinger auf mich. »Bis zu meiner Volljährigkeit haben meine Eltern mein Vermögen verwaltet. Sie waren der Meinung, es würde mir guttun, das Geschäftsleben von der Pike auf zu lernen. Mit fünfzehn habe ich ein Praktikum bei einem Online-Reisebüro gemacht. Ich habe viel gelernt in der Zeit. Die Lüge war die Sache mit den Büchern. Als Kind und Jugendlicher habe ich viel gelesen, heute komme ich leider kaum noch dazu. Jetzt du.«

Wir machten das also wirklich? »Meine Schwester ist meine beste Freundin. Ich habe noch nie bei einer Studienarbeit geschummelt, und ich kann rund siebentausend Gesichtsausdrücke in weniger als einer zwanzigstel Sekunde erkennen.«

»Dann brauchst du selbst die App nicht, um Mikroexpressionen zu deuten?«

»So geht das Spiel nicht, Herr Stephanski.«

»Oh, wenn das so ist.« Er lehnte sich in seinem Stuhl zurück und betrachtete mich eingehend. »Ich glaube, du hast noch nie in deinem Leben bei irgendwas geschummelt.«

»Falsch!« Ich lachte. So abwegig es mir gerade noch vorgekommen war, dass ein Mann wie Ruben Stephanski sich auf ein albernes Spiel mit mir einließ, so sehr wirkte es. Ich fühlte die Anspannung von mir abfallen. »Bei besagter Studienarbeit hat es mich unglaublich gelangweilt, die ganzen Abweichungen händisch auszurechnen. Also habe ich einen Code geschrieben, der das für mich erledigt hat. Aber pssst«, ich legte den Zeigefinger an die Lippen, »nicht weitersagen.«

Ruben tat, als würde er sich den Mund mit den Fingern verschließen. »Ich schweige wie ein Grab. Jetzt erzähl schon, was es mit den Mikroexpressionen auf sich hat.«

»Ach das.« Ich machte eine wegwerfende Handbewegung. »Das

ist ganz einfach. Meine Schwester hat ASS – eine Autismus-Spektrum-Störung. Für ihre Therapie musste sie Gesichtsausdrücke auswendig lernen. So, wie neurotypische Menschen Vokabeln oder so. Ihr Therapeut hat Pauline dafür Karteikarten gemacht, und weil sie nie alleine büffeln wollte, habe ich mit ihr zusammen gelernt. Jetzt bist du wieder dran.«

Von da an verlief unsere Unterhaltung völlig ungezwungen und fließend. Wir aßen und tranken. Wir stellten einander Fragen, und manchmal redeten wir auch einfach nur so. Der pochierte Fjord-Kabeljau mit Himbeeren und Rosenvinaigrette, Mini-Brokkoli und gerösteten Fichtensamen war ein Gedicht. Das Fischfleisch flockig und zart, die Aromen so perfekt abgestimmt, dass sie auf dem Gaumen sangen. Die Kerze in der Mitte unseres Tisches brannte herunter. Zu jedem Gang gab es einen erlesenen Wein.

Der Kellner hatte bereits die Rechnung gebracht, als Ruben seine Kreditkarte diskret in das dafür vorgesehene Lederetui schob und mich noch einmal ansah.

»Eine Runde noch, bevor der Abend endet.«

Ich hielt seinem Blick stand. Wenn es nach mir gegangen wäre, hätte dieser Abend ewig weitergehen können. Ich fühlte mich berauscht und lebendig und, wenn ich ehrlich war, ein kleines bisschen beschwipst. Mir war durchaus bewusst, dass die Zweifel zurückkommen würden. Heute Nacht, im Bett in meiner Studentenbude. Oder spätestens morgen früh, wenn die Realität mich wieder einholte. Wenn ich wieder Lou war, die ihre ersten Schritte in eine ihr vollkommen unbekannte Welt unternahm, und nicht mehr Louisa, mit der Ruben Stephanski ›Zwei Wahrheiten und eine Lüge‹ gespielt hatte. Aber für eine letzte Runde unseres Spiels konnte ich mich an der Illusion festhalten und so tun, als ob das hier mehr war als sein überaus nachsichtiger Versuch, mir meine Nervosität zu nehmen.

»Okay«, hauchte ich und konzentrierte mich auf sein Gesicht. Sogar den Kerzenstummel rückte ich so, dass ich jede kleinste Veränderung seiner Miene wahrnehmen konnte. Diesmal wollte ich die Lüge um jeden Preis herausfinden. Ich wollte ihn beeindrucken, schließlich gehörte das zu meinem Job.

»Ich halte mich fit, indem ich laufe. Mein liebster Feiertag ist Chanukka, und auch ich fühle mich manchmal noch immer wie ein Hochstapler.« Er sprach leise und betörend. Seine Stimme echote durch meinen Kopf. Kein Beben, kein Zucken, kein Muskel in seinem Gesicht deutete darauf hin, dass das, was er gerade gesagt hatte, auch nur die allerkleinste Lüge enthielt. Alle drei Aussagen entsprachen der Wahrheit.

Du auch?, wollte ich fragen. *Ausgerechnet du?* Doch dann geschah etwas. Einen winzigen Augenblick lang weiteten sich seine Pupillen. Schreck. Die natürliche Anspannung seiner Muskeln ließ nach, seine Miene wurde zur Maske, ehe sie wieder die gewohnte Mischung aus Interesse, Aufmerksamkeit und Konzentration zeigte. Ruben Stephanski hatte mir mehr von sich verraten, als er geplant hatte, und jetzt bereute er es. Es wäre so einfach gewesen nachzuhaken. So, wie er es bei mir getan hatte, am Anfang des Abends. Doch das, was er mir enthüllt hatte, war eine zu fragile Wahrheit, um auf ihr herumzutrampeln. Also riss ich mich zusammen. Ich machte alles, was ich konnte, um vorzugeben, sein Ausrutscher wäre mir entgangen. Ich legte den Kopf in den Nacken, lachte, verdrehte die Augen.

»Oh, das war eine geschenkte Runde. Dass du dich fit hältst, kann jeder sehen, und ihr Amerikaner joggt doch alle gerne. Dass du jedes Jahr zu Chanukka zu deiner Familie nach New York fliegst, habe ich in einem Porträt über dich gelesen. Es sind die einzigen Tage im Jahr, die du dir freinimmst. Also: An diesem Tisch gibt es gar keinen Hochstapler.« Ich zwinkerte ihm zu. »Dein Erfolg ist zu hundert Prozent verdient. Wie hast du vorhin so schön gesagt: Du arbeitest hart, und damit gebührt dir jedes bisschen Bewunderung. Und was mich angeht – du hast gerade zwei Stunden investiert, mir klarzumachen, dass ich mich vor Montag nicht fürchten muss, wenn ich das Büro in der BrainBubble beziehe und es endlich richtig losgeht.«

Er nahm mir mein Schauspiel keine Sekunde lang ab. Wir beide wussten, dass in den letzten Minuten nur einer von uns gelogen hatte.

KAPITEL 6

Ruben

Rechts. Links. Rechts. Links. Meine Schritte fraßen den Asphalt. Rechts. Links. Rechts. Links. Nicht anhalten. Nicht innehalten. Nicht nachdenken.

Ein Blick auf die Smartwatch. Die Zwanzigtausender-Marke hatte ich überschritten. Dreiundzwanzig Kilometer in unter hundertzwanzig Minuten. Die Lungen brannten, die Muskeln verspannten sich immer mehr. Ich ignorierte den Schmerz. Wer im Leben weiterkommen wollte, musste den Schmerz hinter sich lassen und kämpfen. Weiter. Und weiter. Noch einen Schritt und noch einen. Nie an die ganze Strecke denken. Immer nur an den nächsten Schritt, und dann, wenn man die Zähne zusammenbiss und weitermachte, stellte man fest, dass selbst das Unmögliche möglich war. Meine Runde näherte sich dem Ende. Noch ein paar Straßenecken, dann würde sich mein Zuhause vor meinen Augen in den Himmel recken. Ich hatte in das Bauprojekt investiert, da niemand so recht daran geglaubt hatte, dass es dem Architekten gelingen würde, aus einem alten Zivilschutzbunker eine ansprechende Wohnimmobilie zu machen. Als Rodrigo und das Bauteam den Umbau beendet hatten, waren alle Zweifler verstummt, und ich hatte mich nicht mehr von dem Objekt trennen können. Ganz unrecht hatte Stefanie Wiedmann also nicht, wenn sie mir vorwarf, in einem Elfenbeinturm zu hausen. Preisgekrönte Architektur hin oder her, mit dreißig Metern Höhe und Wänden von knapp eineinhalb Metern Dicke verschmolz der ehemalige Rundbunker auch nach der Sanierung nicht unbedingt mit der Umgebung.

Ich legte Tempo zu. Alles in mir schrie danach weiterzulaufen. Sobald ich langsamer wurde, holten die Gedanken mich ein.

Auch ich fühle mich manchmal noch wie ein Hochstapler. Phhh! Dass ich nicht lachte! Hochstapler schafften keine dreiundzwanzig Kilometer in gerade mal zwei Stunden. Ich kam aus dem Tritt. Welcher Teufel hatte mich geritten, diesen Schwachsinn gestern Abend von mir zu geben? Welcher Teufel, oder eher: welche Teufelin? Mein Herz stolperte, wieder verlor ich den Rhythmus. Das Vernünftige wäre jetzt, das Tempo zu einem gemütlichen Trab auslaufen zu lassen, dann zu Schrittgeschwindigkeit. Genau das hatte ich vor, als gut hundert Meter vor mir ein zweiter Jogger auftauchte. Seine Schritte wirkten frisch und dynamisch. Nicht, als ob er heute schon Tausende Meter Asphalt in den Knochen hatte. Mit jedem federnden Schritt wuchs der Abstand zwischen ihm und mir.

Oh, nein, Freundchen, ganz sicher nicht. Ich biss die Zähne zusammen und gab noch mal Gas. Was machte eine kleine Schleife mehr oder weniger für einen Unterschied? Rechts. Links. Rechts. Links. Der Abstand verringerte sich. Weiter. Weiter. Das hier war kein Wettkampf, aber es fühlte sich so an. Was Ruben Stephanski auch tat, er war der Beste darin. So lauteten die Regeln, und ganz sicher würde er keinen dahergelaufenen Jogger damit davonkommen lassen, schneller zu sein als er. So etwas würden Hochstapler tun. Maulhelden, die den Mund weit aufrissen und nicht lieferten. Ich lieferte immer. Ausnahmslos. Nur so verdiente man sich Respekt. Nur so bekam die Welt keine Gelegenheit, einen zu Fall zu bringen.

Es brauchte noch einmal gut einen Kilometer, bis ich meinen Konkurrenten eingeholt hatte. Ein muskulöser Typ, jünger als ich, erkannte ich beim Überholen. Auf dem Rücken seiner Sportjacke prangten das Logo und der Name eines bekannten Berliner Sportvereins. Nachwuchskader, schätzte ich. Ein Kerl in der Blüte seiner körperlichen Leistungsfähigkeit, der dafür bezahlt wurde, fitter zu sein als seine Altersgenossen. Ich hatte ihn besiegt.

Ich nickte zum Gruß, murmelte ein »Hi«. Ob er antwortete, hörte ich nicht. Mein pumpender Atem verschluckte jedes andere Geräusch.

An der nächsten Querstraße bog ich rechts ab. Dann wieder rechts und wieder, zurück in meine Straße.

Ich stolperte über die Gehwegplatten, die von der Straße zum Haus führten. Die Tür verschwamm vor meinen Augen. Ende. Aus. Das hier war mein Ziel. Dank der Extra-Runde hatte ich fünfundzwanzig Kilometer geschafft. Kein Zeitrekord, aber auch nicht schlecht. Im Hochparterre des Hauses wartete das Home-Gym auf mich. Ein bisschen Hanteltraining, Übungen für den Schultergürtel, Bizeps und Trizeps. Auch die Bauchmuskulatur konnte Training gebrauchen. Ich überschlug, was ich gestern bei Guðný gegessen hatte. Das Menü war exzellent gewesen. Das war die Anstrengung heute allemal wert. Ich hatte alles im Griff. Nichts und niemand konnte mir in die Quere kommen. In meinem Leben war ich der König. Kein Hochstapler, ganz sicher nicht. Zum Teufel mit Louisa Freymuth. Zum Teufel mit ihrer Unsicherheit und dem Beschützerinstinkt, den sie damit in mir weckte. Louisa musste nicht beschützt werden, und ich war ganz sicher kein Retter in goldener Rüstung. Wir beide würden davon profitieren, wenn ich mich künftig von ihr fernhielt und nur einschritt, wenn sie Gefahr lief, eine geschäftliche Dummheit zu begehen.

Ich stocherte mit dem Schlüssel am Schloss herum und traf erst beim fünften Versuch. Meine Hände zitterten. Das war nichts Außergewöhnliches nach einem anstrengenden Training. Alles im grünen Bereich. Eine Trainingseinheit, die laut Smartwatch rund tausendvierhundert Kilokalorien verbraucht hatte, kostete nun mal Kraft.

Endlich gab das Schloss nach. Die Tür sprang auf. Im Inneren des Hauses empfing mich angenehme Kühle und relative Dunkelheit. So mochte ich es. Erst die gewundene Wendeltreppe in der Mitte des Raumes trug einen in den Wohnbereich und damit ins Licht.

Ich angelte mir ein frisches Handtuch aus einem Regal an der Garderobe und eine Flasche Wasser aus dem Kühlschrank, der dort stand. Die meisten Menschen irritierte meine Einrichtung, wenn sie zum ersten Mal mein Heim betraten. Aber erstens gewährte ich dieses Privileg nur sehr wenigen, und zweitens hielten sich diese wenigen mit ihrem

Urteil zurück. Es hatte gewisse Vorzüge, als aalglatter Bastard zu gelten, und was man sich im Geheimen über mich dachte, konnte mir egal sein. Die Gedanken waren frei. Ich sah es nicht als meine Berufung, Everybody's Darling zu sein.

Angenehm kühl rann das Wasser meine Kehle hinab. Ich musste mich zwingen, langsame, kleine Schlucke zu nehmen. Zu viel Gier würde meinen Magen nur dazu verleiten, die Erfrischung sofort wieder ans Tageslicht zu befördern. Ich wischte mir den Schweiß vom Nacken, schüttelte Feuchtigkeit aus den Haaren und entledigte mich der Laufjacke, die ich als Schutz vor Regennässe und Wind übergezogen hatte. Das Handtuch legte ich auf die Hantelbank, ehe ich darauf Platz nahm. Ich stützte die Ellenbogen auf die Knie, ließ den Kopf zwischen die Schultern fallen, schloss die Augen. Ein paar Minuten atmen. Langsam ein. Langsam aus. Nur ein paar Minuten. Dann konnte es weitergehen. Der Sonntag hatte gerade erst begonnen.

Louisa

Laut einem heiligen Ritual meiner Familie gehörten Sonntage der Familie. Früher hatte mein Vater an Sonntagen sogar das Telefon ausgestellt. Alle Nachbarskinder wussten, dass sie sonntags nicht bei uns klingeln durften, und selbst die Austräger der Gemeindeblättchen machten an diesem Tag einen Bogen um unseren Briefkasten. Nicht, dass meine Eltern besonders gläubig gewesen wären. Eher das Gegenteil. Doch Papa arbeitete hart in seinem Job, und das konnte er nur, wenn sein Heim ihm einen ausgleichenden Ruhepol bot. Seine Abwesenheit prägte meine gesamte Kindheit. Wenn er unter der Woche zu Hause war, wuselte Mama um ihn herum, als wäre er der Fixstern, um den sich ihr Universum drehte, und Pauline und ich durften nichts tun, was ihn belästigte. An Sonntagen war das anders. Dann wollte er seine Familie um sich haben. Sonntags störte es ihn nicht, mit Pauline zum zigsten Mal denselben Film anzusehen oder sich mit mir im Schach zu messen. Dabei war er weder ein großer Cineast noch ein begabter Schachspieler. Wenn wir zusammen im Urlaub waren, verbot er Pauline und mir, unsere Hörspiel-CDs öfter als einmal hintereinander zu hören, und über die Fernbedienung des Fernsehgeräts herrschte er mit unantastbarer Macht. Aber an Sonntagen vergaß er alle Alltagsregeln und war nur noch unser Papa. Trotz aller Unstimmigkeiten, die meine Eltern und ich hatten, hatte ich nicht eine Sekunde meines Lebens daran gezweifelt, dass sie mich liebten. Vielleicht war das der Grund, warum ich mich mit Männern schwertat. Wenn ich irgendwann einmal wieder den Mut finden würde, eine Beziehung einzugehen, sollte es sich echt und grenzenlos anfühlen. Nicht perfekt, das musste gar nicht sein. Aber so, als ob ich mir mit dem Mann die Ewigkeit vorstellen könnte, auch wenn die Beziehung am Ende womöglich nur ein paar Wochen oder Monate dauerte. Für Kompromisse war ich mir zu schade. In dieser Hinsicht hatte ich meine Lektion gelernt. Trotzdem ertrug ich die Sonntage in meinem Elternhaus seit der Pubertät meist nur mit Magengrummeln. Zu groß war die Diskrepanz zwischen dem Leben, das sie sich in allerbester Absicht für mich wünschten, und dem, was ich wollte. Das war eines der ganz großen Paradoxien meines Erwachsenwerdens. Ich liebte meine Eltern, aber ich ertrug sie nur in homöopathischen Dosen. Seit Pauline ausgezogen war, bot sie zu besuchen die perfekte Lösung für mein Dilemma. So gehörte der Sonntag zwar immer noch der Familie, aber ich kam drum herum, mir jede Woche mit meinen Eltern die Köpfe einzuschlagen und mich hinterher deshalb schlecht zu fühlen.

Die Villa Sonnenschein, wie sich die Einrichtung nannte, in der Pauline seit sechs Jahren lebte, befand sich im ländlichen Brandenburg, rund eine dreiviertel Autostunde Fahrt von meiner Wohnung in Friedrichshain entfernt. Obwohl ich die öffentlichen Verkehrsmittel hätte nehmen können, zog ich es in aller Regel vor, meinem Peugeot eine kleine Ausfahrt zu gönnen. Die Fenster heruntergekurbelt, Musik an, und los ging es. Jedes Mal aufs Neue konnte ich kaum fassen, wie anders die Welt hier draußen war, mitten in der Natur und doch nur eine Autostunde Fahrt von der Großstadt entfernt.

In der Villa Sonnenschein gab es vier betreute Wohnungen, dazu eine Betreuerunterkunft, mehrere Gesellschaftsräume und die Ställe für die Therapietiere. Die Gebäude stammten aus dem neunzehnten Jahrhundert. Alles hier wirkte wie aus der Zeit gefallen. Die hübschen Ziegelmauern außen und die preußischen Kappdecken innen. Die gepflegte Rasenfläche im Innenhof des Vierkanthofs, in deren Mitte eine riesige Eiche stand. Die rund gemauerten Fenster und Türnischen der Anlage sowie die rotbraun gebeizten Läden vor Fenstern und Türen. Ein paar Gänse liefen auf der Anlage frei herum und begrüßten mich schnatternd. Außerdem kümmerten sich die Bewohner der Villa Sonnenschein um eine kleine Schafherde und zwei Ponys.

Ich stellte den Wagen auf dem Besucherparkplatz ab und stieg aus. Frische Märzluft umwehte meine Nase. Der Duft feuchter Wiesen, des letzten Schnees und erwachender Natur. Schneeglöckchen reckten ihre weißen Kelche in die Morgensonne, hier und da ragte ein Krokus aus dem wintermüden Gras. Ja, genau das hier brauchte ich heute. Einen Tag in der Ruhe der Villa Sonnenschein, wo es sich die Betreuer zum Ziel gesetzt hatten, dass jeder für sich sein konnte und doch alle eine Gemeinschaft bildeten.

Paulines Wohnung befand sich in einem Teil des umgebauten Stalls. Durch die Fensterscheibe des Wohnzimmers sah ich sie staubsaugen. Es wäre so einfach, ans Fenster zu klopfen und über die Terrasse einzutreten. Aber ich kannte meine Schwester, also umrundete ich das Gebäude und drückte auf den Klingelknopf. Zweimal kurz, einmal lang. Seit unserer Kindheit war das meine Art, um Einlass in ihre Welt zu erbeten. Manchmal gewährte sie mir den, manchmal nicht. Es war ihre Welt, und ich hatte gelernt, das zu akzeptieren.

Auch heute dauerte es mehrere Minuten, ehe sie mir öffnete. Ich wusste es besser, als noch einmal zu klingeln. Pauline tanzte nach ihrer eigenen Musik. Wenn man das akzeptierte, bereicherte sie einem das Leben mit ihrer ganz eigenen Sicht auf die Dinge.

Endlich öffnete sich die Tür. Ein paar Strähnen hatten sich aus ihrem Pferdeschwanz gelöst. Sie trug Leggings mit ein paar Wasserflecken drauf und einen weiten, ausgewaschenen Pullover. »Du bist zu früh«, begrüßte sie mich in anklagendem Ton.

»Tatsächlich?«

»Ja. Du solltest erst um zwölf kommen. Du kommst immer um zwölf. Um zwölf Uhr dreißig gibt es Mittagsessen. Du kommst um zwölf, dann reden wir eine halbe Stunde, dann essen wir mit den anderen zu Mittag. Jetzt ist es elf Uhr siebenundvierzig. Du bist zu früh.«

»Ich habe mich darauf gefreut, dich zu sehen, und es war wenig Verkehr.« Ich setzte mein breitestes Lächeln auf. Manchmal fiel es Pauline leichter, Gesichtsausdrücke zu deuten, wenn man sie übertrieb. »Darf ich trotzdem reinkommen? Wenn du willst, kann ich dir helfen, den Staubsauger und die anderen Putzsachen wegzuräumen.«

»Nein.« Sie knallte mir die Tür vor der Nase zu, und ich seufzte. Wie es aussah, hatte ich dreizehn Minuten totzuschlagen, ehe meine Schwester mich empfing. Wie gut, dass zumindest die Sonne schien. Ich machte es mir auf der Bank unter der Eiche im Innenhof bequem und zückte mein Handy.

In der Notizapp hatte ich mir eine To-do-Liste angelegt, was es noch alles zu bedenken gab, bevor ich morgen mein Büro in der BrainBubble bezog. Ich scrollte durch die Liste, doch die Buchstaben verschwammen vor meinen Augen.

Morgen schon. Ab morgen würde ich jeden Tag in der Gegenwart von Ruben Stephanski verbringen. Der Gedanke allein genügte, um meinen Puls in die Höhe zu treiben. Ich ließ die Hand mit dem Handy in den Schoß sinken, schloss die Augen. Auf der Innenseite meiner Augenlider erschien das Bild von Ruben Stephanski im Kerzenlicht. Gott, dieser Mann hatte mich überrascht. Sicher, der Moment, in dem er sich verletzlich gezeigt hatte, war kurz gewesen. Beendet hatte er unseren Termin wieder als ganz der Alte. Unantastbar, überlebensgroß und absolut kontrolliert. Doch dass es diesen einen Augenblick gegeben hatte, ließ mich nicht mehr los.

»Na, du scheinst an etwas Schönes zu denken.« Ayleens Stimme riss mich aus meinem Tagtraum. Vor Schreck rutschte mir das Handy aus den Fingern.

»Ups.«

Lachend bückte sich die Heilpädagogin nach dem Telefon, gab es mir zurück und setzte sich neben mich auf die Bank. »Ich wollte dich nicht erschrecken.«

»Hast du nicht.« Ich steckte das Telefon weg. »Ich war nur in Gedanken.«

»Ja. Das habe ich gemerkt.« Sie zwinkerte vielsagend. Hitze schoss mir ins Gesicht, doch ich rang den Drang nieder, mir über die feuerheißen Wangen zu reiben. Das würde nur unnötig Aufmerksamkeit auf meine Misere lenken, und mein Gefühl sagte mir, dass Ayleen mich ohnehin durchschaut hatte.

»Ich habe dich im Fernsehen gesehen. Gemeinsam mit allen Bewohnern. Du kannst dir nicht vorstellen, was hier los war, als dieser … Wie heißt er noch gleich? Also dieser junge, gut aussehende Hai dir den Deal angeboten hat.«

»Ruben Stephanski. Ja. Das war wirklich ziemlich unglaublich.« *Und wenn du bloß wüsstest, wie unglaublich es ist, ihm im Kerzenschein gegenüberzusitzen. In einem romantischen kleinen Restaurant.*

»Da ist er ja wieder, dieser Blick.« Spielerisch stieß sie mir den Ellenbogen in die Seite. »Lass mich raten: Es ist nicht allein dein Erfolgskurs, der dich so lächeln lässt, sondern dein charmanter Geschäftspartner. Komm schon, mir kannst du es sagen. Sieht er in Wahrheit genauso gut aus wie im Fernsehen?«

»Noch besser.« Mich selbst erschreckte, wie gequält mein Tonfall klang.

Ayleen hingegen fand es offenbar ziemlich witzig. Sie lachte aus vollem Herzen. »Oh, Liebes, da möchte ich nicht in deiner Haut stecken. Jeden Tag im Büro so einen Mann vor Augen, zum Greifen nah und doch so fern.« Das *so* betonte sie auf eine Weise, als ob man es mit zwanzig Os schreiben würde. »Das wird eine ganz schöne Herausforderung für deine Selbstbeherrschung. Aber mach dir nichts draus.« Sie wandte mir ihr Gesicht zu und zwinkerte. »Das meiste im Leben ist eine Sache der Gewöhnung. Du wirst sehen: Ehe du dichs versiehst, wird dieser Michalsky für dich nicht mehr sein als ein Möbelstück.«

»Stephanski.«

Ayleen sah mich mit großen Augen an.

»Er heißt Ruben Stephanski. Nicht Michalsky.«

»Wie auch immer.« Sie klopfte sich mit den Handflächen auf die Oberschenkel und stand auf. »Es ist eine Minute vor zwölf. Besser, du gehst jetzt. Nicht, dass Pauline dich nicht mehr in die Wohnung lässt, weil du zu spät kommst.«

»Da hast du wohl recht.« Ich erhob mich ebenfalls.

»Du bist doch heute beim Mittagessen dabei? Miriam und Basti sind mit dem Kochen dran.«

Ich nickte begeistert. »Auf jeden Fall.« Miriam und Basti waren zwei andere Bewohner der Villa Sonnenschein. An den Wochenenden kochten immer abwechselnd zwei der vier Hofbewohner für die gesamte Gemeinschaft. Und so sehr ich Pauline liebte, die besseren Köche waren eindeutig Miriam und Basti.

»Dann sehen wir uns nachher.« Zum Abschied lächelten Ayleen und ich einander noch einmal zu, dann gingen wir jeder unserer Wege.

Diesmal hatte ich mehr Glück, und Pauline öffnete direkt nach dem Klingeln.

»Herzlich willkommen, Lou«, sagte sie auf diese Weise, die Fremde meist als roboterhaft empfanden. Das mochte daran liegen, dass sie jeden Augenkontakt scheute. Für Pauline fühlte sich direkter Blickkontakt oft zu laut und aufdringlich an. Dafür besaß sie eine perfekte periphere Wahrnehmung. Ihr entging nichts, was sich in ihrem Gesichtsfeld befand. »Ich freue mich, dich zu sehen.«

»Ich freue mich auch. Darf ich reinkommen?«

»Ja. Du bist willkommen.« Sie trat zur Seite, sodass ich an ihr vorbei ihre Wohnung betreten konnte. Alles, die Begrüßungsformel, jede unserer Bewegungen, folgte einem strengen Ritual. Das machte es einfacher für Pauline, und mich störte es nicht. Ausrutscher, wie mein zu frühes Erscheinen heute, passierten. Doch wir hatten beide gelernt, damit umzugehen. Noch vor ein paar Jahren hätte so ein Vorkommnis das Potenzial gehabt, Paulines ganzen Tag durcheinanderzuwirbeln. Heute ging sie absolut souverän damit um. Was störte es mich da, meine Schuhe direkt nach dem Betreten der Wohnung auszuziehen und sie, perfekt parallel ausgerichtet, auf eine dafür vorgesehene Plastikwanne zu stellen?

Paulines Wohnung befand sich im Erdgeschoss des ehemaligen Stallgebäudes. Die Haustür führte in den Wohn- und Essbereich. Sie hatte ein separates Schlafzimmer und ein kleines Bad. Wie immer war die Wohnung beinah steril sauber. Kein Staubkorn weit und breit. Kein Dekoschnickschnack oder Zimmerpflanzenchaos wie bei mir zu Hause. Meine Schwester mochte es strukturiert und übersichtlich. Die wenigen Möbel – eine Couch, ein Sessel, ein Fernsehtisch, ein Esstisch mit vier Stühlen sowie ein Regal – standen in präzisen Abständen an die Wand gerückt. Kein einziges Arbeitsutensil lag auf der Küchenarbeitsfläche. Rund vierzig Quadratmeter waren nicht viel für eine erwachsene Frau Anfang dreißig. Aber für Pauline bedeuteten sie die Welt. Diese vierzig Quadratmeter hielt sie allein in Schuss. Sie putzte, wusch ihre Wäsche und räumte auf. Zweimal in der Woche ging sie einkaufen. Dank der Hilfe und Betreuung, die sie in der Villa Sonnenschein erfuhr, war ihr Leben heute so selbstbestimmt wie nie zuvor, und jeden Tag stellte sie sich neuen Herausforderungen und lernte dazu. Ich war so unglaublich stolz auf meine Schwester, dass ich sie am liebsten in den Arm genommen hätte. Damit hätte ich allerdings nur mir selbst einen Gefallen getan und nicht ihr.

»Willst du etwas trinken?«, fragte sie mich, nachdem ich mich auf meinen üblichen Stuhl am Esstisch gesetzt hatte. »Ich habe Wasser mit und ohne Sprudel. Johannisbeersaftschorle und Orangenlimonade.«

»Wasser bitte. Mit Sprudel.«

Sie nahm ein Glas aus einem der Küchenoberschränke, befüllte es exakt bis zum Eichstrich mit Wasser aus einer Sprudelflasche und reichte mir das Getränk.

»Danke«, sagte ich.

»Wie geht es dir?«, fragte Pauline.

Zing! Mehr brauchte es nicht. Eine harmlose Frage und schon drängte sich Ruben Stephanski zurück in den Vordergrund meiner Gedanken. Aufdringlicher Kerl!

»Ich bin ziemlich aufgeregt, weil ich morgen das Büro in der Brain-Bubble beziehe.«

»Damit bald viele Auties *micronounce* benutzen können und Hilfe bekommen.«

Auties war die Selbstbezeichnung, mit der sich die Bewohner der Villa Sonnenschein benannten. Immer »Menschen mit Autismus-Spektrum-Störung« zu sagen, stellte sich im Alltag als ein wenig umständlich dar.

»Ja.«

»Das ist eine gute Sache. Und du bist eine gute Programmiererin. Das ist kein Grund, aufgeregt zu sein.«

Auf einmal brannte es hinter meinen Augen, und ich hatte Mühe, die Tränen zu unterdrücken. Gott, ich liebte meine Schwester. Ihre Unterstützung war so bedingungslos. Bei ihr musste ich mir nie Gedanken darüber machen, ob sie wirklich meinte, was sie sagte.

»Na ja, ganz so einfach ist es nicht. Ich werde viele neue Leute kennenlernen. Gerade am Anfang werden alle ein genaues Auge auf mich haben.«

»Hm«, machte Pauline. Ihre Miene wirkte unbewegt, vollkommen neutral. Nur dass sie begann, vor der Brust mit den Händen zu flattern, verriet, dass mein Geständnis sie bewegte. »Fremde Leute können beängstigend sein. Meinst du das, wenn du sagst, du bist nervös? Angst und Nervosität sind aber nicht dasselbe. Angst schaut in die Zukunft. Wenn du Angst hast, fürchtest du dich vor etwas, das passieren könnte. Wenn du nervös bist, beunruhigt oder überfordert dich dagegen etwas, das im Hier und Jetzt tatsächlich geschieht. Du hast gesagt, du bist nervös. Heißt das, ich überfordere oder beunruhige dich gerade?«

Ich schüttelte den Kopf. Pauline klang, als ob sie aus einem Lehrbuch zitieren würde. Höchstwahrscheinlich tat sie das auch, und dieser Vortrag war einer, den sie sich mehrfach von einem ihrer Therapeuten hatte anhören müssen.

»Dann solltest du nicht sagen, du bist nervös, sondern du hast Angst. Du kannst heute nicht wissen, wie es morgen sein wird, wenn du in dein Büro ziehst.« Übersetzt vom Paulinischen ins neurotypische Deutsch: Warte ab, was auf dich zukommt. Meine Schwester war eine kluge Frau.

»Ja, du hast recht.«

»Mir helfen in fremden Umgebungen feste Bezugspersonen. Hast du eine feste Bezugsperson, wenn du morgen in dein neues Büro kommst?«

»Bisher kenne ich nur Ruben Stephanski näher. Er ist der Investor.«

»Ist er nett?«

Wieder stieg mir Hitze in die Wangen. Natürlich entging das meiner Schwester nicht. Pauline war eine ausgezeichnete Beobachterin, und sie war die Letzte, die sich in verbaler Zurückhaltung übte, wenn ihr etwas auffiel.

»Du wirst ganz rot. Warum wirst du rot? Gründe fürs Erröten sind: körperliche Anstrengung, hoher Blutdruck, starke Temperaturschwankungen oder emotionaler Stress.« Sie zählte die Möglichkeiten an den Fingern ab. »Es ist nicht zu kalt oder warm in meiner Wohnung. Bist du gesund?«

»Ja, Pauline, ich bin gesund.«

»Hast du also doch Stress? Habe ich etwas Böses gemacht? Dann –«

»Nein!« Ich unterbrach sie. Instinktiv erhob ich meine Stimme. Ihr Händeflattern intensivierte sich. Genau das war der Grund, warum *micronounce* solch eine große Hilfe für Menschen wie Pauline sein konnte. Mithilfe der App müsste sie in diesem Moment nicht raten, ob es mir gut ging oder nicht. Sie hätte eine verlässliche Rückversicherung, dass ich sie nicht belogen hatte. Ich atmete einmal tief durch, regulierte meine Stimme und gab dann zu: »Ich werde rot, weil ich mich schäme. Und um auf deine Frage zu antworten: Ja, Ruben ist nett.« Ich pickte mit dem Daumennagel unter dem Fingernagel des Ringfingers herum. »Sehr nett sogar.«

»Wäre es dir lieber, er wäre unfreundlich?«

»Natürlich nicht. Es ist nur ...« Ich stockte, suchte nach Worten. Himmel, warum war es so schwer, das alles zuzugeben? Sogar vor mir selbst? »Es ist nur, dass ich ihn nicht nur nett, sondern auch sehr attraktiv finde. Als Mann. Du verstehst schon, oder? Er ist ... nett und sexy. Wenn ich ihn ansehe, stolpert mein Herz.«

»Ein Herz kann nicht stolpern, weil es nicht läuft.«

»Nein.« Ich sollte es besser wissen, als Pauline mit einer Metapher zu konfrontieren. »Das wollte ich damit auch nicht sagen.«

»Ich weiß. Was du damit sagen willst, ist: Du möchtest, dass er seinen Penis in deine Vagina steckt.«

»Pauline!« Ich schlug mir die Hand vor den Mund. Wenn meine Schwester wüsste, was ihre Worte gerade mit mir anstellten, wüsste sie jetzt auch, dass Herzen sehr wohl stolpern konnte. Sie konnten sogar vor Fassungslosigkeit stehen bleiben.

»Was? Ich habe recht.« Sie deutete auf mein Gesicht. »Du wirst noch röter. Ich habe recht, und du schämst dich dafür.«

»Ja, ja, vielleicht hast du recht, und ich habe mir das schon mal ausgemalt. Aber nur ganz heimlich, und dass ich es mir vielleicht schon mal vorgestellt habe, heißt noch lange nicht, dass ich es auch wirklich tun würde.« Für meinen Geschmack hatte Pauline deutlich zu viel Spaß daran, mich in Verlegenheit zu bringen. Obwohl sie nicht offen lachte, funkelten ihre Augen in purem Entzücken. Die Intensität emotionaler Reaktionen von neurotypischen Menschen stellte für sie ein ewiges Faszinosum dar. »Aber es spielt sowieso keine Rolle. Egal, wie attraktiv ich ihn finde, zwischen uns darf nie was passieren.«

»Was darf nicht passieren?«

»Himmel, Pauline. Nichts Sexuelles. Kein Penis-in-Vagina-Gestecke und eigentlich noch nicht mal Küssen oder so. Im Grunde ist es schon verboten, überhaupt auf diese Weise an ihn zu denken.«

»Es gibt kein Gesetz, von wem man sich wünschen darf, dass er seinen P–«

»Lalala!« Ich presste mir die Hände auf die Ohren. »Kein Gesetz,

Pauline. Kein echtes Gesetz, eher ein ungeschriebenes. Er ist der Mann, der in meine Firma investiert. Von seinem Wohlwollen und seiner Kooperation hängt zu einem großen Teil meine berufliche Zukunft ab. Wenn *micronounce* ein Erfolg wird, möchte ich mich nicht fragen müssen, ob das nur geschieht, weil ich mit dem Investor geschlafen habe. Und wenn ich wirklich was mit ihm anfangen würde und wir uns dann mal streiten, möchte ich nicht fürchten müssen, dass das auch negative Konsequenzen für *micronounce* hat. Verstehst du? Es wäre zu kompliziert. Zu viele Dinge würden durcheinandergeraten. Die Beziehungsebenen würden verwischen. Das kann nur zu Problemen führen.«

Eine ganze Weile lang erwiderte Pauline nichts auf meinen Monolog, dann zuckte sie mit den Schultern. »Also hör auf, an ihn auf diese Weise zu denken. Wenn es schlecht für dich ist, dann tu es nicht.«

Jetzt seufzte ich. »Weißt du was, Pauline?«

»Was?«

»Manchmal beneide ich dich wirklich um deine Welt. Ich glaube, ich mache es mir oft ganz schön kompliziert.«

»Ich weiß.« Grinsend stand sie auf. »Es kann eben nicht jeder so großartig sein wie ich.«

»Und schon gar nicht so bescheiden.« Auch ich erhob mich. Das Mittagessen erwartete uns.

Ruben

BÄM! BÄM! BÄM! Wer auch immer vor meiner Haustür stand, meinte es ernst. Das Klopfen hallte bis ins Wohnzimmer, wo ich auf der Couch lag und meine schmerzenden Muskeln mit einem Eispack pflegte. Im Hintergrund spielte Igor Levit die »Symphonie pathétique« von Ludwig van Beethoven. Ich liebte die Akustik in meinem Bunker. Der Klang hallte von den Wänden wider, breitete sich in dem hohen, spärlich möblierten Raum aus und hüllte mich ein. Die Welt rückte ab, und die Gedanken konnten fliegen.

Wieder rüttelte es an der Haustür, das Geschepper eine ohrenbetäubende Dissonanz in den beruhigenden Klängen der Symphonie.

Mühsam rappelte ich mich vom Sofa auf. »Ich komme!«

Die Treppenstufen knarzten unter meinem Gewicht. Kein Wunder. Wenn ich nicht mehr in der Musik schwebte, wog mein Körper momentan so viel wie ein Schwertransport.

Unten angekommen, öffnete ich die Tür und sah mich einem süffisant grinsenden Timon Waltz gegenüber. Wie er dastand, hätte er eben erst einer Anzeige für englische Herrenmode entsprungen sein können. Er trug weite helle Cordhosen, dazu ein navyfarbenes Hemd unter einem überweiten cremefarbenen Trenchcoat. Das Ensemble wurde komplettiert durch einen Wollschal mit Hahnentrittmuster sowie eine Schiebermütze im selben Blau wie sein Hemd. Wäre Timon nicht mein bester Freund gewesen, hätte ich ihn in diesem Augenblick hassen müssen. Niemand gelang es auf eine so lässige und selbstverständliche Weise wie ihm, stets wie aus dem Ei gepellt auszusehen. Während bei mir Kleidung immer einer Funktionalität diente, sei es für den Sport, die Freizeit oder um damit in einem Sitzungssaal Eindruck zu schinden, war sie bei Timon ein Ausdruck der Persönlichkeit. Von der Schuhsohle bis zur Haarspitze ähnelte er einem Gesamtkunstwerk. Mein Freund würde sich eher in ein Paket verpacken und nach Timbuktu verschiffen lassen, als jemals die Straße zu betreten, ohne perfekt gestylt zu sein. Entsprechend skeptisch musterte er mich nun.

»Hi. Eigentlich wollte ich fragen, wie es dir geht, aber so wie du aussiehst, kann ich mir die Frage wohl sparen.« Er hob die Tüte in seiner Hand an. »Als hätte ich's geahnt, komme ich mit Gaben. Darf ich rein?«

Wortlos schob ich die Tür weiter auf, bis der Spalt groß genug war, damit Timon sich an mir vorbeischieben konnte. Im Vorbeigehen rümpfte er theatralisch die Nase. »Und ich gutgläubiger Tropf hatte gehofft, du hättest auf meine Anrufe nur nicht reagiert, weil du nach deiner sportlichen Tortur unter der Dusche warst.«

»Bist du nur vorbeigekommen, um mich zu beleidigen?« Hinter Timon schleppte ich mich die Treppe hinauf. Mir entging nicht, wie er beim Durchqueren des Erdgeschosses das Home-Gym scannte. Jede Wette, dass ihm das benutzte Handtuch über der Hantelbank und die Schweißflecken, die ich auf diversen anderen Trainingsgeräten hinterlassen hatte, auffielen. Jetzt, im Nachhinein, war mir durchaus bewusst, dass ich es übertrieben hatte. Vor allem nach meinem morgendlichen Lauf. Das wattige Gefühl im Kopf, das Kribbeln auf den Lippen und in den Fingerspitzen sprachen eine eindeutige Sprache. Aber ich hatte das gebraucht. Zu spüren, dass ich da war. Zu fühlen, wozu mein Körper fähig war. Den Rausch, wenn pures Adrenalin durch die Adern pumpte und nichts mehr wichtig war, außer die nächste Wiederholung, der nächste Kick, der nächste Kampf gegen Erschöpfung und Müdigkeit. Ich hatte gesiegt, nichts anderes war wichtig.

Was mir an Energie fehlte, strahlte Timon in Massen aus. Wie selbstverständlich machte er sich in meiner Küche zu schaffen. Ich ließ mich zurück aufs Sofa fallen, legte einen Arm über die Augen und versuchte zu atmen, ohne dass mir bei jedem Atemzug die Brust platzte.

»Was ist das eigentlich in deiner Wundertüte?«, fragte ich matt.

»Kitchari von dem ayurvedischen Imbiss, der letztens zwei Ecken von hier aufgemacht hast. Sagtest du nicht, du wolltest den mal ausprobieren? Was wir jetzt nicht schaffen, kannst du dir morgen aufwärmen. Oder bist du mittlerweile endlich unter die Köche gegangen und kannst dir ein bisschen mehr zubereiten als ein Glas Leitungswasser?«

Ich schnaubte. Mehr verdiente Timon auf diese Spitze nicht. Absolut nichts war verwerflich daran, dass ich es vorzog, die lokale Gastronomie zu unterstützen, indem ich auswärts aß. Ich hielt eben nicht viel vom Kochen, und andere Dinge, in denen ich nicht brillierte, überließ ich schließlich auch den Profis. Zum Putzen kam dreimal die Woche eine Haushaltshilfe in meinen Bunker. Ajani bereitete auch meine Wäsche so vor, dass eine Wäscherei sich darum kümmern konnte. Brot besorgte ich beim Bäcker, statt über Monate einen Sauerteigansatz zu kultivieren. Allein bei dem Gedanken an den stinkenden Brei, dem ich dann Wohnraum auf einem meiner Regalbretter einräumen und womöglich noch einen Namen verpassen sollte, drehte sich mir der Magen um.

Zu allem Überfluss hielt Timon mir ausgerechnet in diesem Moment die mit indischem Reis-Mungbohnen-Eintopf gefüllte Schüssel unter die Nase. Das Aroma der Gewürze überwältigte mich. Ingwerschärfe brannte sich durch meine Nebenhöhlen, dazu Kardamom, Kreuzkümmel und Koriander. Timon hatte recht. Ich hatte mich darauf gefreut, das neue ayurvedische Schnellrestaurant auszuprobieren. Jetzt konnte ich nur mit Mühe verhindern, dass mir die Intensität der Gewürze Übelkeit in den Rachen trieb.

Ich nahm den Arm vom Gesicht und richtete mich auf. Dabei bemühte ich mich geflissentlich, nicht durch die Nase zu atmen. Gar nicht so einfach, insbesondere, wenn ich gleichzeitig verhindern wollte, dass Timon meinen inneren Kampf mitbekam. »Stell die Schüssel einfach dahin.« Ich deutete auf den Couchtisch. »Gerade habe ich keinen Hunger.«

»So.« Seine Schüssel elegant in der Hand balancierend, nahm Timon mir gegenüber auf einem Sessel Platz. »Keinen Hunger also.« Die Selbstverständlichkeit, mit der er sich in meinem Reich bewegte, verriet, wie eng unsere Freundschaft war. Ich gewährte nicht vielen Menschen Zutritt zum innersten Kern meiner Privatsphäre, und dafür hatte ich gute Gründe. Timon bildete in dieser Beziehung eine Ausnahme. Er stellte seine Schüssel neben meine auf den Tisch.

»Du kannst ruhig schon essen.« Ich machte eine auffordernde Geste mit der Hand. »Warm schmeckt es sicher besser.«

»Nein, danke. Ich warte lieber auf dich.«

Zorn wallte in mir auf. Heiß genug, um den Schmerz in meinen Muskeln in den Hintergrund zu drängen. Das hatte ich also davon, Menschen an mich heranzulassen. Sie durchschauten meine Fassade bis in die dunklen Ecken meiner Seele, nur um auf den richtigen Moment zu warten und das, was sie dort entdeckt hatten, gegen mich zu verwenden. »Ich brauche keinen Babysitter! Ich –«

»Wer spricht von Babysitter?« Mit Unschuldsmiene fuhr Timon dazwischen. »Ich bin hierhergekommen, weil mir zu Hause langweilig war. Alleine zu essen macht keinen Spaß. Wo ist das Problem?«

Dieser Mistkerl wusste genau, was das Problem war, aber ich würde ihm nicht den Gefallen tun, es laut auszusprechen. Was hätte ich darum gegeben, jetzt Louisas Wunder-App zur Hand zu haben. Die Gelegenheit, Timons Blick zu sehen, wenn die App ihm »LÜGE« anzeigte, hätte ich mir einiges kosten lassen. »Wie kommt es überhaupt, dass dir langweilig ist? Normalerweise bist du doch immer auf Achse.« Timon unterstützte zig Wohltätigkeitsvereine und Stiftungen und war als Kurator für einige private Museen tätig. Wir hatten uns auf einer Wohltätigkeitsveranstaltung kennengelernt, nur Wochen nach meiner Ankunft in Berlin. Gemeinsam hatten wir den Altersdurchschnitt auf der Gala halbiert. Als die einzigen Unterfünfziger in einem Saal voller gediegener Damen und Herren hatte es uns ganz automatisch zueinandergezogen. Auf viele mochten wir wirken wie Tag und Nacht. Timon, der verwöhnte Sohn zweier ehemaliger Berühmtheiten, der in seinen Dreißigern noch vom Ruhm seiner Eltern lebte, und ich, der Selfmade-Milliardär. Timon mit seiner dandyhaften Eleganz, die suggerierte, dass er nicht einen einzigen Tag seines Lebens echte Not und Sorgen gekannt hatte. Und ich, der erfahrene Geschäftsmann im Körper eines Neunundzwanzigjährigen, der in Lichtgeschwindigkeit hatte erwachsen werden müssen, um mit den eigenen Erfolgen Schritt zu halten.

»Mein alter Herr hat mal wieder Blödsinn angestellt und nach einer langen Nacht im *Soho House* seinen nigelnagelneuen Ferrari im Vollrausch um einen Laternenpfahl in der Torstraße gewickelt. Natürlich waren zig Schaulustige zur Stelle, die das Ganze mit dem Handy aufgenommen haben. Hat sich alles nicht so gut gemacht für ihn. Vor allem, weil er bei seiner Irrfahrt um ein Haar zwei betrunkene Kids umgemäht hätte.«

»Ach du Scheiße.«

»Das kannst du laut sagen.« Er griff nach der Eintopfschüssel und rührte die Speise mit dem Löffel um. Mein Magen knurrte vernehmlich. So viel zu meiner Ausrede, keinen Hunger zu haben. Zwar hatte ich immer noch kein richtiges Gefühl in den Fingern, trotzdem wagte ich es, nach meiner Schüssel zu greifen. Beim Essen redete es sich leichter, und ich wäre ein lausiger Freund, wenn ich es Timon in diesem Moment nicht so einfach wie möglich machen würde.

»Wie auch immer. Jetzt jagen mich mal wieder die Paparazzi. Lorenzo hat sich in der Reha verkrochen, also bin ich alles, was ihnen bleibt.« Lorenzo Lagorio war Timons Vater, seine Mutter war die viel zu früh verstorbene Hollywood-Diva mit dem Künstlernamen Kimberly Clarkson gewesen. Schon bei seiner Geburt hatten Timons Eltern geahnt, dass ihr Sohn bei dieser Familienhistorie jedes bisschen Privatsphäre brauchen würde. Also hatten sie dem Sprössling den weltlichen Nachnamen seiner Mutter gegeben. Genutzt hatte ihm das kaum etwas. Schon im Bauch seiner Mutter hatte er zu den Lieblingszielen der Paparazzi gehört, und in den über dreißig Jahren seines Lebens hatte sich daran nichts geändert.

»Ich wette mit dir, allein auf dem Weg von mir zu dir haben die mich mindestens zweimal vor die Linse bekommen. Ich frage mich ja, was die Klatschreporter daraus basteln wollen, dass ich am helllichten Tag ayurvedischen Reis-Bohnen-Eintopf gekauft habe. *Wie der Vater, so der Sohn? Detox jetzt auch bei Timon Waltz?*« Seine Bitterkeit brannte schärfer als die exotischen Eintopfgewürze. »Ernsthaft. Wen interessiert das?«

Das fragte ich mich auch. »Dann bleibt nur zu hoffen, dass in den nächsten Tagen ein Popsternchen schwanger wird oder sich ein Society-Paar medienwirksam in Dauerschleife trennt und wieder versöhnt. Gegen solche Schlagzeilen bist du langweilig.« In meinem Mund wurde das Kitchari immer mehr. Ich kaute und kaute und brachte es kaum runter. Was eine Schande war. Zweifellos war die Speise ein Gaumenschmaus. Das Problem war ich, und das wusste auch Timon. Aus genau diesem Grund hatte er darauf bestanden, dass wir gemeinsam aßen. Eine ganze Weile widmeten wir uns schweigend unseren Schüsseln, jeder in seine Gedanken vertieft. Je mehr ich aß, desto mehr Kraft strömte in meine Glieder zurück. Zwar fühlte ich mich immer noch erschöpft, aber

Stück für Stück wich die bleierne Schwärze einer anderen, weicheren Müdigkeit. Zwischen zwei Bissen konnte ich mir das Gähnen nicht verkneifen.

Timon rieb sich die Oberschenkel. »Sieht aus, als wäre ich auf dem besten Weg, deine Gastfreundschaft überzustrapazieren. Ich pack es wohl besser, damit du einen frühen Feierabend machen kannst.«

»Ja.« Ich streckte mich, ließ die Gelenke knacken. »Ich sollte morgen wirklich fit sein. Diese neue Gründerin fängt in der BrainBubble an.« Warum, zum Teufel, hatte ich das gesagt?

»Aha?« Eine von Timons perfekt gebogenen Augenbrauen schob sich in seine Stirn. »Und das ist erwähnenswert, weil?«

»Weil …« Es gab keine Begründung. Firmengründer kommen und gehen zu sehen war Alltag für mich.

»Weil sie dir gefällt?«

»Weil sie den Deal bei *Unter Haien* gewonnen hat.« Genau, das war der Grund. »Das halbe Land wird ein Auge darauf haben, was aus dem Projekt wird.«

»Hm.« Timon brummte nachdenklich. »Apropos *Unter Haien*. Stimmen die Gerüchte, dass Gering wegen seines Super-Coups an der Börse als Juror aussteigen will?«

»Wenn, dann kann ich mir eher vorstellen, dass ihm der Ausstieg nahegelegt wird.« Wieder musste ich gähnen. »Gerings spekulative Börsenaktivitäten sind ja keine Neuigkeit. Und ich nehme an, dass seine cholerische Art den Zuschauern früher oder später auf den Geist gehen wird. Dieser Kerl ist ein Relikt aus einer anderen Zeit. Sexistische Schenkelklopfer und Machogehabe kommen auf Dauer nicht mehr an. Vor allem, wenn er glaubhaft versichern soll, dass er ein Gespür für Trends hat. Und wenn der Sender eines nicht will, dann ist es, einen Shitstorm zu riskieren. Das Format lebt von der Inspiration, die es vermittelt. Weil es ermutigt, ausgetretene Wege zu verlassen. Das fängt bei den Juroren an. Auch die müssen inspirierend sein.« Ich musterte Timon. Sein Bild waberte ein wenig vor meinen Augen, aber was ich sah, war durchaus beachtenswert. »Du solltest Juror sein.«

Er lachte so laut, dass es von den Betonwänden meines Bunkers widerhallte. »Ganz sicher.«

»Ich meine es ernst! Du bist ein bekannter Mäzen. Du hast Stil, die Reporter lieben dich, und wenn du freiwillig vor eine Kamera trittst, haben sie wenigstens etwas Vernünftiges, worüber sie sich das Maul zerreißen können. Spannender als deine Essgewohnheiten muss das allemal sein.«

»Ruben.« Ein paar Sekunden lang ließ er meinen Namen wirken, ehe er fortfuhr. »Bei aller Liebe, ich schätze deine Freundschaft, das weißt du. Aber du bist so ungefähr der einzige Mensch auf der Welt, der in mir einen ernsthaften Geschäftsmann sieht. Alle anderen nehmen mein Geld und tun gleichzeitig, als ob sie sich daran vergiften könnten, weil zu viel Koks daran klebt. Die Leute sehen, was sie sehen wollen.«

»Du bist …«

Timon stand auf. »Du bist müde. Ruh dich aus.«

Ich machte Anstalten, mich aufzurappeln.

Er winkte ab. »Ich finde selber raus.«

Ein Teil von mir wollte protestieren. Es ging mir gegen den Strich, Schwäche zu zeigen. Aber ich schätzte, genau dafür waren Freunde da. Sie ließen einen auch dann nicht im Stich, wenn es mal scheußlich wurde. Seit ich ContactLoop gegründet hatte, gab es von solchen Menschen nur sehr wenige in meinem Leben. »Mach's gut!«, rief ich Timon nach.

Das Schlagen der Haustür verschluckte seine Antwort.

KAPITEL 7

Louisa

Was für eine beschissene Nacht! Nachdem mir Tobi bis Mitternacht Gesellschaft geleistet hatte, um mich von meiner Nervosität abzulenken, hatte ich mich noch stundenlang im Bett hin und her gewälzt. Mal war mir zu kalt, dann wieder zu warm. Mal störte mich die Zugluft vom geöffneten Fenster, dann empfand ich es als viel zu stickig in meinem Apartment. Mal war die Decke zu schwer und das Kissen zu weich, kurz darauf die Decke zu dünn und das Kissen zu fest zusammengeknautscht. Irgendwann war ich zwischen Erschöpfung und Aufregung doch eingeschlafen. Traumbilder verfolgten mich im Schlaf, wirr und ungeordnet. Ruben. Das Büro in der BrainBubble. Gesichter, schemenhaft zu Fratzen verzerrt. Männer. Frauen. Kinder. Alle grinsend, lachend, höhnend. Auch Ruben lachte. Nicht sein charmantes, offenherziges Lachen, sondern eines, das eine hässliche Wahrheit über mich enthüllte. *Hochstaplerin.* Wie ein Echo durch leere Räume hallte das Wort durch meinen Traum. *Hochstaplerin, Hochstaplerin, Hochstaplerin!*

Schweißgebadet wachte ich auf. Das Handydisplay zeigte 5:30 Uhr. Ich kapitulierte und erklärte die Nacht für beendet. Groggy schälte ich mich aus dem Bett. Meine Klamotten für später hatte ich am Abend zuvor zurechtgelegt. Doch erst einmal brauchte ich einen ordentlichen Schub Energie. Ich schlich ins Bad und schob den Duschregler ganz nach links. Die Rohre im Haus waren alt, und es dauerte immer eine geraume Weile, bis das Wasser warm wurde. In der Zwischenzeit putzte ich mir die Zähne. Die Frau, die mir aus dem Spiegel entgegensah, erkannte ich kaum. Tiefe Ringe färbten die Haut unter meinen Augen violett, meine Haare sahen aus, als hätte ein Vogel sich darin ein Nest gebaut, und ausgerechnet heute zeigte sich auf dem Kinn ein rot entzündeter Pickel. Hervorragend!

Ich kletterte in die Dusche, schloss die Lider und ließ mich minutenlang vom heißen Wasser beregnen. Allmählich kehrte Leben in meinen Körper zurück. Die Haut kribbelte und glühte, und ich verstärkte den Effekt, indem ich mit meinem Lieblingsduschgel und dem Luffaschwamm so lange über die Haut rieb, bis sie brannte wie von hunderttausend Nadelstichen. Erst als der Boiler versagte und sich die Wassertemperatur von einer Sekunde auf die nächste von nahezu siedend heiß zu eiskalt änderte, wurde ich abrupt gezwungen, das morgendliche Wellnessprogramm zu beenden. Nach Luft ringend suchte ich den Duschregler und stellte das Wasser aus. Der heftige Temperaturwechsel überforderte meinen Kreislauf. Ich stützte mich mit der Hand an den Kacheln ab. Ein paar Sekunden lang musste ich abwarten, dann erst klärten sich die schwarzen Nebelschwaden vor meinem Blickfeld genug, um die Duschwanne unfallfrei zu verlassen. Wer hatte jemals behauptet, Wechselduschen seien gesund? Nun, wenigstens war ich jetzt wach.

Eingemummelt in einen Bademantel, mit einem Handtuchturban auf dem Kopf und Frotteepuschen an den Füßen, trottete ich ins Wohnzimmer, das gleichzeitig als Küche und Schlafzimmer fungierte. Ich setzte einen Kaffee auf. Tobi hatte mir von seiner Interrail-Tour durch Europa nach dem Abitur einen original italienischen Espressokocher mitgebracht. Es war eine von diesen achteckigen Siebträger-Kannen mit schwarzem Griff, die silbern glänzten und die man direkt auf die Herdplatte stellte, um damit Kaffee zu kochen. Nach einem halben Jahrzehnt Dauergebrauch war das Metall angelaufen, vom Koffein verfärbt und zerkratzt. Dennoch liebte ich den Kaffee aus diesem Kocher mehr als jedes andere Gebräu auf der Welt. Dass ich mir die Bohnen in einer kleinen Kaffeerösterei kaufte und sie für jede Kanne zu Hause frisch mahlte, gehörte zu den wenigen Luxus-Angewohnheiten, die ich mir gönnte.

Während der Espresso brühte, sah ich nach meinen Pflanzen. Nach und nach hatte ich meine Wohnung in das verwandelt, was Tobi einen

Urban Jungle nannte. Ich hatte Zimmerpflanzen schon gemocht, lange ehe sie wieder zu einem Einrichtungstrend geworden waren. Ich liebte das Leben, das frische Pflanzen in mein kleines Reich brachten. Meine Wohnung war mein sicherer Hafen, und meine Pflanzen sorgten dafür, dass ich mich hier niemals allein fühlte. Was ich ihnen an Liebe und Fürsorge schenkte, gaben sie mir stets zurück. Um sie konnte ich mich kümmern, ohne dabei gleich mit dem weiblichen Rollenstereotyp konfrontiert zu werden. Wenn ich während des Studiums meine fürsorgliche Seite gezeigt hatte, hatten meine Kommilitonen darin direkt einen Beweis gesehen, dass ich in Wahrheit viel besser in ein Lehramtsstudium gepasst hätte als in den Hörsaal für Informatik.

Ich goss, zupfte verwelkte Blätter ab und überprüfte, ob die Erde in den Blumentöpfen die richtige Feuchtigkeit besaß. Im Hintergrund zischte, gurgelte und blubberte die Espressokanne. Ich war gerade dabei, mir die erste Tasse einzuschenken, als mein Handy klingelte. Es war noch nicht einmal sieben Uhr. Die Anruferkennung verriet, dass meine Mutter am anderen Ende der Leitung war.

Mit dem Daumen wischte ich übers Display. »Ist etwas passiert?«

»Überhaupt nicht. Darf ich meiner Tochter nicht einfach nur viel Glück für ihren großen Tag wünschen?«

»Natürlich darfst du das.« *Es würde sich nur weniger seltsam anfühlen, wenn du jemals zuvor echtes Interesse an meinem Job gezeigt hättest.* »Und du hast Glück, ich war schon eine ganze Weile wach. So hast du mich nicht mal geweckt.«

Mamas Lachen tönte aus dem Handy. Warm und auf eine Weise seelentröstend, wie es nur das Lachen einer Mutter vermochte. »Das habe ich mir schon gedacht. War die Nacht sehr schlimm? Bist du nervös?«

Obwohl ich wusste, dass meine Mutter mich nicht sehen konnte, verzog ich das Gesicht zu einer Grimasse. »Es geht so.«

»Genau das habe ich mir gedacht. Pauline meinte gestern Abend am Telefon schon, du seist schrecklich aufgeregt.«

»So?« Wenn meine Schwester meiner Mutter gegenüber irgendwas über Penisse und Vaginas und darüber, was ich mir mit bestimmten Penisträgern schon einmal vorgestellt hatte, erwähnt haben sollte, müsste ich sie leider umbringen. Jedes Gericht der Welt würde mir dafür mildernde Umstände einräumen. »Was hat sie denn noch gesagt?«

»Nichts. Hätte sie denn etwas Besonderes erwähnen sollen?« Ein lauernder Unterton trat in die Stimme meiner Mutter. »Habt ihr zwei ein Geheimnis?« Sie kannte mich viel zu gut. Mit der Nachfrage hatte ich sie erst auf die Fährte gebracht. Wenn ich jetzt nicht achtgab, würde sie nicht mehr lockerlassen, bis ich ihr mein ganzes Herz ausgeschüttet hatte. »Zum Beispiel, dass du hoffst, einen hübschen jungen Mann kennenzulernen, wenn du jetzt deine ersten Schritte in die echte Arbeitswelt machst?«

»Mama, bitte, hör auf, ja? Ich bin dort, um zu arbeiten. Die letzten Wochen mit den ganzen Verhandlungen und Vorbereitungen waren echt stressig, aber ich bin mir ziemlich sicher, dass das im Vergleich zu dem, was mich ab heute erwartet, gar nichts war. Das war erst die Aufwärmphase. Endlich kann es mit *micronounce* so richtig losgehen. Da habe ich wirklich keine Zeit, mir über diese Dinge Gedanken zu machen.«

Meine Mutter hatte kein Erbarmen mit mir. »Wusstest du, dass sich fast jedes dritte Paar am Arbeitsplatz kennenlernt?«

»Du solltest nicht so viele Frauenmagazine lesen.«

»Das stand überhaupt nicht in einem Frauenmagazin. Ich habe es in einer richtigen Zeitung gelesen. In einer von denen, die dein Vater liest.« Ach, wenn das so war.

Ich atmete geräuschvoll aus. »Und was ist, wenn ich gar kein Teil von einem Paar sein möchte? Wenn ich mich auf diese berufliche Weiterentwicklung wirklich nur deshalb freue, weil ich denke, dass es eine Riesenchance für meine Firma ist, und nicht, weil ich sie als eine Art Heiratsmarkt sehe?«

Wenn es nach meiner Mutter ginge, hätte ich gerade genauso gut gebeichtet haben können, dass ich mich künftig nur noch von gegrillten Katzenbabys ernähren wollte. »Ich meine es doch nicht böse, Schätzchen. Aber sieh mal, ich weiß nie, was ich antworten soll, wenn deine Großmutter mich fragt, warum du immer noch keinen netten Mann kennengelernt hast, obwohl du doch so hübsch bist.«

Du könntest ihr zum Beispiel sagen, dass es sie nichts angeht. Die Erwiderung lag mir auf der Zunge, aber ich schluckte sie herunter. Wer große Worte schwang, sollte ihnen auch Taten folgen lassen, und ich war nun wirklich kein strahlendes Beispiel dafür, wenn es darum ging, meinen Eltern Paroli zu bieten. »Wir werden sehen, okay? Ich verspreche dir, sollte ich aus purem Zufall heute dem Mann meines Lebens begegnen, wirst du eine der Ersten sein, der ich davon berichte.« Ich hatte nichts dergleichen vor, aber das musste meine Mutter ja nicht wissen. Ein Hoch auf Alltagslügen. Zum Glück hatte sich Mama nie wirklich für *micronounce* interessiert.

»Weißt du denn schon, was du heute anziehst? Pass ja auf, dass dir nicht noch mal so etwas passiert wie in dieser Sendung. Die Knitterfalten in deinem Kostüm!«

Mein Blick fiel auf die Klamotten, die ich mir gestern Abend bereitgelegt hatte. Fein säuberlich lagen sie über den Hängesessel drapiert, der mir neben dem Bett und dem Schreibtischstuhl als einzige Sitzmöglichkeit in der kleinen Wohnung diente. Gefühlte Stunden hatte ich im Internet gesurft und mir Bilder von ehemaligen Gründern angesehen, die an dem Inkubatoren-Programm der BrainBubble teilgenommen hatten. Als Inkubator diente Stephanski als eine Art Wachstumsbeschleuniger für Firmengründer. Dabei reichten die Unterstützungsleistungen von der Bereitstellung der Co-Working-Spaces über die gesamte Büroinfrastruktur bis hin zu fachlicher Beratung und Vermittlung von wichtigen Kontakten. Die meisten seiner Schützlinge auf den Fotos waren sehr leger gekleidet gewesen. Jeans und T-Shirts dominierten. Dazu jede Menge dicke Hornbrillen, kunstvoll gestylte Bärte bei den Herren und Messy-Buns bei den Frauen. Ich wollte wetten, dass die meisten Kleidungsstücke bei Weitem mehr gekostet hatten, als man auf den ersten Blick vermuten mochte. Lässiges Bio-Understatement gehörte zum Look. Wer in der Berliner Start-up-Szene ein echter Hipster sein wollte, rümpfte über Fast-Fashion die Nase und achtete auch bei der Kleiderwahl auf fairen Handel und Nachhaltigkeit. Das hatte mir die Auswahl eines Outfits ziemlich schwer gemacht. Hipstermode suchte man in meinem Kleiderschrank nämlich vergeblich. Nicht, dass ich mich überhaupt nicht für Mode interessierte. Ab und zu hatte ich durchaus Spaß daran, durch die Stadt zu schlendern und mir die Auslagen anzusehen oder hübsche Sachen in den Geschäften anzuprobieren. Dabei rang mein grünes Gewissen stets mit meinen finanziellen Möglichkeiten. Bis zu meinem Abschluss hatten meine Eltern mich monatlich mit einer fixen Summe unterstützt. Die hatte gerade für die Miete und die Bücher fürs Studium gereicht. Für alles andere musste ich selbst aufkommen. Das war auch okay so, fand ich. Ich hatte nie Mühe gehabt, einen Hiwi-Job an der Uni zu finden und zusätzlich auf freiberuflicher Basis ein paar Programmieraufträge anzunehmen. Meine Professoren und Auftraggeber waren immer zufrieden mit mir gewesen. Große Sprünge hatte ich davon natürlich nicht machen können, und je mehr Zeit ich in *micronounce* investiert hatte, desto mehr musste ich an anderer Stelle zurückschrauben. Seit dem Deal mit Stephanski konnte ich mich zwar selbstständige Unternehmerin nennen, mein Kleidungsstil wurde dennoch nach wie vor vom kostengünstigen Studentenschick dominiert. Schlussendlich hatte ich mich für eine hellblaue weite Jeans und dazu eine gemusterte Seidenbluse im Herrenhemd-Stil entschieden. Die Bluse reichte hinten bis zu den Oberschenkeln, und wenn ich die obersten Knöpfe aufließ, formte sich eine Art V-Ausschnitt, was meine Oberweite erfahrungsgemäß gut kaschierte. Mit Sneakern und einem hübschen Gürtel dazu würde ich ordentlich gekleidet, aber gleichzeitig lässig aussehen.

Ich beschrieb meiner Mutter das Outfit.

»Du willst an deinem ersten Arbeitstag in Jeans und Turnschuhen im Büro auftauchen?« Wenn Mama sich aufregte, trat ihr tschechischer Akzent deutlicher hervor als sonst. »Du bist doch keine Studentin mehr, Louisa. Du bist so ein hübsches Mädchen. Das willst du doch nicht verstecken.«

In einem langen Zug atmete ich geräuschvoll aus. »Ich habe mir gestern extra Bilder angeschaut. Ich möchte wirklich nicht herausstechen oder auffallen, weil ich das Falsche anhabe und overdressed bin.«

»Overdressed ist ein Wort, dass sich hässliche Frauen ausgedacht haben, weil sie eifersüchtig auf die sind, die alles tragen können.« Ich hörte förmlich, wie die Zahnräder im Oberstübchen meiner Mutter rotierten. »Die Juroren bei dieser Sendung hatten jedenfalls alle einen Anzug an. Die sahen sehr ordentlich und gepflegt aus. Auch dieser Mann, der dir das Geld geschenkt hat, war sehr adrett gekleidet. Was hatte er denn an, als du ihn beim Notar gesehen hast?«

Ich schloss die Augen und rief mir Rubens Bild ins Gedächtnis. Augenblicklich begann es in meinem Magen zu kribbeln, als hätte ich meinen Espresso mit einer riesigen Brausetablette versetzt getrunken. Ich sah die scharfe Linie seines Kiefers vor mir. Den schlanken Hals mit dem Adamsapfel. Den gestärkten weißen Hemdkragen, die Krawatte, die den Blick nach unten auf seine Brust lenkte. Hastig schenkte ich mir eine weitere Tasse Espresso ein und leerte sie in einem Zug. »Du hast recht.« Trotz Espresso fühlte sich meine Kehle noch immer trocken an. Ich konnte nur hoffen, dass meiner Mutter meine Atemlosigkeit entging. »Er trägt immer Anzug. Bei ihm sitzt jede Bügelfalte und Naht an der exakt richtigen Stelle.«

»Na, siehst du!« Jeder liebte es, recht zu haben, aber für meinen Geschmack kostete meine Mutter ihren Triumph ein wenig zu sehr aus. »Und er wird es doch sein, der dich einweist und dir hilft, in der Arbeitswelt Fuß zu fassen, nicht wahr? Er ist sehr erfolgreich. Du solltest auf ihn hören. Auch auf das, was er nicht mit Worten sagt.«

Ich schluckte.

»Hör auf den Rat deiner Mutter. Ich bin seit fast dreißig Jahren mit deinem Vater verheiratet, ich weiß, wie man mit erfolgreichen Männern umgeht, und ich will doch nur das Beste für dich. Ich bin sicher, es wird das Vernünftigste sein, wenn du dich seinem Kleidungsstil anpasst. Für den ersten Eindruck gibt es keine zweite Chance. Würdest du dich nicht ärgern, wenn du heute nicht zeigst, wer du bist? Du musst stolz sein,

Mädchen. Zeig dich und sag der Welt: Hier komme ich.« Mit meinen Brüsten? Das zumindest implizierte sie schließlich.

Ich zupfte an einem losen Faden meines Bademantels. Andererseits würde ich mich natürlich ärgern, wenn ich mich heute nicht von der besten Seite präsentieren würde. Mama hatte recht, ich wollte beweisen, was ich draufhatte und wer ich war. Das Problem war nur, ich war mir nicht sicher, ob meine Mutter und ich dieselbe Seite von mir als die beste empfanden, und das machte ihren Ratschlag schwierig. »Ich überlege es mir.«

»Das halte ich für eine sehr gute Idee!« Sie schickte mir einen Kuss durch die Leitung. »Aber jetzt will ich dich gar nicht länger aufhalten. Du schaffst das schon, Schätzchen. Und wenn nicht, macht das auch nichts. Denk daran, ja? Ich habe dich sehr lieb, und wenn sich rausstellt, dass du dir mit dieser eigenen Firma zu viel vorgenommen hast, ist das gar nicht schlimm. Es gibt so viele andere tolle Dinge, die man im Leben erreichen kann.« Sie machte eine kurze Pause, als legte sie sich eine Liste im Kopf zurecht. »Du bist hübsch und eine tolle Gärtnerin, und du kümmerst dich wunderbar um deine Schwester. Du hast ein riesengroßes Herz und einen tollen Zugang zu Paulines Mitbewohnern. Diese Spielerei fürs Handy, in die du dich zurzeit so verbeißt, ist nur eine Option von vielen, und dein Vater und ich unterstützen dich bei allem, was du dir vornimmst. Es ist keine Schande zuzugeben, wenn man einen Fehler gemacht hat. Halt mich auf jeden Fall auf dem Laufenden, ja? Ich will wissen, wie es meinen Mädchen geht, auch wenn sie aus dem Nest ausgeflogen sind. Ich hab dich lieb!«

»Ich habe dich auch lieb, Mama. Ich melde mich die Tage und sag Bescheid, wie es war. Grüß Papa von mir.«

»Das mache ich. Wir sind sehr stolz auf dich, Louisa.« Sie lachte kurz. »Auch wenn ich wohl nie verstehen werde, warum du dein hübsches Köpfchen unbedingt mit diesen ganzen komplizierten Sachen belasten willst. Du wirst das Kind schon schaukeln. Viel Glück.«

Wir beendeten das Telefonat, ich leerte meine dritte Tasse Espresso. Wieder fiel mein Blick auf die Kleidungsstücke auf dem Hängesessel.

Bis zu dem Gespräch mit meiner Mutter war ich mir so sicher gewesen, dass es das perfekte Outfit für meinen ersten Tag wäre. Aber so war es immer mit Mama. Ich wusste, dass meine Eltern mich liebten. Sie liebten mich wirklich, und dennoch gelang es ihnen immer wieder, mich zu verunsichern. Denn so sehr sie mich liebten, verstanden fühlte ich mich von ihnen nie.

Das hatte ich also davon, auf den Ratschlag meiner Mutter gehört zu haben, statt sich wie jede andere Vierundzwanzigjährige zu verhalten und das genaue Gegenteil von dem zu tun, was ein Elternteil einem riet. Als ich um Punkt acht Uhr dreißig meine neue Wirkungsstätte betrat, wurde mir umgehend bewusst, dass es ein Fehler gewesen war, mein Outfit nach dem Telefonat über den Haufen zu werfen. Bis dahin hatte ich zu hoffen gewagt.

Von außen wirkte die BrainBubblue bombastischer, als ich es mir jemals hätte erträumen können. Kein Foto, das ich von dem Gründerzentrum gesehen hatte, wurde der Realität gerecht. Das Gebäude entstammte dem frühen zwanzigsten Jahrhundert, in dem es beinahe zeitgleich mit dem berühmten KaDeWe – dem Kaufhaus des Westens – von einem gewissen Mosche Stern errichtet worden war. Lichtdurchflutete Fensterfassaden, haushohe Verkaufshallen sowie opulent mit Tropenholz getäfelte Umkleidekabinen hatten anno dazumal die Herzen der exklusivsten Kundschaft höherschlagen lassen und einen Meilenstein für Architekturliebhaber gesetzt. Ohne mit der Wimper zu zucken, hatte es das Kaufhaus Stern weltweit mit anderen Warenhäusern der Luxusklasse aufnehmen können. Es war in einem Zuge mit Namen wie Harrods, Liberty oder Lafayette genannt worden. Bis zur Mitte der Dreißigerjahre hatten sich das Kaufhaus Stern und das KaDeWe ein Kopf-an-Kopf-Rennen um den Platz an der Spitze der nobelsten Einkaufstempel in Berlin geliefert. Die Machtergreifung der Nazis hatte das Aus für beide Häuser bedeutet. Doch während sich das KaDeWe nach dem Zweiten Weltkrieg wieder berappelt hatte, hatte das Kaufhaus Stern nie wieder zu seiner alten Pracht zurückgefunden. Seither wurde das prunkvolle neoklassizistische Gebäude für wechselnde Zwecke genutzt. Im Krieg verlor es zwei Seitenflügel und den Rückbau durch die Bombardements der Alliierten. Ein paar Jahre hatte es als Ruine brachgelegen, ehe es zuerst zu einem Hotel, dann zu Eigentumswohnungen und schließlich in ein Bürogebäude umfunktioniert worden war. Erst Ruben Stephanski hatte ihm wieder zu Glanz und Gloria verholfen. Von meinen Recherchen wusste ich, dass der Umbau des alten Stern-Hauses zur heutigen BrainBubble mit zahlreichen Architekturpreisen ausgezeichnet worden war.

Am Morgen meines ersten Arbeitstages, als das Sonnenlicht die Fensterfassaden in schillerndes Silber verwandelte und der helle Sandstein wie gemeißeltes Wolkenweiß erschien, hätte ich tatsächlich glauben können, dass mein Kleid in dieses Ambiente passte. Ich nahm einen tiefen Atemzug und trat auf den Haupteingang zu. Wie von Geisterhand schwangen die Flügeltüren des Glasportals nach rechts und links auf.

Die Lobby begrüßte mich mit jeder Menge Tageslicht. So klassisch die Fassade des Hauses wirkte, so futuristisch präsentierte sich das Innere, ein Gegensatz, der faszinierte und Besucher sofort in den Bann zog. Runde Teppiche und begrünte Stellwände bildeten Ruheoasen mit loungeähnlichen Sitzecken, in denen es sich Wartende bequem machen oder Gründer sich mit Kunden und Geschäftspartnern besprechen konnten. Das gesamte Erdgeschoss bildete eine große, ungeteilte Fläche. In der Mitte des Raumes konnte man bis zur Glaskuppel nach oben sehen, während sich seitlich auf fünf offenen Galerieebenen die Büroräume zu befinden schienen. Ein runder Glasaufzugsschacht führte vom Erdgeschoss in die oberen Stockwerke. Vor dem Aufzug war der Rezeptionstresen platziert. Ein riesiges Teil aus gewaschenem Glas, Edelstahl und Buntglas-Elementen. Dahinter thronte auf einem opulenten Ledersessel ein Kerl, ungefähr in meinem Alter. Er war sehr groß, sehr schlank und sehr blond und hatte sein längeres Haar zu drei kunstvollen französischen Zöpfen geflochten, die im Nacken zu einem kurzen Pferdeschwanz ausliefen. Ich selbst hätte so eine Frisur niemals zustande gebracht. Am Halsausschnitt und unterhalb der kurzen T-Shirt-Ärmel bedeckten farbenprächtige Tattoos seine Haut. Um den Hals trug er eine Silberkette mit einem auffälligen Anhänger, beide Ohrläppchen dienten als Präsentationsfläche für unzählige Piercings.

Overdressed gab es nicht? Von wegen. In meinem lilafarbenen Etuikleid mit dem langen goldenen Reißverschluss am Rücken stach ich hier mehr heraus, als wäre ich nackt erschienen.

Ich ballte die Hände zu Fäusten, hielt die Anspannung für eine Sekunde, ehe ich mich zwang, bewusst loszulassen. Es war zu spät, noch etwas zu ändern, nun war ich hier und musste die Situation rocken. Womöglich wackelte mein Lächeln vor Nervosität, aber ich gab mein Bestes und trat, ohne zu zögern, auf den Empfangstisch zu.

»Hi, ich bin Louisa Freymuth. Marcel müsste mich erwarten, ich beginne heute das Inkubatoren-Programm hier.«

Mein Gegenüber legte den Kopf schief und musterte mich neugierig. »Der sitzt vor dir.« Er ließ den Blick über meinen Körper wandern, vom Scheitel bis zur Taille. Weiter kam er nicht, denn dort stoppte die Tischplatte seine Begutachtung. Seine Nasenflügel blähten sich, eine seiner perfekt gezupften Augenbrauen zuckte. In seiner Miene lag Verachtung mit einer Prise Mitleid und einer Spur Belustigung. Nach einer gefühlten Ewigkeit riss er sich zusammen. Ein freundliches Lächeln erschien auf seinem Gesicht.

»Na, dann mal herzlich willkommen in der BrainBubble.«

»Danke.« Mir fiel ein Stein vom Herzen. Das erste Eis schien gebrochen. Marcel wandte sich seinem Rechner zu, tippte auf der Tastatur herum, öffnete eine Schublade und zog daraus eine Dokumentenmappe sowie einen etwa DIN-A3-großen Ausdruck hervor. Gleichzeitig ratterte der Drucker los. Er wartete, bis das Gerät fertig war, tackerte die Blätter oben links zusammen, legte sie auf die Dokumentenmappe und platzierte alles in einem fein säuberlich geordneten Stapel vor mir auf den Empfangstresen. Das oberste Blatt zeigte eine Art bunte Karte, wie man sie von Hotel-Resorts oder Einkaufszentren kannte. Mit einem roten Kugelschreiber zeichnete er einen Kreis um ein Rechteck im unteren Drittel der Karte.

»Dann legen wir mal los. Hier sind wir.« Er deutete auf den roten Kringel. »Das Erdgeschoss nennen wir die SocialBubble, hier findest du die Gemeinschaftseinrichtungen, will heißen: die Meeting-Bubbles, die Konferenzräume, die Garderobe, Waschräume sowie die BubbleBar und eine Kaffeeküche.« Er legte den roten Kugelschreiber beiseite und griff sich stattdessen einen blauen. Mit diesem deutete er auf einen anderen Bereich der Karte. »Diese Abschnitte zeigen die einzelnen Galerien. Du siehst …«, mit der Spitze des blauen Kugelschreibers zeigte er auf einen zweiten Grundrissquerschnitt auf der Karte, »… im ersten und zweiten Geschoss befinden sich die Büros. Bei uns heißen sie WorkBubbles. Als Neueinsteigerin ist dein Büro im ersten Stock. Je länger jemand durchgehalten hat und je mehr Erfolg er oder sie hat, desto weiter oben ist in der Regel die WorkBubble, aber das ist kein festgeschriebenes Gesetz. In der Regel ziehen wir alle einmal im Quartal um. Pass auf, dass du dich nicht verläufst. Durch die Anordnung der WorkBubbles gibt es viele Zwischengeschosse mit Treppen und jede Menge Schleichwege. Das sieht zwar cool aus und gibt einem das Gefühl, in einem eigenen Mikrokosmos zu arbeiten, aber anfangs kann es etwas verwirrend sein.« Er zwinkerte. »GPS kannst du auch abhaken. So fein tariert ist das nicht, das haben andere vor dir ausprobiert.«

Ich kniff die Augen zusammen und versuchte, mich in dem Gewirr aus Linien, Strichen, bunten Vierecken, und Ellipsen zu orientieren. Normalerweise fiel es mir nicht schwer, eine Karte oder technische Zeichnung zu interpretieren. In diesem Fall war es anders. Vor meinem inneren Auge verschwamm, was ich sah, wie in einem Kaleidoskop, an dem ein Kind gerüttelt hatte. »Heißt das, Rubens Büro ist im dritten Stock?« Noch während ich die Frage aussprach, schoss mir Hitze in die Wangen. Klar, wenn man als Newbie bei Facebook anfing, fragte man auch als Erstes nach dem Privatbüro von Mark Zuckerberg.

»Die WorkBubbles der Chef-Abteilung befinden sich im vierten Stock. Ebenso wie das Stamm-Team. Marktforschung, Marketing, Presseabteilung, Buchhaltung, so was alles.« Er schraffierte einen Bereich auf der Karte, der mir bisher noch nicht aufgefallen war. Um genau zu sein, sah es aus, als würde er ihn durchstreichen. Genauso gut hätte er in fetten Blockbuchstaben »TABUZONE« darüberschreiben können. »Der dritte Stock ist unser Leisure-Bereich. Hier findest du die Relax-Bubbles, Lounge-Areas, die Bibliothek, Kickertische, Airhockey und so weiter.«

»RelaxBubbles?« Von allem, was er erzählte, verstand ich in etwa jedes zweite Wort.

»Tageslicht schluckende, mit physiologischen Massageliegen ausgestattete Ruheräume. Falls es in der Arbeit mal so spät wird, dass du hier übernachten willst, oder du tagsüber einen Power-Nap brauchst, weil du dir die Nacht mal wieder mit Verhandlungen und dem Ausbrüten neuer Geschäftsideen um die Ohren geschlagen hast.«

»Aha.« Mit Freizeit, im Sinne von Zeit außerhalb des Arbeitsplatzes, schien hier niemand zu rechnen. Also los. Ich entwand Marcel den Stapel mit der Dokumentenmappe, den Ausdrucken und der Karte. Je länger er redete und mit diesem Hipster-Slang um sich warf, desto mehr fühlte ich mich außerhalb meiner Komfortzone. »Ich nehme an, alles andere Wichtige finde ich in den Unterlagen, die du für mich zusammengestellt hast?«

»Korrekt.« Er nickte. »Deine WorkBubble hat die Nummer 1.W32.3. Entweder du nimmst den Aufzug in den ersten Stock und dann den Durchgang zur Galerie West, oder du entscheidest dich für den Aufgang dort drüben.« Mit dem Kinn nickte er nach rechts, wo eine Treppe aus bunten Glasbausteinen vom Erdgeschoss auf die erste Galerieebene führte. Parallel zur Treppe befand sich eine Röhrenrutsche, die in einem poolgroßen Bällebad endete. Ich blinzelte mehrmals. Das Bild veränderte sich nicht. Da war eine Rutsche. Und ein Bällebad. Für erwachsene Menschen!

Marcel fuhr fort: »Die Karte für das Türschloss zu deiner Work-Bubble befindet sich in der Dokumentenmappe. Außerdem öffnet die Karte auch alle anderen Türen, zu denen du Zutritt hast. Kopierraum,

Materiallager, Kinosaal etc. pp. Pass gut auf sie auf. Die bei Verlust zu sperren und zu ersetzen ist jedes Mal ein Riesenaufwand.«

»Danke.« Ich drückte die Unterlagen wie einen Schutzschild vor die Brust. »Ich werde mein Bestes geben.«

Wieder lächelte Marcel, und jetzt begriff ich auch, dass meine Interpretation seines vorherigen Verhaltens viel eher ein Spiegel meiner eigenen Verunsicherung als seiner Reserviertheit gewesen war. Aber so konnte das mit der Deutung von nonverbaler Kommunikation nun mal gehen. In sie floss immer auch ein Teil persönliche Erfahrung mit ein. Ich versprach mir, es von jetzt an besser zu machen und ihm einen Vertrauensvorschuss zu geben.

»Toi, toi, toi, Louisa. Der erste Tag ist immer aufregend. Aber du wirst sehen, in ein paar Tagen fühlst du dich hier wie zu Hause.«

»Nenn mich Lou, bitte.« Ich fuhr mir mit der Zunge über die Lippen. War es okay, ihm das so schnell anzubieten? Immerhin hatte er sich mir gegenüber auch nur als Marcel vorgestellt. »Ich hoffe wirklich, du hast recht. Das ist ein großer Schritt für mich.«

»Dann also Lou. Auf eine gute Zusammenarbeit.«

»Auf eine gute Zusammenarbeit.« Ich nickte ihm zu, wandte mich um und machte mich auf den Weg zur Treppe. Dabei klapperten die Absätze meiner Pumps unangenehm laut auf dem polierten Marmorboden. Falls irgendjemandem meine Ankunft bisher nicht aufgefallen sein sollte, wurde er spätestens jetzt davon in Kenntnis gesetzt. Ich spürte Blicke auf mir, als hätten sie Finger, mit denen sie über meine Haut strichen. Viele, viele Blicke. Ich straffte die Schultern und bemühte mich, mir mein Unwohlsein nicht anmerken zu lassen. Den ersten Schritt hatte ich getan. Von nun an war ich ein offizielles Mitglied der Berlin BrainBubble. Alles Weitere würde sich hoffentlich fügen.

KAPITEL 8

Ruben

Kaum berührte der Telefonhörer die Station, klingelte das Gerät erneut.

Ich seufzte und nahm das Telefonat an. »Stephanski«, meldete ich mich knapp. Es war Natascha Wilden, die Geschäftsführerin einer veganen Kosmetiklinie, die ich seit rund eineinhalb Jahren betreute. Sie stand am Set für den Dreh der nationalen TV-Kampagne, mit der sie ihre neue Produktpalette bewerben würde. Der Regisseur hatte sich in letzter Sekunde krankgemeldet, sein Agent konnte keinen Ersatz auftreiben, und Natascha war einem Nervenzusammenbruch nahe. Nach eineinhalb Jahrzehnten in der Geschäftswelt konnten mich solche Krisen nicht mehr aus dem Konzept bringen. Schritt für Schritt leitete ich Natascha an, wie sie sich am besten aus der Misere herausnavigieren konnte. Das war zwar nicht schwer, dauerte aber seine Zeit. Wir besprachen die Option, den Termin zu verschieben, kurzfristig einen Studenten oder eine Studentin von der Filmhochschule anzuheuern oder die Regie des Drehs in die eigene Hand zu nehmen. Schlussendlich ließ ich meine Kontakte spielen. Timon, der in Künstlerkreisen gute Verbindungen hatte, trieb eine Regie-Absolventin auf, die darauf brannte, Referenzprojekte zu sammeln, und alles wendete sich zum Guten. Als ich es endlich aufs Neue versuchte, den Hörer auf die Station zu legen, glühten meine Ohren.

Zwei Sekunden lang hielt ich die Luft an. Als sich tatsächlich auch danach kein neues Telefonat ankündigte, gönnte ich es mir, für einen Augenblick die Augen zu schließen und tief durchzuatmen. Mit Zeigefinger und Daumen massierte ich die Nasenwurzel. Ganz erholt hatte ich mich von dem gestrigen Training immer noch nicht, aber darauf konnte ich keine Rücksicht nehmen.

Während meines Telefonats mit Natascha hatte sich der Bildschirmschoner auf dem Rechner eingeschaltet. Mit einem Ruckeln an der Maus erweckte ich ihn zurück zum Leben. Drei Rückrufbitten waren in der Zwischenzeit eingegangen, zwölf E-Mails sowie ein Vertragsentwurf, auf den ich bereits seit letzter Woche wartete. Dazu noch gefühlt zwanzig weitere Brände, die ich löschen sollte, dreizehn Baustellen, die meiner Aufmerksamkeit bedurften, und zig Unterschriften, die ich tätigen musste. Es gab diese Tage, an denen ich nicht wusste, wo ich anfangen sollte, geschweige denn, ob ich jemals zum Ende kommen würde. Um genau zu sein, waren die meisten meiner Tage so, und ich wollte es nicht anders haben. Ich brauchte den Stress. Das Adrenalin, das durch die Adern schäumte, das ständige Unter-Strom-Stehen, das mich dazu antrieb, weiter auf der Erfolgsleiter nach oben zu klettern. Dabei hatte ich nicht einmal ein konkretes Ziel vor Augen. Nur, dass ich weitermachen musste, wusste ich, denn in meinem Nacken spürte ich den Atem meiner Verfolger. Wenn ich nur einmal zu lange innehalten würde, würden sie mich einholen. Dann würden sie mich in der Luft zerreißen und zum Frühstück verspeisen. Jede Schwachstelle würden sie rigoros ausnutzen und sich an meinem Fall weiden. Davor hatte mich Harvey gewarnt, als mir vor vier Jahren beinah die Puste ausgegangen wäre. Er musste es wissen, seit meinen ersten Schritten auf dem Businessparkett begleitete er mich. Er war mein Mentor, der geschäftsführende Gesellschafter von ContactLoop, ihm vertraute ich mehr als jedem anderen in der Branche. Wir hatten gemeinsam meinen Umzug nach Berlin ausgeheckt. Niemand konnte es einem jungen, dynamischen Unternehmer vorwerfen, nach neuen Herausforderungen zu streben. Bis jetzt war unser Plan aufgegangen. Die BrainBubble florierte. Mein Ruf war besser denn je, und eine Weile lang hatte mir die Zusammenarbeit mit den Gründern tatsächlich den Elan und den Spaß am Wachstum zurückgegeben. Doch selbst die spannendste Herausforderung wurde irgendwann einmal zur Routine.

Ich warf einen Blick auf die Uhr am Bildschirmrand. Schon nach zwei Uhr am Nachmittag. Wie gut, dass ich Marcel angewiesen hatte, Louisa in Empfang zu nehmen. Natürlich wusste ich, dass es sich gehört hätte, das persönlich zu erledigen. Sie war nicht nur irgendeine Angestellte, die in der BrainBubble anfing, sondern genoss durch den Auftritt in der Sendung einen gewissen Sonderstatus. Trotzdem war ein Teil von mir erleichtert, dass ich mich um diese Pflicht hatte drücken können. Den Effekt, den diese Frau auf mich hatte, konnte ich mir auf Dauer nicht leisten, und wofür war man der Kopf eines Multimilliarden-Euro-Konzerns, wenn nicht, um sich die Rosinen in der Arbeit herauszupicken?

Ein paarmal hatte ich sie heute gesehen. Wie sie durch die Gänge schlich, orientierungslos auf der Suche nach irgendetwas. Ihrer Work-Bubble, dem Fotokopierer oder dem Büromittellager.

Natürlich hatte ich auch das Gerede gehört. Die meisten Mitarbeiter tratschten nur, wenn sie glaubten, ich sei außerhalb der Hörweite. Doch ich besaß einen sechsten Sinn, wenn es darum ging, wichtige Dinge mitzubekommen, und, mochte es mir gefallen oder nicht, Louisa Freymuth war wichtig für mich.

Seit ihrer Ankunft lief der Flurfunk auf Hochtouren. Jeder hatte etwas über sie zu sagen. Über ihr knappes Kleid, in dem sie wirkte wie eine sexy Sekretärinnenfantasie. Über das Geklacker ihrer Absätze auf dem polierten Marmorboden, das ihre Ankunft immer schon Sekunden im Voraus ankündigte. Über ihren Versuch, sich selbst ins Bubble-Netzwerk einzuwählen, statt die Nummer der IT-Leute zu wählen, die in dem Starter-Pack stand, das jeder bekam, der in der BrainBubble anfing. Darüber, dass sie Marcel gebeten hatte, ihr ein paar Zimmerpflanzen zu besorgen, als dieser im Vorfeld gefragt hatte, was sie brauchte. Und selbstredend gab es jede Menge Spekulationen darüber, ob sie und ich es miteinander trieben und dies der einzige Grund war, warum ich ihr den Deal in der Show angeboten hatte.

Wenn irgendjemand meinte, Louisa habe durch die Sendung einen Kickstart bekommen, irrte die Person sich gewaltig. Ihr vermeintlicher

Vorteil verleitete alle anderen dazu, jeden ihrer Schritte besonders aufmerksam zu begutachten. Ich beneidete sie nicht darum.

Der Signalton des Online-Kalenders ertönte und riss mich aus den Gedanken. In zehn Minuten wurde ich in Meetingraum 2 erwartet, wo sich das Finanzgremium einer der wichtigsten Banken des Landes versammelt hatte, um mit mir einige Investments durchzusprechen. Blieb mir davor Zeit, wenigstens einmal kurz bei Louisa vorbeizuschauen und sie willkommen zu heißen? Ich war ihr Mentor. Es wäre immerhin nur anständig, ihr zu versichern, dass sie nicht ganz auf sich allein gestellt war, oder nicht?

Mein Blick fiel auf den Stapel Bücher, die ich mir von Marcel hatte besorgen lassen. Schon heute Morgen hatte er sie mir aus der Bibliothek herausgesucht. Es handelte sich um die wichtigsten Standardwerke der Betriebswirtschaftslehre und Fachliteratur zur Firmengründung. Als Goodie hatte ich Lesematerial über Marketingmanagement, Vertriebsstrategie und Produktpolitik auf die Liste gesetzt. Sich durch die Tausende von Seiten zu wälzen sollte Louisa einen umfassenden Überblick über die Themen verschaffen, die ihr während der Show Probleme bereitet hatten. Ich erhob mich, nahm das Jackett von der Rückenlehne des Stuhls, zog es über und bewaffnete mich mit dem tonnenschweren Bücherstapel. Das Handy steckte ich in die Hosentasche.

Die WorkBubbles, unsere Büros, waren keine herkömmlichen Räume, sondern frei stehende ovale Container aus Sicherheitsglas, die wabenähnlich neben- und übereinander auf den einzelnen Arbeitsgalerien angeordnet waren. Um an den einzelnen Arbeitsplätzen ein Mindestmaß an Privatsphäre zu ermöglichen, ließ sich das Glas auf Knopfdruck verdunkeln. Offenbar hatte Louisa noch nicht herausgefunden, wie sie diese Funktion in ihrer Bubble aktivieren konnte. Ihres war das einzige voll beleuchtete Büro auf der ganzen Etage. Wie ein Stern in einer dunklen Wolke stach es aus der Containergruppe hervor. Schon während ich mich ihrer Glastür näherte, stachen mir einige Veränderungen ins Auge. Sie hatte den Schreibtisch anders platziert als im Rahmen der Standardausstattung üblich. Poster hingen nun an den Wänden, die

Requisiten, die sie ursprünglich für den TV-Auftritt hatte produzieren lassen, nahm ich an. Die gewünschten Zimmerpflanzen brachten einen Hauch Wohlfühlatmosphäre in die WorkBubble. Nur bei Louisa selbst schien die noch nicht angekommen zu sein. Sie kauerte mit eingezogenem Kopf und an den Körper gepressten Beinen unter der Schreibtischplatte und bemühte sich redlich, ein Kabel im Kabelschacht zu versenken. Das sah fürchterlich unbequem aus und außerdem reichlich ineffektiv. Wusste sie nicht, dass sich die Schreibtischplatte nach oben klappen ließ, um die Kabel von Computer, Lautsprechern, Telefon, Schreibtischlampe und so weiter darunter verstauen zu können?

Des Anstands wegen klopfte ich an ihrer Bürotür, wartete jedoch nicht auf ihre Antwort, ehe ich eintrat. »Was machst du unter dem Schreibtisch? Für solche Sachen haben wir Fachleute. Hat Marcel dir nicht das Starter-Pack überreicht?«

Anscheinend hatte sie mich nicht kommen sehen. Beim Klang meiner Stimme schreckte sie auf und stieß sich prompt den Kopf an der Tischplatte. Der ganze Schreibtisch bebte. Ein Behälter mit Stiften und allerhand anderem Bürokram, darunter jede Menge Reißzwecken, fiel um und ergoss seinen Inhalt auf den Fußboden.

»Ruben!« So hoch wie in diesem Moment hatte ich Louisas Stimme noch nie gehört. »Ich bin hier … ähm … unter dem Schreibtisch … Ich … ich habe dich gar nicht kommen gehört. Einen Moment, ich komme gleich. Ich bin gleich bei dir.« Ein nervöses Kichern begleitete den Redeschwall.

Himmel, wie hatte ich ihr Stottern vermisst! Jede Wette, dass ihre Wangen in genau diesem Moment gerötet waren, wie bei einer Frau, die gerade Sex gehabt hatte. Unwillkürlich fragte ich mich, wie weit diese Röte nach unten reichen würde. Scham und Erregung riefen sehr ähnliche Reaktionen in einem Körper hervor. Erblühten auch ihre Wahnsinnsbrüste in diesem verführerischen Karmesin, wenn sie in Verlegenheit geriet? Wurden ihre Brustspitzen dunkler? Und wie sah es mit dem Bauch aus? Ihren Schenkeln? Der geheimen Stelle dazwischen? Ich biss die Zähne zusammen und schüttelte leicht den Kopf. So etwas durfte ich nicht denken. Es gehörte sich nicht und war vollkommen unangebracht.

Sie krabbelte aus der Schreibtischhöhle hervor und ja, ihre Wangen waren genau so rot, wie ich es mir ausgemalt hatte. So viel zu meinen Vorsätzen, Louisa von nun an ausschließlich in einem rein professionellen Kontext zu betrachten.

»Hi. Da bin ich. Sorry für den etwas wirren Empfang. Ich hatte nicht damit gerechnet, dass du heute persönlich vorbeischauen würdest. Wie du siehst, bin ich noch nicht wirklich auf Besuch eingerichtet.« Mit der linken Hand deutete sie auf das Chaos im Zimmer, gleichzeitig machte sie Anstalten, mir entgegenzutreten, wahrscheinlich um mir die Hand zu reichen.

Mit dem Blick folgte ich der Bewegung. »Halt!«

Louisa zuckte sichtbar zusammen.

Seitdem ich ihr Büro betreten hatte, hörte das verdammte Handy in der Hosentasche nicht mehr auf zu vibrieren. Leute, wichtige Leute von der Bank, warteten auf mich, und ich verplemperte meine Zeit damit, eine Gründerin anzuglotzen? Tolle Leistung, Stephanski. »Du hast keine Schuhe an. Hier liegen überall Reißnägel herum. Wenn du nicht aufpasst, wirst du dich verletzen.«

»Oh, ja.« Hilflos sah sie sich um. Wahrscheinlich suchte sie ihre Pumps. Die würde sie nicht finden, denn jetzt wurde mir auch klar, was ich beim Eintreten mit der Tür zur Seite geschoben hatte.

Wieder vibrierte das Handy in meiner Hosentasche. Wenn ich dem hier nicht augenblicklich ein Ende setzte, standen die Chancen gut, dass Marcel einen Herzinfarkt erlitt und die Herren in Meetingraum 2 gleich dazu.

Resolut trat ich vor Louisas Schreibtisch. Mit einem Knall ließ ich die Bücher darauf fallen, derentwegen ich zu ihr gekommen war.

»Sind … die für mich?«

»Ja. Lies sie. Alle. Ehe du das nicht getan und dich mit der Materie vertraut gemacht hast, gibt es für uns nichts zu besprechen.«

»Na…natürlich.«

Mein Telefon klingelte. Marcel war es leid, mir Erinnerungen zu schicken, und fuhr nun schwerere Geschütze auf. Ohne mich noch einmal nach Louisa umzusehen, drehte ich mich um und verließ ihr Büro.

Das Geräusch, mit dem sie in einem langen zittrigen Zug ausatmete, verfolgte mich für den Rest des Tages.

Louisa

Nicht. Weinen. Ich würde nicht weinen. Er hatte es gar nicht verdient, und außerdem gab es dafür keinen Grund. Was hatte ich erwartet? Dass Ruben Stephanski die Arme für mich ausbreiten und mir gestehen würde, dass er seit dem gemeinsamen Abendessen am Freitag jede Sekunde an mich dachte? Wohl kaum. Er war mein Mentor, er sollte mich durch das Labyrinth der Geschäftswelt leiten, damit ich mich nicht darin verirrte. Dieser Pflicht war er nachgekommen, indem er mir Fachliteratur vorbeigebracht hatte, nicht mehr und nicht weniger. Ich beäugte den meterhohen Bücherstapel auf dem Schreibtisch. Nun gut, vielleicht nicht ganz meterhoch, aber hoch genug, um mich dahinter zu verstecken, solange ich auf dem Stuhl sitzen blieb. Bis wann genau sollte ich das gelesen haben, hatte er gesagt? Nur gut, dass ich mir für die nächste Zeit nichts vorgenommen hatte.

Ein Schauder durchrieselte meinen Körper. Mir war kalt, ich fühlte mich erschöpft, und Hunger hatte ich außerdem. Das allein musste der Grund sein, warum ich angesichts der riesigen Aufgabe, die vor mir lag, am liebsten in Tränen ausgebrochen wäre. Das Lesen der Fachliteratur war ja nur der Anfang.

Die Zuversicht von heute Morgen hatte sich komplett in Luft aufgelöst. Seither hatte nichts geklappt. Auf dem Weg zum Büro hatte ich mich verlaufen. Die Tech-Leute hatte ich nicht erreicht, das richtige Büromaterial nicht gefunden. Kleinigkeiten, jedes für sich genommen, aber zusammenaddiert genug, um an meiner Fassung zu kratzen. Dass ich mich einmal mehr vor dem Mann, den ich mehr als jeden anderen beeindrucken wollte, lächerlich gemacht hatte, setzte der Sache die Krone auf.

Vorsichtig ließ ich mich auf die Knie fallen und sammelte die verstreuten Büroutensilien auf. Sollten alle, die mich dabei beobachteten, weil das Büro einem verdammten Goldfischglas glich, doch denken, was sie wollten. Höchstwahrscheinlich hatte ich ohnehin schon meinen Ruf weg, und schlimmer konnte dieser Tag kaum mehr werden.

Ich hätte mir denken sollen, dass das Schicksal diesen Gedanken als Herausforderung empfand. Erst weit nach acht am Abend machte ich Feierabend. Endlich funktionierte die Technik in meinem Büro, ich hatte die ersten paar hundert Seiten in den Büchern gelesen, die Ruben mir vorbeigebracht hatte, und mittlerweile war mir ganz schwummrig vor Hunger. Den Mut, mich mit der Kaffeeküche vertraut zu machen, hatte ich noch nicht aufbringen können. Dem Gesetz der Reihe folgend, wäre bei dem Versuch, mir einen Kaffee zu holen, wahrscheinlich die Kaffeemaschine explodiert. Womöglich hatte meine Mutter doch recht mit dem, was sie bei unserem Telefonat impliziert hatte, und ich hatte mich mit der Firmengründung übernommen.

Ich packte das Buch, in dem ich zuletzt gelesen hatte, in meine Handtasche, vergewisserte mich, dass alle technischen Geräte im Büro ausgeschaltet waren, und verschloss mit der Keycard die Bürotür. Mein Peugeot parkte in dem mehrgeschossigen, nur wenige Blocks von der BrainBubble entfernten Parkhaus, in dem eine ganze Etage für Mitarbeiter des Gründerzentrums reserviert war. Natürlich fand ich den Wagen trotzdem nicht auf Anhieb. Ich erinnerte mich nicht mehr, welches Stockwerk das richtige war, und mit ein paar Stunden Abstand sahen die unendlichen Reihen schwarz geteerter Parkplätze alle gleich aus. Überlaut hallten meine Schritte in dem menschenleeren Gebäude wider. Zwischen Begrenzungssäulen und graffitibeschmierten Wänden belauerten mich die Schatten. Nur noch wenige Parkplätze waren um diese Zeit besetzt. Hätte ich doch wenigstens auf einem Frauenparkplatz geparkt. In der Luft lag die für Parkhäuser typische Geruchsmischung aus Abgasen,

Dreck und Urin. Ein Hauch Weltuntergangsstimmung schwängerte die Einsamkeit um mich herum. Instinktiv beschleunigte ich meine Schritte und schlug innerlich drei Kreuze, als ich meinen Wagen erreichte. Mein Peugeot war noch so alt, dass er mit dem Schlüssel gestartet werden musste, nicht durch das Drücken eines Knopfes. Ich steckte den Schlüssel ins Zündschloss, drehte, und es passierte … nichts. Ich meine, nicht nur der Motor sprang nicht an, es passierte rein gar nichts. Kein Eiern, kein Rauschen, kein Rattern, nichts. Ich versuchte mein Glück erneut. Und noch fünf weitere Male. Das Ergebnis blieb dasselbe.

Geschlagen ließ ich die Stirn aufs Lenkrad fallen. »Nein«, flehte ich, »bitte nicht ausgerechnet heute.«

Weil ich nicht wusste, was ich sonst tun sollte, betätigte ich den Knopf zum Entriegeln der Kühlerhaube, stieg aus dem Wagen und sah mir die ganze Misere von Nahem an. Sogar den Stab, mit dem man die Kühlerhaube in einer geöffneten Position fixieren konnte, fand ich. Danach wusste ich nicht mehr weiter. Es gab genau zwei Fehlerszenarien, die ich selbst hätte feststellen können: Motor weg und Motor brennt. Flammen gab es keine. Obwohl ich keine Ahnung hatte, wonach ich suchte, beugte ich mich tiefer unter die Stahlblechhaube. Das da drinnen sah durchaus aus wie ein Motor. Es gab ziemlich viele Schläuche. Und Schrauben. Und Rädchen. Und alle sahen in meinen Augen heil aus. Mit jeder verstreichenden Sekunde wurde die Vorstellung verlockender, mich in meinem Auto zu einem Häufchen Elend zusammenzurollen und abzuwarten, bis die Welt unterging.

Ein schriller Hupton riss mich aus meiner tranceähnlichen Starre. Erschrocken richtete ich mich auf. Prompt stieß ich mir den Hinterkopf an der Kühlerhaube. Schon wieder!

»Au! Mist!« Ich rieb mir die schmerzende Stelle. Die Beule vom Nachmittag war mittlerweile auf Euro-Stück-Größe angeschwollen. Bald würde sie Gesellschaft von einer zweiten haben. Der Schmerz trieb mir Tränen in die Augen. Die Scheinwerfer des Wagens von dem Idioten, der mich durch sein Hupen hatte aufschrecken lassen, blendeten mich und verzerrten alle Umrisse zu leuchtenden Schemen.

»Louisa?« Dass es ausgerechnet Rubens Stimme war, die sich durch den Schmerznebel in mein Bewusstsein drängte, überraschte mich kaum noch. Vor wem sonst sollte ich mich einmal mehr zur Idiotin gemacht haben? Womöglich wäre es das Vernünftigste, ihn einfach zu fragen, was das Peinlichste war, das er sich bei einer Frau vorstellen konnte. Dann könnte ich es hinter mich bringen, und die Sache wäre erledigt.

»Ist dir etwas passiert? Hast du dir wehgetan?«

»Nein.« Ich ließ die Hand sinken. »Es ist nichts. Mein Auto springt nur nicht an, und ich habe keine Ahnung, woran es liegen könnte.«

»Bist du Mitglied beim ADAC?«

Ich schüttelte den Kopf.

Weil ich gegen das Scheinwerferlicht blinzeln musste, konnte ich mir nicht sicher sein, aber ich meinte zu sehen, wie er den Mund verzog. Er trat auf mich zu. Seine Bewegungen fraßen die geringe Distanz zwischen uns. Instinktiv wich ich einen Schritt vor ihm zurück.

»Mit dieser Schrottkarre bist du zur Arbeit gekommen?« Sein Tonfall spiegelte eine Mischung aus Ungläubigkeit, Wut und einem Funken Belustigung wider, und genau das war der Moment, in dem ich genug hatte. Von ihm. Von mir. Davon, dass an diesem Scheißtag alles, aber auch wirklich alles schiefgelaufen war. Davon, wie mich seine schiere Präsenz aus der Fassung brachte. Davon, dass ich mich in seiner Gegenwart immer unsicher, unbeholfen und linkisch fühlte. In seinen Augen musste das hier aussehen wie ein Fall für die versteckte Kamera. Die Blondine in Stöckelschuhen, die sich hilf- und ratlos über die geöffnete Kühlerhaube ihres Autos beugte, damit man ja nur ihre Beine und den Hintern sah. Noch mehr Klischee ging nicht! Dabei war ich in Wahrheit gar nicht so. Kein bisschen. Erst Rubens Anwesenheit machte mich zu dieser furchtbaren Karikatur eines Weibchens. Ich hatte mich im Studium als einzige Frau gegen Dutzende männliche Kommilitonen durchgesetzt. Ich bot wieder und wieder meinen Eltern die Stirn, die der Meinung waren, ich würde es mir mit meinem Berufswunsch und der Firmengründung nur unnötig schwer machen. Jedem fiel mal ein Stiftebecher runter, und ich war weiß Gott nicht der einzige Mensch mit einer Autopanne. *So what?*

Dass es sich für mich anfühlte wie eine persönliche Niederlage, weil ich meinte, stets etwas beweisen zu müssen, war ganz allein meine Baustelle. Etwas musste sich ändern, und zwar pronto.

Ich stemmte die Hände in die Hüfte, verengte meine Augen zu Schlitzen und funkelte Stephanski böse an. »Ja, Ruben, stell dir vor, ich bin mit dieser Schrottkarre zur Arbeit gekommen.« Bei dem Wort »Schrottkarre« bemühte ich mich, seinen amerikanischen Akzent nachzuahmen. »Meinen Porsche habe ich nämlich lieber in der Garage gelassen. Dieser fürchterliche Stadtverkehr.« Verächtlich schnalzte ich mit der Zunge, gab meiner Darbietung einen kurzen Moment Zeit, um ihre volle Wirkung zu entfalten, dann fuhr ich fort. »Aber weißt du was? Eigentlich finde ich das auch voll okay. Zufälligerweise kann nämlich nicht jeder Milliardär sein. Meinen Peugeot habe ich vor sechs Jahren für zweihundert Euro bei eBay gekauft. Seither hat er mich an keinem einzigen Tag im Stich gelassen. Ich finde, er hat sich seinen Streik redlich verdient. Bin ich froh, dass er ausgerechnet heute seinen Geist aufgibt?« In einer fahrigen Geste warf ich beide Hände in die Höhe. »Natürlich nicht! Nur leider gibt es rein gar nichts, was ich dagegen tun könnte. So ist das bei uns Normalsterblichen. Das Universum richtet sich nicht nach unseren Wünschen und Befindlichkeiten aus. Glaub es oder nicht, mir ist es gleich. Ich komme hier zurecht. Du kannst also getrost auf deinem sprichwörtlichen Ross in den Sonnenuntergang reiten. Hier gibt es keine Jungfer in Nöten, die du erst belächeln und dann retten kannst.«

Er blinzelte. Für die Dauer eines Herzschlags fochten wir ein Blickduell aus, dann wandte er sich wortlos um und ging zurück zu seinem wartenden Auto.

Erst Stunden später sollte mir klar werden, wie sicher ich mir in diesem Moment gewesen war, dass dies das Aus bedeutete. Das Aus für mich in der BrainBubble, das Aus für meine Zusammenarbeit mit Ruben, vielleicht sogar das Aus für *micronounce*. Das Ding war nur: Es war okay. Zum ersten Mal seit meinem Auftritt bei *Unter Haien* – ach was, zum ersten Mal, seit Tobi und ich die Idee überhaupt erwogen hatten, an dieser Show teilzunehmen – spürte ich mit jeder Faser meines Seins, dass ich Grenzen besaß. Wollte ich, dass *micronounce* ein Erfolg wurde? Natürlich! Und wollte ich dabei die bestmögliche Unterstützung erfahren, die es geben konnte? Auch das. Aber ich würde nicht länger meine Seele dafür verraten. Wenn mit Ruben zusammenzuarbeiten und die Wirkung, die seine Anwesenheit auf mich hatte, bedeuteten, dass ich nicht mehr die Louisa sein konnte, die ich sein wollte, damit ich mein Spiegelbild ertrug, dann würde ich es auch ohne seine Unterstützung schaffen. Dieses Spiel, das er mit mir spielte, zwischen Feuer und Eis, zwischen Nahbarkeit und Unerreichbarkeit, würde er jedenfalls künftig ohne mich weiterspielen müssen. Ich hatte meine Sollbruchstelle erreicht. Ab hier ging es so nicht mehr weiter.

Halb in seinen Wagen eingestiegen, hielt er inne. Eine Hand hatte er bereits auf dem Lenkrad, die andere stützte er locker auf dem Rahmen der Fahrertür ab. Scheinwerferlicht reflektierte von seinen reinweißen Ärmelmanschetten. Er fixierte mich mit seinem Blick. Kein Blog-Artikel oder Bericht über *Unter Haien* erschien, ohne dass Rubens durchdringender Haifischblick darin kommentiert wurde. Zum allerersten Mal fiel es mir kein bisschen schwer, ihm standzuhalten.

»Steig ein«, verlangte er.

»Ich soll …«

»Ich sagte, du sollst einsteigen, und ich wiederhole mich ungerne«, unterbrach er mich. »Ich fahre dich nach Hause.«

Ein Teil von mir wollte protestieren. Ich wollte mich sträuben und ihm an den Kopf werfen, dass ich mir ein Taxi rufen oder die Öffentlichen nehmen könnte. Aber ich schluckte den Protest herunter. Keine der anderen Alternativen wäre nur annähernd so bequem und zeitsparend wie Rubens Angebot. Und auch das gehörte zu der neuen, selbstbewussten Louisa. Louisa 2.0 wusste, was sie verdiente, und das war das Beste. Sie schämte sich nicht, Hilfe anzunehmen, sondern sah sie als das, was sie war. Kein Zeichen von Schwäche, sondern ein Werkzeug, das ihr dabei helfen würde, ihr Ziel zu erreichen.

Mit gestrafften Schultern und gerecktem Kinn griff ich nach der

Handtasche auf dem Beifahrersitz des Peugeots, verriegelte den Wagen und stieg auf Rubens Beifahrerseite ein.

»Danke fürs Mitnehmen«, sagte ich knapp. Ich diktierte ihm meine Adresse und sah dabei zu, wie er sie ins Navi eingab. Den Rest der Fahrt über schwiegen wir. Nicht miteinander, sondern aneinander vorbei, aber auch das war okay. Vor meiner Haustür angekommen, bedankte ich mich fürs Mitnehmen und stieg aus.

Ich plünderte meinen Kühlschrank, berichtete Tobi am Telefon haarklein von meinem ersten Tag und las so lange, bis ich die Augen nicht mehr offen halten konnte. An Ruben zu denken verbat ich mir. Mit den Konsequenzen meines Ausbruchs würde ich mich auch dann noch beschäftigen können, wenn sie über mich hereinbrachen. Ich hatte nichts Falsches getan. Sollte er mich dennoch dafür bestrafen, sagte das mehr über ihn aus als über mich. Das zumindest redete ich mir ein. Und doch war da etwas. Eine Vorahnung, die mir zuflüsterte, dass wir noch nicht die letzte Seite in dem Buch unserer Geschichte aufgeschlagen hatten.

Am nächsten Morgen trat ich frisch geduscht und in dem Outfit, das ich mir ursprünglich für den ersten Tag herausgesucht hatte, hinaus in den Nieselregen, um mich auf den Weg zur Bushaltestelle zu machen. Mein Blick fiel auf den Tesla vor meiner Haustür. Ich schreckte zusammen. Was zum Teufel wollte Stephanski hier? Doch eine kleine Stimme in meinem Hinterkopf jubilierte. Ruben lud mich zu einem Spiel ein, und hier in Friedrichshain befanden wir uns außerhalb des professionellen Settings der BrainBubble. Warum sollte ich seine Einladung also nicht annehmen?

KAPITEL 9

Ruben

Am ersten Tag sagte sie kein Wort. Am zweiten Tag begrüßte sie mich morgens beim Abholen mit einem knappen »Hallo« und verabschiedete sich mit »Danke fürs Mitnehmen«, sobald wir unser Ziel erreichten.

Dasselbe Spiel wiederholte sich an Tag drei. Wenn mich jemand gefragt hätte, warum ich nach drei Tagen eiskalten Schweigens weiter darauf bestand, sie morgens zur Arbeit zu fahren und abends wieder nach Hause zu bringen, hätte ich arge Probleme bekommen, eine rationale Antwort aus dem Hut zu zaubern. Es musste etwas mit ihrem Ausbruch im Parkhaus zu tun haben. Seien wir mal ehrlich, mein Kommentar mit der Schrottkarre war alles andere als angemessen gewesen, dafür hatte ich eine Abreibung verdient. Trotzdem hatte mich ihr bissiger Spott eiskalt erwischt. Bisher hatte ich Louisa als eine Frau kennengelernt, die noch nicht in ihr Potenzial hineingewachsen war. Ihre Verletzlichkeit, gepaart mit ihrer inneren Sanftmut und der offensichtlichen Intelligenz hatten meinen Beschützerinstinkt geweckt. Nun aber stellte ich fest, dass Louisa Freymuth überhaupt nicht beschützt werden musste. Das Kätzchen hatte Krallen, auch wenn es einer ganzen Menge Provokation bedurfte, ehe sie diese ausfuhr. Je länger ich über Louisa nachdachte, desto mehr kam ich zu dem Schluss, dass nicht einmal diese Annahme stimmte. Schon bei früheren Gelegenheiten hatte sie meine Hilfe nicht wirklich gebraucht, um ihre Probleme zu lösen. Ohne zu zögern, war sie ohne Requisiten in dreckigen Strumpfhosen und zerknittertem Kostüm vor ein Millionenpublikum getreten und hatte ihr Unternehmen präsentiert. Marcel hatte sie genauestens wissen lassen, was sie für ihre

Büroeinrichtung benötigte. Dem Getratsche der Kollegen begegnete sie mit stoischer Ignoranz, und selbst bei unserem gemeinsamen Abendessen war es ihr gelungen, trotz der Nervosität ihr Gesicht zu wahren. Deutlich besser als mir, wenn wir einmal ehrlich waren.

Nein, Louisa brauchte meinen Schutz nicht. Sie war auch keine von den Frauen, die sich mir an den Hals warfen, weil sie sich davon einen Vorteil erhofften. Und doch verleitete etwas an ihr die Leute dazu, sie zu unterschätzen. Bei Louisa bestand die Herausforderung nicht darin, sie vor den Gefahren der Geschäftswelt abzuschirmen. Die Herausforderung bestand darin, sie zu überzeugen, meine Hilfe freiwillig und gerne anzunehmen. Kurzum, Louisa hatte meinen Ehrgeiz geweckt, und wie es sich traf, gab es weniges, woran ich mehr Spaß hatte als an einer ordentlichen Challenge. Alles, was ich brauchte, war eine Strategie.

So kam es, dass ich auch an Tag vier pünktlich um 7:30 Uhr mit dem Tesla am Bordstein der Ecke Simon-Dach-Straße und Boxhagener Platz in Berlin-Friedrichshain stand und auf Louisa Freymuth wartete. Trotz einiger Schlierenwolken am Himmel konnte man schon jetzt absehen, dass es ein sonniger Tag werden würde. Der Frühling streckte seine Fühler aus und warf weiches Licht durch die getönte Frontscheibe. Ich, der es gewohnt war, immer unter Strom zu stehen und von einem Termin zum nächsten zu hetzen, genoss die wenigen Minuten absoluter Ruhe, wenn ich weder hier noch dort sein musste, sondern einfach Ruben sein konnte, der auf ein Mädchen wartete, das ihm nicht aus dem Kopf ging.

Die Eingangstür öffnete sich, und Louisa trat aus dem Schatten des Hausflurs hinaus auf die Straße. Genau in diesem Moment stahl sich die Sonne hinter einer Wolke hervor und überschüttete ihre Gestalt mit goldenem Licht. Einmal mehr traf mich ihre Schönheit wie ein Schlag gegen den Solarplexus. Dabei hatte sie sich in den letzten Tagen dem gängigen Kleidungsstil in der BrainBubble angepasst. Nichts an ihr schrie offensichtlich nach Aufmerksamkeit. Sie trug eine blaue Jeans mit weitem Bein und hoher Taille, dazu einen beigefarbenen Sweater, der ihr locker über die eine Schulter gerutscht war. Es war dieselbe Schulter, über die der Trageriemen ihrer Handtasche lief. Wie an jedem Tag, wenn ich sie abholte, fragte ich mich, was sie in diesem Monstrum transportieren mochte. Das Ding war riesig und wirkte, als würde sie darin Wackersteine tragen. Jedes Mal, wenn sie es in den Fußraum des Beifahrersitzes hievte, erklang ein dumpfes »Umpf«-Geräusch. Schon jetzt hatte der Lederriemen einen roten Striemen auf Louisas sahneweißer Haut hinterlassen, und ich ertappte mich bei dem Gedanken, wie gern ich die gereizte Stelle gestreichelt hätte. Nicht den Beschützer spielen, ermahnte ich mich und lehnte mich über den Beifahrersitz, um die Tür für sie zu öffnen.

»Morgen.« Sie nahm Platz und wiederholte die Routine, die sich im Laufe der vergangenen Tage zwischen uns eingespielt hatte.

»Guten Morgen«, erwiderte ich und startete den Wagen. Ich fädelte mich in den fließenden Verkehr ein und hoffte wider besseren Wissens, dass heute der Tag sein würde, an dem Louisa ihr Schweigen brach. Natürlich tat sie das nicht.

An der nächsten roten Ampel ergriff ich das Wort. »Wie lange willst du mir den dummen Spruch mit der Schrottkarre eigentlich noch übelnehmen?« Von der Seite her sah ich sie an. Ihre Haut schimmerte. Ihre Lippen standen ein kleines Stück weit offen, und wenn ich genau hinsah, konnte ich erkennen, wie sie die Zunge im Mund bewegte. Mein Tesla hatte eine ausgezeichnete Klimaautomatik, trotzdem brach mir plötzlich der Schweiß aus.

»Oh, du irrst dich. Ich nehme dir überhaupt nichts übel. Der Spruch war nicht besonders nett, aber im Grunde hast du natürlich recht. Mein Wagen ist eine Schrottkarre. Warum die Dinge nicht beim Namen nennen?«

»Warum schweigst du mich dann seit Tagen an?«

»Was hätten wir deiner Meinung nach denn zu besprechen, Ruben?« Ihre Schneidezähne gruben sich in die Unterlippe und hinterließen kleine weiße Abdrücke in dem rosigen Ton. Zum Glück sprang in diesem Moment die Ampel zuerst auf Orange, dann auf Grün, und ich musste meinen Blick zurück auf die Straße richten.

»Du bist mein Mentor. Ich erwarte nicht, dass du dich um mich kümmerst oder mich mit Small Talk unterhältst. Babysitten war nie Teil unseres Deals, und wie die Voraussetzungen dafür aussehen, dass wir mit der Strategieplanung für *micronounce* weitermachen können, hast du deutlich kommuniziert.«

»Ich verstehe nicht.« Vor mir drängelte sich ein Vespafahrer in den fließenden Verkehr. Unterdrückt fluchend trat ich auf die Bremse.

»Du hast mir die Bücher gebracht und wörtlich zu mir gesagt: ›Lies sie. Alle. Ehe du das nicht getan und dich mit der Materie vertraut gemacht hast, müssen wir uns gar nicht erst weiter unterhalten.‹« Eins musste man ihr lassen. Wenn Louisa sich Mühe gab, traf sie mit ihrer Imitation meines Akzents ziemlich genau ins Schwarze.

Ich seufzte leise. Nicht nur für sie war der vergangene Montag anstrengend gewesen. Auch ich war nicht auf der Höhe gewesen und der Schrottkarren-Kommentar offenbar nicht mein einziger Fauxpas.

»Hast du sie denn schon gelesen?« Ich drehte meinen Charme auf und zwinkerte ihr zu. »Du hattest immerhin schon drei Tage Zeit.«

»Noch nicht.« Sie verschränkte die Arme vor dem Bauch. Eine Abwehrhaltung, ganz klar, aber ich erkannte noch mehr. Das leise Zucken ihrer Mundwinkel, den Geist eines Lächelns, der mir das Gefühl gab, ich hätte einen Sechser im Lotto gewonnen.

Der Benachrichtigungston einer App erklang. Louisa angelte ihr Handy aus der Kängurutasche des Sweatshirts und warf einen Blick darauf. Ihre Daumen flogen über das Display, während sie eine Antwort tippte. Als sie damit fertig war, behielt sie das Gerät in der Hand. Ein seltsames Gefühl, ähnlich wie Eifersucht, nagte an meinen Nerven.

Um die Stille zu füllen, die nun drohte, sich wieder zwischen uns auszubreiten, stellte ich die Musik an. Die Auto-Stereoanlage war per Bluetooth mit meinem Handy verbunden. Per Zufallsprinzip wählte das Programm ein beliebiges Stück aus meiner favorisierten Playlist aus. Aus sieben State-of-the-Art-Dolby-Surround-Lautsprechern tröpfelten eine Sekunde später volltönige Klavierklänge auf uns nieder. Soweit es der Verkehr zuließ, gab ich mich der Musik hin, genoss das fließende Auf und Ab der Komposition und die Virtuosität des Interpreten.

»Deep River« gehörte zu meinen Lieblingsstücken von Samuel Coleridge-Taylor. Zu gerne hätte ich gewusst, ob Louisa wenigstens einen Teil der Magie empfand, die erstklassig interpretierte Pianomusik stets in mir hervorrief.

Erneut piepte ihr Handy. Diesmal war es ein anderer Signalton. Aus dem Augenwinkel konnte ich beobachten, wie sie die Anzeige konzentriert las.

»Hm, Samuel Coleridge-Taylor. Noch nie gehört«, murmelte sie schließlich. »Ich hätte dich eher für den Pop-Typen gehalten. Ganz sicher nicht für jemanden, der in seiner Freizeit klassische Klaviermusik hört. Damit muss man sich doch beschäftigen, wenn man sie wirklich verstehen will, oder? Woher kommt die Vorliebe? Und wie findest du die Zeit dazu?«

Ich zog eine Augenbraue hoch und sah sie von der Seite her an. »Willst du die Antworten wirklich wissen? Es könnte passieren, dass ich das als den Versuch, Small Talk zu initiieren, interpretiere. Das würde bedeuten, du möchtest mich näher kennenlernen.«

»Keineswegs.« Diesmal versuchte sie nicht, ihr Grinsen zu verstecken. Im Gegenteil. Es war süß und offen und sogar ein bisschen kokett. »Auf diese Idee würde ich niemals kommen. Du bist mein Mentor. Und ab und zu mein Chauffeur. Persönliches Interesse wäre absolut unangebracht.«

»Genau das dachte ich mir.« Genugtuung breitete sich in mir aus. Eins zu null für Ruben Stephanski.

Louisa

»Bist du A: ein Alien-Vampir, der auf seiner Reise in eine fremde Galaxie auf der Erde notlanden musste und nun nur bei Nacht das Büro verlassen darf, weil Tageslicht und menschliche Nahrungsmittel sein Selbstzerstörungsprogramm aktivieren? Oder B: Teilnehmerin an einem

Zeugenschutzprogramm, und deine Betreuer von der Geheimpolizei haben dich eindringlich davor gewarnt, deine neuen Kollegen kennenzulernen, weil du dann Gefahr laufen würdest, deine wahre Identität preiszugeben. Oder ist es Möglichkeit C, und als du vier Jahre alt warst, hat dich eine Zeitreisende aus deiner eigenen Zukunft besucht, die dir vorausgesagt hat, dass du im Alter von vierundzwanzig Jahren die Möglichkeit bekommen wirst, zu großem Ruhm und Erfolg zu gelangen, du diese Möglichkeit aber nur wahr werden lassen kannst, wenn du unter keinen Umständen mit jemandem, der dich kennenlernen will, ein einziges Wort sprichst?«

»W…as?« Ich blinzelte. Nein, das winzige Persönchen mit den raspelkurzen Haaren und der großen runden Nickelbrille auf der Nase war keine Halluzination. Die junge Frau stand tatsächlich in meinem Büro. Was an und für sich kein Wunder war, denn gerade eben hatte es geklopft, und ich hatte »Herein« gesagt.

Sie betrachtete meinen verwirrten Gesichtsausdruck und lachte. »Übersetzt heißt das: Wir sind alle schrecklich neugierig auf dich und würden dich gerne kennenlernen. Du arbeitest schon seit fast zwei Wochen hier, und niemand hat irgendetwas von dir gesehen oder gehört. Du kommst als eine der Ersten, gehst schnurstracks in deine WorkBubble, arbeitest zwölf, dreizehn oder sogar vierzehn Stunden ohne Pause und gehst dann wieder. Du isst nichts, du sprichst mit niemandem. Noch nicht einmal an der BubbleBar oder in der Kaffeeküche haben wir dich gesehen. Und bevor du sagst, du hast einfach nur Angst, dich noch einmal zu verlaufen: Hat dir noch niemand die große Tour durch das Gebäude gegeben?«

»Es gibt eine große Tour?«

»Allerdings. Und wie es aussieht, werde ich dein Tourguide sein. Du hast Glück. Ich wollte ohnehin gerade Mittagspause machen.«

Ich schob das Buch, in dem ich gerade las, ein Stückchen auf der Tischplatte nach oben. »Das ist wirklich sehr nett von dir.« Mit einem gelben Klebezettel markierte ich die zuletzt gelesene Seite. Es war das letzte Buch von denen, die Ruben mir zur Verfügung gestellt hatte.

Rund hundertfünfzig Seiten fehlten mir noch, dann hätte ich es geschafft. Über siebentausend Seiten Fachliteratur zu Betriebswirtschaftslehre, Marketing, Vertriebspolitik und Firmengründung. Ich konnte kaum glauben, dass ich mir diese Menge Stoff tatsächlich innerhalb von wenigen Tagen in den Schädel geprügelt hatte. Aber was sollte ich sagen? Ich hatte eine verdammt gute Motivation. Jeden Tag fiel es mir ein wenig schwerer, während der gemeinsamen Autofahrten mit Ruben zur und von der Arbeit mein Schweigen durchzuhalten. Jeden Tag, wenn ich auf dem Beifahrersitz seines Teslas Platz nahm, fragte er mich: »Und? Fertig mit dem Lesen? Bereit für ein echtes Gespräch mit mir?«

Dann musste ich lächeln und antwortete: »Noch nicht.«

»Wann?«, fragte er daraufhin.

Und ich sagte: »Bald«, und für die Dauer weniger Herzschläge verhakten sich unsere Blicke ineinander und gaben einander Versprechen, für die unsere Münder unter keinen Umständen bereit waren.

Statt einander anzuschweigen, füllten wir die Fahrten mittlerweile mit Musik. Besser gesagt, Ruben füllte sie mit Musik. Er schien es sich zur Aufgabe gemacht zu haben, ein Pianostück zu finden, das meine Musikerkennungsapp nicht erkannte. Auf diese Weise lernte ich viel von ihm. Dinge, die vermutlich die wenigsten Menschen wussten. Ruben Stephanski liebte Pianomusik, und ganz besonders schlug sein Herz für klassische Schwarze Komponisten. Durch ihn und unser kleines Spiel lernte ich Samuel Coleridge-Taylor kennen, der zu einer Zeit, in der Schwarze von einem Großteil der europäischen Bevölkerung als Menschen zweiter Klasse gesehen wurden, von sich selbst einmal geschrieben hatte, er versuche, mit traditionellen afrikanischen Melodien dasselbe zu erreichen wie Dvořák mit der böhmischen Volksmusik, Grieg mit der norwegischen oder Brahms mit der ungarischen. Zum ersten Mal in meinem Leben hörte ich Musik von Joseph Bologne, dem Chevalier de Saint-Georges, George Bridgetower und George Walker, allesamt Menschen, die ihre Hautfarbe zu Außenseitern gemacht hatte. Ich erfuhr von Florence Price, der ersten Frau, die den ersten Platz bei den Wanamaker Foundation Awards gewann und damit nicht nur zu einer Galionsfigur

Schwarzer Musik avancierte, sondern auch eine der ersten Frauen war, denen es gelang, sich in diesem beinahe ausschließlich von Männern dominierten Fachgebiet durchzusetzen. Ich lernte Julia Amanda Perry kennen, Margaret Bonds und Undine Smith Moore. Es rührte mich besonders, dass Ruben mir diese außergewöhnlichen Frauen mit seiner Musik näherbrachte. Ich wusste nur zu gut, was es bedeutete, die einzige Frau in einem männerdominierten Umfeld zu sein. In meinem ersten Semester hatte es unter dreihundert Studierenden in der Fachrichtung Informatik nur drei Frauen gegeben – mich eingeschlossen. Rubens Musikauswahl erinnerte mich daran, dass ich weder die Erste noch die Einzige war, die härter kämpfen musste, um ernst genommen zu werden. Mehr riskieren musste, einfach nur, um gegen Urteile anzukommen, die Menschen über mich fällten, noch ehe sie mich oder meine Arbeit kannten, ausschließlich aufgrund meines Aussehens und Geschlechts. Vor mir hatte es andere gegeben, die in ihrem Fachgebiet Pionierarbeit geleistet hatten und damit erfolgreich gewesen waren.

Ohne ein Wort zu sagen, ohne dass wir wirklich irgendetwas miteinander unternahmen, hatte Ruben ein Saatkorn Zuversicht in meiner Brust gepflanzt, und Tag für Tag, Autofahrt für Autofahrt und Musikstück für Musikstück war es gewachsen und hatte Triebe geschlagen. Ich wollte ihm für das danken, was er mir schenkte. Ich wollte ihm beweisen, dass ich gut in meinem Job war, noch besser, als er sich bei meiner Präsentation in der Show ausgemalt hatte. Und ich wollte, dass *micronounce* durch die Decke ging. Dass ich mit dieser App das Leben von Menschen, die es in bestimmten Lebensbereichen schwerer hatten als die meisten, ebenso beeinflussen würde wie es die Komponisten, die Ruben mir näherbrachte, gerade mit meinem taten.

Während ich in Rubens Büchern las, machte ich mir Notizen, arbeitete Businesspläne aus, tüftelte an Marketingkonzepten und an der Formulierung von Alleinstellungsmerkmalen. Wenn es sich so anfühlte, beruflich durchzustarten, wollte ich mehr davon. Die langen Tage glichen einem Rausch. Zweimal hatte nicht er mich morgens am Straßenrand vor meiner Wohnung erwartet, sondern ein Fahrer in einem fremden

Auto. Dieser informierte mich mit knappen Worten, dass Ruben an diesem Morgen anderswo gebraucht wurde, aber sicherstellen wollte, dass ich pünktlich zur Arbeit kam. Kurz fragte ich mich, ob er das für jeden seiner Schützlinge tun würde, verscheuchte die Frage aber sofort wieder aus meinen Gedanken. Er unterstützte mich, weil er an mich und *micronounce* glaubte. Mehr musste ich nicht wissen.

Noch die wenigen restlichen Seiten, dann wäre ich mit allen Büchern durch und würde ihm präsentieren, was ich bisher erarbeitet hatte. Das bedeutete auch, mich erneut seinem prüfenden Blick zu stellen. Diese Bücher stellten eine Schwelle dar, die ich selbst zwischen uns errichtet hatte. Nicht mehr lange, und ich würde sie überwinden. Ein Schauder rieselte bei dem Gedanken durch meinen Körper. Bald, sagte ich mir leise, was ich auch Ruben jeden Tag bisher geantwortet hatte. *Noch nicht, aber bald.*

»Hey, wenn es heute bei dir nicht passt, ist das nicht schlimm. Du kannst es einfach sagen. Ich bin dir sicher nicht böse.« Die Stimme meiner Besucherin holte mich zurück ins Hier und Jetzt.

»Was?«

»Das Mittagessen? Die Tour? Du erinnerst dich? Wir können das ein anderes Mal in Angriff nehmen, wenn es heute schlecht bei dir ist.«

»Nein, überhaupt nicht. Ich brauche diese Pause gerade richtig dringend. Sorry, dass ich abgedriftet bin.« Ich erhob mich von meinem Schreibtischstuhl und hielt meiner Besucherin grüßend die Hand hin. »Ich bin übrigens Louisa. Die meisten nennen mich Lou.«

»Schön, dich endlich richtig kennenzulernen, Lou. Ich bin Esther. Ich gehöre zum Eden Project, oben im fünften Stock.«

»Im fünften Stock? Ich dachte, die WorkBubbles der Gründer befänden sich nur auf den ersten beiden Galerien.«

»Oh, ich sehe, wir haben viel zu tun. Aber wenn wir wirklich Zeit für die große Runde haben und uns anschließend noch einen Drink an der BubbleBar holen wollen, sputen wir uns besser.« Sie trat halb aus der Tür und deutete eine Art Verbeugung an. »Frau Freymuth, bitte nach Ihnen.«

Kichernd machten wir uns auf den Weg.

Wir arbeiteten uns von oben nach unten vor, und ich staunte nicht schlecht, als Esther mir enthüllte, was sich unter der gigantischen Glaskuppel der BrainBubble befand.

»Willkommen im Garten Eden.« Sie machte eine Bewegung mit der Hand, als wäre es ihr persönlicher Vorgarten, in den sie mich einlud. »Cool, oder? Auf rund zweitausend Quadratmetern züchten wir hier exotische Früchte. Papayas, Zwergbananen, Maracujas, aber auch jede Menge Gemüsesorten und Kräuter, die man normalerweise nicht in Deutschland findet. Nur hier gibt es zum Beispiel die Naranquilla. Damit sie und auch die anderen Tropenfrüchte unter der Kuppel gut gedeihen, brauchen die Pflanzen ganzjährig Durchschnittstemperaturen zwischen vierzehn und zweiundzwanzig Grad Celsius. Für die Ökobilanz der Früchte ist das natürlich eine Katastrophe. Wenn wir sie in unseren Breitengraden verspeisen wollen, müssen wir sie entweder von weit her einfliegen, oder wir heizen uns dumm und dämlich.« Sie machte eine kurze Sprechpause. Ich konnte kaum erwarten, dass sie weitersprach. Das hier war der absolute Wahnsinn – die große Schwester des winzigen Urban-Jungle-Projekts in meinem Apartment. In Kübeln und Beeten und Töpfen wucherten jede Menge Pflanzen unter der riesigen Glaskuppel des Firmengebäudes. Große und kleine, langstielige Staudengewächse, aromatische Kräuter, baumartige Pflanzen mit wächsern schimmernden Blättern, groß wie Sonnenschirme. Die Feuchtigkeit in der Luft intensivierte den beinah betäubenden Grüngeruch, dessen Aroma so intensiv war, dass man es nicht nur riechen, sondern als herb-säuerliche Note auf der Zunge schmecken konnte. Im strahlenden Frühlingslicht, das durch die Glaskuppel fiel, schimmerten die Blätter und Halme der Pflanzen in unendlichen Nuancen von Grün. Über den Boden tanzten Punkte aus Licht und Schatten, und hier und da schimmerten farbenfrohe Früchte wie kostbare Juwelen im Blätterdickicht. Das Zentrum der Anlage bildete ein riesiges Wasserbassin, dessen Boden aus Glas bestand und von dem aus mehrere schmalere Wasserläufe abgingen und offenbar der Bewässerung der Pflanzen dienten. Deshalb also konnte man die Schemen der Kuppel auch vom Erdgeschoss aus erkennen. Dieser Garten trug seinen Namen vollkommen zu Recht: Es war ein kleines Paradies.

Esther fuhr fort: »Aber weißt du, was das Geilste am Eden Project ist?«

Ich schüttelte den Kopf.

»Uns ist es gelungen, Tropenfrüchte regional und klimaneutral zu züchten. Wir nutzen nämlich ausschließlich Abwärme von Gewerben, Wohnhäusern und Industrien im unmittelbaren Umfeld der BrainBubble, um das Gewächshaus zu beheizen. Keine einzige zusätzliche Ressource wird verbraucht, damit es in der BubbleBar ganzjährig exotische Fruchtgenüsse gibt. Mit unserem Ertrag beliefern wir außerdem mehrere Supermärkte und Biomarkt-Ketten in Berlin und Brandenburg. Sobald mehr Hersteller unserem Beispiel folgen, kann man bald schon überall in Deutschland klimaneutral gezogene Tropenfrüchte, Chilis und andere exotische Köstlichkeiten aus heimischem Anbau genießen. Das ist doch irre, oder?«

»Absolut. Und du bist der Kopf hinter dem Projekt?«

Esther zuckte mit den Schultern. »Es fing alles mit einer Studienarbeit an. Du weißt ja, wie das läuft. Man liest etwas, sammelt Informationen, verbeißt sich in das Thema, und *schwupps* hat man diese riesige Vision vor Augen, von der man keine Ahnung hat, wie sie Realität werden soll.«

Ich nickte. Genauso war die Idee zu *micronounce* entstanden.

»Als ich Ruben vor zwei Jahren das Projekt vorgestellt habe, habe ich mir keine großen Hoffnungen gemacht, dass aus meiner Schnapsidee einmal was werden könnte, geschweige denn so etwas wie das hier.« Wieder deutete sie in das weitläufige Areal. »Aber er hat sich von der Idee begeistern lassen, hat den ganzen Umbau finanziert und alles. Alleine hätte ich mir das niemals leisten können. Ich verdanke Ruben sehr viel.«

»Das war sicher ein Mammut-Investment.«

»Das kannst du laut sagen. Viele haben ihn für total verrückt gehalten, aber er hat an meine Vision geglaubt, und wenn er sich einmal etwas in den Kopf gesetzt hat, lässt er nicht mehr locker. Sie nennen ihn nicht umsonst den Hai mit den schärfsten Zähnen.« Esthers Wangen glühten.

Siehst du, du bist nichts Besonderes für ihn, ätzte eine Stimme in meinem Hinterkopf. *Dich zu motivieren ist sein Job, kein Flirten. Nichts anderes haben die gemeinsamen Autofahrten zu bedeuten.*

»Wozu ist das große Becken?« Ich wechselte das Thema, ehe ich mich zu sehr in Gedanken um Ruben Stephanski verstricken konnte. »Züchtet ihr hier auch Fische?«

»Aber nein.« Esther wirkte sichtlich amüsiert. »Das ist ein Pool. Siehst du die Liegestühle da unter den Farnen nicht? Als der große Umbau anstand, war Ruben der Meinung, wenn wir schon die Tropen nach Berlin-Mitte holen, soll die Belegschaft der BrainBubble auch was davon haben. Die Pflanzen stört es nicht, wenn sich ein paar erschöpfte Unternehmer in ihrem Schatten erholen oder im Pool ein paar Bahnen ziehen.«

»Und die Leute nutzen das wirklich? Ist das nicht seltsam? Mit … Kollegen?«

»Ach, gar nicht.« Sie winkte ab. »Das Wasser verwischt die Sicht genug, dass man von den anderen Galerien aus keine Details erkennt und Geschäftspartner einen Blick auf halb nackte Unternehmer erhaschen. Und die meisten von uns sind ja keine echten Kollegen. Wir sitzen alle im selben Boot. Wir hatten eine Idee und möchten daraus etwas Großes machen. Die meisten von uns sind Spezialisten auf irgendeinem Gebiet. Ich nehme mal an, ich erzähle dir nichts Neues, wenn ich sage, dass uns das in den Augen vieler da draußen zu ziemlichen Freaks macht. Hier ist das anders. Hier sind wir alle Freaks. Ich will wetten, das ist ein Teil des Erfolgsgeheimnisses von Rubens Inkubatoren-Programm. Er ist gut darin, ein Gemeinschaftsgefühl zu schaffen, und wenn du deinen Stamm Gleichgesinnter gefunden hast, wird alles plötzlich viel einfacher. Erst nach einer ganzen Weile in der BrainBubble ist mir aufgefallen, wie viel Energie ich vorher dafür verschwendet habe, mich anzupassen, in der Hoffnung, irgendwo dazuzugehören. Geklappt hat das nie. Hier muss ich mich nicht anpassen, denn hier sind irgendwie alle durchgeknallt und getrieben.« Sie grinste schief und zuckte mit den Schultern. »Also, du kannst genauso gut direkt die Katze aus dem Sack lassen. Was hast du alles geopfert, um hier zu stehen? Bei mir waren es eine langjährige Partnerschaft und ein semi-sicherer Job im Vertrieb eines Elektronikkonzerns. Da hätte ich zwar niemals als Biologin arbeiten können, aber die Firma zahlt nach Tarifvertrag. Regelmäßige Gehaltserhöhungen und eine Fünfunddreißig-Stunden-Arbeitswoche wären mir da sicher gewesen. Ich habe den Job trotzdem hingeschmissen. Und was war dein Opfer?«

Ich musterte sie eindringlich. Mein ganzes Wissen über Mikromimik wendete ich auf, um herauszufinden, ob sich nur das kleinste Zeichen einer Lüge oder Hinterhältigkeit auf Esthers Miene spiegelte. Ich wurde nicht fündig. Jedes ihrer Worte war aufrichtig gewesen. Mit ihrem Monolog hielt sie mir die Hand hin. Ich musste nur noch zugreifen.

»Die enge Beziehung zu meinen Eltern, schätze ich.« Hilflos zuckte ich mit den Schultern. »Ich weiß, dass sie mich lieben. Aber mit meinen beruflichen Plänen können sie nicht viel anfangen. Sie finden, ich könnte es einfacher haben, wenn ich …«, ich stockte, suchte nach Worten, »mich mehr auf den traditionellen Weg konzentrieren würde, ist vielleicht die richtige Umschreibung. Du weißt schon. Einen netten, aber unspektakulären Job annehmen, ein bisschen Karriere machen, gerade gut genug, damit die Zeit, die ich ins Studium investiert habe, nicht verschwendet ist. Dann einen Mann kennenlernen, heiraten, Kinder kriegen, auf Teilzeit reduzieren und anschließend den Rest meines Lebens vom Geld meines Mannes leben und mit meiner Arbeit das bisschen Luxus beitragen, das dem Ego guttut.«

Esther schnaubte. »Sie meinen, du seist zu hübsch, um dir deinen Kopf mit so unangenehmen Dingen wie Denken oder Ehrgeiz zu beschweren.«

Ich musste lachen. So geradeheraus hatte es noch niemand ausgedrückt. »So könnte man es sagen.«

Einen Augenblick lachten wir in trauter Komplizenschaft, dann wurde Esther wieder ernst. »Ist schon irre, oder? Jeder Einzelne von uns ist irgendwie zu irgendwas, als dass die Leute uns was zutrauen.«

»Wie meinst du das?«

»Na ja, zu klein und burschikos – in meinem Fall. Zu hübsch bei dir. Marcel ist zu schwul, Celina aus dem dritten Stock zu dick, Barbora zu verrückt, Sanjay zu indisch …« Sie ließ die Hand kreisen. »Nicht einmal Ruben bleibt davon verschont.«

»Jetzt machst du Witze!«

»Gar nicht. Was, glaubst du, muss sich ein Vierzehnjähriger anhören, der auf einmal mehr Erfolg hat als die meisten Menschen in ihrem gesamten Leben? Zu jung, zu sehr vom Glück begünstigt. Such es dir aus. Ich kann es nicht beweisen, aber ich würde wetten, auch an ihm nagen die Selbstzweifel und der Kampf, es immer allen beweisen zu müssen. Deshalb ist er so ein guter Mentor. Er ist einer von uns. Nur eben einer, der es schon geschafft hat.«

»Er ist nicht mehr vierzehn. Er hatte eineinhalb Jahrzehnte Zeit, der Welt zu beweisen, dass sein Erfolg nicht nur auf Glück beruht. Ich kenne keinen Menschen mit so viel Selbstbewusstsein wie Ruben Stephanski.«

»Stimmt.« Esther nahm die Brille ab und polierte die von der Feuchtigkeit beschlagenen Gläser mit dem Stoff ihres T-Shirts. »Zumindest ist es das, was man in den Wirtschaftsfachartikeln über ihn lesen kann.«

»Aber du bist dir nicht so sicher?« *Manchmal fühle auch ich mich noch wie ein Hochstapler.* Rubens Geständnis hallte mit einem Mal so deutlich durch meine Gedanken, dass ich meinte, die Worte wirklich zu hören.

Esther schüttelte den Kopf, dann setzte sie die Brille wieder auf. »Nein. Und weißt du was? Deshalb bewundere ich ihn noch viel mehr. Für etwas wirklich zu brennen bedeutet nämlich nicht, davon überzeugt zu sein, dass es gut ausgeht, sondern an dem Glauben festzuhalten, dass es Sinn ergibt, egal, wie das Ergebnis ausfällt. Genau das lebt uns Ruben vor. Jeden Tag aufs Neue.«

Ich starrte sie mit großen Augen an, und Esther prustete los. »Was schaust du denn so? Keine Angst, das war nicht von mir, sondern frei nach Václav Havel.« Sie deutete mit dem Zeigefinger auf ihre Brust. »Nicht vergessen: Biologin hier, keine Philosophin. Du kannst die Ehrfurcht getrost wieder einpacken.«

Ich stimmte in ihr Lachen mit ein, und plötzlich tat es mir fürchterlich leid, dass ich mich beinahe zwei Arbeitswochen lang vor allen anderen in der BrainBubble versteckt hatte. Ich biss mir auf die Unterlippe und nickte zu dem Pool, dessen azurblaue Wasseroberfläche mich vom Tageslicht glitzernd anfunkelte. »Ich habe heute natürlich keinen Badezeug mit zur Arbeit genommen, aber nächste Woche könnte ich das nachholen. Vielleicht wollen wir dann ja mal gemeinsam schwimmen gehen?«

»Auf jeden Fall. Vorher könnten wir auch mit einer Partie Air-Hockey oder Tischfußball anfangen. Dafür braucht man keine Extra-Kleidung.« Sie zwinkerte mir zu. »Als Allererstes machen wir jetzt aber weiter mit deiner Tour. Zum Abschluss haben wir uns eine Erfrischung an der Bar verdient. Ohne Aufnahmeritual kommt niemand in meinen Tribe.«

»Aufnahmeritual?«

»Ganz recht. Du musst mindestens einen Smoothie aus meinen Früchten probieren. Anders geht es nicht.«

»Klingt nach einem Plan.«

Etage für Etage kämpften wir uns anschließend durch das Traumschloss der BrainBubble. Wann immer wir jemanden trafen, stellte Esther mich vor. Obwohl die meisten eindeutig neugierig waren, konnte ich in den wenigsten Mienen Vorurteile oder gar Böswilligkeit erkennen. Sicher, seit meiner Ankunft war bestimmt getratscht worden, aber ich hatte nicht den Eindruck, als würde jemand dieses Getratsche gegen mich verwenden. Dank Esthers Rundgang fiel es mir nun auch leichter, mich in dem riesigen Gebäude zu orientieren. Die Irrwege zwischen den einzelnen Bubbles glichen zwar einem Labyrinth, wenn man die Struktur jedoch erst einmal begriffen hatte, fand man sich deutlich leichter zurecht. Zudem halfen Farbmarkierungen auf dem Boden bei der Orientierung.

Gut eine Dreiviertelstunde, nachdem wir aufgebrochen waren, fanden wir uns in der BubbleBar wieder. Dieser gläserne Bereich im Erdgeschoss hätte genauso gut eine trendige Bar in der Innenstadt sein können. Der Tresen sowie die Rückwand bestanden aus einer Art mit dunkler Flüssigkeit gefülltem Aquarium. Darin stiegen in unzähligen Linien fluoreszierende Luftbläschen auf. Die Flaschenreihen an der Rückwand der Bar wurden von indirektem Licht angestrahlt, mehrere Barhocker vor dem Tresen luden zum Verweilen ein. Auf einem Whiteboard waren mit bunten Markern gut und gerne zwei Dutzend Getränkevariationen aufgeführt. Ich überflog das Angebot. Es gab Smoothies, Tees und Fitnessgetränke in jeder denkbaren Ausführung und Geschmacksrichtung. Nur Kaffee suchte ich vergeblich.

Esther kletterte auf einen der Barhocker, ich nahm neben ihr Platz. Sofort kam ein Barkeeper zu uns herüber. In die Brusttasche seines Hemdes war der Name Nils gestickt. Mit einem feuchten Tuch wischte er den ohnehin blitzblanken Tresen vor Esther und mir sauber und schenkte uns dabei ein freundliches Lächeln. »Das Übliche?«, fragte er an Esther gewandt.

Sie seufzte theatralisch und nickte. »Du kennst mich zu gut. Deinem Tropenglück-Smoothie kann ich nie widerstehen. Außerdem muss ich doch regelmäßig überprüfen, ob meine Früchtchen auch wirklich schmecken.«

»Und für dich?« Diesmal richtete sich seine Frage an mich. Leider konnte ich nur hilflos mit den Schultern zucken. Die Vielfalt der Auswahl erschlug mich. Es gab Getränke mit Grünkohl, Petersilie, Dinkelflocken, Mandelmus und vielem mehr. Mindestens die Hälfte der Zutaten, die auf der Karte verzeichnet waren, hätte ich niemals in einem Getränk erwartet.

»Ich brauche noch ein wenig.«

»Alles klar.« Leise vor sich hin pfeifend machte sich Nils an die Zubereitung von Esthers Drink. Es wanderten Ananasstückchen, Papaya, Orange, Zitrone und Ingwer in einen Mixer. Außerdem das Viertel einer Avocado. Das Ganze goss er mit Kokoswasser auf und mixte alles ordentlich durch. Heraus kam ein Getränk von der Farbe eines Sonnenaufgangs am Strand. Dieses goss er in einen typischen Smoothiebecher, verschloss das Getränk mit einem Deckel, steckte einen Strohhalm hinein und reichte die Erfrischung an Esther. Diese nahm einen Schluck und gab ein wonnevolles Stöhnen von sich.

»Mh. Das ist so gut. Willst du kosten?« Sie hielt mir den Becher mit dem Strohhalm hin.

»Wirklich?«

»Warum nicht? Du hast doch keine ansteckende Krankheit wie Herpes oder so was, oder?«

Ich lachte. »Nein, keine Sorge.«

»Worauf wartest du dann? Gemeinsam schwimmen gehen ist okay, aber einen Strohhalm teilen nicht, oder wie? Oder bist du eine Memme, und traust dich nicht an einen unbekannten Cocktail heran?«

Also gut. Ich schloss die Lippen um den dargebotenen Strohhalm und nahm einen ordentlichen Schluck des Getränks. Der Smoothie war überraschend cremig und so sauer, dass sich die Geschmacksknospen in meinem Gaumen zusammenzogen. Ich verkniff das Gesicht.

»Nicht dein Ding?« Esther lachte.

»Ne, ich fürchte nicht. Ganz schön sauer und ziemlich scharf. Vor allem mit der Schärfe hatte ich nicht gerechnet.«

»Wie? Die schöne Lou ist in Wahrheit gar keine so scharfe Braut?« Vielsagend wackelte Esther mit den Augenbrauen. Sie musste die erste Person sein, der ich die Anspielung auf mein Aussehen nicht verübelte.

»Einmal den Oolong-Tee mit Tapiokaperlen und einem extra Shot Schwarzem-Tee-Extrakt, bitte.« Seine Stimme beamte mich zurück ins *Hellir* und sandte eine wohlige Gänsehaut über meinen Rücken. Wie schaffte er das immer wieder? Er tauchte aus dem Nichts auf und brachte mich aus dem Konzept. An die gemeinsamen Autofahrten oder den gelegentlichen Blick aus der Ferne hatte ich mich gewöhnt. Kaum traf ich ihn, ohne mich darauf vorbereiten zu können, fühlte sich seine Anwesenheit an wie beim allerersten Mal. Womöglich lag es an dem Ambiente hier in der Bar, das zudem Erinnerungen an Kerzenlicht, erlesene Speisen und intime Geständnisse zu der Musik von Walgesang weckte.

Irritiert fuhr ich herum. Wie lange stand er schon da, im Schatten einer der Säulen, die die BubbleBar vom Rest der Etage abgegrenzten? Hatte er mich beobachtet? Und was zum Teufel bedeutete dieses Funkeln in seinen Augen?

Mein Herz flatterte wie ein Vogel, der aus seinem Käfig ausbrechen wollte. Ruben Stephanski sah mich, er sah mich wirklich. Und Himmel, fühlte ich mich von ihm gesehen. Meine Reaktion auf ihn war so unvermeidbar wie eine mathematische Abhängigkeit. Sehen und gesehen werden. Begehren und begehrt werden. Seit Pauline mit all ihrer Direktheit den Finger in die Wunde gelegt und die Dinge beim Namen genannt hatte, konnte ich nicht mehr leugnen, welches Gefühl es war, das in diesem Moment heiß und pochend zwischen meinen Beinen pulsierte. Die Zeit dehnte sich aus, während wir dastanden, er auf sein Getränk wartete und unsere Blicke sich verhakten. Noch nie war die Verbindung zwischen uns so unmittelbar gewesen. So roh und beinah lebendig. Während unserer gemeinsamen Fahrten zur und von der Arbeit war er immer auch mit dem Verkehr beschäftigt. Das hier, jetzt in diesem Moment, spielte in einer ganz anderen Intensitätsliga.

Genauso plötzlich, wie es begonnen hatte, endete es. Er wandte den Blick ab und wechselte ein paar Worte mit Esther. Ich verstand kein einziges davon, noch immer völlig überwältigt.

Nils hatte die Zeit genutzt, um das bestellte Getränk für Ruben zu mixen. Wie auch Esthers Erfrischung zuvor wurde es in einem Smoothie-Becher serviert. Ruben nahm seinen Tee entgegen, bedankte sich und setzte sich auf den Barhocker neben mir. Mein Magen vollführte einen Salto. War er mir jemals so nah gewesen? Nah genug, damit ich mir ausmalen konnte, wie einfach es wäre, das Bein zu bewegen, sodass sich unsere Knie berührten. Nah genug, um einen Hauch seines Parfums wahrzunehmen. Zederndulft und eine Spur Hibiskus. Sehr elegant und irgendwie zeitlos. Ganz so, wie die dreiteiligen Anzüge, die er bevorzugte.

Er hob den Becher zum Mund, seine Lippen schlossen sich um den Strohhalm. Ein weiterer prickelnder Schauer rieselte mein Rückgrat hinab, Wegschauen war ein Ding der Unmöglichkeit.

Dummerweise konnte ich mein Starren aber auch nicht verstecken. Ein wenig spöttisch zog Ruben die Augenbraue hoch.

»Du kannst dir selbst einen Tee bestellen. Es gibt keinen Grund, meinen zu beäugen, als würdest du ihn mir am liebsten aus der Hand reißen.«

»Ich …« Ich räusperte mich. Gott, wann hatte ich eine Wüste verschluckt? »Ich bin eher der Kaffee-Typ.«

Eingehend betrachtete er seinen Becher. »Wie kannst du dir sicher sein? Hast du meine Spezialmischung schon mal probiert?«

Ich schüttelte den Kopf.

»Dachte ich mir. Du kannst also gar nicht mit Sicherheit sagen, ob du Kaffee tatsächlich bevorzugst.«

»Warum lässt du sie nicht einfach probieren?«, mischte sich nun Esther ein. »Dann kann Lou entscheiden, was ihr besser schmeckt. Mein Tropenglück oder deine Zombie-Mischung. Ernsthaft, mir ist es ein Rätsel, wie du das Zeug trinken kannst, ohne anschließend durch die Gegend zu rennen wie das Duracell-Häschen.«

»Nicht nötig«, setzte ich zu einem Protest an, aber Ruben war schneller.

»In Ordnung«, stimmte er Esther zu. Auffordernd hielt er mir den Strohhalm vor den Mund. »Hören wir, was Louisa zu sagen hat.« Louisa. Nicht Lou. Immer noch nicht Lou. Die Vokale meines vollen Namens rollten ihm in diesem unendlich sexy Akzent über die Lippen.

»Lieber nicht. Ich weiß ja gar nicht, worauf ich achten –«

»Ach, komm schon!« Esther lachte. »Es ist keine Wissenschaft. Sag, was dir besser schmeckt.« Für sie schien es wirklich so einfach zu sein. Das Normalste der Welt. Und im Grunde war es ja auch einfach. Ich müsste mich nur ein wenig nach vorne lehnen, die Lippen öffnen und zulassen, dass Ruben mir den Strohhalm dazwischenschob. Esther hatte gerade genau dasselbe getan. Warum fühlte es sich jetzt so anders an?

Geradezu unanständig intim. Meine Wangen brannten vor Hitze, aber ich konnte nicht Nein sagen – es gab schlichtweg keine rationale Erklärung für meine Weigerung.

Also lehnte ich mich nach vorne und öffnete die Lippen. Ruben reichte mir den Strohhalm. Ich schloss die Lippen darum, nahm einen Schluck, krampfhaft bemüht, dabei nur auszusehen, wie jemand eben aussah, der einen Schluck Tee aus einem Strohhalm trank, und nicht, als würde ich ein Versprechen auf Fellatio geben.

Es funktionierte. Beinah, dann kam mir der Geschmack des Getränks in die Quere. Kaum explodierte das Aroma auf meiner Zunge, konnte ich mir ein Stöhnen nicht verkneifen. So viel dazu, dass die Teeverkostung mit einem Geschäftspartner nicht klingen sollte wie die Tonspur eines Erotikstreifens. Aber was sollte ich tun? Der Tee war kalt und bitter und vollmundig. Genau mein Geschmack. Eine so köstliche Mischung aus aromatisch und explosiv hatte ich noch nie gekostet. Ich meinte, den Energieschub förmlich verfolgen zu können, wie er sich von meinem Gaumen über meinen Hals in den ganzen Körper ausbreitete.

Hinter dem markanten Schwung von Rubens Lippen versteckte sich ein Lächeln. »Ich glaube, wir wissen, wer der Gewinner ist.«

Esther warf die Hände in die Luft. »Okay, okay, ich gebe mich geschlagen. Ihr Koffeinjunkies seid einfach Fruchtbanausen.« Sie rutschte von ihrem Barhocker. »Zeit, den Rückzug anzutreten. Ich muss ohnehin los. Lou, nach unserer Tour findest du jetzt auch alleine in deine Work-Bubble, oder?«

»Auf jeden Fall. Danke noch mal, für die Tour und die Zusprache und alles.«

Ruben wartete, bis Esther außer Sicht- und Hörweite war. »Hast du die Bücher fertig gelesen?« Sein Blick ruhte noch immer auf meinem Mund, füllte seine Frage mit Subtext.

»Nein. Aber bald. Wahrscheinlich noch heute.«

»Das wird auch Zeit.« Er nickte. »Komm bei mir im Büro vorbei, wenn du so weit bist. Egal, wie spät es dann ist. Wir haben viel zu besprechen.« Er machte eine kurze Pause, seine Augen glühten. »Das zwischen dir und mir, Louisa, das fängt gerade erst an.«

Er redete von unserer Geschäftsbeziehung, erinnerte ich mich. Unsere Geschäftsbeziehung fing gerade erst an. Nickend fuhr ich mir mit der Zunge über die Lippen. Ruben folgte der Bewegung mit dem Blick, dann schob er seinen Teebecher über die Bar in meine Richtung.

»Für dich«, bestimmte er, »nimm den Rest.«

Instinktiv griff ich danach. Ich tat, was er wollte, und noch während ich das machte, fragte ich mich, ob er immer alles bekam, was er sich in den Kopf setzte.

KAPITEL 10

Ruben

Musste zu einem Termin außer Haus. Wenn du für heute fertig bist, sag Marcel Bescheid. Er bestellt dir ein Uber.

Mein Finger schwebte über dem Smartphone-Display, während ich die Nachricht an Louisa noch einmal überflog.

»Ruben? Du hattest doch immer ganz besonders große Probleme mit Gering. Die richtige Chemie der Juroren vor der Kamera ist wichtig. Was ist deine Meinung zu dem Thema?«

Was war bloß mit mir los? Ich war in einem Meeting, verdammt. Die Menschen, die mit mir um einen Konferenztisch saßen, hatten meine ungeteilte Aufmerksamkeit verdient. Ich drückte auf »Senden« und legte das Handy beiseite.

»Meine Meinung zu Thomas Gering ist hinreichend bekannt. Viel bedenklicher als meine persönlichen Differenzen mit ihm finde ich jedoch, dass es in letzter Zeit vermehrt kritische Presseberichte zu seinen Investments gab. *Unter Haien* lebt von der Authentizität des Formats. Wenn Gründer anfangen zu zweifeln, ob ein Deal mit einem der Haie ein echter Gewinn für sie ist, haben wir schon verloren. Dann sind die sinkenden Einschaltquoten vorprogrammiert, und wir alle hier verschwenden unsere Zeit.« Zustimmendes Murren erfüllte den kleinen Raum. Wir befanden uns nicht in den Stößenseestudios im Westend, sondern im Innenstadtbüro der Produktionsfirma. Von hier bis zur BrainBubble schaffte ich es je nach Verkehr in einer Viertel- bis halben Stunde. Verstohlen warf ich einen Blick aufs Handy. Keine neue Nachricht von Louisa. Wahrscheinlich arbeitete sie noch. An keinem Tag dieser Woche hatte sie vor zwanzig Uhr Feierabend gemacht.

»Gibt es denn Vorschläge für einen möglichen Ersatz? Irgendwelche Präferenzen euerseits? Ihr seid am Puls der Zeit und die wahren Kenner der Szene. Wir hören gerne auf euren Rat.« Die junge Produktionsleiterin, deren Namen ich leider vergessen hatte, ließ den Blick von einem zum anderen der Versammelten schweifen. Bei mir blieb sie hängen. Kokett senkte sie die Lider, spielte mit ihrem Kugelschreiber. Irgendwas an der Geste kam mir vertraut vor. Kannte ich sie womöglich besser? Hatte ich sie gar schon gevögelt? Sosehr ich versuchte, mich zu erinnern, kein Name tauchte in meinem Gedächtnis auf. Mein Körper verstand allerdings auch so, was sie mir anbot. Mir eilte ein gewisser Ruf voraus. Es war spät am Nachmittag, aber der Abend noch lang. Der Abend und die Nacht erst recht. Ich gönnte mir einen Augenblick, um das Szenario gedanklich durchzuspielen. Ein Abendessen beim Italiener, ein romantischer Tisch für zwei, Kerzenlicht, leise, nichtssagende Musik im Hintergrund. Der Austausch von freundlichen Nichtigkeiten. Mein Fuß unter dem Tisch, der an ihrer Wade hinauffuhr. Ein Lächeln hier, ein Augenaufschlag dort. Eine, vielleicht eineinhalb Stunden, dann hätten wir der Höflichkeit Genüge getan, und ich könnte sie fragen, ob wir den Abend lieber in einem Hotelzimmer oder bei ihr ausklingen lassen wollten. Ich hatte es zig mal durchexerziert. Nicht mit ihr. Zumindest glaubte ich, dass ich es noch nicht mit ihr getan hatte. Sicher konnte ich mir nicht sein, denn das Einzige, was sich an dieser Art von Abenden und Nächten änderte, waren die Gesichter meiner Begleiterinnen.

Warum nicht? Kulilady war auf der Jagd, und ich hatte nichts dagegen, gejagt zu werden. Es mochte nicht meinem Naturell entsprechen, aber es war ein Mittel zum Zweck. Zu wählerisch konnte ich nicht sein, wenn die innere Unruhe begann und das unangenehme Kribbeln in meinen Gliedern sowie das ewige Gedankenkarussell sich nicht mehr durch ein hartes Training oder massenweise Überstunden beruhigen ließen. Ich fixierte Kulilady mit meinem Blick. *Hör auf zu spielen,* hieß das. *Wenn du was von mir willst, musst du deutlich werden.*

Aus dem Augenwinkel sah ich, wie eine Benachrichtigung auf dem Display meines Smartphones auftauchte. Ich unterbrach den Blickkontakt, hielt instinktiv die Luft an. Die Nachricht war nicht von Louisa. Ich atmete aus. Statt auf die rollige Löwin mir gegenüber richtete ich die Aufmerksamkeit zurück in die Runde und ergriff das Wort.

»Timon Waltz ist eine Option, die ihr euch meiner Meinung nach durch den Kopf gehen lassen solltet. Er bringt ausreichend Privatvermögen mit, ist ein bekannter Mäzen und hat ein Gesicht, das sich vor allem die Zuschauerinnen gerne anschauen dürften.«

»Und jeder weiß, dass er ein Freund von dir ist. Sollen wir die Sendung dann in *Kaffeeklatsch mit Ruben und Timon* umbenennen?«, stichelte Stefanie. »Ich denke nicht, dass wir der Brand damit einen Gefallen tun würden.«

»Ich weiß nicht.« Ralf Imogen schob seinen Stuhl zurück und legte einen Fuß auf das Knie des anderen Beins. »Waltz würde einen gewissen Glamour-Faktor mit ins Format bringen und eventuell die Zielgruppe erweitern. Nicht nur bei den Zuschauerinnen, sondern auch bei den Werbetreibenden. Einschaltquoten sind das eine, gemessen wird das Format letztendlich aber an seiner Rentabilität.«

Eine ganze Weile ging es so weiter. Es wurden Einschaltquoten besprochen, ein Resümee über die zweite Staffel gezogen. Wir, die Investoren, mussten einen Überblick über den Erfolg unserer bisherigen Investments aus der Show geben, und die Produktion teilte uns mit, welche Änderungen für die dritte Staffel anvisiert waren. Mehr als einmal versuchte die Produktionsleiterin, den Flirt wiederaufleben zu lassen, aber die Lust, darauf einzugehen, war mir vergangen. Warum, wusste ich selbst nicht genau. Jedes Mal, wenn mein Telefon aufleuchtete, verkrampfte sich mein Magen. Wahrscheinlich hätte ich auf das Hähnchenbrust-Sandwich heute Mittag verzichten sollen. Es wurde Zeit, dass ich hier rauskam, dann könnte ich mich auf der Ruderbank austoben und würde mich sicher sofort besser fühlen. Oder mir fehlte der Teein-Boost von meinem nachmittäglichen Oolong-Tee. Hätte ich das Getränk mal lieber selbst behalten, statt es an Louisa weiterzugeben. Louisa. Da war sie schon wieder in meinen Gedanken. Egal, wo ich war. Egal, worauf ich mich konzentrieren sollte, jeder Gedankengang führte unweigerlich zu ihr. Kaum beendete die Produktionsleiterin die Zusammenkunft, sprang ich vom Stuhl auf, warf eine Verabschiedung in den Raum und eilte nach draußen.

Zu Hause angekommen, warf ich die Aktentasche auf den Esstisch und begann, mich auszuziehen. Das Sakko fiel über die Stuhllehne eines Barhockers, die Socken streifte ich mir im Gehen von den Füßen, die Hose ließ ich liegen, wo sie hinfiel, ebenso meine Weste und das Hemd. Aus dem Einbauschrank fischte ich frische Trainingsklamotten. Knielange Shorts und ein Muskelshirt. Ich plante zu schwitzen, und zwar nicht zu knapp. Nur so würde ich den steinschweren Klumpen in meinem Magen loswerden. Nur so könnte ich endlich damit aufhören, wie ein liebeskranker Teenager ständig auf mein Handy zu starren, um zu sehen, ob Louisa mir geantwortet hatte. Was erwartete ich denn? Selbst wenn sie heute die Lektüre der Fachliteratur beendete, bedeutete das nichts, außer, dass wir endlich anfangen konnten, richtig miteinander zu arbeiten. Natürlich hatte auch ich mir bereits Gedanken gemacht, wie wir *micronounce* am besten auf die Sprünge helfen könnten. Aber es handelte sich immer noch um ihr Unternehmen, also musste der erste Schritt von ihr kommen.

Ich bestieg das Laufband und startete mein bevorzugtes Intervalltraining. Zehn Minuten später hatten sich die ersten Schweißperlen auf meiner Stirn gebildet. Der Knoten in meinem Magen löste sich nach und nach auf. Ich konnte wieder freier atmen, spürte, wie die Kontrolle in meine Glieder zurückfloss. Es geschah, was immer geschah, wenn ich mich dem Training hingab.

Ich verlor mich in der Anstrengung. Die Welt rückte von mir ab, bis es nur noch mich und meinen Körper gab. Ich rannte und rannte, stemmte Gewichte, machte Pistol Squats, Kastensprünge und hielt den Wandsitz für hundertachtzig Sekunden. Dann begann ich von vorne.

Bizepstraining, Trizeps, schräge Ruder-Crunches. Ein Tanz auf dem Krater zwischen Vernunft und Wahnsinn. Von der Hantelbank auf die Rudermaschine. Ich plante nicht, mich wieder derart aus dem Leben zu schießen wie am Wochenende zuvor, aber mit bewussten Plänen hatte das hier nicht mehr viel zu tun. Ich musste weitermachen, mich fühlen, alles geben, bis mein Körper einem Kunstwerk glich, makellos wie eine Marmorstatue, unangreifbar, perfekt.

Zuerst glaubte ich, dass Sirren wäre nur in meinem Ohr. Erst ihre Stimme holte mich vollends zurück aus der Trainingstrance. »Ruben? Hallo? Bist du hier? Bin ich hier richtig?«

Das war keine Einbildung, sondern die Türglocke gewesen. Das war ungewöhnlich. Normalerweise klingelte niemand einfach so bei mir.

Ich taumelte von der Ruderbank, richtete mich auf. Um ein Haar hätte ich mich direkt auf die Fresse gelegt, so sehr schwankte der Boden unter meinen Füßen. Irgendwie schaffte ich es bis zur Haustür und riss sie auf.

»Was tust du hier?« Dasselbe schien Louisa sich zu fragen. Selbst durch die letzten Nebelschwaden meiner Trainingstrance erkannte ich ihre vor Schreck geweiteten Pupillen.

»Ich hatte dem Fahrer gesagt, dass er mich nach Hause fahren soll. Ich dachte, er kennt meine Adresse. Er hat auch nicht nachgefragt. Nur ›In Ordnung‹ gesagt.« Hektisch strich sie sich eine lose Haarsträhne hinters Ohr. Ich war noch immer außer Atem, mein Körper lief auf Hochtouren. Alles, was ich sah, war ihr Gesicht.

»Ich habe nicht auf die Straße geachtet, sondern bin noch einmal meine Notizen durchgegangen und habe ein paar E-Mails beantwortet. Als ich dann vor deinem Haus stand, habe ich gedacht, du hättest mit dem Fahrer abgesprochen, dass er mich zu dir fährt. Bitte sag, dass du mit meinem Besuch gerechnet hast und ich dich nicht unvorbereitet in deinem Zuhause störe.« Ich blieb ihr die Antwort schuldig. Es konnte sich nur um ein Missverständnis handeln, dass der Uber-Fahrer sie hier abgesetzt hatte statt bei ihrer Wohnung. Meine Adresse war in der App hinterlegt. Als Louisa gesagt hatte, sie wolle nach Hause gebracht werden, musste der Fahrer eins und eins zusammengezählt haben. Jetzt hatte ich den Salat.

Mit dem T-Shirt wischte ich mir Schweiß aus dem Gesicht, dann hielt ich die Haustür so weit auf, dass sie eintreten konnte. »Wenn du schon mal hier bist, kannst du auch reinkommen. Bist du fertig mit dem Lesestoff?«

»Ja.« Kurz erstrahlte ein Lächeln auf ihrer Miene. Über die Arbeit zu reden war sicheres Terrain für sie. Nur mein Arbeitsspeicher lief noch nicht wieder auf vollen Touren. Das Blut in meinen Adern schäumte vor Energie. Das tat es immer nach dem Sport. Es wäre besser gewesen, Louisa wäre nicht vorbeigekommen.

»Gib mir ein paar Minuten, damit ich unter die Dusche springen kann.« Ich zupfte an dem verschwitzten Muskelshirt herum, wischte mir erneut mit dem Stoff übers Gesicht. Ihr Blick auf meiner Haut fühlte sich an wie eine Berührung. Die feinen Haare auf meinen Unterarmen stellten sich auf. Ich war zu hundert Prozent sicher: In diesem Moment sah sie in mir nicht Ruben Stephanski, den Vorzeigegeschäftsmann, sondern einfach nur Ruben, den Mann. Und Vernunft hin oder her, ich genoss es.

Ohne abzuwarten, ob sie mir folgte, durchquerte ich ihr voran das Erdgeschoss des Bunkers und stieg die Treppe in den Wohnbereich hinauf. Ich hörte ihr atemloses Keuchen hinter mir. Die Spannung, mit der sie die Umgebung in sich aufsaugte, hing als elektrisches Sirren in der Luft und legte sich auf meine Haut. Was ich mir mit dem Training an Abgeklärtheit erobert hatte, vertrieb Louisas Anwesenheit. Ich spürte sie überall. Als hätte die Spannung zwischen uns einen eigenen Herzschlag. Ein Bild tauchte vor meinem inneren Auge auf. Louisa Freymuth, wie sie die Lippen um meinen Strohhalm schloss. Die Bewegungen ihrer Kehle, als sie schluckte. Ich konnte nur hoffen, dass niemand bemerkt hatte, dass mein abrupter Aufbruch aus der BubbleBar in erster Linie eine Flucht gewesen war. Genauso wie jetzt die Dusche.

»Fühl dich wie zu Hause«, sagte ich, oben angekommen. »Ich bin gleich wieder da.«

Aus dem Augenwinkel sah ich, wie sie den loftartigen Raum musterte. Als ihr Blick auf die Badekabine fiel, taumelte sie einen halben Schritt rückwärts.

»Okay, ähm. Ich bin dann da drüben.« Sie deutete auf den Frühstückstresen. »Ich habe ein paar Notizen dabei. Die würde ich gerne mit dir durchgehen.« Angestrengt vermied sie den Blick zur Badezimmerkabine. Architekturkoryphäen bewunderten die Art und Weise, wie sich mein Badezimmer luftig in das Loftkonzept eingliederte. Vom Rest des Raumes wurde es nur durch Milchglasscheiben abgetrennt. Was hinter den Scheiben geschah, war von außen als schemenhafter Schatten zu erkennen.

»Getränke sind im Kühlschrank, falls du durstig bist.« Ich rieb mir mit den Handflächen über die Oberschenkel. Wenn es nach mir gegangen wäre, wäre ein ordentlicher Schluck Whiskey jetzt das Richtige gewesen. Oder noch eine halbe Stunde auf dem Laufband. »Ich bin dann mal weg«, verabschiedete ich mich ein drittes Mal. Mich loszureißen von Louisa, die plötzlich in meinem Reich stand, von dem unterbrochenen Training, von dem, was wir begonnen hatten, ohne wirkliche Absicht, war eines der schwierigsten Dinge, die ich je hatte tun müssen.

Louisa

Oh, Hilfe! Ruben Stephanski, *Manager of the Year* in mehreren aufeinanderfolgenden Jahren, Vorbild für ganze Generationen von Firmengründern und Preisträger diverser Business-Auszeichnungen, nahm wenige Meter von mir entfernt nackt eine Dusche. Ich meine, natürlich war er nackt, kein Mensch duschte angezogen. Ein nervöses Kichern drohte mir aus der Kehle zu blubbern. Immer, wenn am Rande meines Gesichtsfelds ein Schatten über die cremefarbene Milchglasscheibe des Nassbereichs huschte, machte mein Herz einen Satz, und ich zwang mich, den Blick woandershin zu richten. Möglichkeiten gab es dummerweise nicht viele. Rubens persönliches Reich war ein großer, leerer Raum mit einigen ausgewählten Möbeln. Designerstücke, ganz klar. Das riesige Sofa meinte ich bereits einmal in einem Hochglanzmagazin gesehen zu haben, die offene Küche mit Frühstückstresen und Hocker trug klare Linien zur Schau. Ansonsten gab es nur noch ein riesiges Bett auf einer Empore. Die Schränke waren in der Betongusswand eingelassen, ein monströser Flachbildfernseher hing scheinbar frei im Raum. Wie er dort befestigt war, blieb mir ein Rätsel. Das hier wirkte nicht wie das Zuhause eines Piano-Enthusiasten und auch nicht wie das persönliche Refugium des Gründers der BrainBubble. Alles an der BrainBubble mutete futuristisch, quirky und stylish an. Rubens Haus hingegen wirkte … seelenlos.

Ich kramte in meiner Handtasche nach dem Tablet und legte es vor mir auf den Küchentresen. Meine Finger bebten vor überschüssigem Adrenalin. Was für ein grausames Spiel trieb das Schicksal mit mir, dass mich der Uber-Fahrer statt zu mir nach Hause zu Ruben chauffiert hatte? Ich schloss die Augen, nahm einen tiefen Atemzug. Mit der Atemluft strömte die moschusartige Note nach frischem Schweiß in meine Lungen. Nicht unbedingt unangenehm, sehr männlich. Überlagert wurde der Mix von dem beißenden Geruch nach Desinfektionsmitteln. Das Profi-Fitnessstudio im Erdgeschoss war also nicht nur Show.

Ob Show oder nicht, seltsam war es auf jeden Fall.

Ich sah mich weiter um. Kein einziger Krümel befand sich auf der Küchenarbeitsplatte. Das Bett wirkte, als wäre es von einem gelernten Hausmädchen gemacht worden. Das einzige Anzeichen echten Lebens befand sich auf der Couch. Dort lagen jede Menge Kissen und Decken, und die beiden Sessel, die zur Garnitur gehörten, waren so verrutscht, dass sie die Sitzfläche des Sofas begrenzten und mit den Rückenlehnen eine Art Nische bildeten.

Die Badezimmertür öffnete sich, und begleitet von einer nach Duschgel riechenden Dampfwolke gesellte sich Ruben zu mir. Er trug jetzt Freizeitkleidung. Die verboten tief sitzende Trainingshose hatte er gegen eine Jeans getauscht. Das war gut, denn ich war auch nur eine

Frau, und mit dieser durchtrainierten V-Muskulatur direkt vor Augen war es biologisch quasi unmöglich, einen klaren Gedanken zu fassen. Dazu trug er ein körperbetontes, aber lässiges T-Shirt. Taubengrau, wie seine Augen. Seine Füße waren nackt und hinterließen feuchte Abdrücke auf dem Waschbetonboden, die nach und nach verdunsteten. Sie waren schön gewesen, perfekt proportioniert, und ihre Vergänglichkeit riss an mir. Ruben Stephanski erreichte so viel Großartiges. Nichts, was er hinterließ, sollte nur für den Augenblick sein.

Ich räusperte mich. »Wie ich sagte, ich …«, begann ich.

Gleichzeitig sagte er: »Du brauchst einen verlässlichen fahrbaren Untersatz. Was macht dein Auto?« Dabei trommelte er mit den Fingern auf seinen Oberschenkel.

»Natürlich, ich …« Seine sichtbare Unruhe übertrug sich auf mich. So kannte ich ihn nicht. Bisher war Ruben stets vollkommen Herr der Lage gewesen. Das einzige Mal, dass ich seine Fassade hatte bröckeln sehen, war während unseres Essens im *Hellir* gewesen. Und jetzt. »Du hättest mich nicht immer fahren müssen. Ich werde mich drum kümmern. Das Auto steht in der Werkstatt, aber der Werkstattmeister meinte, es sei ein wirtschaftlicher Totalschaden. Irgendwas mit der Lichtmaschine. Ich soll ihm sagen, was ich jetzt machen möchte, aber diese Woche war so verrückt, ich hatte noch keine Zeit …«

»Du kannst ein neues Auto kaufen.«

»Ein neues Auto kaufen? Einfach so? Bist du verrückt? Ein Auto kauft man doch nicht, ohne groß darüber nachzudenken.«

Eine Falte grub sich zwischen seine Augenbrauen. »Einen Dienstwagen schon. Das Geld dafür hast du, ich habe es *micronounce* selbst überwiesen.« Er brach den Blickkontakt, schüttelte leicht den Kopf. Diese Diskussion gefiel ihm ebenso wenig wie mir.

»Apropos *micronounce*.« Mit einem Fingerwischen erweckte ich das Tablet zum Leben. »Wenn ich all das, was ich die letzten Tage gelesen habe, in Betracht ziehe, wird der große Knackpunkt der Vertrieb sein.« In dem Gewirr aus Icons auf dem Desktop wollte ich meine Notizapp aufrufen. Ich tippte daneben, und stattdessen öffnete sich die Bilddatenbank, die das Herzstück der *micronounce*-Software bildete. Der aktuelle Datensatz zeigte die verzerrte Miene eines Mannes. Im ersten Augenblick konnte man meinen, er hätte Schmerzen. Er presste die Lippen zusammen, ebenso die Augenbrauen. Die Nasenflügel waren weit gebläht. Der Name des Datensatzes stellte das sofort für jeden lesbar richtig. Der Titel des Fotos lautete »*Man, mid-orgasm*«. Kleine blaue Punkte markierten die Fixationspunkte auf der Miene, feine Linien verbanden sie, damit das Programm das Bild besser auswerten konnte.

»Sorry. Das … ähm … das ist die falsche App.« Ich tippte hektisch auf dem Bildschirm herum.

Ruben zog den Barhocker neben mir ein Stück nach hinten, setzte sich, sprang aber kurz darauf wieder auf. »Hast du dir etwas zu trinken genommen? Was darf ich dir anbieten?« Er ging zum Kühlschrank. Ein riesiges Teil, groß genug, um darin Verpflegung für eine ganze Kompanie zu horten. »Ich habe Wasser und …« Er stockte. »Wasser.« Er räusperte sich. »Du kannst wählen zwischen Naturell, mit Sprudel oder Kraneburger.«

»Kraneburger?«

»Aus dem Wasserkran.« Er nickte zu der High-Tech-Spüle. So, wie das Teil aussah, würde es mich nicht wundern, wenn es auf Knopfdruck auch Champagner ausspie.

»Ein Freund hat mir gesagt, dass man das so sagt. Stimmt das nicht?«

»Keine Ahnung«, gab ich zu. »Wenn es okay ist, nehme ich lieber welches mit Sprudel.«

Er nahm ein Glas aus einem der Oberschränke, schwenkte es ein paar Sekunden lang im Deckenlicht, als würde er überprüfen, ob es sauber war.

»Weißt du was?« Ich erhob mich von meinem Hocker. »Ich gehe lieber. Es ist sehr ersichtlich, dass du nicht mit mir gerechnet hast.«

»Mach dir darüber keine Gedanken.« Er klang brüsk, und brüsk war auch die Geste, mit der er mir das Wasser reichte. »Hier.« Mehr Aufforderung konnte in einem einzigen Wort kaum stecken.

Gehorsam nahm ich einen Schluck. Die Kohlensäure prickelte angenehm auf meinen Lippen. Das Kribbeln blieb, auch als ich das Wasser absetzte. Ich fuhr mir mit der Zunge darüber, spürte dem Gefühl nach.

Ruben folgte der Bewegung mit den Augen. Nur der Küchentresen trennte uns jetzt. Ein unzureichender Schutz. Ich musste fort von hier, und zwar sofort. Das war schlimmer als das Strohhalmdebakel an der BubbleBar, unendlich viel schlimmer.

Ich stand auf. Rückwärts arbeitete ich mich zu der Stelle vor, wo ich die Treppe ins Erdgeschoss vermutete. Hinsehen konnte ich nicht. Ich brachte es nicht fertig, mich von Rubens Blick zu befreien. Er folgte mir Schritt für Schritt. Ein Raubtier auf der Jagd.

»Ruben«, flehte ich. »Was willst du von mir? Was ist das hier?« Die Antwort auf meine Frage stand ihm deutlich auf die Miene geschrieben. Niemals zuvor hatte ich mir gewünscht, nicht so viel über Mikroexpressionen zu wissen. Seine Iriden hatten sich geweitet, er blinzelte, viel öfter als sonst, während der Muskeltonus seiner Augenlider nachgelassen hatte, was sie schwer und verführerisch wirken ließ. Seine Lippen wirkten praller als noch vor Minuten, das Rot ein paar Nuancen dunkler. Ein Foto von seinem Gesicht in diesem Moment hätte auf einer von Paulines Mimikkarten abgebildet sein können. Und zwar auf der für sexuelle Erregung.

»Das weißt du.« Seine Stimme war um mindestens eine Oktave gefallen, das Timbre so sexy und verführerisch, dass es mir buchstäblich den Atem raubte. »Spiel nicht das dumme Naivchen, Louisa, das steht dir nicht. Ich weiß, dass du jede Regung in meiner Miene längst analysiert hast.«

Erwischt. Mein Herz überschlug sich, dann raste es los. Mein Puls jagte so sehr, dass ich ihn in meinen Lippen spüren konnte. Mit Sicherheit waren sie ebenso rot wie seine. Ich konnte nicht weitergehen. Nicht rückwärts. Nicht vorwärts. Vom ersten Augenblick an, in dem ich Ruben Stephanski persönlich gegenübergestanden hatte, hatte er diesen unerklärlichen Effekt auf mich gehabt. Seine Gegenwart legte einen Bann auf mich, verzauberte mich. Das war Leben, das da durch meine Adern rauschte. Pulsierend und drängend, fordernd, begehrend. Aus genau diesem Grund gab es die Menschheit überhaupt, wegen dieses Gefühls und der Macht, die es besaß.

»Du willst jetzt nicht über Vertriebspolitik reden?« Mehr als ein Flüstern brachte ich nicht zustande, einen lächerlich jämmerlichen Versuch, den Anstand zu wahren.

»Nein, Louisa. Das will ich nicht.«

Ich hörte auf zu denken.

KAPITEL 11

Ruben

Dann lagen ihre Lippen auf meinen, ihre Hände an meinen Wangen. Sie zog mein Gesicht zu sich herunter, neigte den Kopf zur Seite, um besseren Zugang zu meinem Mund zu haben. Sie küsste wild und ungehemmt, leidenschaftlich und ein wenig unsicher. Ihre Lippen schmeckten nach Orangenlimonade und Abenteuer. Ich schmunzelte in den Kuss hinein. Marcel hatte sich von mir eine Unterschrift geholt, damit er für den Getränkekühlschrank im Büro mehrere Kisten Orangina bestellen konnte. Das quietschorangefarbene Zuckerwasser sei Louisas Benzin, hatte er gesagt. Angeblich hatte sie ihm glaubhaft versichert, dass sie ohne nicht existieren konnte. Natürlich hatte ich meine Unterschrift unter das Formular gesetzt und die Bestellung genehmigt. Was für eine ausgezeichnete Entscheidung! Auch ich konnte von dem Geschmack nun nicht genug bekommen. Er prickelte auf ihrer Zunge, während sie meine umspielte, neckte. Sie war forsch. Forscher, als ich erwartet hatte.

Ich legte die Hände um ihre Taille, zog sie näher an mich. Als sie meine Erregung an ihrem Bauch spürte, stieg ein Stöhnen aus ihrer Kehle. Der Laut wirkte wie Brandbeschleuniger auf meine Lust. Ich presste sie noch enger an mich, eine Hand schob ich auf ihren Hintern, die andere legte ich in ihren Nacken. Wenn sie glaubte, sie könnte die Kontrolle über diesen Kuss behalten, hatte sie sich getäuscht. Mit den Zähnen schnappte ich nach ihrer Unterlippe, nicht fest, aber auch nicht sacht.

Erschrocken sog sie die Luft ein. Gut, nun hatte ich ihre volle Aufmerksamkeit. Jetzt knabberte ich sanfter an der gereizten Unterlippe, krallte die Finger in Louisas Haare, hielt sie, wie es mir gefiel. Erst als sie nachgiebiger wurde, ihre Lippen weich und schmelzend, öffnete ich meinen Mund erneut für ihre Zunge. Vorsichtiger nun, wagte sie sich vor. Diesmal ging sie nicht in die Vollen. Behutsam, beinahe schüchtern, bat ihre Zunge meine zum Tanz.

Wieder einmal überraschte mich diese Frau. Ihre Küsse waren anders als alles, was ich gewohnt war. Ihnen haftete eine Art rohe Ehrlichkeit an, wie ich sie seit der Mittelstufe in der Schule nicht mehr erlebt hatte. Ein wenig ungeschickt, aber so voller Enthusiasmus, dass sie sich nach so viel mehr anfühlten als einem Kuss. Bei den Frauen, mit denen ich mich sonst traf, gehörte das Küssen zur Choreografie. Es war Teil eines abgekarteten Spiels, gedacht, um zu erregen, aufzuheizen und die Dinge auf die nächste Stufe zu heben. Louisa küsste, als gäbe es nichts anderes als diesen Kuss. Als gäbe es kein Vorher und kein Nachher, sondern nur diesen Moment, das Spiel unserer Zungen und unseren Atem, der sich vermischte, um eins zu werden. So, so sollte sich Küssen anfühlen. Wie eine Geschichte, die man gemeinsam erzählte und bei der jedes Wort, jede Silbe eine Bedeutung besaß. Wie Louisa küsste niemand, der ein Ziel verfolgte. Auf diese Weise küsste jemand, der alles von sich preisgab.

Der Gedanke traf mich wie ein Kübel Eiswasser. Ich kam aus dem Rhythmus, taumelte einen Schritt zurück. Das hier war falsch. Was dachte ich mir bloß? Natürlich küsste Louisa vorbehaltlos, denn so war sie nun einmal. Sie hatte keine Barriere um ihr Herz errichtet. Alles, was sie tat, machte sie mit vollem Einsatz.

Never fuck the Company. Ich hielt mich nicht an viele Regeln, und bisher hatte es mich nie gestört, wenn meine Gespielinnen und ich auch beruflich Berührungspunkte hatten. Doch um die Gründerinnen, die ich förderte, hatte ich stets einen großen Bogen gemacht. Louisa war nicht die erste junge, hübsche Unternehmerin, die ich als Mentor betreute, aber sie war die erste, die meine Grundsätze ins Wanken brachte. Selbst ich besaß Prinzipien, die ich nicht bereit war zu brechen. Mich niemals in eine Situation zu manövrieren, in der ich nie ganz sicher sein konnte, ob die Frau, mit der ich rummachte, mich wirklich wollte, oder ob sie sich nur gezwungen fühlte, mich bei Laune zu halten, weil ich das Sprungbrett für ihren beruflichen Erfolg war, gehörte dazu. Meine Firma musste sich jährlich mit zahlreichen Gerichtsprozessen auseinandersetzen. Ich plante nicht, einen wegen sexueller Belästigung hinzuzufügen.

»Louisa, warte. Nicht.« Ich schob sie von mir. Meine Lippen brannten von ihrem Kuss, mein Schwanz pochte vor Enttäuschung, als der Druck ihres süßen, weichen Körpers an meinem nachließ.

Erst das »Nicht« drang zu ihr durch. Sie schwankte, hob eine Hand, suchend nach etwas, woran sie sich abstützen konnte. Die andere schlug sie erschrocken vor den Mund.

»Oh Gott«, stammelte sie. »Das tut mir leid. Ich hätte nicht … Ruben, es tut mir so leid, ich hätte dich nicht so überfallen …« Sie stotterte, verhaspelte sich in Entschuldigungen. Was dachte sie denn? Die unterdrückte Lust in meinem Körper verwandelte sich in Frust.

»Mach dich nicht lächerlich.« Eines der vielen Dinge, die mich an Louisa bisher so fasziniert hatten, war ihre unbedingte Ehrlichkeit. Nicht ein einziges Mal hatte ich sie anders als hundert Prozent authentisch erlebt. Dass sie ausgerechnet jetzt, nach diesem irrsinnigen Kuss, anfing zu spielen, weckte ein wütendes Monster in mir. Wie konnte sie daran zweifeln, dass ich diesen Kuss mindestens so sehr gewollt hatte wie sie? »Was ist mit deinen unschlagbaren Fähigkeiten im Mimiklesen? Sag nicht, du willst behaupten, sie hätten dich im Stich gelassen?«

Sie starrte mich an. Die Augen schockgeweitet. Feuchtigkeit sammelte sich in ihren Augenwinkeln. Ich wusste, ich sollte zurückrudern, aber ich konnte nicht. Der ganze beschissene Tag holte mich ein. Eine Woche, ach was, Wochen des unerfüllten Sehnens, gepaart mit dem schlimmsten Fall von Kavaliersschmerzen meines Erwachsenenlebens. Ich war noch nie gut darin gewesen, mir Dinge zu verweigern, die ich haben wollte, und Gott, Louisa wollte ich. Dass ich sie nicht haben durfte, machte es nicht besser. Ich stürmte zum Frühstückstresen, griff ihr Tablet und hielt es ihr unter die Nase. Bei ihrem überstürzten Fluchtversuch zuvor hatte sie nicht einmal daran gedacht, es einzupacken.

»Hier, ruf deine App auf. Zeig mir, was *micronounce* kann. Scann mein Gesicht, und dann überleg dir noch mal, ob du die Reuenummer wirklich durchziehen willst.«

In diesem Moment wurden wir zu zwei Duellanten, das Tablet zwischen uns die Waffe, dazu in der Lage, den tödlichen Schuss abzugeben. Sie starrte auf das Gerät. Ihre Hand bebte, als sie danach griff. Statt den Bildschirm zu entsperren, schüttelte sie den Kopf. Ihre Zähne gruben sich fest genug in die Unterlippe, um weiße Spuren zu hinterlassen.

»Ich kann nicht«, wisperte sie. Leise genug, damit ich zuerst glaubte, mich verhört zu haben. Sie sagte Nein zu mir? Tatsächlich? Welche Geschäftsfrau gab freiwillig eine Möglichkeit auf, das Potenzial ihres Produktes vorzuführen?

Ich schnaubte spöttisch. »Was? Doch kein so großes Vertrauen in deine App? Oder zu viel Vertrauen? Hast du Angst, weil du ganz genau weißt, was die App dir anzeigen würde? Denk doch mal nach! Ein exklusiver Blick in das Ausnahmehirn von Ruben Stephanski. Ganze Bataillone von Redakteuren würden dafür ein Vermögen bezahlen, und du sagst Nein?«

»Ich kann nicht!« Diesmal flüsterte sie nicht. Im Gegenteil. Ihre Stimme überschlug sich. Es war der Kampfschrei einer Löwin. »Niemals! Es wäre unethisch. Dafür habe ich *micronounce* nicht entwickelt. Das will ich nicht.« Sie riss mir das Tablet aus der Hand, eilte zurück zum Frühstückstresen, nahm ihre Handtasche an sich, stopfte das Tablet hinein und machte sich auf den Weg zurück zur Treppe. Mir gegenüber blieb sie noch einmal stehen und sah mir direkt in die Augen. Sie versteckte nichts vor mir. Der Schmerz, den meine Wut ihr zugefügt hatte, war immer noch sichtbar, aber ebenso die Entschlossenheit, sich nicht davon unterkriegen zu lassen. »*Micronounce* ist da, um Menschen zu helfen«, zischte sie mir ins Gesicht, und in diesem Moment wollte ich sie fast noch mehr küssen als zuvor. Da war sie wieder, Louisa Ohne-Wenn-und-Aber. Louisa, in deren Unsicherheit eine Stärke wohnte, von der so mancher gestandene CEO sich eine Scheibe abschneiden konnte. »Nicht, um ihnen wehzutun. Ich hätte nicht hierherkommen dürfen. Es tut mir leid, Ruben. Es war ein Fehler.« Damit wandte sie sich um. Ihre

Schritte flogen die Treppe ins Erdgeschoss hinunter. Einmal stolperte sie. Mein Herz machte einen Satz, aus Angst, sie könnte stürzen. Sie stürzte nicht. Louisa war der Typ Frau, der sich immer dann, wenn es darauf ankam, wieder fing. Die Haustür knallte. Ihre Schritte echoten in meinen Ohren.

»Verdammt!«, brüllte ich in den leeren Raum. »Fuck, fuck, fuck!« Ich tigerte durch die Wohnung. Mann, das war schiefgelaufen! Die Rudermaschine rief nach mir. Ich hörte nicht hin. Das Training gerade hatte mir nicht geholfen, einen klaren Kopf zu behalten. Ich öffnete den Kühlschrank. Mehrere Flaschen Wasser, Gatorade und ein Plastikbehälter mit halb vergammelten Zucchininudeln. Wer jemals behauptet hatte, in Streifen geschnittene Zucchini würden auch nur entfernt nach Pasta schmecken, war ein riesengroßer Lügner. Sie schmeckten nach Zucchini und sonst nichts, und wenn man sie aufbewahrte, wurden sie auch noch wässrig und matschig. Gemeinsam mit dem Plastikbehälter landete die grüngraue Pampe im Mülleimer. Ich suchte weiter. Irgendwas musste doch hier sein. Meine üblichen Verstecke waren leer. Dann, unter der Spüle, fand ich eine Packung Kartoffelchips mit Wasabigeschmack. Ich riss die Tüte auf. Allein der aufsteigende Dampf trieb mir Tränen in die Augen. Ich stopfte mir eine Handvoll Chips in den Mund. Mit einem befriedigenden Knirschen zerfielen die frittierten Kartoffelscheiben zwischen meinen Zähnen zu Krümeln.

Die Reue würde kommen, ganz sicher. Wenn ich vor meinem inneren Auge sah, wie das Fett sich auf meine Hüften setzte, bis sie meinen Gürtel sprengten und nichts mehr übrig war von dem perfekten Schein. Aber daran dachte ich nicht. In der vergangenen Stunde war so viel schiefgelaufen, auf eine kulinarische Sünde kam es nun auch nicht mehr an, und die beißende Schärfe des Wasabi kam mir gerade recht. Wenn die Tüte leer war, würde auch der letzte Rest von Louisas Kuss auf meiner Zunge verschwunden sein.

Louisa

Der Taxifahrer betrachtete mich im Rückspiegel. »Allet jut bei Ihnen?«

Ich wischte mir mit den Handballen die Tränen von den Wangen. Da saß ich und hatte gehofft, die nächtliche Dunkelheit würde mich vor neugierigen Blicken schützen. »Es geht schon.«

»Wenn Se Hilfe brauchen, dann sagen Se det. Ick hab ne Enkelin in Ihrem Alter, wissen Se, und wenn die so aussehen würde wie Sie, dann würd ick och wolln, dass jemand sich um se kümmert.«

»Danke, wirklich. Das ist sehr nett, aber mir geht es gut.« Glatt gelogen, aber zumindest ging es mir nicht auf die Weise schlecht, die er zu vermuten schien. Ich konnte mir bildlich vorstellen, wie ich aussah. Die Frisur verwuschelt von Rubens Händen, die Lippen kussgeschwollen, die Augen verheult. Meine Bluse war bei unserem wilden Geknutsche aus dem Bund der Jeans gerutscht, ein Knopf am Ausschnitt aufgesprungen. In diesem Zustand hatte ich am Bordstein gestanden und hektisch nach dem vorbeifahrenden Taxi gewinkt. Ein paar Passanten hatten mich mit großen Augen angestarrt, gesagt hatte niemand etwas. Dramen gab es in dieser Stadt genug. Sie warteten an jeder Straßenecke, lauerten in den heruntergekommenen Wohnblocks von Kreuzberg ebenso wie hinter den noblen Häuserfassaden von Charlottenburg. Ich hatte nicht wirklich damit gerechnet, an einem Freitagabend zu dieser Zeit ein vorbeifahrendes Taxi zu ergattern. Zu viele Nachtschwärmer rangen um die Dienste der Fahrer. Doch dieser Chauffeur hatte angehalten, und nicht nur das. An der nächsten Ampel hatte er sogar eine rasante Kehrtwende vollführt, um mich aufzusammeln. Da sollte einer behaupten, die Berliner seien unfreundlich.

So sehr mich seine Sorge rührte, mehr als meine vage Versicherung konnte ich mir nicht abringen. Den Rest der Fahrt weinte ich so leise wie möglich in mein Taschentuch. Zu Hause angekommen, zahlte ich und floh in die Sicherheit meiner Wohnung.

Die Tür fiel hinter mir ins Schloss, und ich atmete einmal tief ein. Ich liebte den grünen Geruch meiner Pflanzen in dem Apartment. Ich liebte das gemütliche Chaos aus zu vielen Blumentöpfen, zusammengewürfelten Möbeln und bunten Textilien. Auf dem Weg zum Bett kickte ich die Schuhe von den Füßen, die Handtasche ließ ich neben der Tür fallen. Theatralisch warf ich mich aufs Bett. Der Griff zum Handy war ein natürlicher Reflex. Tobis Nummer war die Nummer eins in meinem Kurzwahlspeicher.

Er meldete sich nach dem vierten Klingeln. »Hey, du Fremde. Ich dachte schon –«

»Ich habe Ruben Stephanski geküsst.« Zusammen mit einem Schluchzer blubberte das Geständnis aus mir heraus.

Stille in der Leitung.

Dann: »Du hast Ruben Stephanski geküsst.«

»Ja.« Ich schniefte.

»Okay. Und deinem Schniefen nach zu urteilen, ist das keine gute Sache. Richtig?«

»M-mh.« Ich schüttelte den Kopf. Obwohl Tobi mich nicht sehen konnte, war ich sicher, dass er auch so verstand.

»Lou, du weißt, du bist meine allerbeste Freundin, und ich rühme mich dafür, seit dem Kindergarten beinah schon telepathisch mit dir verbunden zu sein. Aber in diesem Fall musst du ein bisschen weiter ausholen. Bei deiner Durststrecke in Sachen Männer hätte ich eigentlich gedacht, dass ein Kuss mit dem begehrtesten Junggesellen der Welt eher ein Grund zum Feiern ist als für eine nächtliche Heulsession.«

»Du tust ja gerade so, als würde ich leben wie eine Nonne.«

»Nicht ablenken, Freymuth. Beginn mal schön von vorne. Wie ist es zu dem Kuss gekommen, und warum ist er ein Grund für diesen Katzenjammer?«

Also erzählte ich es ihm und ließ nichts dabei aus. Ich fing bei der allerersten flüchtigen Berührung an, noch im Fernsehstudio, als dieser elektrische Impuls sich von der Stelle, an der sich unsere Hände berührt hatten, in meinem ganzen Körper ausgebreitet hatte, bis zu dem Augenblick, als ich Ruben in seiner Wohnung förmlich besprungen hatte.

Am Ende angekommen, hatten die Tränen endlich aufgehört zu fließen. Zurückgeblieben war einzig ein Schluckauf.

»Und du bist sicher, dass er es nicht wollte?« Tobi klang skeptisch.

»Ich glaube, er wollte es nicht wollen, verstehst du? Ich bin mir sicher, dass er mich begehrt hat. Aber das heißt ja nicht, dass es für ihn in Ordnung war, dass ich ihm im nächsten Augenblick die Zunge in den Hals stecke. Er war sauer, Tobi. Wirklich sauer. Und warum sollte er das auch nicht sein? Ich weiß zu gut, dass man jemanden attraktiv finden kann, und trotzdem ...«, ich suchte nach dem richtigen Wort, »unattraktiv.«

»Du denkst an dein letztes Date, oder? Den Typen von Tinder, mit dem du letztes Jahr aus warst? Der dich die ganze Zeit über angeschmachtet hat und wie eine kaputte Schallplatte immer nur sagte: ›Mann, bist du heiß, Mann.‹«

Obwohl mir nicht zum Lachen zumute war, musste ich kichern. »Zum Beispiel. Oder den davor, mit dem mich Nele verkuppeln wollte.«

»Uhhh.« Tobi machte ein Geräusch, als hätte er in eine Zitrone gebissen. »Erinnere mich nicht daran. Ich habe immer noch ein schlechtes Gewissen, dass ich das zugelassen habe.«

»Na ja, attraktiv war er schon.«

»Hinterher hast du gesagt, du hast nur mit ihm geknutscht, weil du nicht mehr für dich hättest garantieren können, wenn er auch nur einen einzigen weiteren Satz mit den Worten ›Also meine Mama ...‹ angefangen hätte.«

»Ehrlich – was hätte ich denn machen sollen? Keine Frau will bei einem ersten Date mit der unsichtbaren Mutter des Typen am Tisch sitzen.«

»Da hast du recht.« Eine kurze Stille folgte, in der ich nicht nur diese beiden, sondern alle meine gescheiterten Versuche der letzten Jahre, mich ins Datingleben zu stürzen, Revue passieren ließ. Meine Mutter behauptete immer, ich sei zu wählerisch und hätte deshalb seit Felix in der zehnten Klasse keinen festen Freund mehr gefunden. Tobi war der Meinung, was damals abgelaufen sei, hätte mein Vertrauen in die

Männerwelt so grundlegend zerstört, dass ich seither Selbstsabotage betrieb, indem ich mich nur mit Typen traf, bei denen ich von vorneherein wusste, dass ich sie nach einer oder spätestens zwei Verabredungen guten Gewissens zum Teufel jagen konnte. Recht hatten beide nicht. Ja, was Felix damals abgezogen hatte, war ätzend gewesen, und ja, vielleicht hatte es mein Vertrauen tatsächlich maßgeblich angeknackst. Aber seither waren Jahre vergangen, und ich glaubte wirklich, darüber hinweg zu sein. Im Großen und Ganzen zumindest. Es war auch nicht so, dass ich niemandem eine Chance gab, weil ich ein Idealbild hatte, dem ohnehin keiner gerecht werden konnte. Ich wusste, dass zu einer Beziehung Kompromisse gehörten, aber war es wirklich zu viel verlangt, sich einen Mann zu wünschen, der mehr in mir sah als wahlweise ein Accessoire für sein Ego oder eine Art Zirkusattraktion, die man für ihre Intelligenz und ihr IT-Know-how bestaunen, aber niemals aufrichtig lieben konnte? Ich glaubte nicht.

»Weißt du, was ich denke?« Tobis Frage riss mich aus meinen Gedanken. Mein Magen knurrte. Ich stand vom Bett auf und suchte in der Küche nach einer Packung Instant-Ramen. Gesund war anders, aber zu mehr Aufwand war ich seit Tagen zu müde. Weil der Wasserkocher zu viel Radau machte, um nebenbei noch telefonieren zu können, setzte ich stattdessen das Wasser in einem altmodischen Kessel auf.

»Nein, sorry. Gedankenlesen gehört noch nicht zu meinem Repertoire.«

»Ich glaube, Rubens Reaktion hat dich so aus dem Konzept gebracht, weil er ein ganz anderes Kaliber ist als die Kerle, die du in der Vergangenheit geküsst hast.«

»Das klingt, als hätte ich einen Typ.«

»Hast du ja auch.«

Ich schnaubte. »Ich bitte dich! Sag mir eine einzige Gemeinsamkeit, die alle Männer hatten, mit denen ich mich je getroffen habe.«

»Du mochtest sie nicht.«

»Das ist ja lächerlich.« War es nicht, leider. Aber ich hatte nicht vor, das Tobi gegenüber zuzugeben.

»Wenn es lächerlich ist, kannst du mir ja erklären, wie es bei Ruben ist. Magst du ihn?«

»Wenn du so fragst: In den letzten dreißig Minuten – nein!«

»Und davor?« Dummerweise ließ Tobi sich nicht vom Kurs abbringen.

Statt ihm zu antworten, goss ich meine Instantnudeln auf. Das Wasser war noch nicht heiß genug, aber auf solche Nebensächlichkeiten konnte ich jetzt nicht achten.

»Dachte ich's mir«, triumphierte Tobi. »Wie sieht es mit morgen aus? Wirst du ihn da immer noch mögen? Obwohl er heute die Bremse eingelegt hat? Und, noch wichtiger, wirst du ihn dann immer noch respektieren?«

»Ganz ehrlich?«

»Ja, Lou, ganz ehrlich.«

»Ich glaube, morgen werde ich ihn sogar noch mehr mögen.« Ich holte tief Luft. »Weißt du, es war nämlich vernünftig, was er gemacht hat. Verdammt demütigend, aber auch verdammt klug. Und wie ich mich fühle, auf einer persönlichen Ebene, meine ich, ändert nichts daran, dass er ein echt guter Geschäftsmann ist. Mit tollen Visionen und allem.«

Tobi stieß einen lang gezogenen Seufzer aus. »Ich sag es ja nicht gern, Süße, aber du bist ziemlich am Arsch.«

»Ich weiß.« Lustlos rührte ich mit dem Löffel in meiner Nudelbrühe herum. Wenn ich die Augen schloss, war der Geruch gar nicht so übel. Ich nahm einen Löffel, kaute und schluckte. Die Nudeln waren hart, aber die Wärme der Brühe tat meinem Magen gut. »Und ich würde damit auch irgendwie zurechtkommen, wenn er nicht so verdammt …«, ich suchte nach dem richtigen Wort, »undurchsichtig wäre. Ich weiß nie, woran ich bei ihm bin. Im einen Augenblick ist da diese Verbindung zwischen uns, und im nächsten … Puff …«, ich ließ den Löffel mit einem Platschen in die Nudelsuppe fallen, »ist er ganz der Hai mit den scharfen Zähnen. Unantastbar, gefährlich und unberechenbar. Echt, ich sag dir, ich habe noch nie so gut verstanden, wie Pauline sich fühlen muss.«

»Überfordert von der Welt?«

»Überfordert von all den Widersprüchen und Lügen in unserer Kommunikation. Von all den Tönen und Zwischentönen und Interpretationen, die mein Kopf permanent versucht zu entschlüsseln, um zu verstehen, was da zwischen Ruben und mir passiert.«

»Das hört sich ziemlich anstrengend an.«

»Ich wünschte, du wärst am Montag bei mir, wenn ich wieder ins Büro gehe. Damit ich ihm wenigstens nicht allein gegenüberstehen muss.«

»Weißt du was?« Auf einmal klang Tobi geradezu euphorisch. »Das kann ich für dich tun. Ich besitze auch ein paar Prozent an *micronounce*. Wird Zeit, dass ich mir den Laden mal von innen anschaue.«

»Du bist ein Schatz, Tobi.«

»Für dich doch immer, Süße. Aber jetzt hören wir auf, okay? Du musst dringend was essen. Lass mich raten, du hast den ganzen Tag über nur irgendwelche Snacks in dich hineingeschoben.«

»Stimmt nicht, ich esse gerade.«

»Instant-Ramen sind kein Essen.«

»Woher weißt du, dass ich –«

Bevor ich die Frage zu Ende stellen konnte, hatte Tobi aufgelegt. Seufzend stand ich noch einmal auf und durchforstete meinen Küchenschrank nach irgendwas mit einer größeren Nährstoffdichte als Pappmaché, und siehe da: Da waren doch tatsächlich noch eine Packung rote Linsen und eine Dose Kokosnussmilch. Mit etwas Fantasie würde ich daraus eine Mahlzeit zaubern können. Einmal mehr hatte mein bester Freund mein Leben gerettet.

KAPITEL 12

Ruben

Meine Social-Media-Alerts spielten verrückt. Im Sekundentakt kamen neue Benachrichtigungen rein. Dabei war es zur Abwechslung nicht mein Name, der für Furore sorgte, sondern der meines Lieblingsfeindes Thomas Gering.

Noch während ich durch den Instagram-Feed scrollte, erschien eine neue Zahl neben dem Herzen oben am Bildschirmrand. Zwanzig weitere Erwähnungen meines *Unter-Haien*-Mitjurors. Ich schloss die App. Ich hatte genug gelesen. Gering und ich mochten unsere Differenzen haben, aber das, was da gerade auf ihn niederging, hatte er nicht verdient. Auf dem Rechner las ich mich durch die begleitenden Artikel im *Handelsblatt,* dem *Gründerszene*-Magazin und dem *Börsenblatt.* Sogar über den Großen Teich nach Amerika war die Nachricht geschwappt, und auch dort proklamierte man lautstark den Untergang des *Titanen der Gründerszene.* Mit mehreren Beamten, so konnte man in der Presse lesen, war die Polizei am vergangenen Samstag in Gerings Villa am Starnberger See aufgetaucht und hatte den Hai verhaftet. Insiderhandel lautete der Vorwurf. Allein das Wort jagte mir eiskalte Schauder über den Rücken. Es war ein Schreckgespenst, das ich schon vor Jahren zu fürchten gelernt hatte. Zu gut konnte ich mich an ein Gespräch mit Harvey erinnern. Soeben hatten meine Eltern in meinem Namen die Fusionsverträge unterschrieben, die meine Plattform – damals noch ein winziges Fischlein in einem riesigen Ozean – in den Besitz eines Branchenriesen übergehen ließen und mich mit noch nicht einmal zwanzig Jahren auf einen Schlag zu einem reichen Mann gemacht hatten. »Kein Wort«, hatte Harvey mir eingebläut. »Zu niemandem. Egal, wie viel Honig sie dir ums Maul schmieren, egal, wie sehr es in dir brodelt, dich zu brüsten und anzugeben. Ich weiß, es ist verlockend. Jeder wird gerne bewundert.« An dieser Stelle hatte er mir kameradschaftlich den Ellenbogen in die Rippen gestoßen. Auf dem Papier arbeitete Harvey für mich. In Wahrheit war er es, der mich führte. Er hatte dafür gesorgt, dass die Türsteher ein Auge zudrückten, als er mich als Fünfzehnjährigen zum ersten Mal mit in eine Strip-Bar nahm. Er hatte mich vor Industriespionage und den ehrlich anmutenden Augen von Frauen, die in Wahrheit nur mein Geld wollten, gewarnt. Von ihm hatte ich zum ersten Mal den Spruch ›Schlafen kannst du auch noch, wenn du tot bist‹ gehört, und er war es auch gewesen, der mich Jahre später bestärkt hatte, nach Deutschland zu gehen. »Diese Art von Schwäche kannst du dir nicht leisten, Kiddo«, hörte ich seine Stimme in meinem Ohr. Vor vier Jahren war ich schon lange kein Kind mehr gewesen, niemand außer Harvey hätte je gewagt, mich so zu nennen. »Wenn jemand hier herausbekommt, dass du dir nach dem Essen den Finger in den Hals steckst, um zu kotzen, bist du geliefert. So was ist nur was für Cheerleaderinnen. Für kleine Mädchen, die Schiss haben, dass ihr Fettarsch nicht mehr in die hübschen bunten Kostümchen passt. Darum geht es dir doch nicht. Wenn du Schiss hast zuzunehmen, mach mehr Sport. Ein bisschen mehr Muskeln könntest du durchaus gebrauchen. Macht sich gut auf Magazincovern, suggeriert Stärke und Unantastbarkeit.«

Er hatte recht, mir ging es nicht um ein paar Gramm mehr oder weniger. Mir ging es um Kontrolle. Ich hasste die Abhängigkeit von Nahrung, hasste es, dass ich nicht selbst entscheiden konnte, was mein Körper brauchte und was nicht. Seit meinem vierzehnten Lebensjahr zogen und zerrten alle an mir. Ich fühlte die Phantomhände meiner Neider und Feinde auf meinem Körper, spürte, wie sich ihre Zähne in mein Fleisch gruben und daran rissen. Wenigstens das, was ich mir gönnte, hatte ich selbst in der Hand, und diese Kontrolle aufzugeben fiel mir von Tag zu Tag schwerer. Ich war klug genug, um zu wissen, dass ich auf einen Abgrund zusteuerte, wusste aber nicht, wie es mir gelingen sollte innezuhalten. Harvey betete es mir immer wieder vor: Wir alle waren nur Schräubchen im System, und Bauteile, die nicht mehr funktionierten, wurden ersetzt.

»Geh lieber an einen Ort, wo dich niemand kennt«, hatte er mir deshalb geraten. »Such dir ein Spielzeugprojekt. Deine Geschäfte hier sind in guter Hand, das weißt du doch, ich kümmere mich um alles.« Er hatte Wort gehalten. ContactLoop war unter seiner Führung weitergewachsen und warf jährlich schwindelerregende Renditen ab. Ich musste mich um nichts kümmern, außer regelmäßig die wachsende Zahl auf meinen Konten zu begutachten. Doch die Schreckgespenster, die Harvey mir zu meinem Schutz ins Hirn gepflanzt hatte, waren geblieben. Zu Recht, wie man nun an Thomas Gering sah. Persönlich hielt ich Gering für einen Narzissten, der seine Ansichten von JR Ewing aus Dallas übernommen hatte und an einem chronischen Aggressionsbewältigungsproblem litt. Trotzdem bezweifelte ich, dass er absichtlich Informationen zu den Zwischenschritten eines von ihm betreuten Unternehmenszusammenschlusses weitergegeben hatte. Für ihn stand zu viel auf dem Spiel. Verkompliziert wurde die ganze Sache dadurch, dass seit jeher eine große Rechtsunsicherheit darüber bestand, wann die Schwelle zur juristisch relevanten Insiderinformation überschritten wurde. Ich konnte es mir redlich vorstellen. Gering und eine seiner Barbie-Püppchen zusammen im Bett. Barbie, die ihm schmeichelte und wissen wollte, was sein aktueller Coup sei, und Gering, der nicht hatte an sich halten können und ein Wort zu viel sagte. Ein einziges Wort, schon war sein Fall vorprogrammiert gewesen. Die Produktion musste von all dem gewusst haben. Deshalb hatten sie Gering am Freitag nicht eingeladen und mit mir und den anderen Juroren über eine mögliche Nachfolge gesprochen. Oder war es womöglich der Sender oder die Produktion selbst, die Gering in die Falle gelockt hatten? Wie hieß es so schön? Es gab keine schlechten Nachrichten, und mit an Sicherheit grenzender Wahrscheinlichkeit würde der Skandal um Gering sowie der daraus resultierende Jurorenwechsel für jede Menge Schlagzeilen und infolge für steigende Einschaltquoten sorgen.

Ohne mein Zutun wippte mein Fuß unter der Schreibtischplatte. Meine Haut kribbelte, ich verspürte den Drang davonzurennen. An all die Existenzen, die Gering mit in den Abgrund riss, wollte ich gar nicht denken. Der Proteinshake, den ich heute Morgen getrunken hatte, drohte, mir wieder hochzukommmen. In dem Moment klopfte es an der Bürotür.

»Herein.« Ich schluckte die bittere Flüssigkeit in meinem Rachen hinunter. Zum Kotzen hatte ich keine Zeit. Die Ablenkung kam gerade im richtigen Augenblick.

»Hey, Ruben.« Oder auch nicht. Ein ganzes Wochenende lang hatte ich darum gekämpft, sie oder besser gesagt ihren Kuss zu vergessen. Jetzt stand sie in meinem Büro, und alle Bemühungen lösten sich mit einem einzigen Blick in ihre Richtung in Rauch auf.

»Das ist Tobi. Tobias Werther. Ich dachte, es wäre an der Zeit, dass du den dritten Anteilseigner kennenlernst.« Sie fuhr sich mit der Zunge über die Lippen und verlagerte ihr Gewicht von einem Bein aufs andere. All die Energie, die sich im Laufe des Vormittags in mir zusammengebraut hatte, fand ein neues Ziel. Nur die Anwesenheit dieses Tobias Werther hielt mich davon ab, aufzuspringen und genau dort weiterzumachen, wo ich am Freitag die Notbremse gezogen hatte.

Ich stand auf. »Freut mich, Sie kennenzulernen. Setzt euch doch.« Mit der Hand deutete ich auf die Sitzgruppe, die auf einem runden Teppich abgetrennt im hinteren Bereich meiner WorkBubble stand. »Wollt ihr etwas trinken?«

»Nein.« Louisa räusperte sich. »Ich … wir würden dir gerne das vorläufige Strategiepapier für *micronounce* vorstellen.«

Mein Mundwinkel zuckte. Da hatte jemand seine Hausaufgaben gemacht. »Nur zu.« Ich zwinkerte ihr zu.

»Okay.« Sie räusperte sich und zückte das mitgebrachte Tablet.

Beide, Werther und Louisa, nahmen auf dem Sofa Platz. Ich glaube, er wollte subtil sein, dennoch entging mir nicht, wie er unter dem Tablet nach Louisas Hand griff und ihr ermutigend die Finger drückte. Arschloch. Als ob Louisa das nötig hätte.

»Zuerst habe ich die internen und externen Umfeldfaktoren in Augenschein genommen.« Sie sprach über die aktuelle Gesetzeslage und den Stand der Forschung, sowohl was die Analyse von Mikromimik betraf als auch die Therapie von Menschen mit Autismus-Spektrum-Störung. Sie gab einen Überblick über mögliche Konkurrenzprodukte – es gab keine – sowie über die Zulassungsverfahren, die ein Produkt durchlaufen musste, um von Krankenkassen als Medizinprodukt anerkannt zu werden. »Wir haben also viel zu tun«, schloss sie ihren Vortrag. »Vor allem, wenn wir die Krankenkassen für uns gewinnen wollen. Ab morgen werde ich damit beginnen, Termine auszumachen und bei den relevanten Firmen nachzuhaken. Die sind eine harte Nuss. Deshalb sollten wir uns meiner Ansicht nach zunächst auf Deutschland konzentrieren. In jedem Land arbeitet das Gesundheitssystem anders. Ich habe mich belesen, einer der häufigsten Gründe, warum Start-ups scheitern, ist, dass sie zu schnell zu viel wollen.« Mit jedem ihrer Worte wuchs Werthers Bewunderung für sie. Dass er sie nahezu vergötterte, erkannte sogar ich, ganz ohne App.

»Die meisten Start-ups scheitern, weil sie zu früh oder zu spät verkaufen. Gerade im Technologiesektor hast du keine Chance gegen die Branchenriesen. Wenn ihr Geld machen und somit Mittel für die nächste Innovation haben wollt, muss das Ziel sein, im richtigen Augenblick an den richtigen Investor zu verkaufen.«

»Aber …« Louisa runzelte die Stirn. »Aber dann würden wir ja die Kontrolle über die Technologie abgeben.«

»Und?«

»Dann könnte dieser … dieser Branchenriese damit machen, was er will.«

»Korrekt.«

»Ruben!«

»Was?« Was genau war ihr Problem?

»Das kann nicht dein Ernst sein! Hatten wir nicht erst am Freitagabend eine ganze Diskussion zu dem Thema? Die Technologie hinter *micronounce* gehört nicht in irgendwelche Hände! Dafür ist sie viel zu gefährlich.« Sie rutschte auf dem Sofa nach vorne, die Hände auf den Oberschenkeln zu Fäusten geballt. Rote Flecken bildeten sich auf ihrem Hals und den Wangen. Fehlte nicht viel, und sie wäre auf mich losgegangen. Zur Abwechslung nicht mit der Zunge und ihren euphorischen Küssen, sondern mit Krallen und Fäusten.

»Nein, Louisa.« Auch ich lehnte mich vor. »Wir hatten keine ganze Diskussion zu dem Thema am Freitag. Falls du dich erinnerst, hast du mir nämlich nicht die Gelegenheit gegeben, irgendetwas zu erklären. Du hast es vorgezogen, Spiele zu spielen.«

»Ich habe keine Spiele gespielt!« Nun hielt sie endgültig nichts mehr auf dem Sofa. Sie sprang auf, ihr Tablet landete auf dem Boden. »Ich werde aus dir nicht schlau. Warum lenkst du vom Thema ab und wirst persönlich? Ich weiß nie, was du von mir willst! Und jetzt soll ich *micronounce* einfach so an den Höchstbietenden verscherbeln? Deshalb hast du auf diesen Passus mit dem Vetorecht bestanden? Um meine Unternehmensvision mit Füßen zu treten und mich durch Manipulation auf einen Weg zu lenken, den ich nicht mit meinem Gewissen vereinbaren kann?«

»Du nennst es Manipulation, ich nenne es Beratung. Auf den Passus habe ich bestanden, weil du einen Teilhaber mit Businessverstand gebraucht hast. Nur deshalb bist du in die Sendung gegangen.«

»Ich bin nicht in die Sendung gegangen, damit …«

Auf einmal passierten mehrere Dinge gleichzeitig. Die letzten brüchigen Fesseln ihrer Selbstbeherrschung zerbarsten, sie machte einen Schritt auf mich zu. Im selben Moment griff Werther nach ihrer Hand und hielt sie zurück.

»Wir gehen jetzt besser. Herr Stephanski …« Die freie Hand streckte er mir zum Abschied entgegen. Sein Lächeln wirkte gequält, und am liebsten hätte ich es ihm vom Mund gewischt. Er hatte absolut keinen Grund, sich für Louisa zu schämen. Ich hatte sie mit voller Absicht provoziert. Ich kannte ihre wunden Stellen und hatte mit Wonne darin herumgewühlt, weil das Kräftemessen mit ihr mir ein perverses Gefühl von Normalität und Kontrolle verlieh. Zwei Dinge, die mir die Nachrichten über Gering genommen hatten. Dass sie auf meine Provokation einging, war nicht ihr Fehler. Sie war schlicht noch zu unerfahren in dieser Welt, um mein Verhalten zu durchschauen.

»… danke für Ihre Zeit«, beendete Werther schließlich seinen Satz. »Wir werden uns Ihren Rat durch den Kopf gehen lassen.«

Ihren Widerspruch verbarrikadierte Louisa hinter zusammengekniffenen Lippen.

»Tun Sie das«, ermutigte ich Werther, dann, an Louisa gerichtet, fügte ich hinzu: »Das hier ist nichts Persönliches, Louisa. Wir spielen nicht gegeneinander, sondern miteinander. Ich möchte das Beste für *micronounce.*« Den letzten Satz würdigte sie nicht einmal mehr mit einem Schnauben.

Louisa

»Wow.« Mit einer Hand fächelte Tobi sich Luft ins Gesicht und ließ sich gespielt dramatisch auf den Besucherstuhl in meiner WorkBubble fallen. Wir waren heute gemeinsam mit der U-Bahn ins Büro gefahren. Eine Konfrontation mit Ruben am ersten Montagmorgen nach unserem Kussdebakel hätte ich nicht verkraftet. Nun, wie ich jetzt wusste, war eine Konfrontation am Montagmittag und unter Tobis Aufsicht auch nicht viel besser.

»Ihr zwei seid ja der Hammer! Diese Funken. Wenn ihr so weitermacht, geht dieser Palast hier jeden Augenblick in Flammen auf. Kein Wunder, dass du am Freitag so neben dir standest. Die Chemie zwischen euch macht einen ja schon als Zuschauer ganz wuschig.«

»So ein Quatsch. Das ist keine Chemie, das ist Irrsinn! Der Typ kann doch nicht einfach meine Technologie verscherbeln wollen.« Statt hinter meinem Schreibtisch Platz zu nehmen, tigerte ich in dem winzigen Büro auf und ab. »Hat der überhaupt eine Ahnung, was er da vorschlägt? Die App könnte in den falschen Händen wirklich enormen Schaden anrichten. Menschen wollen doch belogen werden! Ich will nicht daran schuld sein, dass Ehen kaputtgehen oder Betrüger sich beim Pokern Geld ergaunern, nur weil ich eine fixe Idee hatte.«

»Was Anwender mit deiner App anstellen, liegt nicht in deiner Hand, Lou. Egal, welche Entscheidung du hinsichtlich der Zukunft von *micronounce* treffen wirst, was auf der anderen Seite des Interfaces geschieht, ist nicht deine Verantwortung.«

Ich fuhr zu Tobi herum. »Das heißt, du bist auf seiner Seite? Fünf Minuten in seiner Gegenwart, und er hat dich um den Finger gewickelt?« Keine Ahnung, wo es herkam, aber auf einmal war da dieses fürchterliche Brennen hinter meinen Augen. Selten hatte ich mich so betrogen gefühlt. Ausgerechnet Tobi wurde zum Verräter? Tobi, der am ersten Tag im Kindergarten seine Brezel gegen mein Vollkornbrot getauscht und sich damit fest in meinem Herzen verankert hatte. Mein Fels in der Brandung, der einzige Mensch, auf den ich mich immer hatte verlassen können? Dass er sich für Nele entschied, wenn sie ihn dazu zwang, zwischen ihr und mir eine Wahl zu treffen, hatte ich klaglos akzeptiert. Sie war seine Partnerin, natürlich musste er zu ihr halten. Aber Ruben? *Et tu, Tobi?*, wollte ich ihm ins Gesicht brüllen, nur um mich anschließend in seine Umarmung zu verkriechen und mich für alles zu entschuldigen.

»Lou, mach mal halblang, okay? Hier geht es nicht um Seiten.« Er trat einen Schritt auf mich zu, dann lag ich in seinen Armen und atmete seinen vertrauten Geruch ein, und auch wenn die Welt immer noch nicht wieder besser war, so war sie wenigstens vertrauter. »Was ist denn los mit dir?« Er stellte die Frage sacht, als wären die einzelnen Worte Klingen und er befürchtete, mich mit ihnen zu verletzen. »Geht es um den Kuss?«

Ich zuckte mit den Schultern. »Auch.«

»Dann war es erst recht richtig, dass ihr aufgehört habt. Genau das hier ist der Grund, warum du schön vorsichtig mit deinem Herzen sein solltest, wenn es um Ruben geht.«

»Das weiß ich doch.« Ich schniefte. »Aber es ist nicht so einfach, und ich fürchte, für mein Herz ist es sowieso schon zu spät. Ich bin nicht blöd, ich weiß, wie die Karten hier verteilt sind. Er hat die Macht und die Kontakte und das Working Capital, das ich brauche. Ich habe nichts, außer dem, was in meinem Kopf ist. Wenn *micronounce* eine Chance haben soll, bin ich auf ihn angewiesen. Was passiert, wenn ich scheitere?«

»Ihr beide verliert Geld.«

»Nicht ganz.« Ich zischte verächtlich. »Ich verliere meine gesamten Ersparnisse und meinen Traum, er verliert eine Gründerin von Dutzenden. Mein Verlust wäre für ihn nicht einmal ein Stachel im großen Zeh. Er behauptet, wir säßen im selben Boot? Dass ich nicht lache! Hat er wirklich so wenig Achtung vor mir, dass er glaubt, ich sei blöd genug, mich von schönen, hohlen Worten blenden zu lassen?«

»Ich würde ihm keine böse Absicht unterstellen, Lou. So hat er es bestimmt nicht gemeint.«

»Ich wette, er hat es genau so gemeint! Und weißt du, was das Allerätzendste daran ist? Ich will ihm glauben, und das weiß er, und er nutzt es schamlos aus! Ich weiß, dass er Bullshit redet, aber ich will ihm glauben, weil ich, genauso wie jeder andere verdammte Gründer dort draußen, davon überzeugt bin, dass meine Technologie etwas Sensationelles ist, das es verdient hat, groß rauszukommen, und dass jeder sich glücklich schätzen sollte, wenn er oder sie mit mir an diesem Projekt arbeiten kann. Und ich will es auch glauben, weil es da andere Bereiche gibt, bei denen ich weiß, dass er es ehrlich meint. Seine Kränkung wegen Freitagabend, sein Begehren für mich, das alles ist echt, und ich krieg es nicht in den Kopf, wie das geht. Wie derselbe Mann auf der einen Seite so echt und verletzlich und feinfühlig sein kann und auf der anderen Seite so nüchtern und manipulativ und kaltherzig.«

»Ein ziemliches Durcheinander, in das du dich da gestürzt hast, Süße. Gibt es irgendwas, womit ich es besser machen könnte? Irgendwas anderes, bei dem ich helfen könnte?«

»Ich hab Hunger, und ich bin müde«, schniefte ich. »Und außerdem muss ich Pipi.« Das stimmte zwar nicht, aber es brachte Tobi zum Lachen.

»Du meinst, die Gesamtsituation ist suboptimal?«

»Ich weiß überhaupt nicht mehr, wo mir der Kopf steht. Trotz des Debakels am Freitag habe ich das ganze Wochenende an dem Strategiepapier getüftelt.« Ich hob den Kopf, hielt ihn so, dass er mir direkt ins Gesicht blicken konnte. »Siehst du meine Augen? Die sind schon ganz eckig vom vielen Lesen, oder? Menschen studieren jahrelang Betriebswirtschaftslehre. Wie soll ich das innerhalb von zwei Wochen aufholen? Das geht nicht. Und nebenbei versuche ich, die neuen Bilder, die du mir geschickt hast, in die Datenbank einzubauen, und die Benutzeroberfläche so zu optimieren, wie wir es besprochen haben, und die Bugs auszuradieren, die wir beim letzten Probedurchlauf gefunden haben. Und wenn ich dann mal schlafe, träume ich von Fixationspunkten und Marketingplänen oder führe im Halbschlaf Diskussionen mit imaginären Geschäftsleuten, die ich von den Vorteilen von *micronounce* zu überzeugen versuche. Ich wünschte, ich hätte einen Klon. Oder fünf.«

»Das war ganz schön viel in letzter Zeit.« Sacht wiegte er mich hin und her. Ich nickte an seiner Brust. Tobi hatte recht. Es war viel gewesen in letzter Zeit, aber es war nicht mehr, als andere Jungunternehmer leisten mussten, um ihre Firma in die Gewinnzone zu bringen. Nicht mehr als das, was Ruben seit eineinhalb Jahrzehnten leistete. Ich fragte mich, wie er das durchhielt, ohne auszubrennen. Sicher hatte er Berater, die ihn zurück auf die Spur brachten und ihn daran erinnerten, sich genug Ruhepausen zu gönnen. Ich hatte mal etwas von einem Mentor gelesen, einem ehemaligen Anwalt seiner Eltern, der seine Karriere seit frühester Jugend begleitete.

»Weißt du, was ich glaube?« Geübt massierten Tobis Finger ein paar Verspannungen aus meinem Nacken.

»M-mh.« Ich schüttelte den Kopf.

»Ich glaube, wir sollten mal einen Abend lang so richtig einen draufmachen. Lass uns weggehen. Tanzen. Irgendwohin gehen, wo es richtig laut und richtig voll ist. So laut, dass du nicht mal mehr deine Gedanken hören kannst.«

»Klingt gut.« Momentan fühlte ich mich zu geschafft, um von Tobis

Umarmung bis zu meinem Schreibtischstuhl zu gehen, aber ein bisschen Träumen musste erlaubt sein. »Vielleicht im Sommer ins Watergate.«

»Ich hatte eher etwas Kurzfristigeres im Sinn. Das kommende Wochenende zum Beispiel. Und davor entführe ich dich jetzt sofort zum Mittagessen. Ich lade dich ein, such dir was aus. Wenn du willst, gehe ich sogar mit dir Sushi essen.« Tobis Abneigung gegen rohen Fisch war legendär. Wenn er mir ein gemeinsames Sushi-Essen anbot, bedeutete das, dass ich genauso erbärmlich aussah, wie ich mich fühlte. Normalerweise verschonte ich ihn mit meiner Vorliebe für die bunten Fischröllchen, aber womöglich war heute tatsächlich der Tag, um jeden verfügbaren Trost anzunehmen. Ich überlegte noch, als die Tür zu meiner WorkBubble aufgerissen wurde. Tobi und ich fuhren auseinander, als wären wir bei etwas Verbotenem erwischt worden.

»Sorry!« Esther erstarrte in der Bewegung. »Ich kann später wiederkommen. Ich wollte nicht stören.«

»Du störst nicht.« Ich brachte noch einen weiteren Schritt Distanz zwischen Tobi und mich. »Das ist Tobi, mein Kompagnon. Wir wollten gerade etwas essen gehen, hast du Lust mitzukommen?« Kurz überlegte ich, ob ich klarstellen sollte, wie Tobi und ich sonst noch zueinander standen – oder eher, wie wir nicht zueinander standen –, entschied mich dann aber dagegen. Gerüchte würde ich mit einem Dementi nicht aufhalten können, und im Grunde konnte es mir egal sein, was die anderen Gründer der BrainBubble dachten.

»Nein. Danke für das Angebot, aber ich hab gleich einen Termin. Im Grunde wollte ich dich aber was ganz Ähnliches fragen.« Ihr Blick spielte zwischen Tobi und mir Pingpong. »Oder euch, wo ihr jetzt schon zu zweit hier seid.«

»Das klingt ominös. Lass hören!« Tobi rieb die Handflächen aneinander und schenkte Esther sein allercharmantestes Lächeln. Das verschaffte mir die Gelegenheit, in Echtzeit zu beobachten, wie Esther dahinschmolz.

»Nicht wirklich ominös.« Sie lachte. »Ein paar Leute und ich wollen am Mittwochabend eine Poolparty oben im Eden Project veranstalten.«

»Hier gibt es einen Pool? Und das hast du mir nicht erzählt? Und ich dachte, ihr hippen Start-up-Götter arbeitet euch alle die Seele aus dem Leib.« Sein Zwinkern verdeutlichte, dass er mich nur aufzog. Er wusste sehr gut, wie viel es brauchte, bis ich so einen Tiefpunkt wie vorhin erreichte.

»Oh, das verstehst du falsch.« Esther sprang zu unserer Ehrenrettung ein. »In Wahrheit ist es so: Nur, weil wir so hart arbeiten, können wir auch so gut feiern. Das hat was mit dem Willen, alles zu geben, zu tun. Ihr kommt doch am Mittwoch, oder? Dann kann sich dein Kompagnon selbst ein Bild machen.«

»Klar kommen wir«, bestätigte Tobi. »Wir hatten ohnehin gerade überlegt, dass wir mal wieder was gemeinsam unternehmen sollten.«

»Wunderbar.« Ich schnappte mir meine Handtasche vom Boden und schwang sie mir über die Schulter. »Sieht aus, als hätten wir einen Plan. Dann können wir jetzt Mittagessen gehen.«

»Aye, aye, Ma'am.«

»Ich sehe euch dann spätestens Mittwochabend. Ab achtzehn Uhr oben im Eden Project. Für Getränke ist gesorgt, nur Essen müsst ihr selbst mitbringen. Und gute Laune natürlich.«

»Natürlich.« Tobi hob die Hand, und Esther schlug ein. »Wir haben einen Deal.«

Zu dritt verließen wir das Büro.

KAPITEL 13

Ruben

Zusammen mit der schwülen Wärme des Gewächshauses schlug mir beim Betreten der fünften Etage laute Musik entgegen. Mir war es ein Rätsel, wie Esther und ihre Leute es aushielten, tagein, tagaus in dieser feuchten Hitze zu arbeiten. Ein Wunder, dass sie nicht am laufenden Band krank war. Ich für meinen Teil vermied es, ins Eden Project zu gehen, so oft ich konnte, und jetzt wusste ich auch wieder, warum. Ich lockerte die Krawatte und öffnete die ersten beiden Hemdknöpfe. Dem Lachen nach zu urteilen war ich der Einzige, dem die feuchte Luft hier oben zusetzte. Alle anderen schienen Spaß zu haben. Die Geräuschkulisse gehörte offenbar zu einer Party. Keiner achtete auf mich. Grüngewächse verbargen meine Anwesenheit, während ich näher trat. Ein Farnblatt streifte meine Wange. Ich wusste nicht, ob ich froh darüber sein sollte oder enttäuscht. Niemand hatte mich gefragt, ob ich bei der Feier dabei sein wollte. Sicher würden alle sagen, ich solle bleiben, wenn sie mich erst einmal sahen.

Die Schultern gestrafft, näherte ich mich dem Zentrum der Ausgelassenheit. Warum war ich hierhergekommen? Ach ja. Es ging um bewilligte Fördergelder vom Bund. Auf den Bescheid wartete Esther seit Wochen, viel hing davon ab. Die Chancen standen gut, dass sie sich mit diesem Ringelpiez von ihrer Nervosität ablenken wollte. Um ihr zu helfen, hatte ich ein paar Strippen gezogen, an der richtigen Stelle ein Investment versprochen und eine Spende getätigt – hundert Prozent absetzbar, natürlich –, das Übliche eben. Endlich, vor wenigen Minuten, war der Bescheid gekommen. Positiv. Die Naranjilla-Frucht konnte ein weiteres Jahr in Deutschland wachsen. Warum das Gremium mir die Nachricht geschickt hatte und nicht Esther, würde ein Rätsel bleiben, aber im Grunde war es egal.

Ein lautes Platschen, gefolgt von frenetischem Gelächter und Applaus, ließ mich innehalten. Niemand hier wollte etwas über bewilligte Forschungsetats wissen. Es war nach acht Uhr am Abend. Ich blieb stehen, duckte mich weiter hinter einem ausladenden Staudengewächs. Auf einem Schild am Fuß der Pflanze stand der Name: »Tamarillo/Baumtomate«. Die Blätter besaßen ein dunkles Waldgrün, waren groß und hervorragend dafür geeignet, sich hinter ihnen zu verstecken.

Mit der Zeigefingerspitze schob ich zwei Blätter beiseite. *Stalker.* Der rationale Teil von mir wusste, dass ich entweder gehen oder mich bemerkbar machen sollte. Hinter einer Baumtomate zu stehen und zu spannen markierte einen neuen Tiefpunkt in meinem Leben. Dennoch konnte ich mich nicht dazu bringen, das Richtige zu tun. Stattdessen reckte ich den Hals, um besser zu sehen.

Wie zu erwarten gewesen war, bildete der Pool das Zentrum der Party. Jemand hatte die Sonnenliegen von ihren Verstecken unter Farnen und Palmen an den Poolrand gezogen. Sanjay und Birgit hatten es sich dort gemütlich gemacht und schlürften farbenfrohe Drinks. Auf einem Tisch standen Schalen mit frischen Früchten, dazu Rohkostplatten, Schüsseln mit Crackern und andere Snacks. Im Pool fand gerade eine Art Wettkampf statt. Esther trieb auf einem aufblasbaren Flamingo herum und klatschte begeistert in die Hände.

»Und diese Runde geht wieder an Hassan und Tanja! Applaus für unsere Halbfinalisten!« Lachen und Beifall folgten ihrer Ansage. Sie wartete, bis sich die Begeisterung ein wenig gelegt hatte, ehe sie fortfuhr: »Und jetzt, Ladys und Gentlemen, machen Sie sich bereit für das große Finale: In der Gemüseecke …« Mit einer Geste, die jedem Schiedsrichter in der Bundesliga alle Ehre gemacht hätte, deutete sie in meine Richtung. Ich drückte mich tiefer ins Geäst und fühlte mich fürchterlich. »Die Favoriten für dieses Finale. Die ungeschlagenen Meister der lustvollen Hauspartys, Hassan und Tanja.«

Lustvolle Hauspartys. Ich grinste in mich hinein. Hassans und Tanjas Start-up veranstaltete Freundinnen-Partys für exklusives Sexspielzeug. Ihre Produkte waren laut und schrill, viel mehr Lifestyle-Accessoires als Toys, für deren Besitz moderne Frauen sich schämen mussten, und ihr Konzept ging auf. Sie verzeichneten Monat für Monat wachsende Umsatzzahlen.

»Auf der Obst-Seite stehen ihnen unsere Underdogs gegenüber. Erstmalig im großen Show-Pool, vielen Anwesenden womöglich noch nicht einmal bekannt, unsere menschlichen Lügendetektoren, das Power-Couple, dem nichts verborgen bleibt, noch nicht einmal die kleinste Regung ihrer Gegner: Tobias und Lou!«

Wieder brandete Applaus auf, hallte durch das Gewächshaus. Ich kniff die Augen zusammen, trat ein Stück aus meinem Versteck, da sah ich sie. Louisa. Ein Hauch von Nichts umspielte ihre Kurven. Das Bikinioberteil verlief zwischen den Brüsten in einem Knoten und wurde sonst nur von einem dünnen Bändchen an Ort und Stelle gehalten. Die sommerlichen Streifen in Pastellfarben wirkten jugendlich und sportlich.

Lust wallte in mir auf. Ich wollte Louisa an mich drücken, meine Hände in ihre Kurven graben, sie irgendwo hintragen, wo wir allein waren, nur sie und ich, ohne das ganze Drumherum, und wo wir eine ganze Nacht lang alle Verpflichtungen vergessen konnten.

So schnell, wie es entstanden war, fiel mein erotisches Traumschloss in sich zusammen. Im Pool kletterte Louisa einem Mann auf die Schultern. Er tauchte unter, damit sie das bewerkstelligen konnte, sie spreizte die Schenkel. Er tauchte auf, und da erkannte ich sein Gesicht. Tobias Werther. Der Mann, der sie trösten durfte, wenn es ihr schlecht ging. Der sie halten durfte, ihr Kraft gab und für sie da war. Der sie buchstäblich auf Schultern trug. Ganz selbstverständlich schlang er die Arme um ihre nackten Beine, legte die Hände auf ihre Oberschenkel. Wasserperlen glänzten auf ihrer Haut, das blonde Haar fiel ihr in nassen Strähnen über die Schultern und umrahmte ihr Gesicht. Hinter seinem Rücken verschränkte sie die Fußknöchel ineinander. Sie schwankten, Louisa lachte, und auf einmal schien in dem Gewächshaus die Sonne mitten in mein Herz.

Die Wasserschlacht im Pool begann. Die Regeln waren denkbar einfach und selbsterklärend. Im brusthohen Wasser stehend, näherten sich Hassan und Tobias einander. Tanja und Louisa versuchten nun, sich gegenseitig von den Schultern ihrer Mitspieler zu werfen. Zimperlich gingen die beiden Frauen nicht miteinander um. Sie schubsten und zogen. Immer wieder gerieten sie ins Schwanken. Ich starb tausend Tode, wenn Louisa ihre Schenkel enger an Tobias' Gesicht presste. Bitter loderte Eifersucht in mir. Ich musste weg hier, endgültig. Aber ich wollte mehr von dem Lachen, wollte mich an seinem Strahlen wärmen, zulassen, dass es auch die dunkelsten Ecken meiner Seele erhellte. Ich war gefangen zwischen einem Stein und einem Felsen, konnte nicht vor und nicht zurück. Wie oft hatte ich mir die Frage gestellt, ob Werther und Louisa ein Paar waren?! Hier hatte ich die Antwort und wünschte mir meine Ahnungslosigkeit zurück. Warum hatte sie dann am Freitag den Kuss überhaupt initiiert? Gott, was war mit mir los, dass ich nicht einen klaren Gedanken fassen konnte? Ich sollte froh sein, Bescheid zu wissen. Ein Grund mehr, die Finger von ihr zu lassen. Aber ich war nicht froh. Ich fühlte das Gegenteil von Frohsein.

Mit einem lauten Platschen fiel Tanja ins Wasser. Die Partygäste jubelten.

»Yes!« Louisas Siegesschrei übertönte alle. Sie reckte triumphierend die Arme in die Luft, Tobias ging in die Knie. Vornüber ließ sie sich ins Wasser fallen, tauchte wieder auf, schlang ihm die Arme um den Hals. Die Bässe der Partymusik brachten meine Trommelfelle zum Beben. In meinem Büro warteten jede Menge unbeantworteter Mails auf mich. Ich musste Entscheidungen treffen und Schicksale schmieden. Esther würde sich auch morgen noch über den bewilligten Forschungsfonds freuen. Ihr Traum ging in die nächste Runde, das hatte ich möglich gemacht. Ein Erfolg auf ganzer Linie, mal wieder. Ich wandte mich um und ging. Das Lachen und die Freude der Party ließ ich hinter mir.

Louisa

Die Party war der Hammer gewesen. Wir hatten gespielt und gelacht und geblödelt. Nachdem Tobi und ich den Hahnenkampf gewonnen und die Party sich langsam zerstreut hatte, hatte Esther mir noch eine Spezialführung durch das Gewächshaus gegeben. Tobi hatte ihr erzählt, wie sehr ich Pflanzen mochte, und danach hatte es kein Halten mehr für sie gegeben. Sie hatte mich mit jeder Menge botanischem Wissen überschüttet und mir sogar einen Ableger für einen seltenen Schlangenbart-Farn geschenkt. Nach unserer Tour hatte auch ich mich verabschiedet, um noch ein paar Handgriffe im Büro zu erledigen. Dabei hatte ich den Ableger vergessen. Natürlich waren aus ein paar Handgriffen etliche geworden. Nun, einige Stunden später und mit der Pflanze in der Hand, war ich endlich auf dem Heimweg. Die ganze BrainBubble lag in tiefem Schlaf. Selbst die Putzleute waren mittlerweile nach Hause gegangen. Gespenstisches Licht von den Standby-Leuchten an den diversen technischen Geräten schimmerte in den Fluren, sonst war alles dunkel. Trotzdem entschied ich mich, vom fünften Stock zurück ins Erdgeschoss die Treppen zu nehmen. Es hatte etwas Verwunschenes, um diese Zeit hier zu sein, ganz allein in dem riesigen Gebäude. Gedämpft drang das Pulsieren der Großstadt von draußen an mein Ohr. Tagsüber merkte man nichts davon, dass das ehemalige Kaufhaus mitten in Berlin lag, da war die BrainBubble ihr eigener Mikrokosmos. Jetzt, in den monochromen Schatten der Nacht, war die Welt näher und weiter weg zur selben Zeit. Eine Sirene heulte, nahte heran und entfernte sich wieder. Im Fensterglas spiegelten sich Sternenlicht und Autoscheinwerfer. Ich setzte einen Fuß vor den anderen, bis im vierten Stock, der Etage von Ruben und seiner Stammcrew, goldglänzender Lichtschein meine Aufmerksamkeit auf sich zog. Hatte jemand vergessen, in seiner WorkBubble das Licht auszuschalten? Das wäre kein Beinbruch, aber nun war ich schon einmal hier und konnte nachsehen.

Ich folgte dem Schimmer den Gang entlang. Alles in diesem Stockwerk wirkte edler als auf den Etagen der Gründer. Die Büros waren echte

Zimmer, nicht Container wie auf den anderen Galerien. Die Möbel, deren Umrisse ich in der Dunkelheit erkannte, erlesener, mit der klaren Sprache von Design und Funktionalität. Ich umrundete eine Ecke. Da war es, das erleuchtete Büro. Es war das Zimmer am Kopf des Flures. Das Zimmer, in dem Ruben residierte, und es war nicht leer.

Es saß an seinem Schreibtisch. Die Krawatte gelockert, den Kopf konzentriert über Dokumente auf der Tischplatte gesenkt. Die ersten beiden Hemdknöpfe hatte er geöffnet, sonst deutete nichts an ihm auf die späte Stunde hin. Ich war also doch nicht die Letzte, die noch gearbeitet hatte.

Eben wollte ich mich umdrehen und den König der BrainBubble seinen Geschäften überlassen, als ein Prickeln auf meinem Nacken mich innehalten ließ. Ich hob den Kopf in exakt demselben Augenblick wie er. Durch das Glas seiner Bürotür hinweg trafen sich unsere Blicke.

Ich lächelte.

Fragend hob er eine Augenbraue, legte den Kopf schief.

Mir einen Ruck gebend, betrat ich sein Büro. »Hey«, sagte ich und erschrak, wie laut meine Stimme in dem leeren Gebäude klang.

»Hey«, erwiderte er.

»Ich wollte gerade gehen. Esther hat mir einen Ableger geschenkt. Den hatte ich oben vergessen. Bevor ich nach Hause fahre, wollte ich ihn holen, und da habe ich das Licht gesehen und gedacht, jemand hat vergessen, es auszuschalten.« Seit ich am Montagmorgen den Tesla am Straßenrand hatte stehen lassen, hatte Ruben nicht mehr versucht, mich abzuholen. Ich konnte es ihm nicht verübeln. Die feine englische Art war mein Verhalten nicht gewesen.

»Danke, aber ich bin noch eine Weile hier.« Er hob seine rechte Hand von der Maus, legte sie flach auf die Tischplatte. Sein Zeigefinger malte Muster auf das polierte Glas. »Ich werde das Licht dann löschen.«

»Ich, ähm, ich habe mir überlegt, was du am Montag gesagt hast. Über den Verkauf der Technologie.«

Für die Dauer eines Herzschlags meinte ich zu sehen, wie seine Schultern sich verspannten.

»Die Idee gefällt mir nach wie vor nicht. Aber Tobi meinte, ich sollte mir deinen Standpunkt durch den Kopf gehen lassen, also habe ich das getan und viel zu dem Thema gelesen. Du hast recht, wenn du betonst, dass ein Verkauf wohl die branchenübliche Lösung ist, und ich bin bereit, mich mit möglichen Käufern zu treffen und mir anzuhören, was sie zu sagen haben. Womöglich können meine Bedenken in einem persönlichen Gespräch zerstreut werden.«

Er griff nach einem Bleistift, ließ ihn zwischen den Fingern tanzen. »Das ist gut. Ich werde mich morgen sofort daran machen, die Fühler auszustrecken. Lange wird es nicht dauern, schätze ich. Deine Technologie ist einzigartig. Halte also deinen Terminplan flexibel.«

»In Ordnung.« Ich sollte mich verabschieden. Von Anfang an hatte ich keinen echten Grund gehabt, ihn zu dieser späten Stunde im Büro aufzusuchen. Aber die Nacht war dunkel und einsam, und ich blieb. Sekunden vergingen, in denen wir einander ansahen.

Schließlich brach Ruben das Schweigen. »Hattest du Spaß auf der Party?«

»Ich … Woher weißt du von der Party?«

»Deine Haare.« Er ließ den Stift fallen und deutete sich selbst an die Schulter. »Sie sind immer noch nass.« Unbewusst spiegelte ich seine Bewegung und griff mir an die feuchten Haarspitzen.

»Ja, ähm, niemand hatte einen Föhn dabei. Die meisten anderen sind auch schon seit einer ganzen Weile gegangen. Eigentlich wollte ich nur meine E-Mails checken und dann nach Hause gehen, aber du weißt ja, wie das ist.«

»Das weiß ich wohl.« Er machte eine Pause. Goldene Flecken tanzten in seinen Iriden. Vielleicht lag es am Licht, vielleicht bildete ich es mir auch nur ein. »Es sah auf jeden Fall nach einer Menge Spaß aus.«

Was? Er hatte mich gesehen? Warum hatte er dann das mit den Haaren gesagt? »Du warst da? Wann?« Und warum hatte er sich dann nicht bemerkbar gemacht? Die Fragen purzelten mir lauter über die Lippen, als ich beabsichtigt hatte. Doch die Vorstellung war zu … erregend. Wenn Ruben mich auf der Party gesehen hatte, bedeutete das, er hatte mich im Bikini gesehen, quasi nackt. Hitze sammelte sich hinter meinem Bauchnabel, pulsierte zwischen meinen Beinen. *Unangebracht*, ermahnte mich die Stimme der Vernunft. *Heiß*, hielt das Teufelchen dagegen, das sich in letzter Zeit immer öfter in meine Gedanken mischte.

»Ich hatte Esther etwas mitzuteilen, aber als ich gesehen habe, was dort oben abgegangen ist, habe ich mich wieder verzogen. Ich wollte niemandem die Laune verderben.«

»Wie kommst du darauf, dass du das getan hättest? Wir hätten uns alle gefreut.«

Ruben hob eine Augenbraue. »Ich habe mit jedem in diesem Gründerzentrum beruflich zu tun. Die meisten Existenzen hängen von meinem Erfolg und Wohlwollen ab. Meinst du wirklich, ich bin der Mann, mit dem diese Leute abhängen wollen, wenn sie einen Moment zum Durchatmen brauchen?«

Nein, er hatte recht. Er war nicht der Richtige für Momente des Loslassens und schon gar nicht der Richtige für ein vertrauensvolles Gespräch in der Nacht.

Ruben rettete mich davor, diese unangenehme Wahrheit aussprechen zu müssen, indem er aufstand und zum Fenster ging. Hinter seinem Schreibtisch reichte die Glasfläche vom Boden bis zur Decke. Vier Stockwerke unter ihm die Straße, auf der wahrscheinlich selbst jetzt noch Leute unterwegs waren, und er stand hier oben und blickte darauf hinab. Hatte er genauso dagestanden, als er mich und die anderen beim Feiern beobachtet hatte? Ein Teil des Ganzen, und doch auch wieder nicht? Auf einmal sah ich die Sofahöhle in seinem Haus vor mir, das winzige Refugium, das er sich geschaffen hatte.

Plötzlich konnte ich mich nicht mehr davon abhalten, zu ihm zu gehen. Ich legte ihm eine Hand auf die Schulter, musste ihn spüren lassen, dass er nicht allein war. Trotz der Schichten von Stoff, die meine Hand von seiner Haut trennten, fühlte ich die Anspannung in seiner Schulter. Ein kurzes Zucken seiner Muskeln, als meine Berührung ihn traf. Dann, ganz langsam, entspannte er sich, lehnte sich in die Berührung.

»Vielleicht muss es nicht so sein. Wenn du nur nicht so unnahbar wärst.«

»So empfindest du mich? Als unnahbar?« Er machte keine Anstalten, sich umzudrehen, blieb diese Wand zwischen mir und der Nacht. Das konnte so nicht bleiben. Ohne die Hand von seinem Körper zu nehmen, umrundete ich ihn, quetschte mich zwischen ihn und das Fenster. An den Fingerspitzen spürte ich das rhythmische Klopfen seines Herzens. Damit er mich besser sehen konnte, hob ich das Kinn.

»Manchmal schon«, gab ich zu. »So wie jetzt. Dann weiß ich nicht, wie ich dich einschätzen soll.« *Küss mich,* schrie alles in mir. *Wir sind doch gut zusammen.* Und wir könnten noch so viel besser sein, wenn er nur aufhören würde, eine Mauer zu sein. Wenn wir einfach nur wir selbst waren, ehrlich und unverstellt, ohne firmenpolitische Machtrangeleien, ohne Geld und den Status, der uns trennte, so wie im *Hellir* oder auf den gemeinsamen Autofahrten. Wenn er nur Ruben war, der klassische Pianomusik liebte, außergewöhnliche Architektur und nachhaltigen Gemüseanbau, und ich Louisa mit einem Faible für Zahlen und Codes und dem Kopf in den Wolken.

Statt seinen Mund auf meinen zu senken, hob er die Hand. Mit Ring- und Mittelfinger fuhr er die Linie meines Kiefers nach, streichelte mit dem Daumen mein Kinn. Ich schauderte. Kein Mann hatte das jemals in mir bewirkt, dieses alles verzehrende Gefühl, von innen heraus zu zerschmelzen.

»Dabei weißt du so viel von mir. Mehr als die meisten anderen.« Seine Stimme war nicht viel lauter als ein Flüstern. Volltönend, mit diesem Timbre in den tiefen Tönen, das meinen Körper zum Erbeben brachte, als wäre er die Saite eines teuren Instruments. Meine Augenlider zitterten, meine Lippen öffneten sich. *Küss mich,* verlangte mein Körper, lauter jetzt, noch drängender. *Küss mich, küss mich, küss mich.*

Er tat es nicht. Nur seine Fingerspitzen blieben auf mir, malten unsichtbare Muster auf meine Haut. »Vertrau auf deine innere Stimme, Louisa. Sie betrügt dich nicht. Du weißt, was ich für dich empfinde.«

»Aber warum …«

»Psst.« Sein Zeigefinger verschloss meine Lippen. Ich wünschte, es wären seine Lippen gewesen. Sein Mund. Zum zweiten Mal wies er mich ab, und diesmal tat es noch ein bisschen mehr weh als am vergangenen Freitag.

»Ich wünschte, ich hätte dich unter anderen Umständen kennengelernt, Louisa.« So schmerzhaft der neuerliche Korb war, ich konnte ihn ihm nicht einmal übel nehmen. Ruben hörte auf die Stimme der Vernunft. Er zog Grenzen zwischen uns, die Sinn ergaben. In Rubens Gründerzentrum fühlte ich mich zum ersten Mal in meinem Leben wirklich am richtigen Ort. Das hier war mein Stamm Gleichgesinnter, wie Esther es genannt hatte. Doch so sehr ich mir für Ruben wünschte, es wäre anders, er stand noch immer allein in der Nacht. Mein Besuch in seinem Büro konnte daran nichts ändern.

»Ich sollte jetzt gehen.« Ich entzog ihm mein Gesicht, kappte die Berührung seiner Hand auf meiner Haut. Der Verlust brannte und trieb mir um ein Haar die Tränen in die Augen.

Er machte zwei Schritte zurück, ließ mir Platz, um an ihm vorbeizutreten. »Gute Nacht, Louisa«, sagte er.

»Gute Nacht, Ruben.«

KAPITEL 14

Louisa

Der Taxifahrer ächzte übertrieben, als er meinen Koffer in den Kofferraum hievte. Hinter seinem Rücken verdrehte ich die Augen. So schwer war das Teil beileibe nicht. Ein Kosmetiktäschchen, ein Outfit für morgen, ein Kleid fürs Abendessen und Technikzeug. Kabelsalat für den Laptop, eine zweite Festplatte, was man eben so brauchte.

Der Fahrer richtete sich auf. Gerade noch rechtzeitig, bevor er meine mimische Entgleisung ausmachen konnte, setzte ich ein Lächeln auf. »Danke, ich hätte das auch selbst machen können.«

»Keine Ursache.« Sein Grinsen entblößte eine Zahnlücke. Nicht mehr lange, und auch die restlichen Zähne würden ihm ausfallen, gemessen an ihrer Farbe. »Für so eine hübsche Frau mache ich das doch gerne. Stewardess, was?«

»Unternehmerin. Können wir dann?«

Der Fahrer pfiff durch seine Zahnlücke und murmelte etwas, das ich zum Glück nicht verstand. Ich kletterte auf die Rückbank des Wagens und zückte mein Handy. Wie waren Menschen ohne Handy früher nur unangenehmen Situationen entkommen? Die schmierigen Flirtversuche eines Taxifahrers sollten mich nicht aus dem Konzept bringen, aber das hier war meine erste Geschäftsreise. Gerade einmal etwas über zwei Wochen waren seit meinem nächtlichen Treffen mit Ruben vergangen. Immer noch fiel es mir schwer zu glauben, dass es ihm in der kurzen Zeit gelungen war, echte Branchenriesen für Verhandlungen zu interessieren. Firmen, deren Namen ich sonst nur von Erfolgsgeschichten aus den Börsennews kannte.

Der Wagen rollte an, und ich bereute die Entscheidung, nicht mit den Öffentlichen gefahren zu sein. Das hätte mir wenigstens ein Gefühl von Normalität vermittelt. Es wurde wirklich Zeit für ein neues Auto. Mein Peugeot war nicht mehr zu retten, und im Grunde hatte Ruben ja recht, ich konnte mir einen Dienstwagen leisten. Dienstwagen, wie das schon klang. Um ein Haar hätte ich gekichert. Aber hey, das hier war jetzt mein Leben. Ich war drauf und dran, mit einem Privatjet von Berlin nach London zu fliegen. Was war dagegen schon ein Dienstwagen?

Die Stirn ans Autofenster gelehnt, sah ich hinaus in die Stadt. Die Bäume begannen auszutreiben. Frisches Grün, vermischt mit Tupfern von Weiß von den Blüten der Kastanien und Linden am Straßenrand. Die Natur rüstete sich für einen Neuanfang. Junges Leben überall und ich mittendrin. In meinen kühnsten Träumen hätte ich mir vor ein paar Monaten nicht vorstellen können, dass ich einmal im Privatjet reisen würde. Aber Ruben hatte mich von der Sinnhaftigkeit überzeugt. Für ihn war nichts kostbarer als Zeit. Er konnte es sich nicht leisten, Stunden vorher am Flughafen zu sein, nur um die Sicherheitskontrollen zu durchlaufen. Und da ich zugestimmt hatte, mich mit möglichen Käufern von *micronounce* zu treffen, war es nur folgerichtig, mich seinen Spielregeln anzupassen. Ich rechnete mit einer guten halben Stunde Fahrtzeit von meiner Wohnung bis zum General Aviation Terminal in Schönefeld. Bis gestern war mir nicht klar gewesen, dass die Privatjets von einem eigenen Terminal abseits des großen Flughafens starteten, aber natürlich ergab das Sinn. Wer viel Geld dafür ausgab, exklusiv behandelt zu werden, wollte sich nicht mit den Massen herumschlagen, die einen internationalen Flughafen in einen Bienenstock verwandelten. Das Taxi chauffierte mich bis zur Sicherheitskontrolle, dort erwartete mich Tobi. Er war ein wenig grün um die Nase, und als ich ihn zur Begrüßung umarmte, fühlte ich ihn zittern.

»Ziemlich abgefahren, oder?«

Er nickte. »Während ich auf dich gewartet habe, habe ich mir das alles hier schon mal angeschaut. Wir müssen nur durch diesen Schalter dort, dann sind wir auf dem Rollfeld. Der Jet wartet auf uns.« Fassungslos schüttelte er den Kopf. »Ich kann das echt nicht glauben. Wir fliegen wirklich mit einem Privat-Jet. Fehlt nur noch, dass Ruben dir einen Designerfummel für das Meeting besorgt hat, dann ist das Klischee perfekt.«

Ich rammte ihm den Ellenbogen in die Rippen. »Hey! Seit wann bist du der Meinung, ich kann mich nicht mehr selbst einkleiden? Was ist falsch an meinem Outfit?«

»Gar nichts.« Er musterte mich. »Du siehst toll aus. Jetzt muss nur noch unsere Präsentation überzeugen. Hast du den Laptop dabei? Ich habe gestern Abend noch ein paar Bilder bekommen und ausgewertet, die wären gut als Referenz.«

Ich nickte. Als ich Tobi gesagt hatte, welche Unternehmen Ruben für *micronounce* hatte interessieren können, war er beinah ausgeflippt. Tag für Tag, und meistens sogar die anschließenden Nächte, hatten wir an der Präsentation gearbeitet und an der App gefeilt. Wenn einer der Interessenten auf der Insel zuschlug und die Technologie zu unseren Bedingungen kaufte, würden Tobi und ich auf einen Schlag in die Riege der Millionäre aufsteigen. Zwar bereitete mir der Gedanke, *micronounce* aus der Hand zu geben, noch immer Bauchweh, aber es wäre eine Lüge gewesen zu behaupten, die schiere Größe der Möglichkeiten würde mir nicht auch ein wenig zu Kopf steigen. Auf keinen Fall würde ich zulassen, dass mir noch einmal dasselbe passierte wie bei der Aufzeichnung von *Unter Haien* und ich mich unvorbereitet den prüfenden Fragen potenzieller Investoren stellte. Der rationale Teil meines Hirns wusste, dass ich mir nicht zu viele Sorgen machen sollte. Heute war vieles anders als damals. Erstens war ich nicht alleine, ich hatte Tobi an meiner Seite. Und zweitens war da Ruben. Ruben. Mein Magen zog sich verheißungsvoll zusammen, wann immer ich nur seinen Namen dachte. Es war ein Gefühl, so ursprünglich wie Hunger. Jeden Tag im Büro war ich ihm nah und doch so fern. Er hatte einen klaren Kopf bewiesen, indem er mich zurückgewiesen hatte. Seither verhielt er sich mir gegenüber niemals anders als mit ausgewählter Höflichkeit und Professionalität. Seine Anmerkungen zu meinen Präsentationen waren klar und messerscharf. Er lobte nicht über den grünen Klee und sparte auch nicht mit konstruktivem Feedback. Wenn wir eines unserer Meetings hatten, widmete er mir seine volle Aufmerksamkeit. Dann vermittelte er mir das Gefühl, es gäbe nichts Wichtigeres auf der Welt als meine Technologie und was wir daraus erschaffen könnten. Ich wünschte bloß, ich könnte die Sehnsucht vergessen, die ich an jenem Abend nach der Pool-Party in seinen Augen erkannt hatte, den Hunger, mit dem er mich gemustert hatte. Womöglich wäre es dann einfacher zu vergessen, wie es sich angefühlt hatte, ihn zu berühren und ihm nahe zu sein. Nur kurz, aber es gab nun einmal Momente, die die Macht besaßen, ein ganzes Leben zu verändern.

An der Passkontrolle überprüfte ein Beamter in Uniform unsere Ausweise und hakte Tobis und meinen Namen von einer Liste ab. Nirgendwo wurde unser Gepäck durchleuchtet. Ich konnte kaum glauben, wie schnell alles ging, schon standen wir auf dem Rollfeld vor dem Jet – ein elegantes Stück Ingenieurskunst, ganz stromlinienförmiges Design mit einer schmalen, abgesenkten Schnauze und einer dezenten Lackierung in glänzendem Weiß mit drei schmalen Streifen in Kastanienbraun, Anthrazit und Steingrau entlang des Rumpfes und der Heckflosse. Neben mir schnappte Tobi lautstark nach Luft. Ich griff nach seiner Hand, drückte. Oben, auf der letzten Stufe der in die Kabinentür eingelassenen Treppe, standen die beiden Piloten, bereit, uns in Empfang zu nehmen.

Auch meine Knie zitterten ein wenig, als ich Tobi voran die wenigen Stufen erklomm. Freundlich lächelnd reichte mir der ältere der beiden Piloten die Hand.

»Herzlich willkommen an Bord der Embraer Phenom 300. Mein Name ist Dominik Käfer, und ich bin heute Ihr Pilot auf unserem Flug von Berlin nach London.«

»Danke. Freut mich, Sie kennenzulernen. Ist Ruben schon da?« Über seine Schulter hinweg wagte ich einen Blick in die Kabine, konnte aber nicht allzu viel erkennen.

»Noch nicht, aber machen Sie sich keine Sorgen. Er trifft üblicherweise erst wenige Minuten vor dem Start ein. Darf ich Ihnen Ihre Plätze zeigen und wo Sie das Gepäck verstauen können?«

Der Jet gehörte zu den nobelsten Dingen, die ich je gesehen hatte. Vier drehbare Ledersessel waren im Clubstil in der Kabine arrangiert, ihr cremefarbenes Leder bot einen angenehmen Gegensatz zu der dunkel glänzenden Holzvertäfelung der Kabinenwände. Dominik zeigte Tobi und mir, wie wir die Sessel drehen konnten, sodass es uns freistand, in oder entgegen der Flugrichtung zu sitzen. Neben jedem Sessel ragte ein eigener Siebenundzwanzig-Zoll-Bildschirm aus der Seitenverkleidung. Die Kabinentemperatur ließ sich auf das Grad genau regeln. Ein Kaffeevollautomat bot zwanzig verschiedene Kaffeespezialitäten auf Knopfdruck, es gab einen voll ausgestatteten Bartresen und einen Waschraum, dessen Oberflächen so glänzend poliert waren, dass man sich darin spiegelte.

Mit einem tiefen Seufzer sank Tobi in einen der Sessel. Er zog die Aktentasche auf seinen Schoß und ließ die Klappen aufspringen, um sein Tablet hervorzuholen. Der Flug würde gerade einmal eine Stunde dauern, und Tobi hatte offenbar vor, jede einzelne Minute davon zu nutzen.

Ich setzte mich neben ihn und beugte mich mit ihm über das Display, und da roch ich ihn. Nicht Tobi – Ruben. Seinen Markenzeichenduft nach Zedernholz und einem Hauch Hibiskus, und wie der pawlowsche Hund auf die Glocke reagierte mein Körper mit einem Schaudern.

Tobi hob den Kopf. »Ruben. Hi, da bist du ja. Wir haben es uns schon mal bequem gemacht. Ich hoffe, das ist in Ordnung?«

Im Rahmen der intensiven Vorbereitung auf die Gespräche in London waren auch Ruben und Tobi zum Du übergegangen, und Tobi hatte jede Scheu im Umgang mit Ruben abgelegt. Seltsamerweise war bei Ruben das genaue Gegenteil der Fall. Irgendwas an Tobi schien ihn stets dazu zu provozieren, den kalten Milliardär heraushängen zu lassen. Er nickte knapp, nahm einen der Plätze gegenüber von uns ein und holte seinerseits einen Laptop aus dem Reisegepäck. Er stellte das Gerät auf den Tisch zwischen den Sesseln und machte keine Anstalten, die Sitzrichtung zu ändern.

Tobi wandte sich wieder unserem Tablet zu. Darauf war eine Aufnahme des ehemaligen US-Präsidenten Bill Clinton zu sehen. »Schau, das ist eine Aufnahme von dem Interview, in dem er geschworen hat, keinen Sex mit seiner Praktikantin gehabt zu haben. Was siehst du?«

Ich konzentrierte mich auf das Bild. Tobi hatte die Fixationspunkte noch nicht markiert, aber die Anzeichen von Scham, Lüge und unterdrückter Lust auf der Miene des Politikers sprangen einem dennoch direkt ins Gesicht.

An Ruben gerichtet, fügte Tobi hinzu: »Sie ist perfekt darin zu erkennen, was ein Kerl wirklich will. Ihr macht so schnell keiner was vor.«

»Tatsächlich?« Ruben musterte mich. Unter seiner Betrachtung fühlte ich mich nackt, als würde er mir bis auf den Grund meiner Seele blicken, nicht umgekehrt. »Du musst es ja wissen.«

Tobi veränderte seine Sitzposition. »Ich habe auch noch andere prominente Beispiele für Lügen, Scham und Erregung. Aber auch für andere Emotionen. Freude, Wut, Aggression, Liebe. Willst du sie sehen? In der *micronounce*-Datenbank verwenden wir hauptsächlich Aufnahmen von Normalos. Aber Lou und ich hatten überlegt, dass es für die Präsentation witzig sein könnte, Schnappschüsse von Prominenten zu zeigen. Die kennt jeder, also fällt es leichter, einen persönlichen Bezug zu der Technologie aufzubauen. Was meinst du?«

»Ich denke, die Emotionen Prominenter sollten ebenso wenig Allgemeingut sein wie die von Menschen außerhalb des öffentlichen Interesses.«

»Ach so, okay.« Tobi schloss das Bild des ehemaligen US-Präsidenten und öffnete stattdessen die Standarddatenbank. Konzentriert scannte er die Reihe an möglichen Datensätzen. »Wir finden sicher auch weniger pikante Bilder.«

Das Flugzeug hob ab. Ein wackliges, kleines Ding, nichtig im Vergleich zur Unendlichkeit des Himmels, in den es sich emporkämpfte. Das hier war mein erster Flug, und ich hatte nicht mit den Geräuschen gerechnet. Dem Auf- und Abschwellen des Motorenbrummens, dem Ächzen der Tragflächen, dem Knirschen und Knarzen der Kabine. Immer wieder zuckte ich zusammen. Bei einem besonders heftigen Ruck krallte ich meine Hand in Tobis Arm. Leise lachend neckte er mich, dann vertiefte er sich wieder in die Arbeit.

Ruben auf der anderen Seite des Tisches tat so, als würde auch er arbeiten, aber in Wahrheit beobachtete er Tobi und mich. Ich wusste, dass es so war, denn ich spürte seine Aufmerksamkeit auf meiner Haut. Mal warm, mal kalt, mal tröstend, dann wieder als eine Herausforderung. Unsere Verbindung besaß genug Macht, damit ich seine Emotionen fühlen konnte, als wären es meine eigenen. Ich hatte keine Ahnung, was er glaubte zu erkennen, wenn er Tobi und mich bei der Arbeit beobachtete, doch was auch immer er sah, es hatte einen Effekt auf ihn. Stein um Stein schien die Barriere, die er zwischen sich und mir errichtet hatte, zu bröckeln. Unterm Tisch berührte sein Fuß meinen Knöchel. Ich zuckte zusammen, schnappte hörbar nach Luft. Er hob den Blick von seinem Laptop, lächelte mich an. Das Raubtierlächeln, das Zähne zeigte und jedes Mal wieder wie Zunder auf der Glut meiner Libido war.

»Alles gut, Lou«, flüsterte Tobi, »das sind nur Turbulenzen.« Mein lieber, guter, alter Freund, er hatte keine Ahnung. Der Jet jagte durch den Himmel, doch in Wahrheit fielen wir und rasten unaufhaltsam einem Crash entgegen. Ich konnte nur hoffen, dass ich es aushalten würde, wenn der Augenblick gekommen war. Dass es mir gelingen würde, *micronounce* heil auf die andere Seite zu führen und auch selbst nicht zu zerbrechen. Denn widersetzen konnte ich mich nicht. Dazu war das, was zwischen Ruben und mir schwelte, zu mächtig. Zweimal schon hatte ich die Grenze überschritten, und tief in mir wusste ich, ich würde es ein drittes und viertes Mal tun. Seine Anziehungskraft war einfach zu groß.

Ruben

Es war kein Witz gewesen, als ich Louisa erklärt hatte, dass die Zeitersparnis durch die Reise im Privatjet essenziell für das Gelingen unseres Trips nach London sein würde. Unser ganzer Trip war bis auf die

Sekunde durchgetaktet. Noch am Flughafen trafen wir uns mit Vertretern der drei Interessenten, damit Louisa und Tobias ihnen einen ersten Überblick über die von ihnen entwickelte Technologie geben konnten und die Investoren die Köpfe kennenlernten, die hinter dem Produkt standen. Von dort ging die Reise weiter zu den einzelnen Firmenheadquartern. Der Verkauf eines Start-ups war stets auch Vertrauenssache. Ich verstand, dass Louisa sich mit eigenen Augen überzeugen wollte, wie es in den Unternehmen zuging, die sich für *micronounce* interessierten. Die Namen allein hatten ihr großen Respekt eingeflößt, genau das war mein Ziel gewesen. Sie musste lernen, den Tatsachen ins Auge zu blicken. Im Meer der Informationstechnologie- und High-Tech-Riesen war sie mit ihrer App nicht mal ein kleiner Fisch, sondern höchstens Plankton. Wohin es sie trieb, wurde von den Strömungen um sie herum beeinflusst. Alles, was sie machen konnte, war, darauf achtzugeben, wer sie am Ende verschlang.

Das Flugzeug legte sich in eine Kurve, die Tragfläche senkte sich und öffnete den Blick auf die Stadt unter uns. Zugegeben, ich hatte nicht umsonst darauf bestanden, dass Dominik den London-City-Flughafen ansteuerte. Eine Landung dort stellte eine Herausforderung dar, da der Gleitweg auf magenumdrehende 5,8 Grad festgelegt war. Doch der Ausblick, den man beim Landeanflug genoss, machte das Risiko wett. Wie ein mächtiger Wurm schlängelte sich die Themse durch das Häusermeer unter uns. Imposant reckte sich das London Eye in den Himmel, und gegenüber, auf der anderen Seite des Flusses, die Houses of Parliament mit der wohl berühmtesten Uhr der Welt, dem Big Ben.

Ich klappte den Laptop zu und räusperte mich. »Jetzt wäre der richtige Moment, um aus dem Fenster zu schauen. So einen Ausblick auf London bekommt man nicht alle Tage.«

»Echt?« Begeisterung klang in Louisas Stimme. Sie lockerte den Anschnallgurt und lehnte sich so über die Armlehne, dass sie beinahe auf Tobias' Schoß gelandet wäre.

Ich biss die Zähne zusammen. »Seht ihr die Hochhäuser dort?«

»Ja. Krass, dieser Gegensatz von Moderne und Geschichte. Die gelben Häuser sind doch die Houses of Parliament, oder? Und dieses Riesenrad das London Eye.«

»Genau.«

»Und was hat es mit den Hochhäusern auf sich? Die könnten glatt in L. A. stehen.«

»Das ist Canary Wharf. Es ist das architektonische Zentrum der Docklands. Früher waren die Docklands das stinkende Hafenviertel der Hauptstadt. Heute sitzen dort bedeutende Medieninstitute, Banken und High-Tech-Riesen. Die Firmen, die wir später besuchen, haben alle ihre Büros in Tower Hamlets.«

Weil uns nur noch wenige Minuten bis zur Landung blieben, machte Dominik nun ernst und senkte die Schnauze des Jets beachtlich. Louisa stieß einen unterdrückten Schrei aus und klammerte sich an Tobias.

»Genug geguckt, setzt euch wieder vernünftig hin.« Die Aufforderung klang schärfer, als ich beabsichtigt hatte, aber ich konnte nichts dagegen tun. Louisa und Tobias bei dem Austausch ihrer Vertrautheiten zuzusehen glich einer Folter, auf die ich nicht eingerichtet war.

Wenig später setzten die Reifen des Jets auf britischem Boden auf. Ich konnte es kaum erwarten, die intime Enge des Flugzeugs zu verlassen. Louisas Begeisterung über die Erfahrung, ebenso ihre Aufregung und Nervosität erfüllten die gesamte Passagierkabine. Ich ballte die Hände zu Fäusten, aus Angst, meine Finger könnten sonst auf die Idee kommen, nach ihr zu greifen. Von Tag zu Tag fiel es mir schwerer, mich der Sehnsucht zu verschließen, die sie in mir weckte. Ihr fernzubleiben war das einzig Vernünftige. Louisa hatte jemand Besseren verdient als einen Mann, der mit jeder schwierigen Entscheidung, jedem Traum, den er zerplatzen lassen musste, dem Abgrund ein wenig näher kam. Seit Wochen half nicht einmal mehr der Sport. Ich trainierte mehr, als gut für mich war, zählte jede Kalorie, die ich mir zuführte, klammerte mich an jedes bisschen Kontrolle, um weiter funktionieren zu können. Für meine Mitarbeiter. Für Louisa. Für all die anderen Gründer, die auf mich setzten und mir vertrauten. Ich wollte nicht enden wie Gering, und doch glich jeder meiner Herzschläge dem Ticken einer Zeitbombe. Vier Jahre hatte mir die Flucht nach Berlin verschafft, zweiundfünfzig Monate, in denen ich mich bemüht hatte, mehr zu erschaffen als Geld. Doch der Countdown lief, und Louisa war eine zu wunderbare Frau, um zuzulassen, dass es ihre Enttäuschung war, die mich endgültig über die Klippe stieß. Diese Verantwortung durfte ich ihr nicht aufbürden. Früher oder später würde der Moment kommen, in dem strategische Notwendigkeiten ihre Träume zu einem schalen Kompromiss verkümmern ließen, und die Chancen standen gut, dass ich der Überbringer der Hiobsbotschaften sein würde. Wenn es so weit war, brauchte sie einen Mann, mit dem sie weiterträumen und der sie wieder aufrichten und trösten konnte, damit sie die Kraft fand weiterzumachen. Tobias Werther war so ein Mann. Er hatte das Zeug dazu, sie glücklich zu machen, und wie es aussah, tat er das bereits.

Eine Limousine brachte uns von der Landebahn zum Flughafengebäude, wo ein Sicherheitsmitarbeiter unsere Ausweise kontrollierte und uns in die Obhut einer Flughafenhostess gab, während unser Gepäck bereits ins Hotel gebracht wurde. Vor dem Abendessen würden wir kurz Zeit haben, uns umzuziehen und frisch zu machen, ehe das Dinner auf uns wartete.

Die Hostess öffnete die Tür zu einer der zahlreichen Business-Lounges am Flughafen für uns. »Sie werden bereits erwartet«, ließ sie uns wissen, dann erkundigte sie sich, welche Art von Erfrischungen wir wünschten, und verabschiedete sich.

Der Konferenzraum sah aus wie jeder andere Konferenzraum, in dem ich je gewesen war. Möbel, die Bequemlichkeit vorgaukelten und in Wahrheit nur dort standen, um Eindruck zu schinden. Ein runder Tisch, nichtssagende Kunst an den Wänden.

Die drei bereits anwesenden Herren drehten sich zu uns um, als wir den Raum betraten.

»Robert, James, Allister, schön, euch zu sehen. Danke, dass ihr dieses Treffen so kurzfristig möglich gemacht habt«, begrüßte ich sie auf Englisch. Ich setzte mein gewinnendstes Lächeln auf und ging mit ausgestreckter Hand auf die Angesprochenen zu. Alle drei waren Jahrzehnte älter als Louisa, Tobias oder ich und hohe Tiere in ihren jeweiligen Firmen.

Meinen Gruß nahmen sie jovial lächelnd an. Robert klopfte mir väterlich auf die Schulter, James fragte scherzhaft, ob es okay sei, dass sie die Customer-Relations-Managerin vom Flughafen nicht nach einer Spieleecke im Konferenzraum gefragt hatten, und Allister gelang es nicht einmal bei der Begrüßung, mir in die Augen zu sehen, weil er zu sehr damit beschäftigt war, Louisa auf die Brust zu gaffen. Seine Ehefrau war zweiundzwanzig Jahre jünger als er und würde noch in diesem Jahr die magische dreißig überschreiten. Kein Wunder, dass er sich nach Nachschub umsah.

»Darf ich euch mit Louisa Freymuth und ihrem Geschäftspartner Tobias Werther bekanntmachen? Sie sind die Köpfe hinter *micronounce* und Experten im Bereich Programmierung und Psychologie.«

»Es freut mich sehr, Sie kennenzulernen.« Allister sprang förmlich auf Louisa zu, riss ihre Hand an sich und schüttelte sie enthusiastisch. Ein paar strohblonde Haarsträhnen fielen ihm dabei in die Stirn. Wahrscheinlich konsultierte er denselben Friseur wie sein Premierminister.

»Vor allem Sie, Louisa.« Er zwinkerte übertrieben. »Oder muss ich mir jetzt Sorgen machen, dass Sie mir jeden unanständigen Gedanken vom Gesicht ablesen können? Aus dem Grund studiert ein hübsches Ding wie Sie doch Psychologie, nicht wahr? Um die Männer endlich zu durchschauen.« Er lachte über seinen Witz. Viel zu laut für den kleinen Raum, in dem wir uns befanden. »Da hatten Sie ja ganz schön Glück, dass Sie einen Mann gefunden haben, der ihre süße Idee auch noch in ein Produkt verwandeln konnte, was?« Während er Louisas Hand immer noch in seiner Pranke hielt, nickte er Werther zu. »Sehr gut gemacht, junger Mann. Ich bin gespannt, ob Ihre Technologie hält, was Ruben versprochen hat.«

Louisa war das ganze Theater sichtlich unangenehm. Ihre Hand zuckte, doch der alte Schleimbolzen ließ nicht los.

»Freut mich auch, Sie kennenzulernen, Allister.« Fehlte nur noch der Knicks, und sie hätte das perfekte Bild einer Bräuteschule-Absolventin aus den Fünfzigerjahren abgegeben. Wer war diese Frau? So kannte ich sie nicht, und, um ehrlich zu sein, so gefiel sie mir auch nicht. Wo war ihr Feuer? Ihr Kampfwille? Und was dachte sich Werther, dieser Idiot, dabei, das alles geschehen zu lassen? Jetzt wäre der Augenblick gekommen, um sich hinter Louisa zu stellen und ihr den Rücken zu stärken. Doch offenbar genoss er es viel zu sehr, die Lorbeeren für das, was Louisa federführend geschaffen hatte, zu ernten, um einzuschreiten.

Ich machte einen resoluten Schritt auf das Grüppchen zu und drängte Allister so ab, dass er gezwungen war, Louisas Hand freizugeben. »Lasst uns anfangen«, verlangte ich, »wir haben einen straffen Zeitplan. Louisa hat zwar einen Zeitpuffer eingeplant, falls ihr Rückfragen zu ihrer Technologie habt, aber ich fürchte, wir sollten uns dennoch beeilen. Ihrem Superhirn zu folgen kann manchmal eine Herausforderung sein. Sie hat als Jahrgangsbeste ihren Master in Informationstechnologie abgeschlossen und nebenbei noch die ganze Programmierung von *micronounce* gestemmt. Ich schwöre, bei dieser Frau hat der Tag mehr als vierundzwanzig Stunden. Fragt nicht mich, wie sie das bewerkstelligt.«

Diesmal waren die Lacher auf meiner Seite. Tobias beschäftigte sich damit, den Laptop für die Präsentation vorzubereiten, und ließ sich von James dabei helfen, die Verbindung mit dem Beamer herzustellen.

Louisa stand da wie versteinert. Sie sah mich an, ihre Augen so blau wie geschliffener Aquamarin und genauso wertvoll. Denn das in ihrem Blick war Dankbarkeit. Pure, lupenreine Dankbarkeit mit winzigen Einschlüssen von Ungläubigkeit. Ich lächelte. Sie lächelte zurück, und ich hatte mich selten während eines Geschäftstermins derart erfolgreich gefühlt.

Trotz des holprigen Starts verlief die Präsentation gut. Es war, als hätte meine Rückendeckung einen Schalter bei Louisa umgelegt. Je mehr ihr Selbstvertrauen wuchs, desto leichter fiel es ihr, allen zu beweisen, was sie draufhatte. Die Betaversion der App lief einwandfrei. Allister, James und Robert zeigten sich angetan von der Reife der Programmierung. Nur meine Laune wurde nicht besser, weder bei der Präsentation noch bei den anschließenden Firmenbesichtigungen. Was hatten diese Kerle für ein Recht, sich jetzt gönnerhaft beeindruckt zu zeigen, obwohl sie Louisa vorher abgekanzelt hatten? Was machte Werther überhaupt hier, der sich verhielt wie ein treudoofes Schoßhündchen, statt Louisas Präsentation aufzuwerten, indem er in den richtigen Momenten das Wort ergriff und ihre technikaffinen Ausführungen auflockerte?

Im Anschluss an die letzte Firmenbesichtigung riss mein Geduldsfaden. Ich trat gerade aus dem Wolkenkratzer, von dem aus uns ein Taxi ins Hotel bringen würde, damit wir uns fürs Abendessen umziehen konnten. Während ich noch ein paar Worte mit James wechselte, hatte Louisa sich entschuldigt, um die Waschräume aufzusuchen. Werther war als Erstes nach draußen gegangen. Er lief vor dem Firmengebäude auf und ab und hielt sich sein Smartphone ans Ohr.

In einiger Entfernung blieb ich stehen. Ich wollte ihn nicht belauschen, doch er redete laut genug, dass der leichte Wind einige Gesprächsfetzen zu mir herübertrug.

»Du weißt genau, dass da nichts ist.« Ein Lachen. »Ja, ich liebe dich auch.« Eine Pause. »Nein, hundertprozentig wird da nichts laufen. Ich würde eher ins Kloster eintreten. Außerdem hat Lou genug um die Ohren. Ich will wetten, sie denkt nicht mal an mich, wenn ich direkt vor ihr stehe. Sie ist seit Jahren wie eine Schwester für mich.«

Mehr musste ich nicht hören. Ich trat aus dem Gebäudeschatten. London machte seinem Ruf alle Ehre, es regnete, und die Tropfen trafen meine Wangen, kühlten die zornheiße Haut.

Werther sah mich und beendete das Telefonat. Seiner Geliebten in meiner Anwesenheit einen Kuss durch die Leitung zu schicken, verkniff er sich.

»Weiß sie es?«

Er steckte das Handy weg, runzelte die Stirn. Wen wollte er mit dieser Unschuldsnummer täuschen? Ich hatte jedes Wort gehört.

»Ich bitte dich. Tu nicht so. Aber meinetwegen, lass mich für dich deutlicher werden. Weiß Louisa, wie du hinter ihrem Rücken über sie sprichst?«

»Wie ich hinter ihrem Rücken über sie spreche?« Werthers Verwirrung wich Belustigung. »Ruben, ich habe keine Ahnung, was du meinst.«

»›Ich liebe dich und würde eher ins Kloster eintreten, als sie anzufassen. Sie ist seit Jahren wie eine Schwester für mich‹«, äffte ich ihn nach. »Diese Frau vertraut dir zu hundert Prozent, und du betrügst sie auf derart schäbige Weise?«

Der Groschen fiel. Kopfschüttelnd überbrückte er die Distanz zwischen uns. Da war keine Reue in seiner Miene und auch kein schlechtes Gewissen. Wer hätte das gedacht? Der sonst so verständnisvolle Tobias Werther war in Wahrheit ein selbstgefälliges Arschloch. »Du glaubst, ich sei mit Lou zusammen? Ein Paar?«

»Ich glaube es nicht. Ich weiß es.«

»Oh, du weißt es.« Das mittlere Wort zog er ironisch in die Länge. »Nun, dann lass dir sagen: Du täuschst dich. Louisa und ich kennen uns seit dem ersten Tag im Kindergarten. Sie ist wirklich wie eine Schwester für mich.«

»Ich habe euch gesehen. Auf der Poolparty.«

»Im Eden Project?« Er schnaubte, bohrte mir einen Zeigefinger in die Brust. Falls ihm meine Stellung jemals Respekt eingeflößt hatte, so war diese Zeit endgültig vorbei. »Egal, was du dort gesehen haben magst, ganz sicher war es kein Beweis dafür, dass Lou und ich zusammen sind. Ich bin kein Betrüger, und sie ist zu klug, um sich betrügen zu lassen. Doch um die Wahrheit geht es hier gar nicht, habe ich recht? Es geht nicht um Beweise oder harte Fakten. Ich könnte *micronounce* nebenherlaufen lassen, damit du die zweifelsfreie Rückmeldung bekommst, ob ich lüge oder nicht, und du würdest mir immer noch nicht glauben.«

Ich presste die Lippen zusammen, was Werther als Einladung auffasste fortzufahren: »Die allermeisten Lügen entstehen nämlich hier.« Er tippte sich an die Stirn. »Hast du Louisa nicht zugehört? Wir alle lügen. Ständig. Es ist nicht die Unwahrheit, die uns verletzt, sondern die Absicht. Vertrauen ist eine Entscheidung, Ruben. Glaube ich jemandem, dass er es gut mit mir meint, oder glaube ich, dass er meine Schwäche ausnutzen wird? Das zu entscheiden wird dir keine Technologie abnehmen.«

»Warum es dann überhaupt probieren? Warum gibt es dann *micronounce?*«

Er schloss kurz die Augen, schüttelte den Kopf, die Geste sprach von blanker Enttäuschung. »Du hast es wirklich nicht kapiert, oder? Deshalb dieses ganze Theater.« Über die Schulter hinweg deutete er auf die glänzende Glasfassade des Wolkenkratzers in unserem Rücken. »Meinst du wirklich, Lou würde dem jemals zustimmen? *Micronounce* ist nicht für Menschen wie die dort drinnen gemacht. Typen, die hoffen, aus der Technologie größtmöglichen Profit zu schlagen. Und offenbar auch nicht für Menschen wie dich, die es nicht einmal fertigbringen, ihren eigenen Gefühlen ins Gesicht zu sehen.«

»Was soll das heißen?« Hinter meinen Schläfen pochte es, die Ameisen begannen wieder zu krabbeln. Nicht gut. Gar nicht gut. Wir hatten noch einen langen Abend vor uns, und wenn ich jetzt hibbelig wurde, hatte ich keine Möglichkeit, der Unruhe davonzulaufen.

»Das soll heißen, dass du eifersüchtig bist, Ruben. Das ist das Geheimnis hinter deinen Vorwürfen mir gegenüber. Sieh den Tatsachen ins Auge: Du empfindest etwas für Lou, das du nicht empfinden willst, und es ist ja so viel leichter, auf mich sauer zu sein als auf dich selbst.«

»Ich bin ihr Mentor«, zischte ich ihm ins Gesicht. Ich hätte alles abstreiten können. Aber was hätte ich damit erreicht? Diese Grube hatte ich mir selbst gegraben und war mit vollem Anlauf hineingesprungen. »Was soll ich deiner Meinung nach tun?«

»Das, mein Freund«, er trat einen Schritt zurück, brachte endlich wieder etwas Abstand zwischen uns, »kannst nur du dir beantworten. Aber eine Sache noch.«

»Und zwar?«

»Ihr beide seid erwachsen, und nicht nur Lügen entstehen im Kopf, sondern auch manche Grenzen gibt es nur dort. Du willst meinen Segen, um was mit Lou anzufangen? Nun, den bekommst du nicht. Für sie steht zu viel auf dem Spiel, und du hast die Macht, ihr verdammt wehzutun. Aber ich bin auch Psychologe, und wenn ich eines weiß, dann, dass es niemals gut endet, wenn man versucht, vor seinen Gefühlen davonzurennen.«

KAPITEL 15

Louisa

Beim Zwischengericht fiel mir zum ersten Mal auf, dass Ruben nichts aß, sondern die Speisen des mit drei Michelin-Sternen ausgezeichneten Restaurants auf dem Teller hin- und herschob. Überhaupt verhielt er sich schon den ganzen Tag seltsam. Wenn Blicke töten könnten, hätte so einige heute ein grausames Schicksal ereilt. Nicht nur Tobi hatte Ruben mit seiner brüsken Art irritiert. Auch die drei Herren, derentwegen wir nach London geflogen waren, hatten ihr Fett wegbekommen.

Ich schob mir eine Gabel der ausgewählten Köstlichkeiten in den Mund. Als ich auf der Speisekarte gelesen hatte, dass es zum Zwischengang Jakobsmuscheln mit einem Chutney aus verbrannten Babyschalotten, glasierten Karotten und einer Emulsion aus spanischen Kapern und Zitronen geben sollte, war ich drauf und dran gewesen, dankend abzulehnen. Wer bitte wollte über zweihundert britische Pfund für ein Menü ausgeben, bei dem einige der Zutaten absichtlich verkohlt wurden? Aber wie nicht anders zu erwarten, hatte keiner der anwesenden fünf Herren meinen Protest ernst genommen. Vor allem der ach so witzige Allister hatte sofort lautstark verkündet, dass ich nicht ahnen würde, was ich verpasste. Zähneknirschend musste ich nun zugeben, dass er recht hatte. Das Essen war köstlich, was nicht bedeutete, dass mir auch Allisters bevormundende Art schmeckte. Er zumindest hatte Rubens Todesblicke durchaus verdient, und wenn ich ganz ehrlich war, löste es ein Kribbeln tief in meinem Bauch aus, dass Ruben sie verteilte, um mich zu beschützen. Dennoch war ich erleichtert, dass der Rest des Abendessens ohne weitere Stolpersteine verlief. Mein Favorit war das

Zitronen-Thymian-Sorbet zum Nachtisch. Es wurde mit einer Mohn-Hafer-Tarte serviert, die mit glasierten Aprikosen dekoriert worden war. Noch beim Betreten unseres Hotels prickelte mir die durch die herbe Frische perfekt ausbalancierte Süße des Gebäcks auf der Zunge.

Da unser Flieger zurück nach Berlin erst für den nächsten Morgen gebucht war, hatte Marcel uns Zimmer in einem exklusiven Hotel reserviert. Es war ein kleines Boutique-Hotel in der Nähe des Hydeparks. Die typisch georgianische Hausfassade versprühte endlich den London-Flair, den ich bisher bei unserem Trip vermisst hatte. Die Konferenzräume und Büros, die wir heute besichtigt hatten, hätten überall auf der Welt sein können, aber das hübsche Hotel mit der strahlend weißen Vorderansicht, dessen imposantes Glasportal von Pilastern gesäumt und von halbrunden Oberlichtern gekrönt war, schrie förmlich traditionelle Eleganz. Efeuranken schlangen sich um die romantischen Zierbalkone auf den Etagen, und Gaslaternen nachempfundene Lampen rechts und links der Eingangstür verströmten goldwarmes Licht. Ich musste nur kurz die Augen schließen und konnte mir vorstellen, wie ein vornehmer Gentleman mit Gehrock und Krawatte aus dem Portal treten und uns freundlich grüßen würde, indem er die Hand zum Zylinder führte.

Der Concierge an der Rezeption war nicht ganz so gekleidet wie der Gentleman in meiner Vorstellung, aber in seiner rot-weißen Uniform mit den goldenen Knöpfen, Paspeln und Schulterstücken kam er dem so nahe, wie es in der heutigen Zeit wohl ging. Tobi, Ruben und ich nannten unsere Namen und bekamen die Schlüssel. Echte, an klobigen Holzanhängern befestigte Schlüssel, nicht diese Karten, wie sie heutzutage eigentlich überall üblich waren. Tobis Zimmer befand sich im ersten Stock, während Ruben und ich im dritten Stock einquartiert worden waren. Dicke Teppiche dämpften unsere Schritte im Foyer und auf der Treppe.

»Nacht!« Auf dem Treppenabsatz im ersten Stock hob Tobi grüßend die Hand. Er wirkte müde. Seine Krawatte saß schief, und sein Anzug war verknittert von einem langen Tag voller anstrengender Termine.

»Gute Nacht, Tobi.« Ich bemühte mich um ein Lächeln.

Statt etwas zu sagen, nickte Ruben bloß. Tobi hob die Augenbrauen. Eine Geste, die halb trotzig, halb auffordernd wirkte.

Ruben und ich warteten, bis Tobi im Flur zu seinem Zimmer verschwunden war, erst dann setzten wir unseren Weg in die dritte Etage fort. Wieder einmal allein in der Nacht. Wieder einmal spürte ich seine Nähe als stetiges Pochen tief in meinem Bauch. Ich hatte so viele Fragen an ihn, doch durfte keine stellen. *Warum bist du so nett zu mir? Warum kann ich deine Küsse nicht vergessen? Warum scheinst du der Einzige zu sein, der weiß, wie er mich beschützen und unterstützen kann, ohne mich dabei kleinzumachen? Warum höre ich deine Stimme in meinen Träumen, wie sie rauchig und tief meinen Namen flüstert?*

Unsere Zimmer lagen Tür an Tür. Beinah gleichzeitig zückten wir die Schlüssel.

»Gute Nacht, Ruben.« Als ich dieselben Worte zu Tobi gesagt hatte, war da kein Kloß in meiner Kehle gewesen, kein erdrückendes Gefühl.

»Gute Nacht, Louisa. Schlaf gut.«

»Du auch.« Unsere Schlüssel knackten im Schloss. Wir öffneten die Zimmertüren, traten ein und schlossen sie wieder.

Ich war allein. Das Zimmer war hübsch und sehr romantisch. Ein Himmelbett, glänzendes Fischgrätenparkett, Seidentapeten. Goldene Schnörkel auf elfenbeinfarbenem Grund. Ein Farbmuster, das sich auch im Mobiliar und den Vorhängen spiegelte. Nachttische aus poliertem Mahagoni. Und eine Tür, die mein Zimmer mit dem von Ruben verband, ebenso tapeziert wie die umgebende Wand, unauffällig im Look, aber nicht in meinem Kopf. Ich kickte die Pumps von den Füßen. Wie von allein legte sich meine Hand auf die Messingklinke der Verbindungstür. Sie war abgeschlossen. Natürlich war sie abgeschlossen, ich müsste gar nicht probieren, die Klinke herunterzudrücken. Womöglich waren die beiden Zimmer früher ein Boudoir gewesen, doch in der heutigen Zeit, in einer Stadt wie London, bedeutete Platz Geld, und ein riesiges Schlafzimmer war unnötig. Ich legte das Ohr an die edle Tapete. Es war Nacht und still, und ein ganz kleines bisschen fühlte ich mich einsam in diesem viel zu luxuriösen Zimmer. Auf der anderen Seite der Tür hörte ich ihn rumoren. Da war eine Wand aus Vernunft, die uns trennte. Gründe über Gründe über Gründe, warum diese Sehnsucht unvernünftig war. Doch da war auch eine Tür, die sein Leben mit meinem verband. Eine einzelne Tür, und meine Hand lag auf ihrer Klinke.

Es polterte und schepperte im Nebenzimmer. Beinah klang es, als würde Ruben Möbel verrücken oder die Matratze des Bettes als Boxsack benutzen. Machte er Sport? Sit-ups? Jumping-Jacks? Ich sollte schlafen gehen, aufhören, in ein Leben einzudringen, das mich nichts anging.

Plötzlich stoppte das Rumoren. Schritte kamen näher. Ich hielt die Luft an. War das das Flüstern seines Atems auf der anderen Seite der Tür? Ich konnte ihn nicht spüren, das war unmöglich. Und doch fühlte es sich an, als würde das Holz wärmer werden, dort, wo mein Ohr an der Tür lag.

»Ruben«, formten meine Lippen, und ich betete, dass ich wirklich keinen Laut von mir gab.

»Louisa.«

Mein Herz blieb für einen Augenblick stehen, dann raste es davon. Hatte er mich doch gehört? Das konnte nicht sein. Sicher bildete ich mir seine Stimme nur ein.

»Louisa? Lou? Bist du da?« Noch nie, kein einziges Mal, hatte er mich bisher anders angesprochen als mit meinem vollen Namen. Jetzt streichelte sein Akzent die einzelne Silbe meines Spitznamens. Das war keine Einbildung mehr, das war kein Traum oder eine Halluzination. Ruben Stephanski flüsterte meinen Namen in der Nacht, und seine Stimme verbreitete Wärme in meinem ganzen Körper.

Ich fasste mir ein Herz. »Ja?« Das Blut rauschte in meinen Ohren und verschluckte beinahe meine Stimme. »Ich … Kannst du auch nicht schlafen?«

War das ein Schnauben auf der anderen Seite der Tür? »Nein, Louisa. Ich kann nicht schlafen.«

Ich drückte die Klinke herunter, nicht aus Hoffnung, dass die Tür sich öffnen würde, vielmehr, weil ich schwankte und mich irgendwo festhalten musste. Die Bewegung traf auf Widerstand, und ich ließ los.

Was als Nächstes passierte, nahm ich nur verschwommen wahr. Wie in Trance stürmte ich in den Flur. Da stand er. Ruben. Ebenso atemlos wie ich.

Unsere Münder, unsere Körper trafen sich.

Ich schlang ihm die Arme um den Hals. Er trug keine Krawatte mehr, sein Hemd stand offen und gab den Blick frei auf seine Haut. Ich löste mich aus dem Kuss, zeichnete mit den Lippen einen Weg von seinem Mund über die Linie seines Kiefers und in die Kuhle seiner Kehle, weiter bis zu seinem Ohr, wo sein Geruch besonders intensiv war.

Schaudernd inhalierte ich, frische Zeder und ein Hauch Hibiskus. Eine Faust krallte ich in den Stoff seines Hemdes, die andere legte ich auf seine Brust. Direkt unter meinen Fingern raste sein Herz, ein feiner Schweißfilm lag auf seiner Haut.

»Louisa«, brachte er hervor, mein Name ein atemloses Flehen.

»Nicht«, verlangte ich. »Weis mich nicht wieder ab. Du willst das genauso sehr wie ich, sonst hättest du nichts gesagt.«

»Ich bin nicht gut für dich.« Seine Stimme fuhr wie ein Grollen durch mein Haar. »Aber ich kann nicht mehr Nein sagen.« Wie um sein Geständnis zu unterstreichen, packte er mich am Hintern, mein Bein schlang sich um seine Hüfte, und auf einmal verlor ich den Boden unter den Füßen. »Du weckst etwas in mir. Gefühle. Dinge, die ich verloren geglaubt habe.«

Ich klammerte mich an ihn, mit Beinen und Armen, mit meinem ganzen Sein. Unsere Küsse verzerrten seine Worte zu einem atemlosen Staccato. Wir stolperten in mein Zimmer. Sein Hemd fiel zu Boden. Mit der Hacke trat er die Tür zu, dann lag ich auf dem Bett.

Ein Hauch Nervosität mischte sich in den Cocktail meiner Emotionen, als Ruben sich über mich schob. Ich hatte das verdammt lang nicht mehr gemacht. Trotzdem kippten meine Schenkel zur Seite, als wäre auch das eine Tür, die ich ihm öffnete. Er kniete sich dazwischen, seine Hände lagen an meinen Seiten. Er musterte mich auf eine Weise, die nichts im Verborgenen ließ. Im Licht einer Stadt, die niemals schlief, sah ich alles in seinen Augen. So viel von dem, was er vor der Welt normalerweise versteckte. Er sah jünger aus in seiner Lust, weniger kontrolliert. Ein Schatten kroch von seinem Hals über den Ansatz seiner Brust. Errötete er etwa? Es half zu wissen, dass ihn das hier genauso wenig kalt ließ wie mich.

Ich streckte die Arme nach ihm aus. »Komm«, flüsterte ich ihm mit zittriger Stimme zu, »komm zu mir.«

Er folgte meiner Aufforderung, ließ seinen Oberkörper auf meinen sinken. Die Arme stützte er rechts und links von meinem Kopf ab, grub die Finger in meine Haare, während er mit den Daumen meine Wangen streichelte, meinen Mund und die Linie meines Kiefers. Seine Härte traf meine Mitte, instinktiv stöhnte ich auf. Ich schlang die Arme um ihn, ließ die Hände über seinen Rücken gleiten, ehe sie auf seinem Hintern zum Liegen kamen und ich ihn näher an mich ziehen konnte. Wie natürlich wir zueinander passten, wie selbstverständlich unsere Körper sich ergänzten. Er rieb sich an mir, ich hob ihm die Hüfte entgegen. Unter seiner Hose fühlte ich das Spiel seiner Gesäßmuskeln, die Grübchen, die sich dort immer dann vertieften, wenn er nach vorne strebte. Eine Hand löste er von meinem Gesicht, fuhr damit meine Seite entlang. Er ballte die Hand zur Faust, knautschte den Stoff meines Kleides. Der Stoff rutschte nach oben, entblößte meine Mitte. Ich wollte mehr, brauchte mehr. Fiebrig auf der Suche nach Haut schob ich meine Hände zwischen unsere Körper. Meine Finger zitterten zu sehr, um seinen Gürtel zu öffnen. Dringlichkeit pulsierte heiß durch meine Adern. Er half mir, indem er seine Hose abstreifte, gemeinsam mit der Boxershorts und den Strümpfen. Anschließend richtete er sich zwischen meinen Beinen halb auf, schob meine Nylonstrumpfhose herunter, kurz gefolgt von meinem Slip. Die ganze Zeit lag sein Blick glühend heiß auf der Stelle, die er entblößte.

»Ruben, bitte.« Ich flehte. Worum, wusste ich nicht. Dass er mich weiter auf diese Weise ansah, hungrig und gierig und heiß, oder dass er wegsah, weil es fast zu viel war, zu intim.

»Du bist so schön«, murmelte er, »ich kann nicht aufhören, dich anzusehen.« In perfekter Synchronisation fuhr er meine beiden Beine entlang. Von den Knien bis zu den Tälern, wo die Oberschenkel in meine Scham übergingen. Mit den Daumen streichelte er meine Schamlippen, die winzigen Löckchen trugen die Bewegung weiter unter meine Haut, verwandelten sie in fließende Hitze. Ich warf den Kopf hin und her, grub die Hände ins Laken, brauchte mehr. Und weniger. Und mehr. Die Intensität meiner Lust überwältigte mich. Ich konnte nicht mehr denken, nur noch fühlen. Ich wand mich und jammerte, fuhr mir mit der Zunge über die lustheißen Lippen. Sehnend klammerten sich meine inneren Muskeln um die Leere in meinem Schoß.

»So?« Mit der einen Hand spreizte er mich, den Daumen der anderen drückte er auf meine Klit. Ich schrie auf, schnappte nach Luft.

»Oder lieber so?« Auf feuchter Hitze wanderte sein Daumen nach unten, rieb und liebkoste die empfindliche Haut zwischen meinem Eingang und der Klit.

»Ich weiß nicht. Gott, Ruben, bitte … bitte …«

Er erlöste mich, nahm mir die Entscheidung ab. In einer einzigen fließenden Bewegung rollte er sich auf den Rücken, zog mich mit sich, bis ich auf ihm saß.

»Heb die Arme«, verlangte er, während seine Hände geschickt den Reißverschluss meines Kleides öffneten. Zahn für Zahn enthüllte er nackte Haut. Ich hob die Arme, er zog mir Kleid und BH aus, dann waren wir beide nackt. Auf seiner Brust kräuselten sich ein paar Haare. Nicht viele, gerade genug, um seine Maskulinität zu betonen. Zwischen unseren Körpern ragte sein Schwanz auf. Hart und stolz, mit einer feucht glänzenden Krone, ganz ohne Vorhaut. Ich streckte die Hand aus, musste ihn berühren. Seine Haut dort war seidig weich und glühend heiß. Ein wenig unsicher umfasste ich ihn, begann seinen Schaft zu reizen. Auf und ab und noch einmal auf.

»Lou.« Beim dritten Mal bedeckte er meine Hand mit seiner, löste mit der allergrößten Sanftheit meinen Griff. Augenblicklich packte mich die Peinlichkeit. Ich kniff die Augenlider zusammen, wandte das Gesicht ab.

»Nicht«, raunte Ruben. »Versteck dich nicht vor mir. Ich zeig dir, wie.« Er hauchte einen Kuss auf meine Handfläche, dann noch einen, umspielte mit den Lippen meine Finger, knabberte zärtlich, dann leckte er. Erst meine Finger, dann meine Handfläche, ehe er unsere Hände gemeinsam zurück um sein Glied legte. Es ging leichter jetzt, die Bewegungen fließender, und das tiefe Stöhnen, das ihm aus der Kehle stieg, war den kurzen Moment Unbehaglichkeit zuvor hundertfach wert. Ein paarmal führte er meine Hand, dann löste er seinen Griff von meinem, begann seinerseits, mit den Händen meinen Körper zu bereisen. Wie ein Blinder lernte er jeden Zentimeter von mir kennen. Er strich über die Erhebungen meiner Schlüsselbeine, wiegte meine Brüste in seinen Händen, umspielte die Spitzen. Mein Körper reagierte. Unter seinen Fingern richteten sich die Brustspitzen auf, wurden hart und empfindlich. Als gäbe es eine direkte Verbindung von meinen Nippeln zu meiner Klit, spürte ich seine Berührungen auch dort. Mit jedem Streicheln, jedem sanften Kniff fuhr mir ein pochender Blitz direkt zwischen die Beine. Doch so großartig sich seine Liebkosungen anfühlten, meine Ungeschicklichkeit zuvor hatte mich daran erinnert, wie lang es her war, dass ich das hier getan hatte. Wie unterschiedlich unser Erfahrungshorizont war.

»Du zitterst«, sagte er. »Ist dir kalt?«

Ich schüttelte den Kopf, dann stieß ich ein Lachen aus, weil er sich so plötzlich bewegte, dass ich in hohem Bogen auf der Matratze landete.

»Ab unter die Decke mit dir.« In den Monaten, seit wir uns kannten, hatte ich Ruben zahlreiche Anweisungen erteilen gehört. Noch nie hatte sich ein Kommando aus seinem Mund so liebevoll angehört.

Ich tat, was er sagte. Er breitete die Decke über mir aus, dann kletterte er aus dem Bett.

»Wohin gehst du?«

»Ich glaube, ich brauche da was.« Er pflückte seine Anzughose vom Boden, griff in die Hosentasche. Als er die Hand wieder herauszog, hielt er zwei schwarz glänzende Folienpäckchen zwischen Zeige- und Mittelfinger. Eines riss er ab und legte es auf den Nachttisch. Das andere fest in der Hand, setzte er sich zu mir auf die Bettkante.

»Oh.« Ich brachte es nicht mehr fertig, ihn anzusehen. Das alles wurde jetzt sehr real. Ich atmete tief in den Bauch, lauschte auf das Pochen und Drängen, das gerade noch da gewesen war. Es war nicht verschwunden, nur übertönt von dem rhythmischen Klopfen des Pulsschlags hinter meinen Schläfen.

Ruben hob eine Ecke der Bettdecke an, kroch zu mir in die Wärme darunter. Das einfallende Licht von draußen genügte, um die Formen seines Körpers für mich herauszumeißeln. Seine Haut wirkte fast weiß in dem künstlichen Licht, sein ganzer Körper perfekt, als wäre er der Hand eines begnadeten Bildhauers entsprungen. All das gehörte in diesem Moment mir. Ich durfte ihn anfassen und erkunden, küssen und streicheln.

»Wir müssen das nicht tun, weißt du.« Sein Atem und seine Worte strichen über die empfindliche Haut unter meinem Ohr, als er zu mir unter die Decke kroch und mich zurück in seine Arme zog. »Wir können einfach weitermachen wie gerade.«

»Ich will aber.« Und es stimmte. Seine Hände waren so talentiert, so zart und gleichzeitig selbstsicher.

Das, was ich mit Felix geteilt hatte, war von blinden Fummeleien geprägt gewesen und ständigem Gestammel. »Tut mir leid«, als sein Ellenbogen mich mal an der Nase erwischt hatte, und »Scheiße«, als es zu Ende gewesen war, fast noch ehe es überhaupt begonnen hatte.

»Also gut.« Er küsste mich leidenschaftlich, unsere Zungen trafen sich in einem betörenden Tanz, während er mich wieder an sich zog, meine Seite streichelte, meinen Po. »Wo waren wir stehen geblieben?«

Auch das, was ich mit Ruben teilte, war nicht perfekt. Es folgte keiner Choreografie oder einem Skript. Unsere Beine verhedderten sich in der Bettdecke, er keuchte auf, weil meine Zehen zu kalt waren, und so sehr ich jede seiner Berührungen genoss, wurde ich doch auch diesem verdammten Zittern nicht Herr. Der Unterschied zwischen Felix und Ruben war, dass Ruben nichts leidtat. Diese Sicherheit verlieh auch mir das Vertrauen, mich fallenzulassen. Selbst dann, als er sich das Gummi überstreifte und sich wieder zwischen meine Schenkel schob, um sich auf mich zu legen. Eine Hand strich von meiner Hüfte meinen Oberschenkel hinab, legte sich in meine Kniekehle. Er hob mein Bein an, öffnete mich noch weiter für ihn. Ich fühlte ihn an meinem Eingang, dann begann er mit einer leichten Schaukelbewegung. Ein Stück vor, ein Stück zurück. Jedes Mal, wenn er vordrang, nahm mein Körper ihn weiter in sich auf, immer tiefer, bis wir vollends miteinander vereint waren.

Er ließ mein Bein los, ich umschlang seine Schenkel mit meinen Beinen, dann umfasste er mein Gesicht mit seinen Händen, küsste mich und begann erneut, sich zu bewegen. Und während seine Zunge die Bewegungen nachahmte, die unsere Körper auch an anderer Stelle verband, verlor meine Nervosität ihre Bedeutung. Das hier war der Grund, warum Menschen behaupteten, sie würden Liebe machen, wenn sie Sex hatten. Ruben war in mir. In meinem Körper. Wir waren verbunden, von der Zehenspitze bis zu den Lippen. Jeden Laut, den wir machten, machten wir gemeinsam. Der herbe Duft seiner Lust mischte sich mit dem süßlichen Aroma meines Körpers. Seine Bewegungen wurden schneller. Wenn er nach vorne drang, öffnete ich mich ihm, und wenn er sich zurückzog, empfand ich Leere. In einem Meer aus Lust waren wir Ebbe und Flut. Es fühlte sich so gut an, so perfekt. Auch dann noch, als er auf die Knie kam, um besser in mich stoßen zu können. Tief in mir fand er einen Punkt, an dem sich Sehnen zu Lust verwandelte, drängendes Pochen in explosive Leidenschaft. Immer mehr und mehr, bis ich nicht mehr konnte und in einem Regen aus weißem Licht ertrank. Ich hatte nicht erwartet zu kommen, und ich weiß gar nicht sicher, ob es ein richtiger Orgasmus war, der mich packte, oder nur eine Welle aus Glück. Was auch immer es war, es erfüllte all meine Gedanken, verbannte für einen kurzen Moment den Rest der Welt hinter einen Vorhang aus Sternenlicht, und wieder war es so, dass alles, was ich empfand, auch ihn erreichte. Gleichzeitig mit mir ergriff ihn ein Schaudern und Beben. Er ließ mein Gesicht los, stemmte sich mit den Fäusten rechts und links meines Halses auf die Matratze und warf den Kopf in den Nacken. Sein Mund öffnete sich zu einem stillen Schrei, und in mir fühlte ich ihn zucken.

Dann war es vorbei, und er lachte ein wenig, legte seine Stirn an meine, sein Atem so heiß, als wäre er Wüstenwind, und wisperte: »Lou, Lou, Lou, was soll ich nur mit dir machen?«

»Von mir runter gehen, vielleicht?« Ich erwiderte sein Lachen, und es war so schön, dass wir auch das teilen konnten. Ohne jede Scham, denn wir lachten miteinander und nicht über einander. »Du bist ganz schön schwer.«

»Ja.« Er strich sich eine Haarsträhne aus der Stirn. »Und das da muss ich auch loswerden.« Von seinem Gesicht wanderte die Hand zu der Stelle, an der wir noch immer verbunden waren.

Ich seufzte leise, als er sich aus mir zurückzog.

»Sorry.« Er hauchte mir einen Kuss auf die Stirn. »Gleich wieder da.«

»Hm.« Ich räkelte mich und sah ihm nach, wie er im Bad verschwand. Sein Hintern war rund und fest, und bei jedem Schritt tanzten die Muskeln in seinen Beinen und dem Rücken. Ehrlich, wer hätte gedacht, dass ein Mensch überhaupt so viele Muskeln im Rücken besaß?

Erneut stieg ein Kichern in mir hoch. Ich hatte es mit Ruben Stephanski getan. Mit dem Mann, den ich bewunderte, seit ich zum ersten Mal einen Artikel über ihn gelesen hatte. Oh, nicht, dass ich das jemals zugegeben hätte. Ich war nicht der Typ, der für Stars oder Promis schwärmte, noch nie gewesen, und damals war Ruben mir so unerreichbar erschienen wie der Mars. Jetzt spürte ich das Nachbeben unseres Liebesspiels als leichtes Brennen in meiner Mitte. Seine Unterstützung half mir, meinen Traum zu verwirklichen und meine Ziele zu erreichen. Seine Küsse und seine Berührungen hatten mir gezeigt, was es bedeutete, wirkliche Lust zu empfinden. Unsere Leben hatten sich auf eine Weise verbunden, die ich mir nicht einmal zu erträumen gewagt hätte.

Die Badezimmertür öffnete sich wieder. Im Rahmen blieb er stehen.

KAPITEL 16

Ruben

Ich streifte das Gummi ab, wickelte es in Klopapier und warf es in den Mülleimer. Dann wusch ich mir die Hände und gönnte auch den wichtigsten anderen Körperregionen eine Katzenwäsche.

Irgendwas stimmte nicht. Ich fühlte es seit dem Augenblick, als ich aus dem Bett aufgestanden und über meine Schulter einen letzten Blick auf Louisa geworfen hatte. Auf ihrer Miene hatte sich eine Emotion gespiegelt, die absolut nicht zu dem gepasst hatte, was wir gerade geteilt hatten. Nicht, dass mit dem Sex per se etwas nicht gestimmt hätte. Der war großartig gewesen.

Ein winziger Laut auf der anderen Seite der Verbindungstür hatte Louisa verraten. Kein noch so hartes Training, nicht die Bauchcrunches und ganz sicher nicht die Pull-ups am Türrahmen, mit denen ich mich gequält hatte, hatten danach noch die Macht besessen, mich von ihr fernzuhalten. Wir waren zusammengekommen wie zwei Magnete. Unaufhaltsam und unvermeidbar und in einem so perfekten Einklang von Lust und Zuneigung, wie ich es nie zuvor erlebt hatte. Ihr Zittern hatte ich für Ekstase gehalten, ihre spürbare Aufregung für aufgestaute Lust. Aber jetzt gab mein Instinkt keine Ruhe und jagte mir heißkalte Schauder über den Rücken.

Ich drehte das Wasser aus. Hier rumzustehen würde mich nicht klüger machen. Ich gab mir einen Ruck und trat aus dem Bad. Im Glanz der durchs Fenster einfallenden Lichter der Stadt saß Louisa im Bett. Die reinweißen Laken bauschten sich um sie wie Meeresschaum. Künstler hätten ihren rechten Arm dafür gegeben, sie so malen zu können.

Botticellis »Geburt der Venus« konnte einpacken gegen diese Frau. Wie auf dem berühmten Gemälde umfloss ihr Haar die schmalen Schultern in losen Wellen. Auch Louisa bedeckte ihre nackten Brüste mit einem Arm. Die Hand hatte sie an den Mund geführt, kaute auf dem Daumennagel herum. Der Instinkt, der zuvor nur als leises Summen hinter meiner Stirn wahrnehmbar gewesen war, ballte sich als Knoten in meinem Magen zusammen.

»Hey.« Ich lehnte mich an den Türrahmen. »Alles okay bei dir?«

»Ja, klar.« Ihr Lächeln wirkte aufgesetzt. Noch immer musste ihr armer Daumennagel unter der Attacke ihrer Zähne leiden. »Warum fragst du?«

»Ich ...« Gott, wie kam ich aus der Nummer wieder raus? An meinen Qualitäten als Liebhaber hatte ich bisher nie gezweifelt. Keine meiner Liebhaberinnen hatte mir je Grund dazu gegeben, und auch in Louisas Haltung konnte ich keinen Vorwurf erkennen, nur ... Unsicherheit? »Ich habe dich nicht gedrängt, oder?«

»Um Himmels willen, nein, gar nicht!«

»Es ist nur ...« Ich befeuchtete mir mit der Zunge die Lippen. Was versuchte ich hier eigentlich zu sagen? Ich benahm mich wie ein schüchterner Teenager. Ich gab meine Bemühung auf, mit meiner Schulter die Wand zu stützen, und setzte mich zu Louisa auf die Bettkante. Ihre Fingerknöchel stachen weiß durch die Haut, so fest krallte sie die Fäuste in die Bettdecke. Mit sachtem Nachdruck löste ich den Griff einer ihrer Hände, nahm sie zwischen meine. Ihre Finger waren kalt, also pustete ich warmen Atem darauf und schlüpfte zu ihr unter die Decke. »Soll ich lieber gehen?«

»Nein.« Sie schüttelte den Kopf, machte aber auch keine Anstalten, mich anzusehen. Nur gut, dass diese Frau Programmiererin war und keine Verkehrspolizistin. Bei der Vielzahl an sich widersprechenden Signalen, die sie aussandte, würde sie zweifelsfrei eine Massenkarambolage verursachen.

Ich zog sie in meine Arme, zuerst sträubte sie sich ein wenig, dann bettete sie den Kopf auf meine Brust, und für eine Weile taten wir nichts weiter, als gemeinsam zu atmen. So war es besser. Ich schloss die Augen, inhalierte das Aroma ihrer Haare. Ihr Atem ging gleichmäßig und ruhig. Ich begann gerade wegzudriften, als ihre leise Stimme mich zurück an die Oberfläche meines Bewusstseins holte.

»Es tut mir leid, wenn ich mich irgendwie … doof verhalte.« Eine kleine Pause. Ein Schauder, der durch ihren Körper rann. Instinktiv hielt ich die Luft an. Wie während unseres Liebesspiels, als alle ihre Emotionen so nah an der Oberfläche gewesen waren, meinte ich auch jetzt, ihre Anspannung zu fühlen, als wäre es meine eigene.

Ein tiefer Atemzug, dann fuhr sie fort: »Das Ding ist nur: Ich weiß nicht, wie das hier geht. Ich habe das noch nie gemacht.«

»Was?« Ruckartig setzte ich mich auf. Heftig genug, um Louisa abzuwerfen. Wehgetan konnte ihr mein wenig elegantes Manöver nicht haben, trotzdem spiegelte sich Schmerz auf ihrer Miene. »Heißt das, du warst –«

»Nein!«, unterbrach sie mich. »Das war nicht mein erstes Mal, aber …«

Schützend schlang sie sich die Arme um den Bauch. Ich fühlte mich wie das letzte Arschloch. Was wäre denn so schlimm daran gewesen, wenn es ihr erstes Mal gewesen wäre?

»Ich meine nur, wenn das hier …«, sie wedelte mit der Hand zwischen uns hin und her, »für dich nur eine einmalige Sache war, ist das in Ordnung. Wirklich. Ich weiß nur nicht, wie man einen One-Night-Stand beendet. Das letzte Mal, dass ich einen hatte, war ich fünfzehn Jahre alt, und da wusste nur er, dass es ein One-Night-Stand werden würde.«

»Warum sollte es eine einmalige Sache sein?« Diese Frau verwirrte mich immer mehr.

»Du hast oft genug betont, wie unprofessionell es wäre, wenn du und ich …«

»Himmel, Louisa, professionell haben wir vor zwanzig Kreuzungen hinter uns gelassen.« Ich zwang meinen Herzschlag dazu, sich zu beruhigen. Warum mich der Gedanke, das mit Louisa könnte ein One-

Night-Stand sein, derart aus dem Konzept gebracht hatte, vermochte ich nicht zu sagen. Denn genau das wollte ich doch normalerweise von meinen Frauen. Eine heiße Nummer und dann »Auf Nimmerwiedersehen«. Und ich fragte mich, warum ich mich unwürdig fühlte, Teil ihres Lebens zu sein? Nun, hier hatte ich die Antwort. Diese Frau verdiente die Welt, und ich war ein herzloses Arschloch, ein Typ, der Frauen konsumierte wie exquisiten Wein. Bei ihr wollte ich wenigstens versuchen, es besser zu machen. »Ich kenne mich, Louisa. Ich weiß, dass es nicht einfach sein wird, Zeit mit mir zu verbringen. Wenn du willst, zeige ich dir meinen Terminkalender. Und meine Verpflichtungen sind ja nur der eine Teil.« Ich hauchte einen Kuss auf ihre Schläfe. »Du steckst mitten in der Firmengründung. Natürlich ist *micronounce* momentan deine oberste Priorität. Aber das heißt nicht, dass das zwischen uns morgen früh zu Ende sein muss. Ich habe lange genug versucht, mich von dir fernzuhalten, und wenn ich eines in meinen Jahren als Geschäftsmann gelernt habe, dann Folgendes: Wenn ein Weg nicht zum Ziel führt, muss man einen anderen finden.«

Ich ließ mich zurück auf den Rücken fallen, rollte mich auf die Seite, um sie besser ansehen zu können. Es dauerte nicht lange, bis sie die Einladung als solche verstand und meine Position spiegelte. Unsere Nasen berührten einander, so nah waren wir uns. Ich griff nach einer Strähne ihres Haars, spielte mit der seidenweichen Locke zwischen meinen Fingern. Jetzt war sie am Zug.

»Und dieser andere Weg ist nicht ein One-Night-Stand, damit du dich mir aus dem Kopf schlagen und danach weitermachen kannst wie bisher?«

Ich schüttelte den Kopf, ein erleichtertes Aufatmen entfuhr ihr.

»Gut. Ich meine, es ist nicht so, dass ich Leute verurteile, die das anders sehen als ich. Aber nach dem, was damals mit Felix – meinem Exfreund – passiert ist, habe ich mir geschworen, dass es beim nächsten Mal anders wird. Keine Angst …«, sie lachte ein bisschen, tupfte einen Kuss auf meine Schulter, »ich erwarte jetzt keine Liebeserklärungen oder so was, nur weil du mein beinah zehn Jahre andauerndes Zölibat beendet hast. Du musst keine Reden von mir befürchten, dass du von jetzt an immer eine besondere Rolle in meinem Leben spielen wirst. Dass wir uns eine Chance geben, einander besser kennenzulernen, genügt mir vollkommen.«

»Ich will eine besondere Rolle in deinem Leben spielen. Als der Mann, der dir geholfen hat, deine Träume zu verwirklichen.« Ich zwinkerte ihr zu. »Vor allem außerhalb des Schlafzimmers. Im Schlafzimmer muss ich mir das nicht wünschen, da weiß ich, was ich draufhabe.«

»Du bist unmöglich!« Sie lachte über meine Sperenzchen. Ein süßer, glockenheller Klang, und da wusste ich, dass es wirklich okay war. Dass sie so ehrlich war wie vom ersten Augenblick an, als ich sie gesehen hatte. Um Louisa Freymuth zu durchschauen, brauchte man keine App. Ihr ganzes Wesen zeigte sich einem wie ein offenes Buch.

»Darf ich trotzdem eine blöde Frage stellen? Hinterher kannst du mir gern ein paar Punkte auf dem Chauvi-Konto gutschreiben. Bereit?«

Sie verdrehte die Augen. »Wenn es so wichtig für dich ist.«

»Warum?« Ich ließ ihre Haarsträhne los, beschäftigte meine Finger stattdessen damit, die Linien ihres Gesichts nachzufahren. Den Schwung ihrer Lippen, die kleine Stupsnase, die Rundung ihrer Apfelwangen. »Du bist eine bildhübsche Frau. Und intelligent. Du bist vierundzwanzig Jahre alt. Ich kann mir nicht vorstellen, dass du nicht genug Angebote gehabt hast. Wie kommt es, dass du keinen von ihnen erhört hast?«

»Weil es das eine Mal, dass ich einen erhört habe, ziemlich nach hinten losgegangen ist.« Ihr Blick driftete ins Nichts, als würde sie nicht mehr mich ansehen, sondern durch mich hindurch in die Vergangenheit. »Ich hasse Lügen, und ich dachte, ich würde ihm wirklich etwas bedeuten. Dabei ging es ihm nur um …«, sie stockte, suchte nach den richtigen Worten, »sich.« Bitterkeit schwang in ihrer Stimme mit, und in meiner Vorstellung flimmerten die grauenvollsten Bilder.

Offenbar war ich ein genauso offenes Buch wie Louisa, denn sie legte mir eine Hand auf die Brust, lächelte beschwichtigend.

»Nicht«, flüsterte sie. »Er hat mich nicht bedrängt oder versucht zu zwingen oder so.« Sie seufzte. »Es ist eine lange Geschichte und so ewig lang her. Es lohnt kaum, darüber zu sprechen.«

»Wir haben Zeit.«

Sie hob meinen Arm an, um sich in die Kuhle unter meiner Schulter kuscheln zu können, und machte es sich bequem. »Wir waren beide noch sehr jung. Gerade mal in der zehnten Klasse. Er sechzehn, ich fünfzehn. Du weißt ja, wie das in dem Alter ist. Wir waren seit drei Monaten zusammen, und irgendwie hat sich alles immer darum gedreht, wer mit wem und wie weit man schon gegangen war und so.«

»Ja, ich glaube, ich kann mich erinnern.« Auch wenn das eine Lüge war. Kurz vor meinem fünfzehnten Geburtstag war zum ersten Mal ein Artikel über mich in der *Times* erschienen. Meine Eltern hatten zwar ihr Bestes gegeben, mich von dem Rummel abzuschirmen, der meinen Erfolg begleitet hatte, aber Groupies gab es nicht nur in der Musikszene.

»Ich dachte, es wäre schrecklich romantisch, ihm meine Jungfräulichkeit zu schenken.« Bei dem letzten Wort verzog sie das Gesicht zu einer Grimasse. »Als Vertrauensbeweis und Zeichen meiner Liebe und Trophäe unserer Verbundenheit und was weiß ich noch alles.«

»Aber er wollte nur eine Kerbe in seinem Bettpfosten?«

»Warst du dabei?«

»Ich war mal sechzehn.« Die Gleichgültigkeit, mit der ich die Worte über die Lippen zwang, fühlte ich kein bisschen.

»Sieht aus, als wüsstest du, wovon du redest.« Sie hielt inne, doch bevor ich etwas erwidern konnte, fuhr sie fort: »Wir, oder besser gesagt ich hatte alles ganz genau geplant. Seine Eltern waren übers Wochenende verreist. Ich hatte mir vorher die Pille verschreiben lassen und extra teure Unterwäsche gekauft. Es sollte ein riesiges Ereignis werden, der Tag, an dem ich zur Frau wurde.« Sie schnaubte verächtlich. »Ich hätte mir das ganze Brimborium sparen können. Als ob diese zehn Sekunden aus irgendwem irgendwas machen könnten.« Sie seufzte leise. »Im Nachhinein glaube ich, ihm war das alles ein bisschen peinlich. Dass es so … blöd gelaufen ist. Zuerst hat es nicht richtig geklappt, dann war es auch schon vorbei, und hinterher hat er es nicht einmal mehr geschafft, mir in die Augen zu sehen. Er ist von mir runtergerollt, hat sich auf die andere Seite gedreht und kein Wort mehr mit mir gesprochen. Es gab kein echtes Ende, kein Schlussmachen. In der Klasse hat er von da an sogar den Blickkontakt mit mir vermieden.«

»Verdammt, Lou, das tut mir so leid.«

Sie zuckte mit den Schultern. »Ich meine, vielleicht hätte ich das sogar noch ganz einfach weggesteckt. Viel schlimmer war aber das Getuschel anschließend. Mit mir hat er nicht mehr geredet, aber dafür umso mehr über mich. Weißt du, wie das ist, wenn du einfach spürst, dass über dich getratscht wird? Weil hinter deinem Rücken geflüstert wird oder es plötzlich ganz still in einem Zimmer wird, wenn du reinkommst?«

Ich nickte. Auch wenn ich ansonsten nichts von Louisas Geschichte auf mein Leben beziehen konnte, dieses Gefühl kannte ich nur zu gut.

»Genau so war das damals. Ein paar Tage später fingen dann auch die Graffitis an. Im Schulklo, auf den Pausenbänken, auf den Schultischen, überall. *Louisa kann nicht bumsen.* Oder *Never fuck a nerd*, mit einem Gesicht, das meinem ähnlich sah und so.« Ihre Stimme wurde heiser. Sie blinzelte hektisch, fuhr sich mit der Zunge über die Lippen. Dann räusperte sie sich, wischte sich einmal übers Gesicht und setzte an weiterzusprechen. Obwohl es ihr sichtlich schwerfiel. Obwohl der Schmerz ganz nah unter der Oberfläche saß, schreckte sie nicht davor zurück. In dieser Frau wohnte eine Stärke, die mich immer wieder verblüffte.

»Wie auch immer. Danach hatte ich erst mal die Nase voll von Jungs. Ich hab mich so benutzt gefühlt, so betrogen. Ich habe einfach die Welt nicht mehr verstanden und mich lieber ganz auf das konzentriert, was für mich Sinn ergibt.«

»Zahlen und Programmiersprachen?«

»Zahlen und Programmiersprachen.«

»Und danach?«

Sie schnaubte. »Na gut, ich gebe es zu, vielleicht habe ich seitdem ein kleines Vertrauensproblem. Meine größte Angst ist, dass mir noch mal jemand wehtut, nur um seiner eigenen Agenda zu folgen. Das wäre wirklich schlimm für mich. Und außerdem, das soll jetzt nicht eingebildet klingen, aber ich weiß, dass alle immer denken, ich hätte eine Riesenauswahl bei Männern. Wegen denen und so.« Sie deutete auf ihre Brüste. Gut, sie hatte nicht unrecht, die beiden Prachtstücke waren tatsächlich ein Hingucker, aber ich war mir ziemlich sicher, dass sie das jetzt nicht hören wollte, also wartete ich ab, bis sie ihre Gedanken genug gesammelt hatte, um weiterzusprechen.

»Aber so ist es nicht. Klar, auf Dating-Apps hilft es, Aufmerksamkeit zu bekommen, wenn man ... der momentan verbreiteten Auffassung von attraktiv entspricht. Gott, das klingt so eingebildet.«

»Hey, sieh mich an.« Ich schob sie ein Stückchen von mir weg, um ihr direkt in die Augen sehen zu können. »Das klingt überhaupt nicht eingebildet. Du bist attraktiv, und es ist eine attraktive Eigenschaft, ein realistisches Selbstbild zu haben. Soll ich behaupten, ich müsste jeden Cent umdrehen, nur weil mich das vielleicht nahbarer für manche Frauen machen würde?«

»Nein.« Sie klang, als hätte sie noch nie was Absurderes gehört. »Aber das ist auch etwas vollkommen anderes.«

»Warum?«

»Weil du ein Mann bist. Bei Männern gilt Selbstbewusstsein als attraktiv. Bei Frauen als zickig.«

»Sagt wer?«

»Alle!«

»Ich sage das nicht. Also können es alle schon mal nicht sein.«

»Mann!« Nicht mehr viel, und sie würde die Geduld mit mir verlieren. Aber ich war nicht der Typ, der eine Fährte aufgab, wenn er sie einmal erschnüffelt hatte.

»Ein Mann bin ich auch, korrekt. Also, wer alle?«

»Tobis Freundin zum Beispiel. Und meine Eltern. Die liegen mir seit Jahren in den Ohren, dass ich mich einfach ein bisschen mehr bemühen muss und nicht so wählerisch sein soll, dann werde sich schon ein netter junger Mann für mich interessieren. Ob ich mich auch für diese angeblich netten jungen Männer interessiere, steht nie zur Debatte. Als ob es meine Schuld ist, dass alle Typen, die auf mich aufmerksam werden, mit dem falschen Körperteil denken, sobald sie mich sehen, oder genau solche Geeks sind wie ich und lieber mit mir über Code und Bytes reden statt über … keine Ahnung, romantische Sachen. So wie du mit der Pianomusik zum Beispiel. Ehrlich, so etwas Gedankenvolles hat vorher noch nie jemand für mich gemacht, und es ist wirklich nicht so, dass ich es nicht probiert hätte mit dem Daten. Ich könnte dir Geschichten erzählen, die glaubst du nicht. Und ist es echt so schlimm, dass ich mich nicht mit dem Zweitbesten zufriedengeben will?« Sie hatte sich in Rage geredet und das, verflucht noch mal, mit Recht.

»Ganz sicher nicht. Für dich sollte immer nur das Beste gut genug sein.«

Eine Sekunde lang hallte mein inbrünstiges Bekenntnis in der Stille zwischen uns nach, dann zwickte sie mir spielerisch in die Flanke. »Das sagst du nur, weil du deshalb zum Zug gekommen bist.«

»Natürlich.« Ich zeigte ihr mein bestes Haifischlächeln, wurde kurz darauf aber wieder ernst. »Aber ich meine es ernst. Gib dich nie zufrieden. Du verdienst das Beste, weil du zu den Besten gehörst. Dieser Kerl aus deiner Schule, der war es nicht wert, und du musst dich vor absolut niemandem rechtfertigen, warum du dich danach erst mal auf andere Sachen konzentriert hast. Es ist deine Wahl, niemand hat das Recht, sie dir abzusprechen. Auch heute mit mir hast du eine Wahl getroffen. Und so wird es dein ganzes Leben lang sein. Gleichgültig, was andere versuchen, dir einzureden, gleichgültig, wie groß der Druck ist oder die Angst, das Falsche zu tun – du hast immer die Wahl.«

»Es ist aber nicht immer einfach, auf die innere Stimme zu hören. Nicht, wenn Menschen, auf deren Meinung man wert legt, dann schlecht über einen denken.«

»Es gibt vielleicht nicht immer eine Option, die dir gefällt, aber es gibt immer eine Wahl. Also greif nach den Sternen, Louisa, nimm dir, was du willst. Niemand wird es dir freiwillig geben, und du hast verdammt noch mal das Zeug dazu, es dir zu holen.«

»Lautet so das Erfolgsgeheimnis des sagenhaften Ruben Stephanski?«

»Worauf du wetten kannst.«

»Na gut, dann will ich mal versuchen, mir den Tipp meines Mentors zu Herzen zu nehmen. Der Anfang hat ja schon ganz gut geklappt, finde ich. Ich hab dich rumbekommen.« Sie stützte sich mit dem Unterarm auf meinen Oberkörper. Dann rollte sie sich ganz auf mich, ließ ihr Becken über meiner Leiste kreisen.

Ich konnte mich an Situationen erinnern, in denen Frauen etwas ganz Ähnliches gesagt hatten. Dass sie mich an die Angel bekommen hätten, nur, weil ich mit ihnen ins Bett gegangen war. In der Vergangenheit hatte es keinen sichereren Weg gegeben, um mich in die Flucht zu schlagen. Bei Louisa war das anders. Ihre Nähe war betörend. Sie brachte mich mit ihrem Duft und ihrer entwaffnenden Ehrlichkeit um den Verstand. Mit ihr in meinen Armen waren die Schatten ganz fern.

Ihrer wortlosen Aufforderung folgend schlang ich meine Arme um sie, presste ihren Unterleib an meinen, ließ sie spüren, was sie mit mir machte, welche Macht sie über meinen Körper besaß. Sie küsste mich, süß und ausgiebig, genießerisch und mit all der naiven Begeisterung, die ich schon bei unseren früheren Küssen genossen hatte.

Bevor wir ganz den Kopf verlieren konnten, löste sie sich noch mal von mir. »Ruben?«, fragte sie.

»Hm …«

»Versprichst du mir was?«

»Kommt drauf an.« Ich war nicht der Typ für Versprechen, also schnappte ich mit den Lippen nach einer ihrer Brustspitzen, sog daran. Louisa kam ein überraschter, lustvoller Laut über die Lippen, doch sie ließ sich nicht vom Thema abbringen. Mit einer Hand suchte ich auf dem Nachttisch nach dem zweiten Gummi, das ich dort positioniert hatte. Nur für alle Fälle. Ohne von ihrer Brust abzulassen, befreite ich es aus der Verpackung und streifte es über.

»Versprich mir, dass wir fair zueinander bleiben. Offene Karten zwischen uns. Keine Alleingänge hinter dem Rücken des anderen, so wie es Felix gemacht hat. Nicht, weil du Angst hast, dass ich dich mit meiner Zauber-App ohnehin durchschauen würde, sondern weil es eine

Frage des Respekts ist. Wir machen, was sich gut und richtig anfühlt, und wenn sich etwas nicht mehr gut und richtig anfühlt, sprechen wir ehrlich darüber. Im Geschäft, aber auch hier.« Sie drehte die Hüfte ein wenig, öffnete die Schenkel, und im nächsten Augenblick zog sich meine ganze Wahrnehmung auf einen einzigen Punkt zusammen. Den Punkt, an dem wir fast erneut verbunden waren. Wenn sie wollte, dass sich in meinem Kopf noch genug Blut für ein aussagekräftiges Versprechen befand, machte sie es mir denkbar schwer.

Langsam ließ ich mich in sie hineingleiten. Ihre enge Hitze fühlte sich an wie das Paradies. »Lou«, keuchte ich, unfähig, mich nicht in ihrer Nähe zu verlieren.

»Versprich es mir«, drängte sie, rutschte an meiner Härte hinab, nahm mich ganz in sich auf.

Statt ihr zu antworten, küsste ich sie.

KAPITEL 17

Louisa

Der Wecker klingelte vor dem Wachwerden. Ich zog mir die Decke über den Kopf und tastete neben mir nach Ruben. Die Matratze war leer.

»Ruben?« Meine Augenlider flogen auf, ich richtete mich auf.

Der Schreck war umsonst gewesen. Da stand er. Wie in der Nacht, als wir gemeinsam in mein Zimmer gestolpert waren, trug er nun wieder seine Anzughose. Das Ding hing verboten tief auf den Hüften, gehalten von einem schmalen Ledergürtel. Sein offenes Hemd verhüllte weniger, als dass es die makellosen Formen seines Körpers betonte. Das Morgenlicht setzte ihn perfekt in Szene. In der Nacht war er mir wie ein Traum erschienen. Jetzt, im Licht des anbrechenden Tages, wirkte es, als wollte selbst die Sonne ihn ins Rampenlicht rücken, weil nichts anderes seiner würdig war. Ruben hatte nicht nur ein Sixpack, die Muskeln an seiner Leiste verliefen in einem perfekten V, so wie man es sonst nur bei Unterwäschemodels und Profisportlern sah. Meine Fingerspitzen kribbelten bei der Erinnerung, wie es sich angefühlt hatte, ihn dort zu berühren und seinen Körper zu erkunden. Noch immer konnte ich nicht wirklich glauben, dass das tatsächlich geschehen war. Dass ich, ausgerechnet ich, die Gelegenheit bekommen hatte, mit diesem Mann das Bett zu teilen. Kein Wunder, dass ein Teil von mir trotz seiner Beteuerungen in der Nacht überzeugt gewesen war, dass er heimlich das Weite gesucht hatte.

Nun sah er auf. Eine Socke hielt er in der Hand, die andere befand sich an seinem Fuß. Ein Lächeln breitete sich auf seiner Miene aus. Gar nicht haifischhaft, sondern zärtlich und liebevoll.

»Hey«, sagte er. »Ich wollte dich gleich wecken. Es ist fast halb sieben. In einer Stunde müssen wir auf dem Weg zum Flughafen sein.«

»Ich weiß.« Gähnend rieb ich mir die Augen. Wie machte er das? Ich selbst fühlte mich, als hätte mich ein Bulldozer überfahren, während Ruben aussah, als könnte er es gar nicht erwarten, die Welt aus den Angeln zu heben. Wenn ich je mit Ruben Schritt halten wollen würde, müsste ich ganz schön zulegen in puncto Stamina. »Ich muss auch noch packen. Aber nicht, bevor ich geduscht habe. Wie kommt es, dass du so frisch aussiehst? Hast du länger geschlafen als ich?«

»Schlaf ist das Letzte, woran ich mich in Zusammenhang mit letzter Nacht erinnere, Louisa.« Er kam auf mich zu. Energetische Schritte, leicht federnder Gang. Goldfäden glänzten in seinem Haar. Ein Götterkind. »Ich muss auch packen.« Er tupfte mir einen Kuss auf die Stirn. »Wir sehen uns.«

»Bis gleich.« Ich blinzelte, und schon war er weg, der Abdruck von seinem Kopf auf dem Kissen die einzige Erinnerung an ihn. Statt das Vernünftige zu tun und endlich in die Gänge zu kommen, hob ich sein Kissen hoch und drückte es an mein Gesicht. Ein Hauch seines Aftershaves hing noch immer in den Fasern, und da traf es mich mit voller Wucht. Ich hatte mit Ruben Stephanski geschlafen, und es war großartig gewesen. Nicht eine einzige Sache hätte ich mir anders gewünscht. Es war nicht die vergangene Nacht, die mir jetzt Sorgen bereitete, sondern eher der kommende Tag, die nagende Frage, wie es jetzt weitergehen sollte. Ich schmiss meine Klamotten in den Koffer, warf nach der Morgentoilette die Kosmetiktasche darauf und musste mich auf das Hartschalengehäuse setzen, um den Koffer zu schließen.

Abreisefertig klopfte ich an seine Zimmertür.

Bham. Bham. Bham. Das Holz vibrierte unter meinen Fingerknöcheln, als würde es sich wehren, weil es eine Grenze war, die ich nicht überschreiten durfte. Oh, ich machte mir nichts vor. Eine einzige wundervolle Nacht zusammen bedeutete nicht, dass all unsere Probleme sich von einem Moment zum nächsten in Luft auflösten. Dabei war die Tatsache, dass er mein Mentor war, nur ein Aspekt von vielen. Wie sollten wir das, was so zart zwischen uns wuchs, in einen Alltag retten, der für uns beide von Terminen, Verpflichtungen und Hetze geprägt war? Wir hätten darüber reden können, aber Ruben Stephanski besaß Geheimnisse. Berufliche, die er mit sich herumschleppte, weil er zu Vertraulichkeit verpflichtet war, aber auch andere. In der Nacht hatte ich einen anderen Blick auf Ruben werfen können, auf den jungen, verspielten und ein bisschen selbstgefälligen Mann hinter der Fassade. Doch das war nicht, wer er meistens war. Zu gut erinnerte ich mich an die Mauer, die er um sich errichtet und an der ich mir mehr als einmal den Kopf gestoßen hatte. Niemand errichtete einen solchen Schutzwall um sich, wenn es im Inneren nicht etwas zu verbergen gab, und eine innere Stimme hatte mich davor gewarnt, zu vehement nachzuhaken. So sehr ich diejenige sein wollte, der er Zutritt zu seinem Inneren gewährte, so groß war meine Angst vor dem, was ich dann sehen würde.

Die Tür ging auf. Er hielt ein Telefon am Ohr und hob einen Finger, um mir zu bedeuten, dass er noch einen Augenblick brauchte, öffnete die Tür aber weit genug, damit ich eintreten konnte. Ich folgte seiner Einladung. Hinter mir hörte ich ihn sprechen. Irgendeine asiatische Sprache, Mandarin, Japanisch oder Koreanisch vielleicht. Zu meiner Beschämung musste ich gestehen, dass ich keine Ahnung hatte, wie sich diese Sprachen unterschieden, und ebenso wenig Ahnung hatte ich davon gehabt, dass Ruben wenigstens eine dieser Sprachen fließend sprach. Das Telefonat wurde hitziger. Was auch immer sein Gesprächspartner vorschlug, Ruben gefiel es nicht. Er untermalte seine Worte mit wilden Gesten, immer wieder blitzten die weißgoldenen Manschettenknöpfe an seinen Handgelenken auf. Hier hatte ich es mit Ruben Stephanski, dem Haifisch, zu tun. Er zeigte Zähne, und wer ihm im Weg war, wurde gefressen.

Weil ich nicht wusste, was ich anderes machen sollte, sah ich mich im Zimmer um. Es war genauso aufgebaut wie meines. Sein Trolley stand abmarschbereit rechts neben der Tür. Ein Kleidersack mit dem Logo einer italienischen Modemarke lag darüber drapiert, wahrscheinlich mit dem Anzug von gestern darin. Das Bett war unberührt, das einzige Zeichen, dass Ruben das Zimmer benutzt hatte, war das nasse Handtuch über der Stuhllehne vor dem Schreibtisch. Wobei, nicht ganz. Auf der Tischplatte stand ein benutztes Glas, darum herum waren zahlreiche leere Snackpackungen verteilt. Irgendwann musste Ruben die Minibar geplündert haben. Kein Wunder, dass er bei dem Dinner all die erlesenen Speisen nur auf dem Teller hin und her geschoben hatte. Er hätte Jakobsmuscheln haben können, samtzartes Rinderfilet und Aprikosen-Tarte, aber er hatte sich für Chips, Erdnüsse, mehrere Schokoladensorten, Salzstangen, Reiscracker und Gummibärchen entschieden? Das ergab keinen Sinn. Schon gar nicht bei einem Mann, der so peinlich genau auf sein Auftreten achtete wie Ruben Stephanski. Ein weiterer Stein wanderte auf die Mauer, noch ein Fragezeichen in meinem Kopf, das mir die Sicht auf ihn verstellte.

»Fertig?« Seine Stimme ließ mich zusammenzucken. Wie benebelt riss ich mich von dem Anblick des Snackmassakers los.

»Ja, klar.«

Ruben ließ das Smartphone in der Hosentasche verschwinden, dann griff er nach meiner Hand. »Gehen wir.«

»Was ist mit dem Gepäck?« Ich blickte über meine Schulter.

»Das holt ein Page. Mach dir keine Gedanken. Zurück in Berlin, wird dein Koffer auch da sein.«

»O … okay«, stammelte ich. Ich wollte ihn noch andere Sachen fragen. Welche Sprachen er sonst noch sprach. Warum er ungesunde Snacks preisgekrönter Fine Cuisine vorzog. Warum er in manchen kostbaren Augenblicken so nahbar und echt wirken konnte und in anderen so kalt und distanziert. Aber in diesem Moment, während er mit ausgreifenden Schritten den Hotelflur entlangeilte, wirkte er fast wie ein Fremder auf mich. Seine perfekte Fassade war wieder intakt, und auf der anderen Seite all dieser Selbstsicherheit fühlte ich mich klein und unbedeutend.

Auf der Treppe nach unten, als die ersten Gesprächsfetzen aus der Lobby zu uns heraufdrangen, ließ er meine Hand los. *Sprich mit mir*, wollte ich ihn anflehen, *lass mich rein. Ich kann mit der Wahrheit leben, aber das hier, das tut weh.* Das Problem war nur: Noch mehr, als dass es schmerzte, fühlte es sich gut an, einfach nur neben ihm zu gehen und ihn in meinem Leben zu haben, in welcher Rolle auch immer.

Tobi erwartete uns bereits im Foyer. Im Gegensatz zu uns hatte er seinen Koffer dabei, während er sich einen Kaffee aus einem Automaten nahe des Rezeptionstresens zapfte. Er richtete sich auf, den Plastikbecher in der Hand, gerade als Ruben und ich den letzten Treppenabsatz herunterkamen.

»Morgen.« Sein Gruß richtete sich an uns beide. »Kaffee, einer von euch?«

»Für mich nicht, danke. Louisa?«

»Später. Müssen wir nicht auschecken?«

»Schon erledigt.« Ruben strebte zum Eingangsportal. »Unser Wagen wartet.«

Erst jetzt bemerkte ich das Taxi direkt vor der Tür. Es war eines dieser typischen schwarzen Londoner Taxis, und mein Herz machte einen kleinen Satz.

»Wow, mit so einem wollte ich immer schon mal fahren! Die sind so cool.«

»Setzt ihr zwei euch schon mal rein«, schlug Tobi vor, »dann mache ich ein Erinnerungsfoto.«

Gesagt, getan. Ruben und ich kletterten auf die Rückbank des Wagens. Wir berührten einander nicht, doch er war mir nah genug, um seine Körperwärme zu spüren. Ich grinste in die Handykamera, Ruben gab sein Haifischlächeln zum Besten. Der Auslöser klickte ein paarmal, dann gesellte sich Tobi zu uns. Während der Fahrt zum Flughafen hatte ich den Eindruck, der Fahrer würde trotz stockendem Londoner Berufsverkehr mehrere Umwege einschlagen.

»Das ist aber nicht derselbe Weg, den wir gestern genommen haben, oder?« Wir passierten die Tower Bridge. Vor dem Eingang zum Tower of London hatte sich eine Menschentraube gebildet und wartete darauf, dass die Festung ihre Tore öffnete.

»Ich habe den Fahrer instruiert, wie er fahren soll. Beim Anflug nach

London hatte ich den Eindruck, du hättest gerne mehr von der Stadt gesehen.«

Das hatte Ruben für mich gemacht? Vor Rührung wurde es mir ganz warm in der Brust.

Fasziniert sog ich den Anblick der Festung in mich auf. Über tausend Jahre Geschichte versteckten sich hinter diesen alten Gemäuern. Menschen waren dort geboren worden und gestorben. Dieselben vier Rundtürme, die ich jetzt aus der Sicherheit des Taxis bewunderte, waren gleichzeitig Heimstatt für Könige und Gefängnis für untreue Ehefrauen, Verräter und unschuldige Prinzen gewesen. In den Straßen der City mit ihren Glasfassaden und schimmernden Bürokomplexen wurden internationale Deals ausgehandelt, und von Gleis neundreiviertel des Bahnhofs King's Cross aus war Harry Potter zu seinen Abenteuern in der Zauberwelt aufgebrochen. All das schenkte mir Ruben nun. Ich spürte eine Berührung an meinem Handrücken. Unauffällig verschränkte er unsere kleinen Finger miteinander. Mit der anderen Hand deutete er aus dem Fenster, um sicherzugehen, dass ich auch ja keine Sehenswürdigkeit verpasste, und da wusste ich es ganz genau. Egal, was er vor mir verbarg oder wie hoch der Wall war, mit dem er sein Herz schützte, ich würde warten, bis er bereit war, mich einzulassen. Er war es wert. Sollte sich mein Herz doch an seiner Mauer wund stoßen, wenn das nötig war. Aufhalten, für ihn zu kämpfen, würde mich das nicht.

KAPITEL 18

Ruben

08:55, Louisa
Sry, verspäte mich. Meeting verlängert sich.

08:56, Ruben Stephanski
Also kein konspiratives Treffen an der BubbleBar. :(

08:57, Louisa
Ich verspäte mich höchstens um fünf Minuten. Du kannst ja schon mal deine Zombie-Tee-Mischung für 😈 mich bestellen. Könnte den Boost gebrauchen.

08:58, Ruben Stephanski
Zum Warten habe ich leider keine Zeit. Muss zum Dreh.

08:58, Louisa
😢 Dann sehe ich dich ja schon wieder nicht. Weiß gar nicht mehr, wie du aussiehst.

08:59, Ruben Stephanski
...

09:00, Ruben Stephanski
...

09:05, Ruben Stephanski
Trink einen Oolong-Tee für mich mit.
So was Gutes gibt es im Studio nicht.

09:06, Louisa
Gute Idee ;-) Mit Shot? Ich kann dir den Tee liefern lassen ;-). Zufällig gibt es eine gute Bar in dem Gebäude, in dem ich arbeite.

09:10, Ruben Stephanski
Louisa?

09:10, Louisa
Hm?

09:11, Ruben Stephanski
Wo bist du?

09:12, Louisa
Na, in der BubbleBar. Soll dir übrigens von Esther viel Glück für den Dreh ausrichten. Sie sagt, wenn du bei allen neuen Gründern so ein gutes Händchen beweist wie bei mir, wäre es mal wieder Zeit für einen Deal ;-)

09:13, Ruben Stephanski
Komm ans Fenster neben der Rutsche, Louisa!

09:13, Louisa
Wtf???

09:14, Ruben Stephanski
Tu es! Ich habe keine Zeit für Spielchen.

Die Bremsen quietschten, so abrupt brachte ich den Tesla zum Halten. Hinter mir erschallte ein Hupkonzert. Ich riss die Fahrertür auf, sprang aus dem Wagen. Die Hände stützte ich auf dem Dach auf, während ich die Fassade der BrainBubble fixierte. Dort war das Fenster, getrennt von mir durch den Gehweg neben der Hauptverkehrsader und eine unendliche Reihe Verpflichtungen. Ein Fahrradkurier zeigte mir im Vorbeieilen einen Vogel. Drei Autos hinter dem Tesla kletterte ein bulliger Typ in Jogginghose und mit Käppi auf dem Kopf aus seinem Wagen und stürzte auf mich zu. Das alles nahm ich nur am Rande wahr. Mein ganzer Fokus war auf das Fenster gerichtet. *Komm schon,* dachte ich. *Mach schon.*

Dann sah ich sie. Nicht mehr als ein Schemen hinter Glas. Die Sonne fiel auf die Fenster, verwandelte die glatten Flächen in einen Spiegel aus Licht und Schatten, aber dahinter erkannte ich ihre Sanduhrsilhouette und ihr goldgesponnenes Haar. Ich lächelte, hob eine Hand zum Gruß vom Autodach und konnte nur hoffen, dass sie mich deutlicher erkennen konnte als ich sie. Eine Sekunde verharrte ich so. Zwei. Dann riss ich mich von dem Anblick los, kletterte gerade noch rechtzeitig, ehe Käppi-Gangsta mich erreichte, zurück in den Tesla und gab Gas.

Seit ich Louisa vor nun beinah zwei Wochen am Tag unserer Rückkehr aus London vor der BrainBubble abgesetzt hatte, hatte ich sie nur noch im Vorbeigehen gesehen oder mich schriftlich mit ihr über geschäftliche Dinge ausgetauscht. Nicht, dass ich sie nicht sehen wollte – das Leben kam einfach permanent dazwischen. Louisa baute ein Start-up auf, und ich war ich. Immer wieder trafen wir Verabredungen, aussichtslose Versuche, wenigstens ein paar Minuten Zeit außerhalb unserer Rollen als Gründerin und Mentor miteinander zu verbringen, und immer wieder kam die Arbeit dazwischen. In China schlugen sich meine Anwälte die Köpfe mit Vertretern eines anderen Technologiekonzerns ein. Natürlich hatte die Börse von den Unstimmigkeiten Wind bekommen und wie ein sensibles Kind reagiert. Innerhalb von wenigen Stunden waren meine Aktien um mehrere Prozent gesunken, und alle Großanleger wollten von mir persönlich wissen, dass es mit Contact-

Loop bald wieder bergauf gehen würde. Ich wollte sie beruhigen, gleichzeitig spukte mir stets Thomas Gering in seiner Zelle in München-Stadelheim im Kopf herum, der einmal etwas zu viel gesagt hatte und nun den Preis dafür zahlte. Außerdem hatte sich herausgestellt, dass eine ehemalige Gründerin von mir sich von ihrem Mann getrennt hatte. Was mich per se kaltgelassen hätte, wäre der Ehemann nicht gleichzeitig der Firmenmiteigner gewesen, dem es irgendwie gelungen war, ihre Konten zu sperren und das Unternehmen von jetzt auf gleich handlungsunfähig zu machen. Ein weiteres Start-up hatte eine Klage vom Werberat wegen angeblich diskriminierender Werbung am Hals. Ich kannte das Team, das hinter dem Start-up steckte, und wenn sie eines nicht waren, dann misogyn oder rassistisch. Das Motiv für die Plakatkampagne war schlicht unglücklich gewählt worden, und jetzt herrschte heller Aufruhr. Jeder wollte ein Stück von mir. Das Hauptgeschäft in Fernost lief, lange bevor sich in Europa die Bürotüren öffneten, also verbrachte ich ganze Nächte in Videokonferenzen und Telefoncalls.

Dass Louisa noch nicht aufgegeben hatte, mir mit ihren Textnachrichten den Tag zu versüßen, war ein wahres Wunder. Mein erbärmlicher Versuch gerade eben, ihr wenigstens von Weitem einen persönlichen Gruß zu schicken, war so viel weniger, als sie verdiente. Das hatte ich also davon, wenn ich mir erlaubte, etwas zu wollen, was sich nicht mit Geld kaufen ließ. Sie freizugeben und jeden persönlichen Kontakt mit ihr aufzugeben brachte ich dennoch nicht fertig. Ich wusste, ich sollte es tun. Sich gegen das unvermeidbare Ende zu sträuben war eines der egoistischsten Dinge, die ich je getan hatte, und trug zu der dunklen Wolke bei, die mich den ganzen restlichen Tag begleitete.

Im Studio liefen die Vorbereitungen auf Hochtouren. Ich brachte den Wagen direkt vor dem Haupteingang zum Stehen. Dort war zwar absolutes Halteverbot, aber das kümmerte mich wenig.

»Herr Stephanski, Sie dürfen dort nicht parken.« Diensteifrig sprang Janine, die Empfangsmanagerin der Stößenseestudios, hinter dem Tresen von ihrem Stuhl auf.

Ich warf ihr den Autoschlüssel zu, ohne meine Schritte zu verlangsamen. »Kümmern Sie sich darum«, befahl ich knapp. »Wo brauchen Sie mich?«

»Meetingraum 3. Das Kick-off-Meeting für den heutigen Dreh ist schon in vollem Gange.«

Ich nickte zur Bestätigung und hastete weiter.

Niemand mokierte sich über meine Verspätung. Zu gut wusste die Produktionscrew, mit welchen Kalibern sie es in dieser Sendung zu tun hatte. Wortlos nahm ich auf dem letzten freien Stuhl Platz. Dabei angelte ich mein Smartphone aus der Hosentasche und behielt es in der Hand.

Als es wenig später kurz vibrierte, machte mein Herz einen Satz. Ich hätte es den Kollegen geschuldet, meine volle Aufmerksamkeit auf die Besprechung zu richten, trotzdem konnte ich es nicht lassen, einen Blick auf das Display zu werfen.

Danke für den süßen Gruß vorhin und viel Erfolg beim Dreh, textete mir Louisa. Dazu das GIF eines Haifischs, der liebenswürdig grinsend eine rosafarbene Blume in der Flosse hielt und dem Betrachter zu überreichen schien. Ich stieß ein lachendes Schnauben aus und ließ das Handy wieder sinken.

Timon stieß mir mit dem Ellenbogen in die Seite. Es war der erste Drehtag der dritten Staffel, und zum ersten Mal saß heute mein Freund neben mir auf dem Jurysessel bei *Unter Haien.* Thomas Gerings Verhaftung hatte den Jurorwechsel unumgänglich gemacht, und es freute mich, dass die Produktion meinem Vorschlag gefolgt war und sich für meinen Freund entschieden hatte. Doch nicht bei allen schien die Wahl auf bedingungslose Zustimmung zu stoßen.

»Etwas, wobei ihr uns mitlachen lassen möchtet?« Stefanies Stimme klang spitz und zurechtweisend. »Das hier ist wichtig.«

»Natürlich.« Ich rutschte auf dem Stuhl in eine bequemere Haltung. »Und wie ich vorhin bereits sagte: Mich hat bisher noch keine Anfrage bezüglich Thomas Gering erreicht. Spricht etwas dagegen, dass die Presse mit dem Thema durch ist?«

Ralf Imogen schnaubte. »Einer der reichsten Männer Deutschlands sitzt wegen Insiderhandels im Knast, und du meinst, die Presse gibt sich nach ein paar Wochen geschlagen und lässt das Thema fallen? Träum weiter. Die holen nur Luft für den nächsten Angriff. Alles, was fehlt, ist der richtige Aufhänger, dann wird es erst richtig dreckig.«

»Ich fürchte, Ralf hat recht.« Timon seufzte. »Bei mir laufen die Leitungen nämlich heiß. Erst wickelt mein alter Herr seinen Wagen um einen Laternenpfosten, dann übernehme ich den Juryplatz eines mutmaßlichen Betrügers. Wenn es nach den Presseleuten geht, zeigt das nur, dass ich ein besonderes Faible für Verbrecher habe. Angeblich sei es nur eine Frage der Zeit, bis auch ich mein wahres Gangstergesicht offenbare.«

»Das ist doch lächerlich. Du kannst weder etwas für deinen Vater noch dafür, was Gering angestellt hat.«

»Ob es gerechtfertigt ist oder nicht – es ist von größter Wichtigkeit, dass wir uns eine gemeinsame Sprachregelung überlegen. Für das Format, aber auch für jeden Einzelnen von uns ist es unabdingbar, dass wir in dieser Situation an einem Strang ziehen, wenn wir gefragt werden, wie wir zu Gering stehen oder was wir von seinen Machenschaften wussten.« Man konnte von Stefanie halten, was man wollte, aber sie besaß einen messerscharfen Verstand und war eine kluge Strategin. Was sie sagte, ergab zu hundert Prozent Sinn. Außerdem: Mit all den Problemen, die ich gerade an der Backe hatte, konnte ich es beim besten Willen nicht riskieren, auch noch verdächtigt zu werden, mit Gering gemeinsame Sache gemacht zu haben. Zwar war ich immer noch nicht davon überzeugt, dass an den Vorwürfen bezüglich des Insiderhandels wirklich etwas dran war, doch es bestand kein Zweifel, dass er einer der Typen war, die meinten, für sie würden andere Regeln gelten, nur weil sie weiß, männlich und reich waren.

»Wenn wir auf ihn angesprochen werden, sollten wir uns strikt von ihm und seinen Machenschaften distanzieren.« Imogen sprach aus, was ich gerade selbst überlegt hatte. Dennoch verursachten seine Worte einen bitteren Geschmack hinten in meinem Rachen. Noch vor ein paar Wochen, zum Ende der zweiten Staffel, hatten wir alle einen auf glückliche TV-Familie gemacht. Natürlich gab es hier und da Animositäten und Sticheleien, auch davon lebte das Format, doch am Ende des Tages musste immer alles gut ausgehen. Dann klopften wir uns für die Kameras auf die Schultern und beglückwünschten einander zu unseren Deals. Wie ging es Thomas Gering wohl in diesem Moment in seiner Zelle? Sehnte er sich nach Solidarität? Nach einem Schulterklopfen, und sei es ein falsches? Stattdessen saßen wir zusammen und planten seine Verleumdung. Das war, was gefallene Helden in dieser Welt erwarten konnten. In meinem Hinterkopf lachte eine Stimme, die sich verdächtig nach Harvey Shapiro anhörte.

Stefanie nickte zustimmend. »Ich werde meine Presseleute anweisen, ein entsprechendes Statement zu formulieren. Das kann mit der Stellungnahme des Senders abgeglichen werden. Natürlich bekommt auch jeder von euch eine Kopie.«

»Einverstanden.«

»Ist gut.«

»Alles klar.«

Wie gute, brave Opportunisten gaben Timon, Ralf und ich unsere Zustimmung zu dem Plan.

»Sonst noch etwas, bevor wir in die Masken gehen?« Cordula, die Producerin, an deren Namen ich mich bei unserem letzten Meeting nicht hatte erinnern können, sah erwartungsvoll von einem zum anderen. Wir alle schüttelten den Kopf.

»Dann wünsche ich uns allen einen erfolgreichen Drehtag. Wenn irgendwas ist, wisst ihr ja, wie und wo ihr mich erreichen könnt.«

Als wäre das alles ein einstudierter Tanz, erhoben wir uns von den Plätzen. Ich ließ mich mit Timon hinter den anderen zurückfallen.

Timon wartete, bis die anderen ein ganzes Stück weit vorausgegangen waren, dann ergriff er das Wort. »Also, raus mit der Sprache, wie heißt sie?«

»Wie heißt wer? Stefanie? Stefanie Wiedmann. Ich dachte, dass du dich gut genug auf den Drehtag vorbereitet hättest, um zumindest die Namen der anderen Juroren zu kennen.«

»Natürlich kenne ich die Namen der Juroren. Ich spreche nicht von Stefanie Wiedmann, ich spreche von der Dame, deren Nachrichten dich grinsen lassen wie einen verliebten Schuljungen.«

»Ich grinse nie.«

»Und wie du grinst.« Von der Seite her zwinkerte er mir zu. Wir hatten den Flur erreicht, in dem sich die Garderoben befanden. Unsere Garderoben befanden sich direkt nebeneinander. Ich hätte auch nichts dagegen gehabt, mir eine mit meinem Kumpel zu teilen, aber das ging gegen die Senderpolitik. Die Grenzen zwischen luxuriöser Sonderbehandlung und Nötigung verwischten mitunter.

Vor der Tür, an der ein Schild mit Timons Namen hing, blieb er stehen. Doch statt einzutreten, legte er nur die Hand auf die Klinke. »Im Ernst, Mann, ich zieh dich nur auf. Es ist gut, dich so zu sehen. Du wirkst glücklich. Oder soll ich lieber sagen, glücklicher als sonst? Ich habe von der Sache in China gelesen. Ziemlich unschön.«

»Ja.« Ich fuhr mir mit der Hand durch die Haare. Meine Maskenbildnerin würde ausflippen. Immer wieder erinnerte sie mich daran, die Hände von den Haaren zu lassen, weil sonst meine Wirbel all ihre Arbeit zunichtemachten. »Unschön trifft es ganz gut. Aber nichts, was meine Anwälte nicht in den Griff bekommen würden. Es kostet nur alles schrecklich viel Zeit gerade.«

»Zeit, die du lieber mit einer geheimnisvollen Nachrichtenschreiberin verbringen würdest?« Vielsagend wackelte er mit den Augenbrauen.

»Okay, ich gebe es zu, du hast recht. Ich hätte momentan nichts gegen ein wenig Freizeit. Jetzt zufrieden? Ich habe Louisa seit beinah zwei Wochen nicht mehr richtig gesehen.«

»Louisa, soso. Und wann lerne ich sie kennen? Eine Frau, die es schafft, meinem guten Freund Ruben den Kopf zu verdrehen, muss etwas Besonderes sein. Sag bloß, du spielst sogar mit dem Gedanken, für sie ein Training ausfallen zu lassen?«

»Sie ist etwas Besonderes.« Auf die andere Frage antwortete ich nicht. Timon wusste sehr gut, dass ich durchaus in der Lage war, per

Headset an einer Telefonkonferenz teilzunehmen und gleichzeitig auf dem Laufband zu schwitzen. Ich müsste nicht auf die wenige kostbare Zeit mit Louisa verzichten, um in dem Rausch der Kontrolle aufzugehen, den mir der Sport schenkte. Im Gegenteil. Louisa beflügelte mich. Es war ihr Gesicht, das ich vor mir sah, wenn ich meine Muskeln zwang, meinem Willen zu gehorchen. Sie verdiente es, dass ich den düsteren Gedanken davonlief. Nur so konnte ich sicherstellen, dass ich sie nicht mit in den Abgrund stürzte, weil ich versagte und unter dem Druck, den es bedeutete, ich selbst zu sein, zusammenbrach. Sie war mein Licht am Ende des Tunnels, natürlich rannte ich auf sie zu. »Und wahrscheinlich hast du sie sogar schon einmal gesehen. Sie ist die Gründerin mit der Autismus-App, der ich hier in der Sendung die Mentorenschaft angeboten habe.«

Anerkennend pfiff Timon durch die Zähne. »Nicht schlecht, Herr Specht.«

Ich gab ihm einen Schubs. »Musst du so ein Arsch sein?«

»Was?« In aufgesetzter Unschuld hob er die Augenbrauen. »Was hast du erwartet? An eine Frau wie deine Louisa erinnert man sich nun mal. Aber im Ernst, es macht dir keine Sorgen, dass ihr auch beruflich verbandelt seid?«

»Machst du Witze?« Ein bitteres Lachen entfuhr mir. »Natürlich macht es mir Sorgen. Wir sind wochenlang umeinander herumgeschlichen, aber irgendwann ging es nicht mehr anders. Sie bedeutet mir etwas, Timon. Sie erinnert mich daran, dass ich ein Mensch bin. Dass ich mehr sein möchte als …«

Ich kam nicht mehr dazu, den Gedanken zu Ende zu führen. Ein junger Kerl aus dem Drehteam mit Klemmbrett im Arm und Knopf im Ohr hetzte an uns vorbei. Leise sprach er in das Headset, während er geschäftig etwas auf dem Klemmbrett abhakte. Er war so vertieft in das Gespräch, dass er Timon und mich um ein Haar umgerannt hätte. Im letzten Augenblick sah er auf, wich zur Seite aus und entschuldige sich mit einer Geste. Seine Miene verriet, was er wirklich davon hielt, dass Timon und ich mitten im Flur ein Pläuschchen hielten.

»Wie auch immer.« Womöglich war das Auftauchen des Klemmbrettjungen mein Zeichen. Ich war heute nicht ins Studio gekommen, um mein Herz auszuschütten. Gerade wollte ich mich umdrehen, um meine eigene Garderobe zu betreten, als Timon mich am Arm zurückhielt.

»Tu das nicht, Mann«, sagte er. Leise, aber in seiner Stimme schwang eine gewisse Schärfe mit.

»Mich umziehen und mir das Näschen pudern lassen? Solltest du lieber auch in Erwägung ziehen.« Demonstrativ ließ ich meinen Blick über seine Gestalt schweifen. Zu dem obligatorischen Hut trug er heute eine enge Hose in dunkelviolett-navyfarbenem Paisley-Muster, die seine Knöchel freiließ und somit den Blick auf ein Paar Budapester zog, deren Farben so verwaschen wirkten, als wären sie uralt. Ich war mir sicher, der Effekt war beabsichtigt, aber diese Schuhe waren mit Sicherheit nichts, was sich Menschen vorstellten, denen erfolgreiche Millionäre vor der Kamera versprochen worden waren. Dasselbe galt für das weiße Hemd mit Stehkragen, das der grauen Filzkrawatte kaum Halt bot, oder den groben Stoff der Weste, die zwar irgendwie stylish wirkte, aber gleichzeitig auch geradezu provokativ bequem. Das ganze Ensemble passte eher in einen Club statt in das Sendeformat. »So kannst du schlecht zum Dreh erscheinen.«

»Das ist nicht, wovon ich rede. Was ich meine, ist: Zieh dich nicht zurück, Mann. Sprich mit mir. Es ist nicht gesund, alles immer in sich hineinzufressen.« Bei seinem letzten Wort konnte ich nur mit Mühe verhindern, eine Grimasse zu ziehen. Die Fastfoodgelage waren in letzter Zeit häufiger geworden. Entweder ich aß überhaupt nicht, oder ich fand kein Halten mehr. Ich tat, was ich konnte, trainierte jede einzelne Kalorie wieder ab, doch je öfter ich in diesen Kreislauf geriet, desto schwieriger war es, wieder herauszufinden.

Timon fuhr fort: »Deine Louisa und du, ihr habt euch das also gut überlegt, das ist prima.«

»Da gibt es noch nicht viel zum Überlegen. Wir sehen uns ja kaum.«

Timon ließ sich durch meinen Einwurf nicht vom Kurs abbringen.

»Und wenn ihr auch geschäftlich an einem Strang zieht, kann da sicher was Tolles draus werden. Ich habe die Sendung gesehen. Wenn ihre Software wirklich so funktioniert, wie sie versprochen hat, hat sie da eine Goldgrube aufgetan. Ich wette, die Technologie werden sie ihr aus der Hand reißen.«

»Würden sie.« Wieder fuhr ich mir mit der Hand durch die Haare. Letzte Nacht war ich auf keine zwei Stunden Schlaf gekommen. Die fünf Tassen starker Kaffee, die ich mittlerweile bereits intus hatte, halfen gegen die Müdigkeit, dafür juckte meine Haut am ganzen Körper. »Nur Louisa ist fest entschlossen, die App selbst zu vermarkten. Ein Verkauf kommt für sie nicht infrage. Sie war bereit, sich mit möglichen Investoren auszutauschen, deshalb waren wir in London. Aber deren Verhalten hat ihre Entscheidung nur bestärkt.«

»Ein kleiner Controllfreak, oder wie? Kein Wunder, dass ihr beiden euch so gut versteht.«

»Sie hat sehr konkrete Vorstellungen, für wen ihre Technologie gemacht ist, und noch konkretere Vorstellungen, für wen sie nicht gemacht ist. Du hättest sie in London erleben sollen. Zu sagen, sie hätte den Briten einen Korb gegeben, wäre noch schmeichelhaft ausgedrückt.« Dabei fiel mir ein, dass sowohl Allister als auch James mir in der vergangenen Woche zahlreiche Nachrichten auf der Mailbox hinterlassen hatten. Wie zu erwarten gewesen war, hatte Louisas Technologie sie begeistert. Sie wollten verhandeln und waren nicht bereit zu glauben, dass es Louisa nicht nur um das beste Angebot ging. »Stattdessen verhandelt sie mit Vertretern von Krankenkassen und Ärztevereinigungen. Sie ist fest entschlossen, *micronounce* als Medizinprodukt registrieren zu lassen, sodass die App künftig kostenlos auf Rezept an Menschen im Spektrum vertrieben werden kann.«

»Da hat sie sich einiges vorgenommen. Selbst mit dir im Rücken ist das ein riesiger Klotz Arbeit, zumal deine Expertise nicht im medizinischen Bereich liegt.«

»Und das hat einen Grund. Ich habe es schon mal versucht, erinnerst du dich? Mit dieser Abnehm-App. Was die Initiatoren damals auf die

Beine gestellt hatten, war wirklich großartig. Die Hälfte der Menschen in Deutschland ist übergewichtig, die Leute hätten Abos abgeschlossen, dass uns die Ohren gewackelt hätten. Aber die Ärzte haben das Ding einfach nicht verschrieben. Ärzte sind keine Verkäufer. Das geht gegen ihren Berufs-Ethos. Ich befürchte, dass Louisa dabei ist, sich ein Wolkenschloss zu bauen.«

»Und das lässt du zu?«

»Was soll ich tun?« Das kam aggressiver raus, als ich geplant hatte. »Soll ich mein Investment zurückziehen und ihr sagen, sie muss sich entscheiden? Entweder meine Unterstützung oder ihr Traum? Das kann ich nicht. Als ihr Mentor sollte ich das tun, aber ich will nicht nur ihr Mentor sein. Wenn das mit uns je eine Chance haben soll, verdient sie Rückendeckung.«

»Ich sage doch gar nicht, dass du ihr die nicht geben sollst.« Beschwichtigend legte Timon mir eine Hand auf den Oberarm. Ich schüttelte sie ab. Wenn die Ameisen über meine Haut krabbelten, hasste ich Berührungen. »Aber du kannst ihr alle Wege offen halten und dafür sorgen, dass die Gesprächskanäle zu den potenziellen Käufern nicht vollends abbrechen. Immerhin bist du Mitinhaber des Unternehmens. Wenn sie feststellt, dass sie sich übernommen hat, indem sie sich eines der schwierigsten Geschäftsfelder ausgesucht hat, die man sich aussuchen kann, kannst du einspringen und ihr eine Alternative bieten. Eine Alternative, die sie auf einen Schlag reich machen würde. Es gibt schlechtere Arten, um Loyalität zu beweisen.«

»Ihr geht es nicht ums Geld.«

»Ihr vielleicht nicht. Wir beide wissen aber, dass es Türen öffnet. Auch solche, die zuvor verschlossen waren. Manchmal braucht es zwei, drei oder mehr Anläufe, bis die ganz großen Visionen Wirklichkeit werden können.«

In einem tiefen Zug atmete ich aus. »Vielleicht hast du recht. Ihr möglichst viele Optionen offen zu halten klingt nach einem guten Plan. Nein sagen kann sie dann immer noch.«

»Mach das so. Es ist das einzig Vernünftige.«

Ich wünschte, ich hätte Timons Zuversicht. Etwas von dem, was er oder ich gesagt hatte, kitzelte mein Unterbewusstsein, aber ich konnte es nicht greifen. Optionen. Nein sagen. Ich kam nicht drauf.

Timon setzte meinen Grübeleien ein Ende. »Aber jetzt ab mit dir in die Garderobe. Lassen wir uns verwöhnen und schick machen. Was meinst du, bei mir den Scheitel eher rechts oder links?« Er drehte das Gesicht, damit ich sein Profil von allen Seiten begutachten konnte. Ehrlich, ich kannte kaum einen Mann, der so darauf erpicht war, sich der Öffentlichkeit nur im besten Licht zu präsentieren, wie Timon Waltz.

»Egal, wie du deinen Scheitel trägst, ich bin sicher, du wirst großartig aussehen. Die Maske hier kann Wunder vollbringen, die werden selbst aus deiner Visage ein Traumgesicht zaubern.«

»Darauf nagle ich dich fest!« Endlich drückte er die Klinke zu seiner Garderobe hinunter. Ich konnte gerade noch hören, wie eine Frauenstimme im Inneren sich hektisch von ihrem Gesprächspartner verabschiedete.

»Nein«, zischte sie. »Mehr geht wirklich nicht. Es ist unmöglich, Ty. Ich muss jetzt Schluss machen.« Dann wandte sie sich lauter und mit einer übersüßlichen Stimme an Timon: »Herr Waltz, da sind Sie ja! Freut mich, Sie kennenzulernen. Mein Name ist Mila Lüttke, und ich bin heute für Sie zuständig.«

Ich überließ Timon seinem Beautyprogramm. Es war noch nicht einmal Mittag, und wir beide hatten noch einen langen Tag vor uns.

KAPITEL 19

Ruben

Erst kurz vor Mitternacht fuhr ich mit dem Tesla durch Louisas Viertel auf der Suche nach einem Parkplatz. In dieser Hinsicht war Berlin nicht anders als jede andere Großstadt. Stoßstange an Stoßstange reihten sich die Wagen am Straßenrand. Vor einem Spätkauf standen ein paar Männer in Kapuzenpullovern, die Schultern nach vorne gefallen, die Knie leicht gebeugt. Sie lachten und stießen mit ihren Bierflaschen an. Durch die Fensterscheiben des Tesla drang das rhythmische Stampfen von Deutsch-Rap. Die Scheinwerfer eines VW Passat leuchteten auf. Ausgerechnet dort wurde ein Parkplatz frei. Die Lücke war ein Glücksfall, groß genug für den Tesla. Ich bremste, mein Blick huschte zu den Bierkumpels. *Das hier ist Berlin*, sagte ich mir im Stillen vor, *nicht die Bronx*. Trotzdem blieb ein nagendes Gefühl im Magen. Mein Dreiteiler fühlte sich an wie eine Zielscheibe. Ich zwang mich dazu, beim Abschließen lässig zu wirken. Niemand beachtete mich, die Gefahr existierte nur in meinem Kopf, die bedrückende Schwärze, die auch heute wieder nähergerückt war, je länger der Tag sich gezogen hatte. Keiner der hoffnungsvollen Gründer in der Show hatte mich mitreißen können. Im Gegenteil, ich präsentierte der Kamera mein Haifischgrinsen und bemitleidete sie insgeheim. Sie waren drauf und dran, ihre Seele zu verscherbeln, und taten es mit einem Lachen auf dem Gesicht und Tränen der Rührung in den Augen.

Reiß dich zusammen, Stephanski, du bist jung und stark, was soll die Sentimentalität? Schlafen kannst du, wenn du tot bist. Nur die Harten kommen in den Garten. Ich hatte das alles zigtausendmal gehört. Von

Harvey, von anderen Mitgliedern aus der Young Elite of the World Group, in der ich Ehrenmitglied war. Von Journalisten, Anwälten und Beratern. Nicht unbedingt direkt zu mir gesprochen, aber wie ein ewiges Rauschen im Hintergrund. Es waren die Psalmen der Erfolgreichen. Die Glaubensgrundsätze, mit denen jeder konfrontiert wurde, der auf der Welle des Erfolgs surfen wollte.

Als ich mich das letzte Mal so gefühlt hatte, hatte der Umzug nach Berlin mich gerettet. Ein kompletter Neuanfang, alles auf null. So konnte ich mein Gesicht wahren, niemand zu Hause in New York hatte erfahren, wie es um mich stand. Ich wollte nicht noch einmal umziehen. Nicht jetzt. Mir gefiel, was ich hier geschaffen hatte. Ich mochte Berlin, und ich mochte Louisa. Gegen jede Vernunft wollte ich sehen, wohin das mit ihr und mir führen konnte.

Mein sich permanent drehendes Gedankenkarussell hatte mich bis an Louisas Tür geführt. Sie erwartete mich nicht, seit ihrer letzten Nachricht hatten wir nicht mehr miteinander kommuniziert. Trotzdem drückte ich den Klingelknopf. Mit ihr in meinen Armen würde alles besser werden, dann würde die Nervosität sich legen und alles wieder leichter sein.

Die Gegensprechanlage knisterte. »Hallo?«

»Ich bin's. Ruben.«

»Ruben!« Sofort nach ihrem erfreuten Ruf summte der Türöffner. Ich stieß die Tür auf und stolperte über zwei Fahrräder, die direkt dahinter an der Wand im Flur lehnten. Es schepperte fürchterlich. Ein Fluch entfuhr mir.

Von weiter oben im Haus ertönte Louisas Stimme. Die kahlen Wände des Treppenhauses verzerrten ihren Klang zu einem gespenstischen Echo. »Ruben? Alles okay bei dir?«

»Ja. Alles okay.«

»Dritter Stock. Aber bitte sei leise, okay? Bei dem Radau, den du veranstaltest, beschweren sich noch die Nachbarn.«

Vorsichtig richtete ich die Fahrräder wieder auf. Statt den Aufzug zu nehmen, entschied ich mich für die Treppe. Müdigkeit zerrte an meinen

Gliedern, trotzdem nahm ich immer zwei Stufen auf einmal. Im dritten Stock angekommen, bewunderte ich, wie das Licht, das aus ihrer Wohnung in den dunklen Flur fiel, ihre Silhouette ausleuchtete, als wäre sie ein Kunstwerk auf einem Podest. Sie hatte die Haare zu einem wilden Knoten auf dem Kopf zusammengebunden, trug Einhornpantoffeln an den Füßen und eine Pyjamahose mit Weihnachtsmännern zu einem rosafarbenen Spaghettiträgertop mit Spitzenborte und ein paar kleinen Löchern am Saum. Nichts passte zusammen. Und doch war sie perfekt so. Sie war angezogen, aber für mich auf eine Weise nackt, die tiefer ging als entblößte Haut. Während unserer Nacht in London hatte ich einen kurzen Blick auf diese Seite von ihr werfen können. Doch das hier ging tiefer, war noch ehrlicher. Ich atmete ein, und dann, mit dem ganzen Körper, aus.

»Das ist eine Überraschung.« Sie trat ganz aus der Wohnung, legte mir ihre Arme um den Nacken. Ihr Begrüßungskuss war süß und warm und bar jeden Vorwurfs, dass ich wochenlang so wenig Zeit für sie gehabt hatte.

»Eine gute, hoffe ich.«

»Auf jeden Fall. Komm rein.« Sie löste ihre Umarmung, zog mich in ihre Wohnung. Ein paar wenige Schritte genügten, und ich stand mitten in ihrem winzigen Reich. Was ich sah, raubte mir wortwörtlich den Atem, und mir entfuhr ein leises Keuchen.

»Die Wohnung ist klein, ich weiß. Nicht gerade das, was du gewohnt bist.«

»Das ist es nicht. Es ist nur …« Mir fehlten die richtigen Worte. Natürlich hatte ich damit gerechnet, dass Louisas Wohnsituation sich von meiner unterschied. Dank des Backgroundchecks vor dem Notartermin hatte ich schließlich gewusst, dass sie nur in einem Einzimmerapartment lebte. Doch mein Haus und ihr Apartment waren nicht nur unterschiedlich, sie waren diametrale Gegensätze. Ich wohnte in einem Bunker. Louisa in einem Dschungel. Ich hielt das Leben mit meterdicken Mauern fern, sie brachte es mit wucherndem Grün und blühenden Pflanzen in ihr Heim. Unter der Decke hatte sie dicke, gewundene Äste angebracht. Von denen hingen zahlreiche Pflanzenampeln und hier und da ein Marmeladenglas, in dem eine LED-Kette schimmerte. Statt Regalen oder Möbeln hatte sie leere Holzkisten in unterschiedlich hohen Türmen an die Wände gestapelt. Auch in ihnen befanden sich Pflanzen und Dekoartikel. Das größte Möbelstück war ihr Bett. Der Rahmen schien aus Kisten gezimmert worden zu sein – Europaletten, schätzte ich –, die Bettwäsche griff das Dschungelthema auf und zeigte leuchtend gelbe Blüten auf grünem Grund. Als Sitzgelegenheit diente einzig ein mit einem Schaffell ausgelegter Hängesessel sowie zwei schmale Klappstühle, die um einen runden, in buntem Gelb gestrichenen Klapptisch gruppiert waren. Mehrere Spiegel in Kokosfaserrahmen an den Wänden vergrößerten den winzigen Raum optisch. Die ganze Wohnung hatte mit Sicherheit keine dreißig Quadratmeter. Dennoch besaß sie ein Vielfaches mehr Persönlichkeit als der Architektentraum, den ich mein Zuhause nannte.

Ich lachte ein wenig hilflos. »Als du gesagt hast, du magst Pflanzen, hast du das wirklich ernst gemeint.«

»Ja. Ähm … willst du den Schlangenbart-Ableger sehen, den Esther mir geschenkt hat?« Sie wies auf einen Hängetopf mit einer grasartigen Pflanze, deren beinah schwarze Blätter einen hübschen Kontrast zu all dem Grün in Louisas Apartment darstellten.

»Du scheinst sie gut zu pflegen.« Ich ging zu der Pflanze und strich mit dem Zeigefinger über die Blätter. »Esther wird sich freuen zu hören, dass du dich um ihren Zögling kümmerst.« Louisas Blick folgte meiner Bewegung. Aus dem Augenwinkel erkannte ich, wie sie von einem Bein auf das andere trat.

»Willst du dich setzen? Oder was trinken? Etwas essen?« Da war sie wieder, die Louisa von unseren ersten Treffen. Mittlerweile kannte ich sie gut genug, um zu wissen, was es bedeutete, wenn das nervöse Geplapper einsetzte.

»Bist du direkt vom Dreh gekommen? Du siehst müde aus, aber es ist ja wirklich spät geworden. Oder geht es um was Geschäftliches? Himmel, ich sollte aufhören zu reden.« Sie verdrehte die Augen, lachte ein bisschen. »Ich bin nur so froh, dass du da bist. Ich hatte schon angefangen zu glauben, du wärst nur ein Produkt meiner übereifrigen Fantasie.«

»Komm her.« Ich öffnete die Arme für sie, und ab da ging alles ganz einfach. Von dort, wo wir standen, taumelten wir direkt auf das Bett. Kleine Wohnungen hatten ihre Vorteile, und mit jedem Kuss, den ich mir von Louisa stahl, wurde ich ruhiger, fiel es leichter zu atmen und löste sich das enge Band um meine Brust ein Stückchen mehr.

Mit der Ruhe kam die Erschöpfung. Ich löste mich aus der Umarmung und bedeckte die Augen mit einem Unterarm. Ein langes Stöhnen kroch mir aus der Kehle. »Fuck, ich bin so müde.« Mit den Gründen für meine Müdigkeit verschonte ich sie. Es reichte, wenn ich mir den Kopf darüber zerbrach.

»Das ist aber nicht gesund, Herr Stephanski. Hat Ihr Arzt Ihnen nicht gesagt, dass eine gute Schlafhygiene wichtig ist, wenn man leistungsfähig bleiben will?« Sie half mir, mich aufzurichten, streifte mir das Sakko ab. Ich lockerte die Krawatte, warf sie zu dem Jackett auf den Boden. Als ich mich der ersten Schichten meiner Kleidung entledigt hatte, kletterte Louisa auf meinen Schoß, und gemeinsam nahmen wir uns das Hemd vor.

Ich strich mit der Nase über ihre Schläfe. »Hm, lass mich überlegen. Ich glaube, er hat da was erwähnt. Aber ausruhen kann ich mich auch noch, wenn ich tot bin.«

Als Nächstes kam die Hose dran. Louisa nestelte an dem Gürtel, ich hob den Hintern, um ihr die Arbeit zu erleichtern, schon landete auch dieses Kleidungsstück auf dem Boden. Ineinander verschlungen krochen wir unter die Bettdecke.

»Sag das nicht«, bat Louisa. »Wir brauchen dich noch ganz lange. Ich brauch dich noch ganz lange.« Sacht fuhr sie mit den Fingerspitzen über meine Augenlider. »Mach die Augen zu, ja? Schlaf.«

»Aber ich dachte, du hast noch andere Pläne für mich?«

»Die habe ich auch.« Sie tupfte Küsse auf meine Brust, fuhr mit dem Finger die Senke zwischen meinen Brustmuskeln nach. »Wenn du ausgeschlafen bist.«

Ich wollte protestieren und ihr sagen, dass das nie der Fall sein würde, weil es keinen einzigen Tag in meinem Leben gab, der nicht einem verdammten Hamsterrad glich. Aber ich verkniff es mir. Es konnte nicht attraktiv sein, wenn ein Kerl mitten in der Nacht auf deiner Türschwelle auftauchte, nur um dir das Bett zu klauen, zu jammern und auf der Stelle einzuschlafen. Aber Louisas Körper schmiegte sich so wunderbar an meinen, und ihr Kissen roch nach Vanille, Kokos und Zuhause. Ihr Atem ging regelmäßig. Mit dem Anzug hatte sie so viel mehr von mir abgestreift. Ruhe, wie ich sie womöglich noch nie erlebt hatte, umhüllte mich, breitete sich um mich herum und in mir aus, und ich schlief ein. Zumindest für den Moment war ich glücklich.

Louisa

Er schlief wie ein Stein. Selbst als ich mich am nächsten Morgen aus seiner Umarmung schälte und so leise wie möglich ins Bad schlüpfte, rührte er sich nicht. Erst der Duft von frisch gebrühtem Kaffee weckte seine Lebensgeister.

Ächzend setzte er sich auf, blinzelte gegen das Tageslicht an und rieb sich mit der Hand die Augen. »Wie spät ist es?« Die Haare standen ihm in wilden Wirbeln vom Kopf ab, über Nacht waren Stoppeln auf seinem Kinn gewachsen. Ruben Stephanski war tatsächlich ein Mensch. Mit Schlafzimmerfrisur und Morgenatem. Direkt nach dem Aufwachen klang seine Stimme kratzig, und in seine Wange hatte sich der Abdruck einer Kopfkissenfalte gegraben. Es hätte mich nicht überraschen sollen, dass er mit genau denselben Unwägbarkeiten am Morgen zu kämpfen hatte wie jeder andere Mensch, aber irgendwie tat es das doch. Das in meinem Bett war keine Lichtgestalt, kein unantastbarer Gott. Dort in meinem Bett saß einfach nur Ruben, der Mann, in den ich mich verliebt hatte.

Ich füllte einen Becher mit Kaffee. »Es ist Wochenende. Du solltest gar nicht nach der Uhrzeit fragen.«

Dankbar lächelnd nahm er ihn entgegen.

»Im Regal im Bad liegt eine Ersatzzahnbürste. Wenn du dich ein bisschen frisch gemacht hast, habe ich eine Überraschung für dich.«

»Ich sollte ins Büro –«

»Biiitte!« Ich verzog die Lippen zu einem Schmollmund. »Es ist doch Samstag, und ich freue mich seit Tagen auf dein Gesicht, wenn ich dir die Überraschung zeige. Es dauert auch nicht lange.«

»Also gut.« Er stellte den Kaffee beiseite und schlug die Bettdecke zurück. »Dann mal los. Ich bin gespannt.«

Knapp eine halbe Stunde später war ich die Gespanntere von uns beiden. Jetzt, im Aufzug nach unten, wusste ich nicht mehr, warum ich so sehr darauf gebrannt hatte, das hier zu tun. Für mich mochte das Ganze eine große Sache sein, für Ruben war es wahrscheinlich weniger als eine Selbstverständlichkeit. Ich griff nach seiner Hand. Am Vorabend hatte ich Glück gehabt und war genau zur richtigen Zeit nach Hause gekommen, um einen Parkplatz direkt vor der Tür zu ergattern. Es dauerte nur ein paar Schritte, bis wir meine Überraschung erreichten.

»Tadaaa!« Ich löste die Hand aus Rubens Griff und vollführte eine Geste, die direkt aus *Der Preis ist heiß* hätte stammen können. »Mein neues Auto!«

Schweigen.

»Ist er nicht süß? Grün ist meine Lieblingsfarbe, und er hat ein Hybridgetriebe. Zwei Jahre alt ist das Schätzchen, Kilometerstand knapp unter 1500. Unfallfrei, und die weißen Felgen gab es gratis dazu. Drei Tage bin ich um ihn rumgeschlichen, aber dann habe ich mir gedacht: Was soll's. Ruben hat recht, du brauchst ein neues Auto, und das hier ist eine vernünftige Wahl.«

»Das ist dein neues Auto?« Die Fassungslosigkeit in seiner Stimme verleitete mich dazu, den Blick von meinem neuen Gefährt abzuwenden und stattdessen Ruben anzusehen. Seine Stirn lag in Falten, die Mundwinkel hatte er nach unten gezogen.

»Äh … ja. Ich dachte, das hätte ich gesagt.«

»Ein … Fiat Panda?«

»Ein Fiat Panda Urban Hybrid. Gut für die Umwelt. Ich dachte, das würde dir gefallen.«

»Es ist ein Kleinwagen.«

Okay, langsam, aber sicher mutierte seine Reaktion von leicht irritierend zu geradewegs beleidigend. Ich schlang mir die Arme um die Mitte. Das hier war eine schlechte Idee gewesen. Eine ganz schlechte Idee.

»Louisa. Es …« Er fuhr sich mit der Hand durch die Haare. »Es tut mir leid. Ich hatte nur … etwas anderes erwartet.«

»Etwas Großartigeres?«

»Du bist Geschäftsführerin von *micronounce*.«

»Ich bin ich!« Ich stolperte einen Schritt nach hinten. Wer war dieser Mann überhaupt? »Auf meinem Konto befinden sich keine Millionen. Hast du überhaupt eine Ahnung, wie das Leben auf meiner Seite der Wohlstandsgrenze aussieht? Meine Eltern sind nicht reich. Und meine Schwester braucht jede Menge Unterstützung. Auch finanzieller Art. Vieles davon zahlt die Krankenkasse nicht. Dieses Auto«, mit dem ausgestreckten Zeigefinger wies ich in die entsprechende Richtung, »hat zehntausenddreihundertneunzig Euro gekostet. Lass es dir auf der Zunge zergehen. Zehntausenddreihundertneunzig. Für mich ist das ein Vermögen! Warum, meinst du, bin ich bis vor wenigen Wochen in einer unzuverlässigen Schrottkarre herumgefahren?«

»Wenn es ums Geld geht, hättest du mich fragen können. Himmel, ich hätte dir ein Auto gekauft, wenn ich gewusst hätte, dass du vor einer entsprechenden Betriebsausgabe zurückschreckst, obwohl du sie abschreiben kannst. Was zum Teufel ist dein Problem?«

»Das hier war ein Fehler.« Ich stürmte davon.

»Louisa, warte! Was meinst du damit?«

Alles! Ich meinte alles damit. Ihn, mich. Uns. Dort, wo mich noch vor wenigen Minuten eine warme Blase wohliger Zuversicht gewärmt hatte, hatte sich nun eine Kluft aufgetan. Ich spürte, wie er mir folgte, aber reagierte nicht darauf. Eine Straßenbahn ratterte vorbei. Das metallische Kratzen der Räder auf den Schienen zerrte an meinen Nerven. Ohne mich nach Ruben umzudrehen, stieß ich die Tür zu meinem Wohnhaus auf.

»Louisa, bitte warte.« Er schlüpfte hinter mir ins Haus und holte mich ein. Im dritten Stock angekommen, zitterten meine Finger zu sehr, um den verflixten Schlüssel ins Wohnungsschloss zu schieben.

»Darf ich?« Sachte legte er seine Hand über meine. Ich ließ ihn machen. Das Schloss klickte. Die Tür sprang auf. War ja klar. Selbst darin, meine eigene Wohnung aufzusperren, war er besser als ich. Wir betraten mein Reich. Das Unbehagen, das sich zwischen uns ausbreitete, ließ die Wände noch näher aneinanderrücken.

Schließlich stieß Ruben einen tiefen Seufzer aus. »Es tut mir leid. Du hast recht. Meine Reaktion war herablassend und gönnerhaft. Ich wollte dich nicht beleidigen.« Er wirkte so ehrlich zerknirscht, dass meine Wut keine Chance hatte. Aber ich musste wenigstens probieren, es ihm zu erklären.

»Dieses Auto fährt, Ruben. Und es gefällt mir. Es bedeutet mir etwas, verstehst du? Die Unterschrift unter den Kaufvertrag zu setzen und zu wissen, auf meinem Konto befindet sich genug Geld, um es einfach so bezahlen zu können, war eine Riesensache für mich. Für dich mag es nicht mehr sein als ein Schuhkarton mit Rädern. Für mich ist es … ein Stück Selbstständigkeit. Das hier, dieses Auto, das habe ich ganz allein erreicht. Ich hätte mir von dir Stolz gewünscht, nicht … Verachtung.«

»Ich bin stolz auf dich, und daran hätte sich nichts geändert, wenn du mir erlaubt hättest, dir ein Auto zu kaufen. Ich möchte das Beste für dich.«

»Das Beste bist du!« Ich hob die Hand, um ihn zu berühren, überlegte es mir auf halbem Weg aber noch einmal anders. »Nicht dein Geld. Nicht einmal deine Kontakte. Du. Ich möchte Zeit mit dir verbringen und dich besser kennenlernen. Ich möchte dein Vertrauen, und dass du mir sagst, was dir den Schlaf raubt. Ich möchte für dich da sein, und ich freue mich, wenn du für mich da bist. Nicht mit finanziellen Dingen, sondern hier drinnen.« Ich tippte mit dem Zeigefinger auf die Brust und sah, wie er sichtlich zusammenzuckte.

»Meine Zeit ist begrenzt, Louisa. Ich bedauere, dass ich seit unserem Aufenthalt in London kaum erreichbar war.«

»Darum geht es doch gar nicht.« Nun berührte ich ihn doch. Ich legte ihm die Hand an die Wange, spürte mit den Fingern dem Kratzen seiner Bartstoppeln nach. »Ich weiß, wie voll dein Terminkalender ist, und das Letzte, was ich für dich sein möchte, ist eine weitere Verpflichtung. Ich brauche nicht viel Zeit, nur Ehrlichkeit. Zeig mir, wer du wirklich bist. Zeig mir den Ruben, der hinter der Fassade des Haifischs steckt. Ich weiß, es gibt ihn, denn ich habe ihn kennengelernt. Das ist der Ruben, in den ich mich verliebt habe.«

Er presste die Lippen aufeinander, schüttelte den Kopf. Auf mein Geständnis erwiderte er nichts, und ich versuchte, den Schmerz zu verdrängen, den das in mir auslöste. Zeit und Geduld hatte ich mir und ihm im Taxi in London versprochen, und dieses Versprechen würde ich nicht brechen.

»Du verlangst zu viel.«

»Es ist nicht viel. Du könntest damit beginnen, dir mein neues Auto noch einmal anzuschauen, und versuchen, es durch meine Augen zu sehen. Nicht als Investmentprodukt, das du optimieren sollst, sondern als … ich weiß nicht … als eine Belohnung, die ich mir selbst gemacht habe.«

Er löste sich aus meiner Umarmung, wandte sich schnurstracks der Treppe zu. Immer zwei Stufen auf einmal nehmend eilte er vor mir nach unten, dann zur Tür hinaus bis zu dem Fiat. Prüfenden Auges umrundete er den Wagen einmal komplett.

»Es tut mir leid«, wiederholte er, was er schon vorher gesagt hatte, aber diesmal glaubte ich ihm. Er bemühte sich. Er bemühte sich wirklich, und das tat er für mich. »Ich muss mein Urteil revidieren. Du hast dir einen sehr schönen rollenden Schuhkarton zugelegt.«

»He!« Ich kniff ihn in die Seite, fester, als ich es vielleicht sonst getan hätte, aber meine Wut hatte ihre Schärfe verloren. »Es ist kein rollender Schuhkarton. Es ist ein funktionaler, vernünftiger Kleinwagen.«

»Um das zu glauben, muss ich erst eine Probefahrt unternehmen.«

Er streckte die Hand aus und bewegte die Finger in einer auffordernden Geste, als wollte er, dass ich ihm jetzt sofort die Schlüssel aushändigte.

»Echt jetzt? Du willst wirklich eine Probefahrt in meinem Auto machen? Bist du sicher, dass das nicht unter deiner Würde ist?«

»Ich habe gesagt, dass es mir leidtut.«

»Okay.« Ich ruderte zurück. Wenn ich wollte, dass er sich bemühte, die Welt durch meine Augen zu sehen, musste ich dasselbe für ihn tun. »Ja, du hast recht.« Mit einem Kuss bat ich auch ihn um Entschuldigung. »Ich würde wahnsinnig gerne mit dir eine Spritztour unternehmen. Musst du vorher noch mal zu Hause vorbei?«

»Stimmt etwas nicht mit mir?« Prüfend sah er an sich hinab.

»Ganz und gar nicht. Ich hab nur gedacht –«

»Hör auf zu denken, Louisa.« Erneut wedelte er mit den Fingern. »Und gib mir den Schlüssel. Auf unserer Tagesordnung für heute steht Spaß haben.«

Lachend gehorchte ich und überreichte ihm den Schlüssel.

Wir ließen uns einfach treiben. Von meiner Wohnung fuhren wir in Richtung Charlottenburg und von dort hinaus aus Berlin. Rubens Beine waren zu lang für den Platz zwischen Fahrersitz und Lenkrad, sein Kopf stieß gegen den Autohimmel. Dennoch sah er bereits nach wenigen Minuten Fahrt zufrieden aus. Auf den Wasseroberflächen der Havelseen im Königswald spiegelten sich silbrige Pfützen, die Sonne schien, und die Luft, die durch die geöffneten Fenster ins Wageninnere wehte, vertrieb auch die letzten Reste Missstimmung von unserem Streit. Ich lehnte den Kopf gegen die Nackenstütze des Beifahrersitzes, schloss die Augen und genoss. Im Radio lief Olivia Rodrigos »Driver's License«, und ich stellte mir vor, wie es wäre, wenn es mir wie der Frau in den Lyrics gehen und ich Ruben mit einer anderen Frau sehen würde. Einer Frau, die sich sicher fühlte in allem, in dem ich noch unsicher war. Die sich ganz selbstverständlich auf demselben gesellschaftlichen Parkett bewegte wie er und nicht ins Schlittern geriet, wenn es um etwas für ihn Banales ging wie den Kauf eines Autos. Aber dann dachte ich an all das, was ich schon erreicht hatte, an die Verhandlungen mit Repräsentanten der Krankenkassen und Leitern von Forschungsinstituten, in denen ich für mich und *micronounce* eingetreten war. Ich dachte daran, wie viel leichter es mir mittlerweile fiel, das Wort zu ergreifen, wenn zahlreiche Augen auf mir lagen, und dass die Zeiten, in denen ich schmierige Typen wie Allister Hardy damit durchkommen ließ, wenn sie mich kleinredeten, vorbei waren. Neben mir summte Ruben die Melodie mit, der Fahrtwind blies uns beiden die Haare ins Gesicht, und in diesem Moment konnte ich wirklich glauben, dass uns in Wahrheit gar nicht so viel trennte.

An einer Tankstelle kauften wir Getränke, Eis am Stiel und Obstsalat. Das war zwar kein gesundes Frühstück, aber lecker. Ein schmaler Schotterweg führte uns von der Hauptstraße weg zu einem der vielen Seen, und obwohl Wochenende war, waren wir dort ganz allein. Wir setzten uns ans Ufer, lauschten dem Glucksen, mit dem das Wasser die Kiesel umspielte. Spatzen flatterten herbei, hoffend, dass etwas von unserem Picknick für sie abfallen würde. Wann immer der Wind in die Blätter der Bäume fuhr, klang es wie ein Naturkonzert, extra für uns. Die Äste waren die Finger, die Blätter kleine Cymbalen, und der Rhythmus, den sie für uns anschlugen, ging direkt ins Herz. Wir küssten einander. Unsere Lippen waren kalt vom Eis und süß von den Früchten, und als wir voneinander abließen, sahen wir den Wolken bei ihrem Zug über den Himmel zu und erzählten einander Geschichten aus unserer Kindheit.

Vieles, was ich am Ufer des Sees über Ruben erfuhr, hatte ich irgendwann schon einmal gelesen. Doch es war etwas anderes, es aus seinem Mund zu hören. Vor meinem inneren Auge nahm seine Kindheit in New York Gestalt an. Er war ein guter Erzähler, und ich lauschte ihm gerne. Ich konnte ihn mir vorstellen als Schuljungen in der Uniform seiner Privatschule oder in seinem Kinderzimmer mit Blick auf den Hudson River. Ich sah ihn vor mir, wie er jeden Tag von der Nanny zur Schule gebracht und auch wieder abgeholt wurde.

Im Jetzt spürte ich seine Finger, die meine fest umschlungen hielten, und erzählte, wie meine Mutter mir zum vierten Geburtstag eine Kochschürze geschenkt hatte und ich zum ersten Mal allein für die Familie Rührei gemacht hatte. Meine Eltern erinnerten mich immer wieder daran, bescheiden zu sein, seine hatten ihn gelehrt, sich durchzusetzen. Natürlich hätte niemand ahnen können, wie steil die Karriereleiter sein würde, die Ruben erklomm, aber während er eine Stufe nach der anderen nahm, hatte ihm niemals jemand die Frage gestellt, ob er sich der Aufgabe auch wirklich gewachsen fühlte. Niemand hatte ihn ermutigt, doch lieber kleinere Brötchen zu backen oder mit dem zufrieden zu sein, was er hatte. Aber es hatte ihn auch niemand in den Arm genommen, wenn er nachts nicht einschlafen konnte, weil er sich vor Monstern im Kleiderschrank fürchtete. Niemand hatte sein Rührei gegessen und überschwänglich gelobt, auch dann, wenn es versalzen war.

Am frühen Nachmittag verließen wir unseren Platz am See und fuhren in einem großen Bogen zurück zur Stadt. Wir kamen nur langsam voran und wechselten uns hinter dem Steuer ab, um das meiste aus dem gemeinsamen Tag zu machen und die Zeit in die Länge zu ziehen.

Immer wieder tuckerte ein Traktor vor uns die Landstraße entlang und zwang uns zur Ruhe. Überholen war nicht drin mit meinem froschgrünen Schuhkarton auf Rädern. Dafür war der Motor nicht stark genug. Aber nicht einmal die Dieseldämpfe der Landmaschinen störten unsere Zweisamkeit. Irgendwie gehörten sie ebenso zu diesem gestohlenen Tag im Grünen wie die Grasflecken und Knitterfalten auf unserer Kleidung.

Wir aßen in einer Dorfkneipe zu Abend, wo die Wirtin uns mit einem warmen Glimmen in den Augen begutachtete, das zu sagen schien: Wie schön muss es sein, jung und verliebt das Leben zu genießen. Ruben entschied sich für Frühlingssoljanka, ich für Würzfleisch mit Pommes und Erbsen, und Ruben, der es gewohnt war, erlesenste Köstlichkeiten serviert zu bekommen, aß die traditionelle Hausmannskost mit solchem Appetit, das ich ihn beinah nicht wiedererkannt hätte.

Die Nacht hatte ihren Schleier bereits über die Hauptstadt gelegt, als wir wieder vor Rubens Tesla standen. In zweiter Reihe mit laufendem Motor und brennendem Licht. Fünfmal waren wir auf Parkplatzsuche vergeblich um den Block gekreist, ich wollte nicht, dass dieser Tag zu Ende ging.

Über den Schaltknüppel hinweg beugte sich Ruben zu mir. Anscheinend wollte er mich küssen, aber dazu war es zu eng im Wagen. Sobald er sich drehte, stießen seine Knie gegen das Lenkrad. Die Handbremse bohrte sich in seine Seite, und auch für seine Arme hatte er kaum Bewegungsspielraum. Er fluchte frustriert.

»Armer Mann.« Lachend legte ich ihm die Hände an die Wangen. »So ein Kleinwagen ist wirklich nichts für dich.«

»Das hast jetzt du gesagt. Von mir wird es nie wieder ein schlechtes Wort über deinen rollenden Schuhkarton geben. Ganz egal, wie sehr man sich zusammenfalten muss, um reinzupassen.«

Ich lachte. »Okay, ich räume ein, möglicherweise gibt es Situationen, für die deine Luxuskarre besser geeignet ist.«

»Zum Knutschen?« Er ließ seine Augenbrauen tanzen.

»Genau, Ruben. Zum Knutschen. Natürlich nur zum Knutschen.«

Er wurde ernst. »Komm heute Nacht mit zu mir, Louisa. Nicht nur zum Knutschen. Sondern weil ich dich bei mir haben will. Ich will nicht, dass dieser Tag schon zu Ende ist.«

Seine Worte waren ein Echo meiner eigenen Gedanken, und ich spürte, tief in mir drinnen, dass es etwas zu bedeuten hatte, dass auch er so empfand. Also nickte ich. Und küsste statt seiner Lippen seine Finger zur Bestätigung. Damit uns das gelang, brauchten wir kein größeres Auto.

KAPITEL 20

Ruben

Im Traum vermischten sich Bilder aus der Realität mit Schrecken meiner Fantasie. Louisas Miene, erst lustvoll verzerrt, so, wie ich sie zuletzt gesehen hatte, direkt nach unserer Ankunft bei mir zu Hause. Ich hatte nicht lange gefackelt und sie mir über die Schulter geworfen wie ein Neandertaler. Ihr hatte es nichts ausgemacht. Sie hatte gelacht und gequietscht, und dann hatte sie gestöhnt, lustvoll und hemmungslos, als ich sie wieder und wieder genommen hatte. Ich liebte sie im Stehen gegen die Wand gelehnt. Sie empfing mich mit all ihrer Hingabe, öffnete jeden Winkel ihrer Seele für mich. Nichts wünschte ich mir sehnlicher, als ihr dasselbe zu schenken, doch das letzte bisschen meines Verantwortungsgefühls hielt mich davon ab. Wenn sie mir wirklich etwas bedeutete, musste ich sie vor den Monstern schützen, die mich bedrängten. Das Abendessen lag mir bleischwer im Magen, nicht einmal der Sex mit Louisa konnte den Zementklotz auflösen. Wie viele Kalorien verbrannte eine heiße Nummer? Etwas über vierzig pro Minute, wenn mich meine Erinnerung nicht trog.

Später, als ich sie aufs Bett gelegt und unter der Vielzahl der Lichtschalter am Kopfteil des Bettes nicht auf Anhieb den richtigen gefunden hatte, neckte sie mich liebevoll, und ich ließ es über mich ergehen. Sie hatte geglaubt, es sei ein Missgeschick.

Im Traum veränderte sich ihr Necken, wurde erst zu einem Lachen, dann zu peinvollen Schreien. Auch ihr Gesicht wurde ein anderes. Gelbe Zähne, spitz wie bei einem Ungeheuer, bohrten sich in meinen Körper. Dort trafen sie auf Knochen, Haut und Fleisch. Längst war es nicht mehr

Louisa, die an mir zerrte, sondern ein Monster mit tausend Gesichtern. Sosehr ich versuchte, einzelne Züge auszumachen, es gelang mir nicht. Alles verschwamm zu einem Morast aus Klagelauten, Vorwürfen und Wut, und obwohl ein Teil von mir ahnte, dass das hier nicht echt war, sondern ein Traum, bedeutete dies nicht, dass es nicht gleichzeitig auch real war. Die Gefühle waren echt. Die erdrückende Schuld, die wie Melasse durch meine Adern rann und mir die Brust zerquetschte. Die mir den Atem nahm, bis nur noch ein klägliches Wimmern in mir steckte. Wie sollte ich meinen Pflichten nachkommen, wenn ich in dem Morast versank? Wie sollte ich den Menschen gerecht werden, die auf mich zählten? Ich war ein schwarzes Loch. Alles Licht erstarb in meiner Nähe, und als Nächstes wäre es Louisas Welt, die in meinem Orbit verglimmen würde.

»Es tut mir leid.« Im Halbschlaf versuchte ich, gegen die erdrückende Schuld anzureden. Heraus kam nur ein Wimmern. Ich hätte mehr geben sollen. Mehr kämpfen. Besser verstehen. Was dachte ich mir dabei, mir einen freien Tag zu nehmen, wenn es Arbeit zu erledigen gab? Ich hätte Louisa niemals wegen ihres neuen Autos herabsetzen dürfen. Sie tat gut daran, sich nicht auf mich zu verlassen. Niemand konnte ihr beruflichen Erfolg garantieren, schon gar nicht ich. Wie viele Gründer hatte ich in meinem Leben enttäuscht? Wie viele Existenzen zerstört? Ich hätte mehr für Kristof und Ebru von Bugparade tun sollen.

In Fernost öffnete die Börse mitten in der Nacht, und ich war hier und schlief. Ich durfte nicht schlafen, und schon gar nicht durfte ich genießen, nicht, wenn ich so viel zu tun hatte, wenn so viele Menschen von mir abhängig waren und mir ihr Vertrauen schenkten.

Thomas Gering saß im Gefängnis. Wen hatte er enttäuscht? Wer nahm an ihm seine Rache? Nun war er es, der mich ansah. Seine Augen, sonst so oft von Wut erfüllt, wirkten panisch. *Sei achtsam*, riet er mir, ohne dabei die Lippen zu bewegen. *Vertraue niemandem. Glaube niemandem.* Neben ihm tauchte Harvey auf. Er fiel in den Sermon mit ein. *Sei nicht schwach, sei stark, du musst Stärke beweisen und deine Bedürfnisse kontrollieren. Nur wer Kontrolle besitzt, kann führen. Du bist der geborene Anführer, Ruben, jetzt reiß dich zusammen und stell dich deiner*

Verantwortung. Seine Worte rissen an mir, er rüttelte an meiner Schulter, rief meinen Namen. *Ruben! Ruben!* Ein ewiges Echo.

Ich schreckte aus dem Dämmerzustand hoch. Louisas Hand lag auf meiner Schulter. Mein Atem ging schnell, als wäre ich viele Kilometer gerannt. Die große Frage lautete: War ich zu ihr gerannt oder fort von den Monstern in meinem Traum?

»Hey.« Das Rütteln und Zerren hörte auf. Ihre Hand malte beruhigende Kreise auf meinen Rücken. »Alles klar? Du hast schlecht geräumt.«

»Ich …« Verwirrt tastete ich nach dem Lichtschalter. Diesmal brauchte ich noch mehr Anläufe als beim Zubettgehen, um den richtigen Knopf auf dem High-Tech-Bedienpanel zu erwischen. Die schlaftrunkene Fummelei endete in einem Diskolichtgewitter. Zuerst ging das Licht im Home-Gym an, dann das im Küchenbereich. Das Aufblitzen der Deckenlichter wurde von dem Flackern der Badezimmerbeleuchtung abgelöst, ehe ich endlich – endlich! – den richtigen Schalter fand. »Sorry, ich … ich schlafe hier nicht oft. Ich …« Die Stimme versagte mir den Dienst. Genau aus diesem Grund hasste ich es, zu Hause zu übernachten. Wie oft war gemunkelt worden, ich würde nie eine Frau mit nach Hause nehmen, weil mein Privatleben mir heilig war, doch das war nur die halbe Wahrheit. Louisa hatte sich mehr von mir gewünscht, für sie wollte ich eine Ausnahme machen, und das hatte ich davon. In ihrem Bett hatte ich tief und fest geschlafen. Warum sollte es nicht auch in meinem funktionieren?

Selbst der schwache Schein der Nachttischlampen brannte mir auf den Netzhäuten. Ich presste die Handballen in die Augenhöhlen, versuchte, den Druck zu vertreiben, den der Albtraum hinterlassen hatte.

»Magst du was trinken?« Louisa stand auf. Sie trug eins meiner Hemden als Nachtshirt. Ich belauerte jede ihrer Bewegungen. Nervosität machte sich unter meiner Haut breit. Auch ich stand auf. Statt mich anzuziehen, schlüpfte ich nur in ein Paar Jogginghosen und folgte ihr in die Küche. Wäre ich alleine gewesen, hätte mich mein Weg direkt auf die Ruderbank geführt.

»Heiße Milch mit Honig?« Sie legte eine Hand auf den Kühlschrankgriff. »Das hat meine Mutter mir immer gemacht, wenn ich als Kind schlecht geträumt habe.«

Ich wollte sie aufhalten, aber es war schon zu spät.

Eine gefühlte Ewigkeit starrte sie in den Kühlschrank. Sehr langsam drehte sie sich schließlich zu mir um. »Willst du darüber reden?«

»Worüber?«

»Du weißt nicht, welche Lichtschalter an deinem Bett zu welchen Leuchten gehören, und dein Kühlschrank ist leer. Du schläfst nicht nur nicht. Du isst offenbar auch nicht.«

Nun, ich aß sehr wohl. Nur wenn ich aß, überkam mich hinterher das schlechte Gewissen, also vernichtete ich die Beweise. Ergo, der leere Kühlschrank.

»Das ist doch lächerlich. Wir waren erst heute Abend gemeinsam essen. Und außerdem, wie kommst du auf die Idee, dass ich generell nicht schlafe? Ich schlafe nur meist nicht in meinem Bett.«

Abrupt wandte sie den Blick zum Sofa. Irgendwann im Laufe der letzten Woche hatte ich es mit der offenen Seite zur Wand gedreht. Die Decken genügten nicht mehr, um mir einen Kokon zu schaffen, der die Welt und alles, was an mir riss, auszusperren. »Dort schläfst du normalerweise?«

Ich zuckte mit den Schultern. Ich hatte Mitleid in ihrer Stimme erwartet oder irgendeinen Unterton von ungläubiger Schadenfreude. An der Spitze lernte man eines nämlich sehr schnell: Nur weniges liebten Menschen mehr als Erfolgsgeschichten, und dazu gehörten die Geschichten von gescheiterten Helden. Wenn dir Zehntausende zujubelten beim Weg zum Erfolg, waren es Hunderttausende, die sich an deinem Fall ergötzten. Heute war es noch Gering, dessen Untergang sie in der Presse ausschlachteten. Schon morgen könnte ich es sein.

»Was stimmt an deinem Bett nicht? Ich fand es ehrlich gesagt ziemlich bequem.«

»Ich schlafe nicht gut«, gab ich zu. »Ich arbeite viel. Wenn ich mit den USA zu tun habe, bin ich die halbe Nacht wach. Für Videokonferenzen mit Fernost muss ich wiederum früh aufstehen, und tagsüber verdienen meine Geschäftspartner hier meine volle Konzentration. Es ist nicht immer leicht, alles unter einen Hut zu bekommen.«

»Ich frage jetzt nicht, ob du es mal mit Meditation probiert hast.«

»Nicht ganz meine Geschwindigkeit.«

»Nein, du läufst lieber, richtig? Oder ruderst. Oder stemmst Gewichte. Deshalb die Folterkammer dort unten. Du versuchst, dich müde zu trainieren.«

Ich antwortete ihr nicht, sondern sah auf den Boden. Erst ihre Finger auf meiner Haut katapultierten mich zurück in die Gegenwart. Sacht fuhr sie die Linien meiner Bauchmuskeln nach. Vom Bauchnabel weiter südlich entlang der Muskeln, die dort ein V formten. Als wir uns geliebt hatten, hatte sie diesem Teil meines Körpers besondere Aufmerksamkeit gewidmet. Normalerweise liebte ich das, nur jetzt konnte ich ihre Berührung kaum ertragen. Der Schatten meines Traums vernebelte noch immer mein Bewusstsein.

Ich trat einen Schritt zurück. »Was erwartest du denn? Von nichts kommt nichts. Meinst du, mein Erfolg wird mir geschenkt? Oder der Körper, der dir so gut gefällt? Nichts davon ist mir zugefallen. Alles, was du und die Welt in mir seht, habe ich mir erkämpft.«

»Niemand hat gesagt, dass du irgendetwas geschenkt …« Ich hatte sie erschreckt, doch es fühlte sich an, als wäre ein verdammter Damm gebrochen. Die sengende Hitze in meinem Inneren brauchte ein Ventil und fand es in meinen Worten, sodass ich sie nicht zu Ende sprechen ließ.

»Seit meinen ersten Erfolgen warten alle nur darauf, mich scheitern zu sehen. Ich kann mir keine Schwäche leisten.«

»Schlaf ist eine Schwäche? Regelmäßige Mahlzeiten sind Schwäche?« Unglaube weitete ihre Pupillen.

»In meiner Welt kann alles eine Schwäche sein. Jede verfluchte Knitterfalte. Jedes falsche Wort. Jedes bisschen Vertrauen in die falsche Person. Im Geschäftsleben zählt nicht das, was du schaffst, sondern das, was dir andere zutrauen. Schein ist alles. Wer Schwäche zeigt, hat schon verloren, dann lassen sie dich schneller fallen, als du versuchen kannst, den Schaden zu beheben.« Oder schreiben Pressemitteilungen, in denen sie sich von dir distanzieren. So, wie ich mich von Gering distanziert hatte, weil es strategisch sinnvoller war. Was hatte ich für ein Recht, mich zu beschweren? Ich war ja selbst kein Stück besser als alle anderen.

Nur Louisa schien das anders zu sehen. Meine Wut verunsicherte sie, das konnte ich deutlich erkennen. Dennoch trat sie auf mich zu, den Kopf in den Nacken gelegt, um mir besser in die Augen sehen zu können. Der Zug auf ihrer Miene sprach von reinstem Mitgefühl.

»So muss es nicht sein«, flüsterte sie. Sie schlang mir die Arme um die Mitte, legte das Ohr auf meine Brust, wo mein Herz raste. »Für mich musst du nicht perfekt sein. Gerade die Fehler und Eigenheiten machen uns doch erst zu den Menschen, die wir wirklich sind. Ich will den echten Ruben. Wie oft muss ich dir das noch sagen?«

»Und das soll ich dir glauben?«

»Ich kann es dir beweisen.«

Ich griff in ihr Haar, zog ihr Gesicht von meiner Brust und sah sie an. »Wie das?«

»Willst du das wirklich wissen?« Ihr Blick war ernst und ihre Frage ebenso.

»Ja.«

»Dann musst du dir noch einen Tag freinehmen.«

Sofort meldete sich das schlechte Gewissen. Wann hatte ich zum letzten Mal zwei Tage am Stück nicht gearbeitet? Louisa schien mir den inneren Zwiespalt anzusehen und bot mir einen Ausweg.

»Streng genommen geht es um *micronounce*. Wenn du mich bei meiner kleinen Exkursion begleitest, ist es quasi nur ein Viertel freinehmen. Dreiviertel der Zeit kommst du deiner Mentorenschaft nach.«

»Du verhandelst hart.«

»Ich hatte den besten Lehrer.« Sie tippte mir mit dem Zeigefinger auf die Nasenspitze. Ich schloss die Augen, drängte die innere Unruhe so weit zurück, wie es nur ging. Zurück blieb ein nagendes Gefühl in den Eingeweiden, das selbst Louisas Anwesenheit nicht verdrängen konnte.

»Also gut. Nimm mich morgen mit in deine Welt, und zeig mir den Ort, wo es angeblich nicht wichtig ist, perfekt zu sein.«

»Danke.« Sie schloss die Augen, kuschelte sich zurück in meine Umarmung und langsam, sehr langsam, beruhigte sich mein Herzschlag. Schlaf würde ich dennoch in dieser Nacht keinen mehr finden, das wusste ich. Der Schatten des Monsters mit den vielen Gesichtern lauerte in den Ecken meines Hauses, und ich flehte im Stillen, dass Louisa nicht die Nächste sein würde, die ich enttäuschte. »Meinst du, du kannst jetzt noch mal ein paar Stunden schlafen?«

Resigniert seufzte ich. »Eher nicht. Ein Arzt hat mir mal Medikamente verschrieben. Zum Schlafen. Aber die haben auch nichts gebracht. Ich habe dann zwar geschlafen, aber es war kein gesunder Schlaf. Es hat sich nicht … natürlich angefühlt.«

»Und jetzt nimmst du sie nicht mehr.«

Ich schüttelte den Kopf. »Aber das macht keinen Unterschied. Seither träume ich schlecht.«

»Willst du mir davon erzählen?« Weil sie im Kühlschrank keine Milch gefunden hatte, füllte sie uns zwei Gläser mit Wasser. Sie kletterte in die Kuhle zwischen Designerkissen und Decken auf dem Sofa. Ein Glas reichte sie mir. Von dem anderen trank sie in nippenden Schlucken.

»Was willst du hören?« Ich stürzte das Wasser in einem Zug herunter. Wenn ich trank, konnte ich nicht reden.

»Wovon träumst du? Was macht dir solche Angst, Ruben? Du hast im Schlaf geschluchzt. Ich habe mir wirklich Sorgen gemacht.«

Ein Schatten des Monsters mit den vielen Gesichtern lauerte hinter Louisas Frage. Ich rieb mir die Augen, der Schatten blieb, als wäre er auf meine Netzhaut tätowiert. »Kennst du diesen Zustand kurz vor dem Einschlafen? Wenn du dich noch wach fühlst, aber in Wahrheit schon schläfst?«

»Du meinst den Alphazustand, so heißt das offiziell. Was du beschreibst, passiert, wenn die Alpha-Wellen des wachen Gehirns nach und nach von den kürzeren Theta-Wellen abgelöst werden. Wenn man in dieser Schlafphase aufgeweckt wird, kann man meist nicht sagen, ob man geschlafen hat oder nicht. Manche Menschen schrecken dann immer wieder auf oder zucken unkontrolliert mit den Beinen. In dieser Schlafphase tauchen oft auch seltsame Bilder auf oder unkontrollierte Gedanken.«

»Ähm, ja. Den Alphazustand meine ich wohl.«

»Sorry.« Sie legte den Kopf schief und zuckte mit den Schultern. »Neuropsychologie-Nerd hier, schon vergessen? Aber ich wollte dich nicht unterbrechen. Erzähl weiter.«

»Du willst wissen, wovor ich Angst habe?«

Sie nickte.

»Zu versagen, Louisa. Ich fürchte mich davor zu versagen und dich und all die anderen, die auf mich zählen, mit in den Abgrund zu reißen. Meinen Weg pflastern geplatzte Träume. Das solltest du nie vergessen.«

Louisa

Niemals hätte ich erwartet, direkt am nächsten Tag erneut mit Ruben in meinem rollenden Schuhkarton zu sitzen. Der Tag war genauso sonnig wie der vorherige, das Auto fuhr sich beinah von selbst. Immer wieder sah ich auf die Uhr. Ich hatte Pauline geschrieben, dass ich nicht allein kommen würde, und zur Sicherheit auch Ayleen vorgewarnt. Trotzdem blieb es eine Überraschung, wie meine Schwester auf die Abweichung unserer normalen Sonntagsroutine reagieren würde.

»Hast du einen Termin?« Auch Ruben bemerkte meine Unruhe.

»Indirekt.«

»Und ich dachte, das hier sei eine Überraschung und eine Lehrstunde darin, die Dinge leichter zu nehmen.« Nichts an ihm deutete mehr auf das Chaos der vergangenen Nacht hin. Als Zugeständnis ans Wochenende hatte er auf einen Anzug verzichtet und trug stattdessen Freizeitkleidung. Oder besser gesagt das, was bei Ruben Stephanski als solche durchging. Cognacfarbene Chinos ersetzten die Anzughose und brachten ein wenig Farbe ins Spiel. Dazu hatte er einen rehbraunen Gürtel und Schuhe kombiniert und ein körpernah geschnittenes olivgrünes Poloshirt. Die erdigen Töne kitzelten die roten Nuancen in seinem blonden Haar hervor.

»Es ist eine Überraschung. Und wenn ich nervös wirke, dann weil ich hoffe, dass sie mir gelingt.«

Die vertraute Auffahrt der Villa tauchte ein paar Meter vor uns auf. Seit ich in der BrainBubble angefangen hatte, hatte sich in der Natur viel getan. Aus zartgrünen Trieben an den Bäumen hatten sich richtige Blätter entwickelt. Zwischen den Baumstämmen spross fettes Gras. Bunte Tulpen sprenkelten die Wiesen. Rot und gelb, roséfarben und violett. Der Flieder direkt am Haupttor stand in voller Blüte, schwängerte die Luft mit betörender Süße, und auf dem Schotter des Parkplatzes lag ein Teppich aus Apfelblüten.

»Villa Sonnenschein?«, las Ruben laut die Aufschrift am Eingangstor.

»Meine Schwester lebt hier. Ich möchte, dass du sie kennenlernst.«

»Du willst mich deiner Familie vorstellen?«

»Nur meiner Schwester«, lenkte ich ein. »Aber fühl dich bloß nicht zu sicher. Sie wirst du am schwersten um den Finger wickeln können.«

»Weil sie niemals zulassen würde, dass ihrer kleinen Schwester etwas passiert? Ist sie eine sehr überfürsorgliche große Schwester?« Da war ein Necken in seiner Frage, aber ich blieb ernst.

»Weil sie niemand ist, der sich von einer Fassade blenden lässt.« Ich stellte den Motor aus, zog die Handbremse an und öffnete die Fahrertür. »Wenn sie dich mag, kannst du dir sicher sein, dass sie wirklich dich meint. Komm mit, dann wirst du es sehen.«

Er ließ sich das nicht zweimal sagen. Ich fragte mich, wie er den Hof wahrnahm, während wir uns den Gebäuden näherten. Ein paar Kraniche reckten auf den benachbarten Feldern ihre Hälse und beobachteten uns auf dem Weg vom Parkplatz zum Innenhof. Bemerkte auch Ruben, wie leicht es hier fiel zu atmen? Wie die Weite um den ehemaligen Bauernhof ins Innere kroch und sich Ecken und Winkel der Seele öffneten, die in der Hektik Berlins verschlossen blieben?

Er sah sich um, dann räusperte er sich. »Es ist sehr schön hier. Ist das ein historischer Bauernhof?«

»Ja, der Hof wurde vor über dreihundert Jahren zum ersten Mal urkundlich erwähnt. Die Gebäude, wie du sie jetzt siehst, sind natürlich jüngerer Natur. Aber rund hundertdreißig Jahre haben die auch schon auf dem Buckel. Ah, hallo Ayleen!«

»Hallo, da seid ihr ja. Pünktlich wie ein Uhrwerk, Pauline wird sich freuen. Gut, dass du vorher angerufen und angekündigt hast, dass du einen weiteren Besucher mitbringen wirst.« Aus dem Schatten des Apfelbaums im Innenhof trat Ayleen auf uns zu. Sie hatte sich für den hohen Besuch schick gemacht. Weder auf ihrer Bluse noch auf den alten verwaschenen Jeans entdeckte ich einen einzigen Fleck. Zur Begrüßung zog sie mich wie üblich in eine kurze Umarmung, dann wandte sie sich Ruben zu, kam aber ins Stocken. Offensichtlich unsicher, wie sie mit einem echten Promi auf ihrem Hof umgehen sollte, wich sie einen Schritt von ihm zurück.

Ruben half ihr, indem er sein gewinnendstes Lächeln aufsetzte. »Ruben Stephanski.«

Mit etwas Verspätung setzten endlich auch meine Manieren ein. »Ruben, das ist Ayleen Ratayczak. Sie ist Betreuerin hier in der Einrichtung. Ayleen, Ruben hat sich ja schon selbst vorgestellt. Er ist mein …« Nun war es an mir, ins Stocken zu geraten.

»Partner«, sprang er für mich ein. »Schön, Sie kennenzulernen. Meinetwegen können wir es aber auch beim Du belassen, das ist einfacher.«

»Ja, ähm, gerne.« Ein Hauch Röte stieg Ayleen in die Wangen. Kaum, dass sich ihr dazu die Gelegenheit bot, gab sie mir hinter Rubens Rücken ein Daumen-hoch-Zeichen. Keine zwei Minuten nach unserer Ankunft hatte er einen ersten Sieg eingefahren.

»Ist Pauline in ihrer Wohnung?«, fragte ich.

Ayleen schüttelte den Kopf. »Das wäre ihr dann doch zu viel geworden. Du weißt ja, wie sie mit Fremden ist.« Sie warf einen entschuldigenden Blick zu Ruben, dann lächelte sie wieder. »Aber sie wartet in der Gemeinschaftsküche auf euch.«

»Na gut, dann wollen wir mal los.« Ich griff nach Rubens Hand. Die Gemeinschaftsküche nahm das gesamte Erdgeschoss des ehemaligen Wohnhauses ein. Von außen verliehen die leuchtend falunroten Ziegel der Fassade mit den weißen Fenster- und Türstürzen dem Haus ein herrschaftliches Aussehen. Innen regierte Gemütlichkeit. Helles Holz und fröhliche Farben dominierten die Einrichtung.

Pauline saß genau in der Mitte des großen Esstisches. Zwei leere Stühle rechts von ihr, zwei links, fünf gegenüber. Sie hatte die Hände auf der Tischplatte gefaltet, ihr Rücken bildete eine gerade Linie. Ihr Haar trug sie zu einem exakten Mittelscheitel gekämmt, kein einziges Haar ihres Pferdeschwanzes tanzte aus der Reihe.

Ich musste schmunzeln. Dort am Tisch saß eine Königin, bereit, uns eine Audienz zu gewähren.

Zum Mittagessen gab es offenbar Hamburger zum Selberbelegen. Ordentlich aufgereiht standen die Zutaten auf der Küchenplatte bereit. Brötchen, Eisbergsalat, Tomaten- und Gurkenscheiben. Einer der Bewohner, Gökan, war damit beschäftigt, Käsescheiben in einem exakten Fächermuster auf einer Platte zu arrangieren. Ich wusste es besser, als ihn bei seiner Aufgabe zu stören.

Basti und Miriam, die beiden anderen Bewohner der Villa Sonnenschein, saßen auf dem Sofa in der Wohnecke der Gemeinschaftsküche. Sie sahen einander nicht an, trotzdem war ich mir sicher, dass sie ein angeregtes Gespräch führten. Basti hielt ein Tablet auf den Knien. Sprechen konnte er nicht, das Gerät eröffnete ihm dennoch eine Art der verbalen Kommunikation.

Mit Ruben im Schlepptau ging ich geradewegs auf Pauline zu. Einen Schritt vor dem Tisch blieb ich stehen.

»Hallo, Pauline«, sagte ich.

»Willkommen, Lou. Und willkommen, Ruben.« An normalen Sonntagen klang meine Schwester nicht derart roboterhaft. Offenbar brachte sie die Abweichung unserer Routine mehr aus dem Konzept, als sie gerne zugeben würde. Sie fixierte einen Punkt, irgendwo zwischen Rubens und meiner Schulter. Nicht einmal ein Blinzeln gab ihrer Miene Leben. »Ich freue mich über euren Besuch. Bitte setzt euch.« Ich hätte jede Wette abgeschlossen, dass sie sowohl die Phrasen als auch die Handbewegung, mit der sie uns zum Platznehmen aufforderte, zigmal mit Ayleen geübt hatte.

Ich schickte ein ermutigendes Lächeln in Richtung Ruben und folgte Paulines Einladung. Im Hintergrund, aus Richtung der Couch, wo Miriam und Basti saßen, meldete sich eine Computerstimme zu Wort.

»Louisa stellt Pauline ihren neuen Freund vor. Pauline ist aufgeregt. Denk dran, dass wir so normal wie möglich sein sollen.«

Aus dem Augenwinkel sah ich, wie Miriam sich auf dem Sofa gerader hinsetzte und ihren Blick konzentriert auf uns richtete. Grinsend verdrehte ich die Augen, sie waren alle so süß in ihrer Bemühung, uns einen gebührenden Empfang zu schenken. Ruben neben mir hingegen versteifte sich. Was ich als süße Geste von Miriam und Basti empfand, musste für ihn wirken wie der Todesblick.

Ich zupfte an seiner Hand. Komm schon, hieß das, alles ist bestens, du wirst dich schnell dran gewöhnen.

Er rückte seinen Stuhl nach hinten, doch ehe er Platz nahm, streckte er meiner Schwester die Hand entgegen. »Es freut mich, dich kennenzulernen, Pauline. Louisa hat viel von dir erzählt.«

Pauline starrte so lange auf die ausgestreckte Hand, bis Ruben seinen Fehler einsah und sie sinken ließ.

»Es tut mir leid.« Ihre Hände begannen zu flattern, sie gab Summlaute von sich und schaukelte auf dem Stuhl vor und zurück. Sie hasste es, sich in der Gegenwart von Fremden so zu verhalten, das wusste ich. Andererseits beruhigte sie das Stimming, wie Experten die Wiederholung von physischen Bewegungen, Geräuschen oder Lauten nannten, die Autisten oft nutzten, um unvorhersehbare Umweltreize abzuschwächen. »Mmmmm. Mmmmm. Mmmmm. Die Handinnenflächen von Menschen werden von über viertausendsiebenhundert Bakterienarten besiedelt. Mmmm. Mmmm. Auf jedem Quadratzentimeter menschlicher Haut leben rund zehn Millionen Bakterien. Warum sollen wir uns schaden? Mmmm. Mmmmm. Warum ist das gut?«

Ruben stieß ein kurzes, schnaubendes Lachen aus. »Ja, ähm, wenn man es so sieht.« Er nahm Platz. »Darüber hatte ich mir noch nie Gedanken gemacht.« Selten hatte ich ihn so hilflos erlebt. Ich hatte keine Ahnung, was er sich vorgestellt hatte, wenn ich von Pauline erzählte. Doch das hier war die Wahrheit fernab der fürs Fernsehen und Film auf Hochglanz polierten *Monk*-Version von ASS. Ich konnte nur hoffen, dass ich ihn nicht überschätzt hatte und er bereit dafür war, die Menschen hinter der Störung zu sehen.

Nach ein paar weiteren Sekunden beruhigte sich Pauline, und ihr Stimming ließ nach. Ihre Worte klangen viel deutlicher, als sie Ruben schließlich antwortete.

»Du solltest dir Gedanken machen. Lou? Wo fasst Ruben dich an? Wenn er dich mit seinen Händen an offenen Schleimhäuten berührt, ist die Infektionsgefahr, die von Bakterien ausgeht, besonders groß. Dazu gehören Mund, Nase, Scheide und After. Du solltest darauf bestehen –«

»Pauline!« Ich fiel ihr ins Wort, aber es war zu spät. Unangenehmes Schweigen schob sich zwischen uns. Die Spannung im Raum war greifbar. Ich fühlte die Aufmerksamkeit von Miriam und Basti auf uns. Gökhans Bewegungen in der Küche wurden immer fahriger, dann entglitt ihm ein Teller. Mit ohrenbetäubendem Scheppern zerbarst das Porzellan auf dem Fußboden. Scherben schossen in alle möglichen Richtungen davon, Gökhan heulte auf, presste sich die Hände auf die Ohren, lief schreiend davon. Auch Miriam schrie. Ebenso wie Pauline hatte sie begonnen, mit dem Oberkörper zu schaukeln. Basti warf das Tablet von sich und kugelte sich auf dem Sofa zusammen.

Ich sprang auf. »Ich bringe das wieder in Ordnung. Alles kein Problem, wir bekommen das hin.«

Sichtlich erschüttert eilte Ruben mir zur Seite. »Was kann ich tun?«

»Unter der Spüle ist ein Handfeger. Schnapp dir den.« Ich griff nach dem Besen.

»Sollten wir nicht besser einen Staubsauger …«

»Bist du wahnsinnig?« Das kam schärfer raus, als beabsichtigt. »Du siehst doch, wie sie auf Lärm reagieren. Hast du dich gar nicht mit ASS beschäftigt, als du in *micronounce* investiert hast? Die meisten Menschen mit ASS nehmen Außenreize viel intensiver wahr als neurotypische Personen. Willst du ihnen wirklich noch mehr Stress machen?«

»Ich wollte nur helfen. Ich wollte –«

»Lass gut sein, okay? Schnapp dir die Kehrschaufel, und sei so unsichtbar wie möglich, damit hilfst du am meisten.« Ich ließ ihn nicht weiter zu Wort kommen und machte mich an die Arbeit. Es dauerte eine Zeit, bis wir auch die letzte Scherbe aufgestöbert und beseitigt hatten. Aus dem Augenwinkel bekam ich mit, wie Ayleen mit Gökhan im Schlepptau zurück in die Küche trat. Der Betreuerin war es gelungen, ihren Schützling zu beruhigen. Auch Miriams Rufe verebbten. Ich zeigte Ruben, wo er den Mülleimer fand. Wenigstens oberflächlich schien nach einer Weile alles wieder in Ordnung. Pauline saß nicht mehr alleine am Tisch. Gökhan, Ayleen und Basti hatten sich zu ihr gesellt.

»Miriam möchte heute nun doch lieber in ihrer Wohnung essen«, erklärte uns Ayleen. »Aber warum versuchen wir es nicht noch einmal von vorne. Ruben, Lou, setzt euch doch zu uns. Gökhan hat zum Mittagessen Hamburger gemacht.«

Tapfer ergriff Gökhan das Wort. »Ich hoffe, es schmeckt euch. Greift zu.«

Pauline kaute auf ihrer Unterlippe herum. Hilfe suchend sah sie immer wieder zu Ayleen. Natürlich nicht wirklich zu Ayleen, eher in die grobe Richtung ihrer Bezugsperson. Ayleen beantwortete den stillen Hilferuf mit einem aufmunternden Nicken.

Ich kannte meine Schwester gut genug, um zu sehen, wie sehr sie mit sich kämpfte. Schließlich gab sie sich einen Ruck. »Mmmmm, Louisa, mmmm?«

»Ja?«

»Ich habe … eine Idee.«

Über die Tischplatte hinweg schob ich meine Hand zu ihr. Für mich spielte es keine Rolle, ob Paulines Aussprache holperte, ich würde ihr immer den Rücken stärken. Das sollte ihr diese Geste zeigen, auch wenn mir klar war, dass sie meine Hand nicht ergreifen würde. »Welche Idee?«

»Gib mir … dein Handy.«

Ich griff nach dem Smartphone in meiner Jackentasche. »Das hier?«

»Ja.«

»Und warum?« Mit dem Display nach oben legte ich das Gerät an die Stelle, wo eben noch meine Hand gelegen hatte. Natürlich griff Pauline lieber nach dem Telefon als nach mir.

»Deine App ist dort drauf. Ich möchte, dass sie mir hilft.«

»Du möchtest *micronounce* nutzen?«, vergewisserte ich mich. Eine Welle der Zuneigung erfasste mich. Das war Paulines Art, »Ich habe dich lieb« zu sagen.

Ihre Finger wischten zielgerichtet über das Display. Wenig später erklang der Start-Jingle der App. »Warum fragst du das? Du weißt, dass ich solche Fragen nicht mag. Ich mache es mir nicht zur Gewohnheit zu lügen, also musst du mir solche Fragen nicht stellen.«

»Ist in Ordnung, Pauline. Ich wollte deine Bitte nicht infrage stellen. Es tut mir leid.« Wann lernte ich endlich, mir rhetorische Fragen, Metaphern oder blöde Witze zu verkneifen, wenn ich mit meiner Schwester sprach? Sie begriff sie nicht, und ich wusste es besser. Aber unsere Sprache, unsere ganze Kommunikation war so angefüllt von hohlen Phrasen und Automatismen, dass ich oft nicht einmal bemerkte, wann ich inhaltsloses Zeug wiederholte. Das war es, was Ruben mir letzte Nacht so verzweifelt versucht hatte klarzumachen. Zu oft zählte in unserer Welt der Schein und nicht der Inhalt.

Pauline richtete die Kamera auf Ruben. Auf meinem Handy hatte ich nur die Beta-Version von *micronounce* installiert, aber das sollte kein Problem sein. Die Erfahrung hatte bewiesen, dass auch diese verlässlich lief.

»Wenn du Ruben filmen möchtest, solltest du ihn vorher um Erlaubnis fragen«, erinnerte ich sie.

Sie räusperte sich, ihre Hände, die sich zuvor wieder etwas beruhigt hatten, begannen erneut zu flattern. »Ruben, darf ich dich filmen, um besser zu verstehen, wie du dich fühlst?« Sie hielt kurz inne, blinzelte, schluckte. »Mmmmh, mmmh. Ich bin sehr nervös. Weil Louisa dich mag, möchte ich, dass du auch mich magst. Aber ich kenne dich nicht. Wenn ich aufgeregt bin, bin ich nicht gut im Kommunizieren.«

Rubens Blick huschte zu mir. Er blinzelte. »Ähm …« Er rieb sich mit der Hand das Kinn. Niemand in der Küche sah ihn direkt an, und doch war ich sicher, dass er die Aufmerksamkeit aller Versammelten auf sich spüren konnte. Manche Blicke besaßen Gewicht, und diese indirekten hier wogen Tonnen. »Natürlich«, stimmte er nach einer Sekunde des Zögerns zu, und Pauline startete die Aufnahme.

Zuerst blieben alle still. Jeder im Raum schien darauf zu warten, dass ein anderer den Anfang machte. Am Ende brach Ayleen das Schweigen.

»Also, ich weiß ja nicht, wie das mit euch ist, aber ich hab Kohldampf. Gökhan hat sehr gute Hamburger gemacht. Die will ich mir nicht entgehen lassen.« Sie erhob sich und ging auf die Küchenanrichte zu, wo sie sich einen Teller vom Stapel griff und sich Zutaten auffüllte. Die Unterseite eines Burger-Buns, darauf ein Blatt Eisbergsalat. Aus dem Warmhaltebehälter holte sie ein Burger-Patty, darauf kam eine weitere Tomatenscheibe, Zwiebeln und eine Saure-Gurken-Scheibe. Getoppt wurde das Ganze von Ketchup, Senf und Mayo aus Plastikflaschen. Nach und nach folgten die anderen Bewohner der Villa Sonnenschein Ayleens Beispiel und bedienten sich am Büfett. Nur Pauline, Ruben und ich blieben sitzen.

»Magst du keine Hamburger?«, fragte Pauline, an Ruben gerichtet.

»Doch, doch. Sehr sogar.« Seine Versicherung garnierte Ruben mit einem gewinnenden Lächeln.

Paulines Miene blieb starr, sie konzentrierte sich auf das Handydisplay. »Das ist eine Lüge.«

»Pauline …«

»Nein, ist schon gut.« Ruben lachte. »Lass sie.« Er legte eine Hand auf meinen Oberschenkel. »Pauline hat recht. Ich bin kein großer Fan von den meisten Hamburgern, die man hierzulande bekommt.« Entschuldigend zuckte er mit den Schultern. »Ich mag das Fleisch nicht durchgebraten. Und außerdem bin ich auch nervös.«

»Okay.« Pauline stand auf. »Ich mag Hamburger, also mache ich mir einen. Louisa?«

»Ja.« Auch ich stand auf, doch meine Schwester hatte noch nicht aufgegeben und versuchte, bei Ruben wiedergutzumachen, was zuvor schiefgelaufen war.

»Wenn du willst, kannst du dir einen Burger ohne Fleisch machen oder nur Salat nehmen. Niemand wird hier böse, wenn du den Hamburger falsch machst.«

»Na, da bin ich aber beruhigt.« In einer fließenden Bewegung stand er auf und ließ eine Hand dabei auf meiner Schulter ruhen, ganz der Gentleman, der warten wollte, bis auch ich mich erhob. In seiner Stimme lag die richtige Dosis gutmütigen Neckens, die den Sarkasmus seiner Worte in Charme verwandelte. Mein Herz flog ihm zu. Ruben Stephanski kontrollierte die Welt einmal mehr. Er ließ sich nicht aus der Ruhe bringen, setzte Charme, Souveränität und eine Prise Humor ein, auch dann, wenn jeder andere am liebsten schreiend davongelaufen wäre. Seine Souveränität übertrug sich auch auf mich. Mein Herzschlag beruhigte sich, der Puls rauschte nicht mehr ganz so laut in meinen Ohren.

Nur Pauline blieb von seinen Bemühungen unberührt. Stirnrunzelnd schaute sie aufs Handydisplay. »Du sagst das wie einen Scherz. Du lachst und zwinkerst, und deine Mundwinkel ziehen sich nach oben. Aber das stimmt nicht. Das war gar kein Scherz. *Micronounce* sagt, dass du wirklich erleichtert bist.«

Eine Kugel im Rücken hätte ihn nicht effektiver stoppen können. Seine Hand fiel von meiner Schulter. Dann, ganz langsam, drehte er sich so, dass er Pauline direkt ins Gesicht sah. »Du hast recht, ich bin erleichtert. Ich wollte nicht, dass du oder die anderen hier merken, wie aufgeregt ich in Wahrheit bin. Ich habe mir große Sorgen gemacht, dass du oder deine Freunde mich für unhöflich halten, wenn ich euer Essen nicht esse. Das ist mir schon sehr oft passiert, und ich mag es nicht.«

»Ach so.« Pauline zuckte mit den Schultern. »In der Villa Sonnenschein brauchst du diese Angst nicht zu haben.« Zum ersten Mal seit unserer Ankunft heute klang meine Schwester richtig fröhlich. »Hier muss niemand essen, was er nicht essen will. Das steht sogar in unseren Regeln. Stimmt's, Ayleen?«

»Stimmt ganz genau.«

»Und wenn du Angst hast, dass Louisa dich nicht mag, weil du keine Hamburger magst, brauchst du dir keine Sorgen zu machen.«

»So?«, fragte er und zog leicht die Augenbrauen hoch. Die Irritation, die ich zu Beginn unseres Besuchs an Ruben wahrgenommen hatte, war verschwunden und einer gutmütigen Erheiterung gewichen. Je länger er hier war, desto mehr schien er Gefallen an unserem Besuch zu finden. »Wie kommt es, dass du dir da so sicher bist?«

»Ganz einfach.« Pauline strahlte. Ruben nahm sie ernst, ein größeres Geschenk hätte er ihr nicht machen können. »Weil sie möchte, dass du deinen Penis in ihre Vagina steckst. Das hat sie mir schon vor Wochen gesagt.«

»Pauline!« Noch nie war Pauline so nah dran gewesen, einem Mord zum Opfer zu fallen. Kein Gericht der Welt hätte mich jemals verurteilt! Doch mein Entsetzen ging in Rubens schallendem Lachen unter. Er zog mich an sich, ich versteckte mein Gesicht an seiner Brust, schützend legte er eine Hand an meinen Hinterkopf, drückte mich an sich und wiegte uns gemeinsam, immer noch lachend, hin und her. Ihn so lachen zu hören, unbefangen, befreit und absolut hemmungslos, war womöglich meine Blamage sogar wert.

KAPITEL 21

Ruben

Um dem Loft einen hippen Industrie-Look zu geben, hatte mein Architekt beim Ausbau des Rundbunkers darauf verzichtet, eine Grundierung auf die Betonwände aufzutragen, bevor er sie hatte streichen lassen. Beton war ein saugfähiger, poröser Werkstoff, niemand konnte ahnen, wie Farbe, die auf diesen Untergrund aufgetragen wurde, trocknete. Über dem Bett, ganz oben an der Decke der Bunkerwand, formten sich Kleckse und Schlieren zu unregelmäßigen Schatten. Ich besaß meinen persönlichen Rorschachtest, direkt in meinem Zuhause.

Ich verengte die Augen, versuchte, mich zu konzentrieren. Was genau wollten mir diese Kleckse sagen? Ein wenig erinnerten sie mich an die Wolken, denen Louisa und ich während unseres Ausflugs in den Königswald bei ihrem Zug über den Himmel zugeschaut hatten. Mit ihrer Hand in meiner und dem Duft nach frischem Grün in der Nase war es so viel leichter gewesen, den willkürlichen Wolkenformen Bedeutungen zuzumessen.

Ich rollte mich auf die Seite, tastete in die Leere neben mir. Ich wünschte, sie wäre hier. Ich verstand ihr Bedürfnis, eine Nacht alleine zu Hause zu verbringen. Seit Freitagabend waren wir ununterbrochen zusammen gewesen, und jemand wie Louisa brauchte Zeit, um ganz alltägliche Dinge zu erledigen. Wäsche zu waschen, das Bad zu putzen, all so was. Um ein Haar hätte ich ihr vorgeschlagen, dass sie ihre Wäsche mit meiner in die Wäscherei geben und wir für das Putzen einen Service beauftragen könnten. Aber dann hatte ich sie angesehen, die Zufriedenheit und Ruhe auf ihrer Miene, weil sie ein paar Stunden in Gesellschaft von Menschen verbracht hatte, die alles andere als perfekt waren, und ich hatte gewusst, dass dieser Vorschlag bei ihr ebenso schlecht angekommen wäre wie meine Zweifel bezüglich des rollenden Schuhkartons.

Jetzt zahlte ich den Preis für meine Rücksichtnahme. Ich angelte nach dem leeren Kissen, presste es mir aufs Gesicht. Louisas Duft hing in dem Stoff, erinnerte meinen Körper daran, wie es sich anfühlte, sie im Arm zu halten. Sie machte es mir so leicht, sie lieben zu wollen. Wenn sie sagte, für sie seien Fehler keine Schwäche, dann meinte sie es. Ich schob das Kissen beiseite, betrachtete stattdessen wieder die Schattenkleckse auf der Wand über mir. War das ein Schmetterling, direkt über meinem Kopf? Eins dieser wunderschönen Wesen, die sich aus hässlichen Raupen entwickelten, Leuchtboten der Transformation und lebende Beweise, dass nicht alles, was hässlich und unförmig, langsam und schwerfällig war, es für immer bleiben musste? Oder waren es zwei Körper, die sich einander zuwandten und die Hände nacheinander ausstreckten. Der eine bucklig und dürr, der andere kugelig dick, mit viel zu langen, strähnigen Haaren, und dennoch reichten sie sich die Hände, um sich zu zeigen, dass sie füreinander da waren.

Stöhnend rieb ich mir die Augen. Was machte ich hier überhaupt? Seit Monaten, ach was, seit Jahren begleitete mich meine Schlaflosigkeit. Noch nie hatte ich den Drang verspürt, nach verkappten Botschaften auf einer schlecht gestrichenen Betonwand zu suchen.

Bevor ich mich weiter der Lächerlichkeit preisgeben konnte, stand ich auf und schlüpfte in eine abgeschnittene Trainingshose. Eine Runde auf der Ruderbank würde mir helfen, meine Gedanken geradezurücken.

Schon fast bei der Treppe angekommen, fiel mein Blick auf die digitale Zeitanzeige des Backofens: kurz nach zwei Uhr am Morgen. Kein normaler Mensch trainierte um diese Zeit. Ich rieb mir die Wangen, fuhr mir mit der Hand in den Nacken. Nein, Louisa hatte recht. Das hier war nicht der richtige Weg. Ehrlichkeit. Das war, was den Besuch in der Villa Sonnenschein so besonders gemacht hatte. Die Aufrichtigkeit der Menschen dort. Schein, Glanz und Trug spielten keine Rolle in der Welt von Louisas Schwester. Doch was blieb von mir, wenn ich alle Täuschungen, alles Taktieren und jedes bisschen Berechnung aus meinem Leben verbannte? Warum hatte mich nie jemand gewarnt, wie einsam es wurde, wenn man alle anderen auf dem Weg zum Gipfel hinter sich ließ? Allein war ich selten, die Einsamkeit hielt das nicht auf.

Statt hinunter ins Gym ging ich zum Schreibtisch. Ein Knopfdruck, und der Rechner sprang an. Mit Louisa an meiner Seite in der Villa Sonnenschein hatte ich mich nicht einsam gefühlt. Zugegeben, die Situation war etwas unbehaglich gewesen. Vor allem am Anfang. Doch nicht einmal die erzwungenen Wahrheiten von *micronounce* hatten mich wirklich gestört. Ich grinste in mich hinein. Was wäre wohl passiert, wenn bei dem Treffen in London mit Allister, James und Robert jemand auf die Idee gekommen wäre, *micronounce* nebenherlaufen zu lassen? Das Gesicht des alten Lüstlings Allister hätte ich gerne gesehen, wenn die App die anderen Meetingteilnehmer darüber in Kenntnis gesetzt hätte, dass es Louisas körperliche Reize und nicht ihre Technologie gewesen waren, die ihm die Röte in die Wangen getrieben hatte. Ich stellte mir vor, wie eine KI in Paulines nüchternem Tonfall verkündete: »James ist erregt. Er möchte seinen Penis in Louisas Vagina stecken«, und im selben Moment verging mir das Lachen.

Übelkeit stieg mir in die Kehle. Eiskalt und ätzend, denn in Wahrheit war an dieser Vorstellung absolut gar nichts lustig. Endlich begriff ich, verstand ich mit jeder Zelle meines Seins, was Louisa seit ihrem Auftritt bei *Unter Haien* versuchte, mir zu vermitteln. Endlich wusste ich, was ich tun musste. Meine Finger zitterten, als ich das Mailprogramm aufrief und ein neues E-Mail-Fenster öffnete. Ich konnte nur hoffen, dass es noch nicht zu spät war.

Louisa

Grüngelbe Lichtblitze begleitet von mechanischem Surren und dem Knistern von Papier erregten meine Aufmerksamkeit. Ich war mit ein paar Ausdrucken auf dem Weg zum Materiallager, wo sich auch die Laminiermaschine befand. Die Mimikbeispiele, die ich aus der *micronounce*-Datenbank ausgesucht hatte, würden sich gut als Wanddekoration in meiner WorkBubble machen, daher die Suche nach dem Laminierer. Dass das Multifunktionsgerät arbeitete, war an und für sich nichts Besonderes – das Ding konnte nicht nur kopieren, sondern auch scannen, drucken, faxen, mailen und wusste der Geier, was sonst noch alles, doch das Fluchkonzert, das das penetrante Piepen des Geräts untermalte, ließ mich stocken. Zeit für eine Heldentat. Ich konnte mich gut daran erinnern, wie es mir während der ersten Tage in der BrainBubble ergangen war. Alles war neu gewesen, ungewohnt und so hochmodern, dass ich ständig gefürchtet hatte, etwas kaputt zu machen. Mittlerweile kannte ich mich gut aus. Warum sollte ich mein Wissen nicht weitergeben?

»Kann ich helfen?« Nicht einmal der Kopierer des Grauens würde heute meine Laune dämpfen können.

Noch immer hallte der gemeinsame Besuch mit Ruben in der Villa Sonnenschein in mir nach. Nach dem holprigen Start hatten wir richtig viel Spaß zusammen gehabt. Zuzusehen, wie Ruben einem mutterlosen Lamm die Flasche gab, war so süß gewesen, dass ich befürchtet hatte, auf der Stelle an einem Zuckerschock zu sterben. Natürlich war Pauline nicht so leicht zu beeindrucken gewesen wie ich. Immer wieder hatte sie ihn ermahnt, dass das Lamm nicht zu schnell trinken durfte, weil es sonst Bauchweh bekäme. Trotzdem war Rubens Charme und seine Bereitwilligkeit, auf sie und die anderen Bewohner einzugehen, auch an meiner Schwester nicht abgeprallt, und ich hatte beobachten können, wie sie dahingeschmolzen war. Ihr abschließendes Urteil gestern Abend am Telefon war entsprechend wohlwollend ausgefallen.

»Ruben ist ein sehr netter Mann«, hatte sie gesagt. »Ich bin damit einverstanden, dass er seinen Penis in deine Vagina steckt.«

»Pauline, echt jetzt? Du weißt genau, wie peinlich es mir ist, wenn du das so sagst. Du machst das nur, um mich zu ärgern.«

»Das stimmt«, gab sie trocken zu, und dann lachten wir gemeinsam bis uns die Bäuche wehtaten und ich das Telefonat beenden musste, um die Dinge, derentwegen ich Ruben am Nachmittag weggeschickt hatte, zu erledigen. Dennoch begleitete mich das beschwingte Gefühl, mit dem richtigen Menschen am richtigen Punkt in meinem Leben angekommen zu sein, bis in den heutigen Tag.

Wie die meisten Büros in der BrainBubble war auch der Kopierraum in einem containerartigen Oval untergebracht. Im Gegensatz zu den WorkBubbles besaß er jedoch keine Fenster. Dafür lief die Klimaanlage nonstop, damit keines der hier untergebrachten technischen Geräte heiß lief. Ein leises Surren lag in der Luft, als würde man beim Eintreten das Innere eines atmenden Wesens betreten.

»Das Ding ist ein Ungeheuer. Ich schwöre, es hat einen eigenen –« Ich stockte mitten im Satz. »Was machst du denn hier? Hat Marcel frei?« Mit allen Mitgliedern der BrainBubble hätte ich hier gerechnet, nur nicht mit Ruben.

»Nein, ich …« Er machte eine wegwerfende Bewegung mit der Hand. Konzentriert starrte er auf das Display des Kopierers. Wäre da nicht das frenetische Geheul des Geräts gewesen, hätte ich mich stundenlang in seinem Anblick verlieren können. Vor mir stand das perfekte Abbild des Geschäftsmanns ohne Fehl und Tadel. Kein einziges Haar an ihm saß an der falschen Stelle, er wirkte wie aus dem Ei gepellt. Das kapitänsblaue Sakko war leicht tailliert, sodass es seine schmalen Hüften und die trainierte Brust betonte. Ein Einstecktuch blitzte aus der Brusttasche hervor, und der Stoff der Weste schimmerte leicht im Licht des Kopierers. Niemand, der ihn so sah, würde glauben, dass dies derselbe Mann war, der lieber in einem Deckennest auf dem Sofa schlief statt in einem zigtausend Euro teuren Designerbett.

»Ich dachte, es geht schneller, wenn ich die Ausdrucke selbst durch den Kopierer jage. Ich brauche acht Versionen. Der Fahrradkurier ist schon auf dem Weg. Die Verträge müssen unbedingt mit in die heutigen

Sitzungen. Weiß der Geier, warum bestimmte Institutionen immer noch auf Papierausdrucke bestehen.«

»Lass mich mal sehen.« Ich schob mich an Ruben vorbei zwischen ihn und den Kopierer. »Papierstau« stand groß und fett auf dem Display. »Hast du die Seiten einzeln eingelegt?« Ich hoffte für Ruben, dass es nicht wirklich ein Papierstau war. Ein Papierstau war das Schlimmste! Das hatte ich herausgefunden, als ich die Anträge zur Aufnahme in das Pilotprogramm der Bundesregierung für medizinische Apps ausgefüllt hatte. Wie Ruben war ich halb darüber verzweifelt, warum dieser ganze Bürokratiekram selbst in der heutigen Zeit nicht online funktionierte. Im Inneren bestand dieses Gerät nur aus Walzen, Rädern und Klappen, und je umfangreicher der Vorlagenstapel war, desto größer die Wahrscheinlichkeit, dass sich das Ding in seiner Gier, Blätter zu fressen, verschluckte. In zigtausend Winkeln und Spalten konnten sich Fetzen Papier verkanten und dort für Unruhe sorgen. Wenn ich Ruben helfen wollte, bestand der erste logische Schritt darin, den Kopierkopf aufzuklappen und einen Blick in die Eingeweide der gefräßigen Bestie zu werfen.

Ruben sah mir bei meinen Bemühungen über die Schulter. »Nein, ich habe die Vorlagen fein säuberlich gestapelt in die manuelle Papierzufuhr gelegt. Marcel sagte, so geht es.«

»Das könnte ein Fehler gewesen sein.« Ich entfernte die Abdeckung unter der manuellen Papierzufuhr. Auf den ersten Blick erspähte ich dort nichts Verdächtiges. Keine Papierziehharmonika oder Blätterecken, die irgendwo hervorlugten, wo sie nichts zu suchen hatten. Aus Erfahrung wusste ich aber, dass es da eine versteckte Ritze gab, in die metallische Zähne ragten, die schon so mancher Kopiervorlage den Garaus bereitet hatten. Das Problem war nur, um an diese Ritze zu kommen, bedurfte es einiger Verrenkungen. Man musste sich über die aufgeklappte Seitenabdeckung lehnen und von dort halb hinter den Kopierer kriechen. Menschen mit Oktopusarmen wären an dieser Stelle klar im Vorteil gewesen, ich für meinen Teil musste mich auf die Zehenspitzen stellen, um dann den Oberkörper abzuknicken und … Die Bewegung ließ den Saum meines Rocks an den Oberschenkeln nach oben rutschen und brachte meinen Hintern in direkten Kontakt mit Rubens Leiste.

Man sollte meinen, irgendwann würde die Intensität nachlassen, die mir jedes Mal durch die Adern sirrte, sobald Ruben mich auf diese Art berührte. Stattdessen war das Gegenteil der Fall. Viel eher fühlte es sich an, als würde die Verbindung zwischen unseren Körpern wachsen, je öfter wir sie pflegten. Nun, nach einer ganzen Nacht Enthaltsamkeit und Sehnen brauchte es nicht mehr als eine einzige Berührung von stählerner Härte unter seidigweichem Anzugstoff an meinem Po, und mein Körper öffnete sich für ihn.

Gleichzeitig stöhnten Ruben und ich auf. Seine Hände landeten auf meinen Hüften, sein Griff fest, fast schmerzhaft, aber so, so gut.

Ich schob meine Hüfte nach hinten, presste mich an ihn. Da war etwas in mir, tief verwurzelt, das stärker war als Vernunft, und dieses Etwas reagierte auf ihn, verlangte nach Nähe und Lust.

Ruben schob den Stoff meines Rocks noch ein Stück höher, mit dem Fuß kickte er die Tür zum Kopierraum zu.

»Wir sollten nicht …« Meine Zweifel klangen geradezu lachhaft halbherzig.

»Du hast recht, wir sollten das nicht tun. Entschuldige.« Ruben war so gut darin zu bereuen, wie ich darin war, Bedenken zu äußern. Nichts tat ihm leid, und das war gut so, denn auch ich hatte keine Zweifel. Seine Finger wanderten weiter, unter meinen Rock.

»Diese Strümpfe haben mich wahnsinnig gemacht, seit du mir heute Morgen das Foto geschickt hast.« Mit den Fingerspitzen betastete er den Spitzenrand meiner halterlosen Strümpfe. Sie waren ein Spontankauf gewesen, letztes Wochenende in der Drogerie. Ich hatte mich beseelt gefühlt von der Nacht in London, weiblich und verführerisch. Wenn ich gewusst hätte, welchen Effekt das Foto von einem Fetzen Stoff mit ein wenig Spitzenborte auf Ruben ausüben konnte, hätte ich die paar Euro womöglich schon früher investiert. Weiter tasteten seine Finger, immer weiter. Ich ließ meinen Oberkörper auf das Glas des Kopierers sinken, legte den Kopf auf meine verschränkten Arme. Unter dem Rock fand

Rubens Zeigefinger sein Ziel, kreiste, rieb. Da war nur noch der dünne Stoff meines Slips zwischen dem Punkt meines Körpers, wo alle Lust, alles Sehnen sich bündelte, und seinem Finger.

Ein Wimmern entfuhr mir.

Ruben hielt inne. »Psst«, flüsterte er, »keinen Ton. Sonst höre ich auf.«

Ich wagte nicht zu antworten. Ich hatte keine Ahnung, wie ich es überleben sollte, wenn er mich jetzt hängen ließe. Mein ganzes Sein bestand nur noch aus Sehnsucht. Langsam, ganz langsam, nahm sein Finger die Liebkosungen wieder auf. Über dem Stoff des Slips rieb er über meinen Eingang. Nur dort, wo ich ihn am meisten haben wollte, berührte er mich nicht.

»Hast du mich verstanden, Louisa? Keinen Ton.«

»Ja. Oh. Ja, Ruben, ich hab ... oh Gott ... ja, da ... ich hab verstanden.« Ich wippte mein Becken, suchte den richtigen Winkel. Die Kante des Kopierers quetschte meine Brüste, meine Füße drohten, einen Krampf zu bekommen, so verrenkt hing ich über dem Gerät, aber irgendwie machte die Unbequemlichkeit unser verruchtes Spiel noch heißer. Sie setzte ein Ausrufezeichen unter das Verbotene, Anrüchige, stieg mir zu Kopf. »Ich sag nichts«, versprach ich, »ich bin ganz leise.«

Endlich berührte sein Finger mich dort, wo ich ihn am meisten brauchte, und wie um mein Versprechen zu verhöhnen, entrang sich mir ein Stöhnen. Ich versuchte, es herunterzuschlucken, biss mir auf die Lippe, fest genug, dass es schmerzte. »Bitte«, flehte ich, »bitte, nicht aufhören.«

Ein Reißverschluss ratschte. Antwortend zogen meine inneren Muskeln sich zusammen, betonten die Leere, die ich so gerne mit ihm füllen wollte.

»Kein Kondom.« Mir blieb gerade noch genug Vernunft, um ihn daran zu erinnern.

»Ich weiß.« Kam dieses Grollen tatsächlich von Ruben? Seine Stimme war mindesten um eine Oktave gesunken.

Ich wollte mir Gedanken darüber machen, was es bedeutete, dass er das hier gestartet hatte, obwohl er wusste, dass wir es nicht zu Ende bringen konnten, ich wollte mir Gedanken darüber machen, was es bedeutete, dass ich ihn nicht stoppte, immer noch nicht. Aber sein Finger war zu geschickt, und er versuchte nicht einmal, in mich einzudringen. Nicht mit seinem Finger, nicht mit seinem Glied. Ich warf einen Blick über die Schulter. Sein Unterarm bewegte sich rhythmisch, und jetzt hörte ich auch das Reiben von Haut auf Haut, das verriet, was Ruben machte. Sein Kinn hatte er in die Höhe gereckt, die Lippen aufeinandergepresst, so fest, dass die Sehnen im Hals hervortraten. Er holte sich, was er wollte, und gab mir, was ich brauchte. Perfekter konnte Egoismus nicht sein, noch nie hatte ich etwas derart Erotisches gesehen, gefühlt oder getan. Plötzlich standen mir Tränen in den Augen. Keine traurigen Tränen, sondern solche, die die Seele schickte, weil ihr die Worte fehlten, weil alles zu viel war. Zu großartig und intensiv. Ich wagte nicht zu blinzeln, aus Angst, etwas zu verpassen, dann musste ich die Augen schließen, denn das, was vorher in mir gewesen war, dieses Meer an Empfindungen und Lust, brach sich mit einem Mal Bahn. Es war schmerzhaft schön, weil es schmerzhaft war in seiner Intensität und schön in seiner Vollkommenheit. Ich bebte, und ich zuckte, ich biss mir in den Unterarm, um nur ja kein Geräusch von mir zu geben. Die Stille, die ich mir aufzwang, machte alles noch lauter. Das Tosen in mir, in meinem Körper. Unter den geschlossenen Augenlidern fielen meine Tränen auf das Glas des Kopierers, und dann kam auch Ruben. Ich merkte es an der salzigen Würze, die sich plötzlich in den Raum schob. Wir hatten oft genug miteinander geschlafen, dass ich diesen Duft nach Sex erkannte. Den letzten Zweifel tilgte Rubens gepresstes: »Fuck, Louisa, yes.«

Hinterher wagte ich nicht, mich zu rühren. Ein Teil von mir flog noch immer in den Wolken. Langsam zog Ruben die Finger unter meinem Rock hervor. Ich verlagerte das Gewicht, testete meine Standfestigkeit erst auf dem einen, dann auf dem anderen Bein, dann richtete ich mich schwankend und schwindelig auf. In mir lauerte ein Kichern. Über die Schulter hinweg sah ich zu Ruben, ein wenig peinlich berührt, aber so, so befriedigt. Auf seiner Miene spielte ein Echo meiner eigenen Belustigung. Ich konnte nicht glauben, dass wir das wirklich getan hatten. Wo war die alte Louisa hin? Die, die stets ein Urteil über sich erwartete, die ständig auf der Hut war, aus Angst, in eine Schublade gesteckt zu werden, die ihr nicht gefiel? Sie gab es nicht mehr. Die Louisa von heute machte sich nicht mehr klein. Sie war schön und schlau, sie kannte ihren Wert, und sie scheute sich nicht davor, sich zu nehmen, was sie wollte.

Auch von dem überpeniblen Geschäftsmann war nicht mehr viel übrig. Etwas linkisch hielt Ruben sich die linke Hand vom Körper, die Finger halb zu einer Faust gekrümmt, als würde er etwas darin festhalten. Was er – strenggenommen – auch machte.

Dem Kichern nachgebend, zog ich das Einstecktuch aus der Brusttasche seines Jacketts und reichte es ihm. »Hier. Fürs Erste.«

Selbst jetzt, während er sich die Spuren unseres Quickies mit edlem Seidenbrokat von den Händen wischte, hatten seine Gesten etwas Königliches. Es musste an der Art liegen, wie die Manschetten mit den gravierten Manschettenknöpfen sich um seine Handgelenke schmiegten, wie die Sehnen in seinen Handrücken hervortraten und seine langen Finger sich bewegten.

Wärme sammelte sich erneut zwischen meinen Beinen, floss von dort durch meinen Körper, bis in die Wangen.

»Falls das Ding wirklich einen Papierstau hat, haben wir den so ganz sicher nicht aufgelöst.« Ich zupfte an meinem Rock. Das Innenfutter klebte an meiner überhitzten Haut, und jede noch so kleine Berührung trug die Erinnerung an Rubens Hände. »Eigentlich wollte ich dich nur fragen, wie es dir geht und ob du Lust auf ein gemeinsames Mittagessen hast. Ich hab dich vermisst.«

»Auf jeden Fall geht es mir jetzt viel besser als noch vor zehn Minuten.« Er grinste schief. Das zerknüllte Einstecktuch wanderte diskret in Rubens Hosentasche. »Eine Kleinigkeit zu Mittag wäre nicht schlecht. An was hast du gedacht? Willst du rausgehen oder im Haus bleiben?«

»Keine Ahnung, ich richte mich nach dir. Vorher sollten wir uns aber wirklich um die Störung hier kümmern. Vielleicht ist es ja gar kein Papierstau. Hast du den Fehlercode überprüft? Deine Ausdrucke …«

»Können warten.« Geschlagen warf er die Hände in die Luft. »Ein Stratege weiß, wann er verloren hat, und dieses Ding nennt sich zwar Multifunktionsdrucker und kann womöglich sogar eine autarke Marskolonie aufbauen, aber ich bin nicht der richtige Mann, um ihm seine Geheimnisse zu entlocken. Ich werde Marcel beauftragen, sich um das Problem hier –« Er kam nicht mehr dazu, den Satz zu beenden. Die Tür zum Kopierraum flog auf, und wie von Rubens Worten herbeibeschworen, platzte Marcel in den winzigen Raum.

»Ruben, hier bist du! Ich habe dich schon –« Er unterbrach sich, stockte mitten im Satz und blieb abrupt stehen. Ruckartig wandte er den Kopf von Ruben zu mir, zurück zu Ruben. Ich mochte das Zahlen-Ass in diesem Raum sein, aber eins und eins konnte Marcel allemal zusammenzählen. Seine Mundwinkel zuckten. Immerhin bemühte er sich redlich um Coolness, doch der Versuch scheiterte auf ganzer Linie. Für die Dauer mehrere Sekunden standen wir da, wie zu einem Gemälde erstarrt. Nicht ganz in flagranti ertappt, aber nahe genug dran, um den winzigen Raum mit Unbehagen zu füllen.

»Was?«, bellte Ruben. »Ich nehme an, du hattest einen Grund, mich zu suchen.«

So unauffällig wie möglich tastete ich mit den Zehen des rechten Fußes nach meinem Pump. Irgendwann in den letzten zehn Minuten musste mir der Schuh in der Hitze des Gefechts vom Fuß gerutscht sein. Ups.

Marcel straffte die Schultern. Bei Rubens barscher Nachfrage war er sichtlich zusammengezuckt, das versuchte er jetzt wiedergutzumachen. Seine Finger umklammerten ein Blatt bunt bedruckten Papiers, das er nun Ruben unter die Nase hielt. Was darauf stand, konnte ich nicht entziffern, doch die farbigen Balken und unterschiedlich großen Typos deuteten darauf hin, dass es sich um den Ausdruck einer Internetseite handelte.

Was auch immer Ruben dort las, musste fürchterlich sein. Seine ganze Haltung verhärtete sich. Ich erkannte nur winzige Regungen, ein Zucken in seiner Wange, Anspannung in den Lippen, den Tonus seiner Augenlider, der sich veränderte. Ich brauchte meine App nicht, um zu wissen, dass diese Mikrogesten nichts Gutes bedeuteten. Unwillkürlich hielt ich die Luft an.

Marcel fuhr fort: »Der Sender hat in den vergangenen zehn Minuten mehrfach angerufen. Ihre PR-Leute sprechen bereits mit deinen PR-Leuten, aber es ist wichtig, dass du selbst Stellung beziehst. Gerade auf dich werden sie sich stürzen, weil eure Feindschaft ein großer Teil des Storytellings während der Sendung –«

»Thomas Gering und ich hatten keine Feindschaft.« Rubens Stimme klang barsch und endgültig. Sie ließ keinen Raum für Zweifel, zog eine präzise Grenze zwischen Wahrheit und Unterstellung. »Wir hatten in vielen Dingen eine andere Meinung, das war es aber auch schon.«

Abwehrend hob Marcel beide Hände. »Ich bin es nicht, den du davon überzeugen musst. Ich trage nur weiter –«

»Schon gut, ich habe verstanden. Geh schon mal in mein Büro, wir treffen uns dort. Ich brauche drei Minuten, dann komme ich nach.«

Bis hinter Marcel die Tür zurück ins Schloss fiel, hielt ich die Luft an, dann erst wagte ich auszuatmen. »Ich nehme an, das bedeutet, aus unserem Mittagessen wird nichts?« In Wahrheit waren es ganz andere Dinge, die mir auf der Zunge brannten. Ich wollte wissen, was Ruben gelesen hatte, das ihn derart schockierte. Ich wollte seine Hand nehmen und ihm versichern, dass er auf mich zählen konnte, gleichgültig, welche Prüfung ihm bevorstand. Ich wollte ihm sagen, dass er nicht perfekt sein musste, damit ich ihn liebte. Himmel, nicht einmal, um meinen Respekt zu verdienen, musste er das sein. Aber die Kluft, die Ruben mit seiner harschen Strenge gegenüber Marcel geschlagenen hat, trennte nun auch mich von ihm. Wenn dieser Ruben mir gegenüberstand, wagte ich kaum, in seiner Gegenwart zu atmen, geschweige denn, persönliche Fragen zu stellen. Ich wusste, was ich wollte. Ich wollte ihn, alle Seiten von ihm, immer und zu jederzeit, egal, ob es ihm gut ging oder schlecht. Aber wenn er diese Mauer aus Unnahbarkeit um sich errichtete, machte er es mir verdammt schwer, solche Wünsche zu äußern.

»Es tut mir leid, Louisa.« Er kniff sich mit Daumen und Mittelfinger in die Nasenwurzel.

»Muss es nicht. Ich … ähm … Darf ich dich anrufen? Später?«

»Ich kann nichts versprechen.« Er beugte sich zu mir. Der Kuss, den er mir auf die Lippen drückte, schmeckte wie ein Trostpreis.

»Okay, dann bis –« Ich musste mich nicht entscheiden, wie ich den Satz zu Ende bringen sollte, denn ehe ich dazu kam, ihn auszusprechen, verließ Ruben den Raum.

KAPITEL 22

Louisa

Im Frühjahr, wenn die Tage immer länger wurden und das Bukett sprießender Triebe und frischen Grüns mehr und mehr den Mief der Großstadt übertünchte, liebte ich Berlin besonders. Von der Hafenbar ein paar hundert Meter spreeaufwärts klang Musik zu Tobi und mir. Wir hatten auf einen Tisch im Biergarten gehofft, waren jedoch nicht fündig geworden. Im Nachhinein stellte sich das als Glück heraus. Statt uns an einen der eng gestellten Tische zu quetschen, hatten wir uns bei einem Späti ein hawaiianisches Bier geholt und es uns im Ufergras bequem gemacht. Um ehrlich zu sein, schmeckte ich keinen großen Unterschied zwischen dem Kona und jedem anderen Hellen. Aber ich mochte die bunten Etiketts auf den Flaschen und die Vorstellung, beim Trinken das Aroma exotischer Früchte auf der Zunge zu schmecken. Am gegenüberliegenden Ufer streichelten die Zweige einer Trauerweide die Wasseroberfläche. Gelbgrüne Blütenpollen trieben in Schlieren auf dem Fluss. Im Westen ging die Sonne unter, schüttete flüssiges Gold auf das moosgrüne Wasser. Tobi und ich waren nicht die Einzigen, die einen langen Arbeitstag im Freien ausklingen ließen. Von etwas weiter weg wehten Gitarrenklänge zu uns herüber, immer wieder unterbrochen von dem herzhaften Lachen einer Frau.

Ich lehnte mich auf die Ellenbogen zurück, reckte mein Gesicht den letzten Strahlen der Sonne entgegen und schloss die Lider. »Falls ich einschlafe, weck mich nicht. Das hier ist zu gut, um es zu unterbrechen.«

»Sag bloß, du hast schon genug davon, die Überfliegerin zu spielen?«

»Nein, gar nicht.« Ich öffnete die Augen, hielt den Blick aber in den Himmel gerichtet. Direkt über uns funkelten bereits die ersten Sterne, während über den Baumkronen das Licht noch immer warm und fließend schien. »Ab und zu erwäge ich nur, meine Wohnung aufzugeben und ganz in die BrainBubble zu ziehen. Es ist so leicht, während der Arbeit die Zeit zu vergessen und sich zu verlieren.«

»Der Ausgleich ist wichtig. Niemand kann vierundzwanzig-sieben auf Hochtouren laufen.«

»Hört, hört, da spricht der Psychologe.«

Tobi lachte und stupste mich mit der Schulter an. »Zieh mich nur auf, mir soll's recht sein. Je mehr Menschen sich in den mentalen Ruin treiben, desto mehr habe ich künftig zu tun. Hoch lebe der Burn-out!«

»Du bist unmöglich.« Ich lachte mit ihm. Natürlich meinte Tobi nicht ernst, was er sagte. Niemals würde er irgendjemandem etwas Böses wünschen, so war er einfach nicht. Aber meinem Lachen fehlte das letzte Fünkchen Aufrichtigkeit. Ich dachte an Ruben und den Angstschweiß auf seiner Haut nach dem Albtraum und wechselte das Thema. »Die Zulassung als Medizinprodukt für *micronounce* ist übrigens durch.«

»Das hattest du mir geschrieben. Herzlichen Glückwunsch. Du hast dich da ja auch wahnsinnig reingehängt.«

»Das stimmt. Aber weißt du, was das Beste ist? Ich habe von diesem Programm des Gesundheitsministeriums gehört. Ausgewählte Apps sollen künftig darin aufgenommen werden. Wenn die Zertifizierung durch ist, können Ärzte das App-Abo auf Rezept verschreiben. Das wäre perfekt für uns, oder? Ich habe schon immer gesagt, dass medizinisches Fachpersonal unsere wichtigsten Multiplikatoren sind.«

»Hm.«

»Ich meine, das große Problem im Vertrieb von *micronounce* ist, dass die App nicht selbsterklärend ist. Die Anwendung muss überwacht werden, sonst kann sie Schaden anrichten. Auf diesen Punkt kommt es immer wieder zurück. Wenn jetzt die App aber über Ärztinnen und Ärzte vertrieben wird, können sie die Aufklärung übernehmen. Für uns wäre das die perfekte Lösung.«

»Was sagt Ruben dazu?«

»Ach, der.« Ich schnaubte. »Der gibt mal wieder den Spielverderber und meint, Ärzte seien keine guten Verkäufer. Das hätte was mit Berufsethos und so zu tun.« Diese Diskussion hatte ich seit unserem Trip nach London so oft mit Ruben geführt, meine Lust, sie jetzt auch mit Tobi wiederzukäuen, tendierte gegen minus unendlich. Aber er hatte gefragt, und immerhin gehörten ihm Anteile von *micronounce*. »Jetzt ehrlich, woher will Ruben sich da so sicher sein? Seine Kernkompetenz liegt nicht im medizinischen Bereich. Die meisten seiner Investments beschäftigen sich mit Nachhaltigkeit und technologischen Inventionen. Sicher, das Herz von *micronounce* ist eine technologische Revolution –«

»Da schau sich einer die gute Louisa an!«, unterbrach Tobi mich schmunzelnd. »Sag mal, was hast du mit meiner Freundin Lou gemacht?«

Ich riss ein paar Grashalme ab und warf sie Tobi ins Gesicht. »Was soll das denn?«

»He! Behandelt man so seinen besten Kumpel?« Er wischte sich mein Geschoss ab, dabei wurde sein Blick ganz warm und ehrlich. »Ich meine es ernst, Lou. Es ist der Wahnsinn, wie du dich in den letzten Monaten weiterentwickelt hast. Hier stehst du …«

»Liegst du.«

»Hier liegst du, und es bereitet dir überhaupt keine Schwierigkeiten zuzugeben, wie großartig du bist. Und nicht nur das. Du hast sogar den Mumm, die Entscheidungen eines Mannes anzuzweifeln, den du bewunderst und der von außen betrachtet deutlich mehr Erfahrung hat als du. Siehst du nicht, wie sehr du gewachsen bist? Persönlich, meine ich. Im letzten Herbst wolltest du noch mich vorschicken, um *micronounce* zu präsentieren. Jetzt reckst du das Kinn und straffst die Schultern und setzt dich selbst gegen einen Hardliner wie Ruben durch. Daran sind schon ganz andere gescheitert.«

»Ich bin nun mal überzeugt von meiner Strategie.« Ich nickte, mehr zu mir selbst als zu Tobi. »Ich meine, warum sollte es mir nicht gelingen, Ärzte mit ins Boot zu holen? Schließlich würden sie mitverdienen, wenn sie *micronounce* verschreiben. Bei Hautärzten zum Beispiel funktioniert das doch auch. Die verkaufen in ihren Praxen aktiv Therapien, die nicht im Leistungskatalog der Krankenkassen enthalten sind. Faltentherapie, Lasermedizin und so. Das ist viel mehr klassischer Vertrieb als der Hinweis auf eine von den Kassen anerkannte App auf Rezept.«

»Du hast dir das sehr genau überlegt.«

Ich nickte.

»Woher kommen dann deiner Meinung nach Rubens Vorbehalte?« Tobi klang nicht so, als wollte er meine Meinung ändern. Er half mir nur, meine Gedanken zu sortieren, indem er mich ermutigte, sie laut auszusprechen.

Ich nahm einen Schluck Bier. »Ganz ehrlich?«

»Klar.«

»Ruben ist auf Erfolg getrimmt. Und so gern er joggt, im Geschäftsleben ist er eher ein Sprinter als ein Marathonläufer. Je schneller sich ein Investment für ihn lohnt, desto schneller kann er sich neuen Projekten zuwenden, und das betreute Start-up wird ein Teil seiner Erfolgsbilanz. Wenn es sich hingegen länger hinzieht, bis er sein Geld zurück hat, besteht immer die Gefahr, dass ein Scheitern der Gründer auch auf seinen Namen abfärbt, und für Ruben ist nichts schlimmer als der Gedanke zu scheitern. Kannst du dich an diesen schmierigen Typen Allister in London erinnern?«

»Wie hätte ich den vergessen sollen?« Tobi verzog das Gesicht.

»Der hat doch tatsächlich ein Angebot geschickt. Er hätte sogar schon einen ersten Lizenznehmer für die Technologie. Eine Dating-Plattform. Kannst du dir das vorstellen? Das ist doch total absurd.«

Absurd genug, damit auch Tobi ein Lachen ausstieß. »Was soll denn eine Dating-Plattform mit einer Software für Menschen mit ASS anfangen?«

»Genau das ist es ja. Die wollen unsere Technik gar nicht zur Kommunikationsunterstützung einsetzen, sondern als Gadget für einsame Herzen. So frei nach dem Motto: Wir sagen dir, was dein Dating-Partner wirklich von dir hält. Das ist doch absolut gaga, oder?«

»Auf jeden Fall hat es rein gar nichts mit deiner Vision für *micro-nounce* zu tun.«

»Nein.« Ich ließ mich zurück auf den Rücken fallen. Ein Grashalm kitzelte mich am Ohr, und ich riss ihn aus. Nachdenklich drehte ich ihn zwischen den Fingern hin und her. Genau so ging es manchmal in meinem Kopf zu. »Aber wie gesagt, ich denke, wenn ich Ruben von diesem Förderprogramm erzähle und ihm die Korrespondenz zeige, die belegt, dass wir realistische Chancen haben, darin aufgenommen zu werden, wird er endlich begreifen, dass eine rein medizinische Ausrichtung der App die einzige valide Alternative ist.«

»Er weiß das noch gar nicht?« Tobi klang erstaunt.

»Ne.« Ich schleuderte den Grashalm von mir und seufzte. »Seit Montag ist absolut kein Rankommen an ihn. Eigentlich wollten wir zusammen Mittagessen gehen, da wurde er für irgendeinen Notfall weggerufen, und seither sehe ich ihn nur von Weitem. Sein Assistent bewacht ihn wie ein Rottweiler. Niemand darf auch nur in die Nähe von Rubens WorkBubble ohne expliziten Termin. Selbst auf meine Nachrichten und Mails reagiert er nur noch sporadisch.«

Tobi kratzte sich am Kinn. »Eigentlich kein Wunder, oder? Ich meine, ich hätte es mir denken können. Nach dem, was passiert ist, befinden sich alle Juroren von *Unter Haien*, im Grunde sogar das ganze Konzept, total in der Kritik.«

Ruckartig setzte ich mich auf. »Was meinst du mit ›nach dem, was passiert ist‹?«

»Na, der Tod von Thomas Gering. Sag nicht, du hast davon nichts mitgekriegt?«

»Wie sollte ich denn?« Meine Stimme überschlug sich. »Ich sitze jeden Tag vierzehn Stunden in meiner WorkBubble, schreibe Anträge, telefoniere und beantworte Mails. Ich bin Programmiererin, Tobi. Dieses Zeug fliegt mir nicht zu. Ich krieg das nur hin, wenn ich alles andere vollkommen ausblende. Seit dem Wochenende ist das hier das erste Mal, dass ich blauen Himmel sehe. Selbst alle Push-Benachrichtigungen auf dem Handy habe ich abgeschaltet.«

Es dauerte einen Augenblick, bis Tobi weitersprechen konnte. Er schloss kurz die Augen, atmete einmal tief durch. Dann sagte er: »Thomas Gering hat sich am vergangenen Wochenende in seiner Gefängniszelle erhängt, Lou. Unabhängig vom Ausgang des Gerichtsprozesses hätten ihm die Vorwürfe wegen Insiderhandels ewig angehaftet. Beruflich war er erledigt, und diese Schmach konnte er offensichtlich nicht ertragen.«

Nur langsam drang die volle Tragweite des Gehörten zu mir durch. Thomas Gering hatte sich das Leben genommen. Während ich Ruben in meinem rollenden Schuhkarton mit zu meiner Schwester geschleift hatte, um ihm zu beweisen, dass der Druck, den er sich machte, vollkommen unnötig war, weil im wahren Leben andere Dinge zählten als Perfektion, war Thomas Gering an ebendiesem Druck zerbrochen. Reue traf mich mit einer solchen Wucht, dass mir schwarz vor Augen wurde. Ich hatte die schiere Dimension der Belastung, unter der Menschen wie Ruben und Gering standen, maßlos unterschätzt. Statt in die Villa Sonnenschein hätte ich Ruben ebenso gut mit in die Villa Kunterbunt schleppen können. Offenbar dachte auch ich, dass ich mir die Welt machen konnte, widdewidde wie sie mir gefiel. Übelkeit versperrte mir die Kehle. Was hatte ich mir nur gedacht?

»Hey, Lou, alles okay? Du bist ganz blass geworden.« Eine Hand legte Tobi mir auf die Schulter, mit der anderen reichte er mir sein Bier. Der Appetit auf Bier war mir gründlich vergangen. »Hast du ihn gekannt? Gering meine ich?«

Immer noch unfähig zu sprechen, schüttelte ich den Kopf. »Nur von der Aufzeichnung.«

»Trotzdem ist es immer ein Schock, so etwas zu hören. Du solltest darüber sprechen.«

»Ich muss los.« Taumelnd kam ich auf die Beine, stolperte ein paar Schritte die Uferböschung hoch. Eine Fahrradbremse quietschte. Um ein Haar hätte mich ein Radler umgemäht. Tobi packte mich am Arm und riss mich zurück. Ich fiel mit dem Rücken gegen seinen Brustkorb, das bewahrte mich davor, die Uferböschung hinab in den Fluss zu fallen. Der Fahrradfahrer fluchte und zeigte mir im Weiterfahren den Mittelfinger. Umstehende Fußgänger beobachteten das Beinah-Drama mit großen Augen.

»Lou!« Tobi schüttelte mich. »Hörst du mich?« Meine Zähne schlugen aufeinander. Ich zitterte, alles, woran ich denken konnte, war, wie dringend ich zu Ruben musste. Das, was er mir anvertraut hatte, hätte ich niemals so einfach beiseitewischen dürfen. Meine Fantasie förderte die allerfürchterlichsten Bilder zutage. Ruben mit einem Strick um den Hals. Ruben, leichenblass, mit tiefvioletten Schatten unter den Augen. Und ich hatte geglaubt, ein paar leere Phrasen à la »Du bist toll, so wie du bist« und ein Ausflug zur Villa Sonnenschein könnten die Last von ihm nehmen, die ihm Albträume bescherte und ihn in einer teuflischen Spirale gefangen hielt, in der immer nur Leistung zählte! Ich presste die Augenlider zusammen, schüttelte den Kopf in dem hilflosen Versuch, die schrecklichen Bilder zu verscheuchen.

»Ich muss zu ihm.« Meine Stimme klang erstickt. »Tobi … Was, wenn er der Nächste ist? Was, wenn …«

»Lou«, erneut schüttelte er mich ein wenig. »Lou, hör mir zu. Du musst jetzt klar denken. Hast du irgendeinen Grund für deine Befürchtungen? Hat Ruben je Andeutungen in diese Richtung gemacht?«

Ich schüttelte den Kopf. »Nein, aber –«

»Nichts *aber*. Es ist total okay, dass du jetzt bei ihm sein willst. Er ist dir wichtig, natürlich willst du dich vergewissern, dass es ihm gut geht. Aber du hilfst ihm nicht, wenn du dich in irgendwelchen Horrorszenarien verlierst.« Tobis Brust in meinem Rücken hob und senkte sich. Ich zwang meinen Atem, dem Takt zu folgen. Ein. Und aus. Ein. Und aus. Zuerst kam mir der Rhythmus unmöglich langsam vor, aber mit jedem Atemzyklus beruhigte ich mich mehr, und es wurde leichter. Schließlich ließ auch das Schwindelgefühl nach, und der Knoten aus Übelkeit in meiner Kehle löste sich auf.

»Besser?« Tobi legte seine Hände auf meine Schultern, drehte mich in seiner Umarmung, bis er mir in die Augen sehen konnte. Prüfend scannte er mein Gesicht.

Ich nickte.

»In Ordnung.« Er zog mich enger an sich, hielt mich einige Sekunden lang einfach nur ganz fest in seinen Armen. »Zeig ihm, dass du da bist, wenn er dich braucht. Sorge dafür, dass er sich ablenkt und Dinge tut, die ihm guttun, signalisiere ihm, dass du ein offenes Ohr hast, und wenn du wirklich Grund zur Sorge hast, sprich mit ihm darüber, wo er sich Hilfe holen kann. Aber versprich mir, dass du vorsichtig fährst, ja? Und mal nicht den Teufel an die Wand. Du hilfst niemandem, wenn dir etwas passiert. Wir brauchen dich noch. Die Welt braucht dich noch, Lou, und ich ganz besonders.« Kurz fragte ich mich, wie es möglich war, dass sich Umarmungen von Tobi und Umarmungen von Ruben so komplett unterschiedlich anfühlen konnten und doch beide auf ihre Weise gut. Ich atmete tief ein und aus, ließ Tobis vertrauten Trost sein Wunder wirken, dann machte ich mich los.

Ruben

Five Finger Death Punch dröhnte aus den Lautsprechern. Laut genug, dass die Bässe die Gummimatte des Laufbands in Schwingung versetzten. Auch in meiner Brust konnte ich das Wummern spüren, meine Trommelfelle vibrierten. Das Display des Laufbands zeigte eine Steigung von drei Prozent. Ich rannte bei einer konstanten Geschwindigkeit von siebzehneinhalb Stundenkilometern, keine Ahnung, wie lange schon. Lange genug, um mir den Schweiß aus den Poren zu treiben. Er tropfte mir von der Stirn, rann in Bächen den Rücken hinab. Bei jedem Schritt gaben die Sneakers ein feuchtes Quietschgeräusch von sich, denn selbst die saugfähigste Sohle stieß irgendwann an Grenzen. Meine Augen brannten vom Salz, schon längst sah ich nur noch einen Punkt weit, weit vor mir. Ein Stück meiner Haustür, vielleicht. Vielleicht auch der Ausschnitt eines der Motivationsposter, die im Home-Gym hingen. Auf dem Fußboden lagen leere Flaschen des isotonischen Sportgetränks, mit dem ich versuchte, gegen den Flüssigkeitsverlust anzukämpfen. Ich sollte aufhören, Pausen waren wichtig. Einmal, als es zum letzten Mal so schlimm gewesen war, kurz vor meiner Flucht nach Berlin, war mitten im Training mein Bein ohne ersichtlichen Grund unter mir weggeknickt. Ermüdungsbruch hatten die Ärzte im Krankenhaus damals gesagt. Und: »Sie müssen besser auf sich aufpassen.«

Doch so sehr ich wusste, dass ich eine Pause brauchte, so sehr fürchtete ich das, was dann passieren würde. Die Bilder, die mich einholen würden, das Echo der Scham, das so laut war, dass selbst die lauteste Rockmusik nicht die Macht hatte, es zu übertönen. Ich hasste Heavy Metal. Dass ich mich dennoch damit quälte, schien nur fair. Wie sehr hatte Thomas Gering gelitten, als er den Entschluss gefasst hatte aufzugeben? Wie verlassen hatte er sich gefühlt? Hatte er das offizielle Statement der anderen Juroren gelesen, in dem wir uns in aller Deutlichkeit von ihm und seinen Machenschaften distanzierten? Wir. Dass ich nicht lachte! Wir, das war keine willkürliche Menge. Wir, das waren Menschen mit Namen und Gesichtern. Menschen, die mit Thomas Gering gearbeitet, gelacht und gestritten hatten. Wir, dazu gehörte auch ich.

Ich öffnete die Hände. Erst da merkte ich, dass ich sie zuvor zu Fäusten geballt hatte. Irritiert schaute ich auf die Handinnenflächen. Schwarzbraune Schatten waberten über die Haut, sahen aus wie Blut. Pseudohalluzinationen war der Fachbegriff dafür. Ich hatte ihn gegoogelt. Bei einer meiner letzten Pausen, als ich mir plötzlich sicher gewesen war, Gerings Stimme zu hören.

Ich wurde nicht verrückt. Nicht gänzlich. Pseudohalluzinationen konnten eine Folge von starker Müdigkeit, Erschöpfung oder Stress sein. So, wie jetzt das Klopfen und Rütteln an der Tür. Louisas Stimme, die meinen Namen rief.

»Ruben, lass mich rein!«

Sie war nicht hier. So war Louisa nicht. Ich hatte ihr gesagt, dass ich Zeit brauchte, um wichtige Dinge zu erledigen, und sie respektierte meine Wünsche. Nicht einmal über meine knappen Nachrichten hatte sie sich beschwert. Sie hatte sie hingenommen, mir viel Erfolg für meine

Arbeit gewünscht und mich meinen Aufgaben überlassen. Sie wünschte sich mehr von mir, aber verlangte es nie.

Wieder rüttelte es an der Tür. Mit einem Ping kündigte mein Handy das Eintreffen einer neuen Nachricht an. Vielleicht war es aber auch nur die Musik. Wenn man es denn Musik nennen wollte, ich war mir nicht sicher. Ich war mir bei gar nichts mehr sicher. Nur, dass ich nicht enden wollte wie Gering. Tot und kalt und geschlagen.

»Ruben, bitte, mach auf. Ich höre doch, dass du zu Hause bist. Ich habe das von Gering erfahren. Es tut mir schrecklich leid.«

Es tut mir leid. Das sagten die Leute immer. Hinterher, wenn es zu spät war. *Es tut mir leid, aber ich bin raus.* Und zack, ein zerplatzter Traum. *Es tut mir leid, ich sehe hier kein Investment.* Wie oft hatte ich diesen Satz während jeder einzelnen Sendung von *Unter Haien* wiederholt?

Es tut mir leid, aber wir haben uns aus strategischen Gründen entschlossen, diesen Geschäftsbereich einzustellen. Sprechen Sie mit unserer Rechtsabteilung. Natürlich steht Ihnen eine Abfindung zu. Eine Abfindung für eine berufliche Zukunft, eine Abfindung für eine Existenz. Ich war ein echter Held. Arbeitgeber of the Century, mindestens, denn bei mir bekamen die Menschen, die ich der Bestie namens Lukrativität vorwarf, zumindest eine Abfindung.

Mir wurde übel. Nicht sinnbildlich. So, dass ich es gerade noch vom Laufband und zum Mülleimer schaffte.

Ich hielt mich an der Wand fest, kippte vornüber. So sehr mein Magen sich bemühte, mehr als flüssige Galle und Spucke vermochten auch die heftigsten Krämpfe nicht aus mir herauszupressen. Mein Atem kam stoßweise und viel zu schnell. Vor der Tür – oder war es nur in meinen Gedanken? – bat Louisa darum, ein Teil meines Lebens zu sein. Wenn sie nur wüsste, was sie sich wünschte, würde sie nicht darum bitten. Sie würde rennen, so schnell und so weit ihre Füße sie trugen.

Heftig blinzelnd starrte ich auf die Hinterlassenschaften im Papierkorb. Widerlich. Genauso wie ich. Das also blieb von mir übrig, wenn all die schicken Anzüge und das kluge Gerede keine Rolle mehr spielten. Wenn Louisa mir etwas bedeutete, irgendwas, dann musste ich sie vor mir beschützen. Wenigstens das konnte ich für sie tun, schließlich war ich ihr Mentor. Wie gerne wäre ich auch ihr Partner geworden. In jedem Wortsinn, den diese Beschreibung zuließ. Wenn es nach mir ging, sollte sie alles bekommen, was sie sich wünschte. Ohne mich würde ihr das besser gelingen.

Ich schloss die Augen, wartete, bis mein Atem sich so weit beruhigte, dass ich mich aufrichten konnte. Mein Mund schmeckte nach Galle, meine Finger kribbelten. Ich schleppte mich die Treppe hoch in den Wohnbereich, brach auf dem Sofa zusammen. Irgendwann hörte das Trommeln an der Haustür auf, nur mein Herz prügelte noch immer mit solcher Heftigkeit gegen die Rippen, dass ich fürchtete, sie würden brechen. Leere machte sich in mir breit. Ein schwarzes Loch, das sich von innen her in mir ausbreitete und jeden Funken Freude fraß, bis ich nicht mehr war als ein Ballon aus Schwärze und Nichts.

Essen, erinnerte ich mich. Ich musste etwas essen. Mit vollem Bauch würde ich mich wenigstens nicht mehr so leer fühlen. Dann könnte ich zu Boden sinken, mir die Decke über den Kopf ziehen und schlafen. Ich wollte schlafen. Ich wollte verschwinden. Ich wollte nicht länger das schwarze Loch sein, das anderen den Lebensmut stahl und den Glauben an das Gute. An den Rändern des schwarzen Nichts blitzte eine Erinnerung auf. Wie ich am Fenster der Stößenseestudios gestanden hatte. An dem Tag, an dem ich Louisa kennengelernt hatte. So satt vom Leben, ausgebrannt und leer, und wie ich dann an sie gedacht hatte. Im Novembergrau war sie mir erschienen wie ein Lichtstrahl. Sie hatte Leben in meine Existenz gebracht. Mich ein paar Monate lang daran erinnert, was Leidenschaft bedeutete. Nun war es an der Zeit, sie freizugeben. Ihr Leben sollte bunt sein und gut und voller großer Träume. Wenn ich sie nicht losließ, würde meine Schwärze sie zerstören.

KAPITEL 23

Louisa

Hypnose half nicht. Ganz egal, wie lang ich die beiden Häkchen unter den letzten fünf Nachrichten von mir an Ruben fixierte, sie veränderten die Farbe nicht von Grau zu Blau. Ich ließ das Handy zurück auf die Schreibtischplatte sinken. Die Botschaft der Häkchen war klar und deutlich, ich sollte sie endlich akzeptieren. Ruben hatte mich am vergangenen Abend vor verschlossener Tür stehen lassen, und der Grund dafür war offensichtlich nicht, dass er mich bei dem Lärm, der aus seinem Haus gekommen war, nicht gehört hatte. Er wollte mich nicht bei sich haben, und jetzt wollte er auch keine Nachrichten mehr von mir bekommen. Es war aus und vorbei. Seine Tage waren zu voll, um Platz für eine naive Weltverbesserin zu finden, die nicht hatte anerkennen wollen, wie viel er in Wahrheit leistete.

Hiermit distanziere ich mich ausdrücklich von Louisa Freymuth.

Tobi hielt es für einen Fehler, dass ich mir gestern Abend alle Nachrichten und jeden noch so winzigen Bericht über Thomas Gerings Suizid reingezogen hatte. Nichts auf die Presse geben, lautete der erste Grundsatz des Promi-Einmaleins, behauptete er. Doch wie hätte er mich aufhalten wollen? Nach dem abrupten Ende unseres Treffens war er zurück zu Nele gegangen. Sie hatte ihn nicht vor der Tür stehen lassen, denn so groß meine Vorbehalte gegen Tobis Freundin sein mochten, die Beziehung der beiden stand auf einer sicheren Basis. Das war so viel mehr, als ich von Ruben und mir behaupten konnte. Was hatten wir in Wahrheit schon? Einen notariell beglaubigten Teilhabervertrag für *micronounce* und ein paar gestohlene Momente. Eine Nacht in London, ein Wochenende im Grünen, ein Quickie im Kopierraum. Besonders viel war das nicht, wenn man es nüchtern betrachtete. Nur weil es sich für mich wie etwas Großes anfühlte, bedeutete das nicht, dass Ruben ebenso empfand. Wir hatten einander keine großen Versprechen gemacht. Als ich ihm meine Gefühle gestanden hatte, hatte er nicht darauf geantwortet.

Das Schreibtischtelefon klingelte. Dankbar, dem Labyrinth meiner Gedanken zu entkommen, nahm ich den Hörer ab.

»Freymuth.«

»Lou, dem Himmel sei Dank, wenigstens dich erreiche ich.« Rubens Assistent Marcel klang völlig aufgelöst. »Hier laufen nach wie vor die Telefone heiß, und Ruben ist verschwunden.«

»Was meinst du, er ist versch-«

»Nicht wichtig.« Er zischte. »Hör zu, du musst mir dieses Telefonat abnehmen. Allister Hardy von Frostberg Inc. lässt mir einfach keine Ruhe. Er will nicht akzeptieren, dass Ruben nicht erreichbar ist, und da es um *micronounce* geht, dachte ich mir, du kannst ihm vielleicht auch weiterhelfen. Bitte?« Das letzte Wort schob er nach, als ich nicht sofort antwortete.

»Ja, klar, stell ihn durch.« Was wollte Allister Hardy von Ruben? Das Angebot, das er uns hatte zukommen lassen, hatte ich klar und deutlich abgelehnt. Beim besten Willen konnte ich mir nicht vorstellen, was es danach noch zu besprechen gab. Zugegeben, seine Führung durch das europäische Headquarter von Frostberg in London war sehr beeindruckend gewesen. Das Unternehmen gehörte zu den weltweit größten Informationsdienstleistern. Dem Konzerngründer Matthew Frostberg wurde der Spruch zugeschrieben, Daten seien das Gold der Zukunft. Dass sich der Mergers and Acquisitions Manager von Frostberg Europe für *micronounce* interessierte, war schmeichelhaft, aber das änderte nichts an meinen Vorbehalten. Nicht auszudenken, was ein solcher Riese mit den Daten anstellen konnte, die *micronounce* ihnen liefern würden.

Es knackte in der Leitung, dann meldete sich die nasale Stimme des Briten. »Ruben?«

»Nein, hier spricht Louisa Freymuth. Ruben ist zurzeit nicht zu sprechen. Marcel ließ mich wissen, es geht um *micronounce*? Wie kann ich helfen?«

»Was soll das heißen, Stephanski ist nicht zu sprechen?« Seine Stimme überschlug sich. In London hatte ich Allister als schleimigen Chauvinisten erlebt. Jetzt mimte er die Textbuchdefinition von cholerisch. Er polterte weiter: »Hier geht es um einen Deal in Millionenhöhe. Da kann der gute Junge nicht beschließen, kurzfristig in den Urlaub zu fahren oder sich einen faulen Lenz zu machen. Was denkt der sich überhaupt?«

Das wüsste ich auch gerne. Leider war das so ungefähr das Letzte, was ich Allister gegenüber zugeben konnte.

»Ich verstehe nicht.« Es kostete mich all meine Selbstbeherrschung, ruhig und gelassen zu bleiben. Tobi hatte mir mehrmals groß und breit erklärt, wie wichtig Dinge wie Körperhaltung und Mimik auch am Telefon waren. Unser Hirn machte keinen Unterschied zwischen persönlicher Kommunikation und Telefonaten. Wenn wir uns selbstsicher gaben, kam das auch beim Gesprächspartner an. Also streckte ich den Rücken durch und reckte das Kinn. »Vielleicht erklären Sie mir von Anfang an, was das Problem ist. Ich bin sicher, gemeinsam finden wir eine Lösung.«

Allister schnaubte angewidert. »Wir finden gar keine Lösung.« Das Wort »wir« sprach er in einem unnatürlich hohen, piepsigen Tonfall aus. *Arschloch!* »Sie werden mir sofort sagen, seit wann Ruben vergessen hat, was es bedeutet, ein seriöser Vertragspartner zu sein.«

»Ich bin mir sicher, hier herrscht ein Missver-«

»Wir waren uns so gut wie einig! In diese Übernahme sind von Seiten Frostbergs Hunderte Personenstunden geflossen, und dann, kurz bevor wir den Sack zuzurren können, verschwindet er einfach? Damit werde ich ihn nicht durchkommen lassen.«

»Allister, bitte, von welcher Übernahme sprechen Sie?« Eine böse Vorahnung streckte ihre Finger nach mir aus. Vergessen war das aufrechte Sitzen und das gereckte Kinn. Wenn das wahr war … Wenn Ruben wirklich …

Allisters Lachen klang abgehakt und gemein. »Na, die von *micronounce* natürlich. Wie ich Ruben geschrieben hatte – wir haben bereits einen Lizenznehmer für die Technologie.« Die fürchterliche Dating-App. »Eine große, weltweite Nummer. Wenn wir den Deal jetzt zuzurren, ist für uns alle jede Menge Kohle drin. Und dann, ausgerechnet, wenn alles unterschriftbereit ist, macht Ruben einen Rückzieher, sagt, er muss dringend mit mir sprechen und verschwindet im Nichts? Das kann wohl nur ein schlechter Scherz sein.«

»*Micronounce* steht nicht zum Verkauf. Das habe ich deutlich kommuniziert.«

»Das sieht Ruben anders, und, Darling, nehmen Sie es mir nicht übel, aber wenn die Erwachsenen Geschäfte machen, sollten Sie sich zurückhalten. Ihnen fehlt die Erfahrung, um die volle Tragweite bestimmter Entscheidungen abzuschätzen.«

»Ich bin die Geschäftsführerin dieser Firma. Mir gehören über fünfzig Prozent der Anteile. Ich glaube schon, dass ich ein Wörtchen mitzureden habe, wenn es um die Zukunft meiner Technologie geht, und ein Verkauf kommt für mich nicht infrage.«

»Übernehmen Sie sich nicht. Sagen Sie Ruben einfach –«

Ich hatte genug und legte auf. Meine Finger zitterten. Das lang gezogene *Tuuut* der unterbrochenen Leitung zerrte an meinen Nerven. Ich presste eine Hand auf den Mund. Meine Mutter würde Schnappatmung bekommen, wenn sie jemals davon erführe, dass ich einem millionenschweren Geschäftsmann den Hörer aufgeknallt hatte. So etwas machte man nicht, brave Mädchen ließen andere aussprechen. Aber ich war kein braves Mädchen mehr. Ich war die Geschäftsführerin von *micronounce*, und es fühlte sich fantastisch an. Wenn jemand mir auf die eine Wange schlug, musste ich nicht auch noch die andere hinhalten, weil es anmaßend war, sich zu wehren. Ich hatte das Zeug dazu, mich zu wehren, und, verdammt noch mal, ich würde es tun! Was dachte sich Ruben dabei, hinter meinen Rücken mit Allister Absprachen zu treffen? Nichts anderes konnte das bedeuten, was der Brite angedeutet hatte. Ohne mich miteinzubeziehen, hatte Ruben sein Ding durchgezogen.

Nicht mit mir! Noch vor ein paar Wochen hätte ich spätestens jetzt den Kopf eingezogen. Ich hätte mir eingeredet, dass Allister und Ruben sicher wussten, was sie taten. Gemeinsam hatten sie Jahrzehnte Geschäftserfahrung. Wer war ich denn anzuzweifeln, was sie für das Beste hielten? Aber Tobi hatte recht – ich war nicht mehr dieselbe Louisa, die auf die Bühne von *Unter Haien* getreten war. In den vergangenen Monaten war ich über mich hinausgewachsen und hatte mehr erreicht, als ich mir jemals zugetraut hätte. Ich hatte mich in Geschäftsfelder eingearbeitet, von denen ich früher nicht die geringste Ahnung gehabt hatte. Ich hatte mir den Mann meiner Träume geschnappt und war trotzdem weiter meinen Weg gegangen. Und wenn es sein musste und dieser Weg mich nun von Ruben fort führte, dann würde ich auch das überstehen. Mit gebrochenem Herzen und einer ganzen Menge neuer Narben auf der Seele zwar, aber ich würde es überstehen. Eines begann ich nämlich zu ahnen: Mit dem Herzen war es nicht so viel anders wie mit einem Knochen. Es konnte brechen, wieder und wieder, aber wenn es heilte, dann heilte es stärker als zuvor.

Ich raffte mich auf, gab mir einen Ruck. Es war an der Zeit, dass Ruben mir Rede und Antwort stand. Dass ich ihm zur Seite stand, wenn es ihm schlecht ging und er litt, wollte er offenbar nicht, das hatte er mit seinem Rückzug sehr deutlich gemacht. Aber er war auch mein Mentor, und er hatte Mist gebaut. Diesmal würde ich mich nicht von einer geschlossenen Tür aufhalten lassen.

Bei meinem Plan, Ruben für seinen unsäglichen Alleingang zur Rechenschaft zu ziehen, hatte ich nicht bedacht, dass er in einem Bunker lebte. Klar, rein rational wusste ich das. Das trutzige Bauwerk sagte jedem, der daran vorbeikam: »Hier kommst du nicht rein.« Die ordentlich gepflegte Rasenfläche des Grundstücks, über die ein sanft gewundener, von farbenfroh bepflanzten Blumenbeeten flankierter Weg führte, streute den Besuchern Sand in die Augen und verwischte den Blick dafür, dass dieses Gebäude gebaut worden war, um selbst Bombenangriffen und Panzern zu trotzen. Wenn Ruben mich partout nicht hineinlassen wollte, hatte ich keine Chance, aber noch war ich nicht bereit aufzugeben. Dass mir diesmal wenigstens keine Heavy-Metal-Klänge aus dem Hausinneren entgegenbrüllten, wertete ich als gutes Zeichen.

Ich drückte die Türklingel und lauschte dem schrillen Ton nach. *Mach auf,* versuchte ich es mit Telepathie. *Jetzt mach verdammt noch mal auf.* Ich drückte noch mal und noch mal, dann ließ ich den Finger der Einfachheit halber auf dem Knopf.

»Ruben!«, brüllte ich über das Schrillen hinweg. »Mach endlich auf! Du wirst gesucht. Nicht nur von mir. Wenn du nicht endlich aufmachst, rufe ich die Polizei. Ich mache mir Sorgen um dich.« Erst, als ich es aussprach, wurde mir bewusst, dass auch das stimmte. Seit Allisters Anruf übertönte die Wut auf Ruben alles andere. Doch das bedeutete nicht, dass ich nicht auch anderes fühlte, und dazu gehörten Angst und Sorge. Mein Finger rutschte vom Klingelknopf. Die Stille auf der anderen Seite der Tür schrie mich an. Was, wenn ihm wirklich etwas geschehen war? Was, wenn meine ersten Befürchtungen, als ich gestern von Gerings Suizid erfahren hatte, doch nicht so haltlos gewesen waren? Traute ich Ruben wirklich zu, dass er mich derart kaltherzig aus seinem Leben schnitt, ohne jede Begründung? Seit wir uns kannten, hatte er so oft bewiesen, dass er ein guter Mensch war. Um eine einzige Sache hatte ich ihn gebeten, und das war ehrliche Kommunikation. War ich wirklich bereit zu glauben, dass er mir diesen Wunsch versagte? Aber er hatte auch hinter meinem Rücken mit Allister verhandelt. Was sollte ich also glauben?

»Ruben!«, versuchte ich es noch einmal. »Ruben, bitte! Mach auf. Ich bin verdammt wütend auf dich, aber gerade habe ich eine noch größere Angst, dass du diese verfluchte steile Treppe runtergefallen bist und dir wer weiß was gebrochen hast. Glaub ja nicht, du kommst mir davon, nur, indem du dir das Genick brichst. Ich schwöre, wenn du tot da drinnen liegst, bringe ich dich selbst noch mal um, nur damit du mir erklärst, welcher Teufel dich geritten hat, dass du weiter mit diesem Mistkerl Allister verhandelt hast!« Mein Maulheldentum diente mindestens so sehr meiner eigenen Beruhigung wie dem Versuch, zu Ruben durchzudringen. Nun, da der Damm einmal gebrochen war, spie meine Fantasie einen abendfüllenden Film an Schreckensszenarien aus. Was, wenn jemand Ruben überfallen hatte? Was, wenn er einen Herzinfarkt erlitten hatte oder ein Aneurysma in seinem Hirn geplatzt war? Einem Kommilitonen von mir war das so ergangen. Lars, zwanzig Jahre alt, durch und durch gesund und fit. Er spielte Basketball für die Studentenmannschaft und brach eines Tages nach dem Training in der Dusche zusammen. Er war nie wieder aufgestanden. Bis seine Teamkollegen sich gewundert hatten, warum er nicht aus der Dusche kam, war er bereits tot.

Verzweifelt lehnte ich die Stirn gegen die Tür, presste die Hände gegen ihre polierte Oberfläche. Wie alles an Rubens Zuhause war auch die Eingangstür ein wahres Designmeisterwerk. Vier frei schwebende Stufen aus blendend weißem Marmor führten zu dem Blatt aus dunkel gemasertem Massivholz. Diese Tür hatte nichts, aber auch gar nichts mit der Verbindungstür zwischen Rubens und meinem Hotelzimmer in London gemein, und doch fühlte ich mich an jenen Abend erinnert. Als die Sehnsucht in mir so riesig gewesen war und die Erfüllung meiner Träume so unendlich weit entfernt. Oh, Ruben. Sein Name rollte in meinen Gedanken herum. Wütend und sorgenvoll, voller Sehnsucht und Liebe und Zorn. *Lass mich zu dir. Lass mich rein.*

Doch so sehr ich es mir wünschte, ein Zeichen von ihm zu bekommen, so sehr ich mein ganzes Sein auf die Geräusche auf der anderen Seite der Tür ausrichtete, ich hörte nichts. In London war er den ersten Schritt gegangen. Überhaupt war es seit meinem Auftritt bei *Unter Haien* immer er gewesen, der die Hand nach mir ausgestreckt, mir Möglichkeiten geboten und Wege geebnet hatte. Alles, was ich hatte tun müssen, war, Ja zu sagen. Ja zu seinem Deal. Ja zu der Einladung ins *Hellir*. Ja dazu, bei unseren gemeinsamen Fahrten zu und von der Arbeit in sein Auto zu steigen und mich von seiner Fürsorge und Feingeistigkeit verzaubern zu lassen. Egal, wie ich es drehte und wendete: Wenn Ruben mich vor eine Wahl gestellt hatte, lautete die Antwort immer Ja. Ja zu ihm. Ja zu uns. Egal, wie schmerzhaft sein Betrug war, wie unfassbar zornig es mich machte, dass er es gewagt hatte, für meine Firma hinter meinem Rücken aktiv zu werden, auch diesmal hatte ich wieder die

Wahl. Ich konnte einwilligen. Oder ich konnte ablehnen. Die Aufteilung der Firmenanteile stellte sicher, dass Rubens Alleingang in Wahrheit nicht der Verrat war, als den ich ihn gerne sehen wollte. Es war nicht sein Fehler, dass ich lieber Ja sagte als Nein. Ruben konnte nichts dafür, dass es mir schwerfiel, Grenzen zu setzen, weil ich immer befürchtete, andere damit zu verletzen. Es stand mir frei, zu Rubens Plänen für *micronounce* Nein zu sagen und ihn dennoch zu lieben. Denn eins wurde mir klar, während ich auf seiner Schwelle stand, zurückgewiesen und halb wahnsinnig vor Sorge. Wenn es um unsere Liebe ging, würde ich niemals Nein sagen. Auch wenn das bedeutete, dass ich etwas tun musste, was er mir womöglich niemals verzeihen würde.

Aus dem Seitenfach meiner Handtasche holte ich das Handy hervor. Ich öffnete den Ziffernblock. Die Zahlenkombination hatte ich im Kopf, seit ich im Kindergarten gewesen war. Schon als ich ein kleines Mädchen gewesen war, hatte man mir eingebläut, welche Ziffern ich wählen musste, wenn ich selbst nicht mehr weiterwusste. Was es bedeutete, sie tatsächlich zu wählen, hätte ich mir nie und nimmer ausmalen können. Das pricklige Zittern in den Fingern, das Rauschen von Blut in den Ohren, das Gefühl, über den Dingen zu schweben, weit weg, als wäre es eine andere Lou, die das hier tat. 1–1–2. Drei Zahlen mit der Macht, die Welt in ein Vorher und ein Nachher zu teilen. In eine Zeit vor dem Unglück und eine danach.

Der Anruf baute sich auf. Es knackte in der Leitung. Ich presste die freie Hand auf mein anderes Ohr.

Endlich meldete sich die Stimme eines Mannes. »Notrufzentrale, welche Hilfe benötigen Sie?«

Ich fuhr mit der Zunge über meine Lippen, meine Kehle auf einmal zu trocken, um zu sprechen. »Ich …« *Reiß dich verdammt noch mal zusammen, Louisa.* Ich holte Luft, nahm erneut Anlauf, und diesmal gelang es mir zu sprechen.

Ruben

Schmerz. Nur Schmerz. Er kam aus meinem Inneren. Umgab mich. Zerquetschte meinen Schädel, fraß sich durch meine Eingeweide, zerrte an den Gedanken und zerrieb meinen Verstand. Da war lautes Pochen und das Kreischen, wie von einer Motorsäge.

»Hallo? Ruben? Herr Stephanski, geht es Ihnen gut? Wir kommen jetzt rein.«

Lass mich allein, wollte ich sagen. *Mir geht es gut. Alles ist gut.* Wenn ich mich selbst belog, würde es womöglich irgendwann die Wahrheit werden. So war es doch immer, oder? Hatte ich es nicht erst vor Kurzem Louisa erklärt? Im Leben zählte nicht die Wahrheit, sondern das, was andere für die Wahrheit hielten.

Stiefelschritte auf der Treppe, Rütteln an meiner Schulter. Jemand zerrte an meinen Augenlidern, zwang sie auf. Durch die Pupillen schnitt das Licht in meine Augenhöhlen, versengte mein Gehirn.

Ich blinzelte und ächzte, kämpfte gegen das Licht an.

»Können Sie uns hören? Machen Sie einmal einen tiefen Atemzug für mich.«

Ich bemühte mich zu tun, was der Mann sagte, wollte einfach nur schnell meine Ruhe haben.

»Atemwege frei. Atemfrequenz leicht verringert. Pupillen gleich groß, reagieren auf Licht.«

Wieder zerrte und zog jemand an mir. Wo kamen diese Menschen her? Wer waren sie überhaupt? *Sanitäter,* antwortete mein suppiges Gehirn mit viel zu viel Verzögerung. Jemand musste den Notruf gewählt haben. Eine unsichtbare Hand zerquetschte mir den Oberarm. Ich wollte schreien vor Schmerz und Verzweiflung. Mein Hirn weigerte sich, zu verstehen, was um mich herum passierte. Nur eines begriff ich, eine einzige Wahrheit. *Du hast es versaut. Diesmal hast du es gründlich versaut.*

»Patient hat blaue Lippen und blasse Haut, Blutdruck 80 zu 50, Puls 100.«

»Herr Stephanski, nicht erschrecken, es gibt jetzt einen kleinen Piks in den Arm. Vielleicht wird es auch kalt um die Nase, wir legen Ihnen einen Zugang mit Kochsalzlösung und setzten Ihnen eine Sauerstoffmaske aufs Gesicht.«

»Umlagern auf drei.«

»W ... was ist pa ... ssiert?«

»Sie haben die Tür nicht geöffnet. Ihre Freundin hat den Notruf gewählt.« Das Gesicht eines Sanitäters erschien in meinem Blickfeld. Neben dem Mundschutz bestand es nur aus zwei Augen, riesigen, wässrig glänzenden Augen.

»Sie haben sehr großes Glück, eine solche Freundin zu haben. Wir haben Sie bewusstlos in Ihrer Wohnung aufgefunden. Können Sie uns sagen, was genau passiert ist?«

Ich wollte die Kontrolle zurück. Ich wollte vor meiner Schuld und vor denen davonlaufen, die auf mich starrten, damit sie nicht noch tiefer sahen. Doch mein Kopf war mit Watte gefüllt, meine Zunge zu schwer, um irgendetwas zu sagen. Ich fuhr mir mit der Zunge über die rauen Lippen, öffnete den Mund. »Durst«, brachte ich hervor. Und: »Schwindlig.«

»In Ordnung.« Der Mann mit den freundlichen Augen drückte meinen Unterarm. »Das wird gleich besser.« Sein Blick flog über mich hinweg. »Eins, zwei, drei.«

Der Boden schwankte, ich hob ab. Alles um mich drehte sich, und ich befand mich inmitten eines Meeres aus Schmerz. Ich kannte Einsamkeit, wusste, was es bedeutete, in einem Raum voller Menschen unsichtbar zu sein, weil niemand es vermochte, hinter die glänzende Fassade zu blicken. Doch niemals, nicht ein einziges Mal, hatte ich mich so allein gefühlt wie jetzt. Wenn bloß Louisa hier gewesen wäre. Wenn ich ihre Hand hätte nehmen und ihr sagen können, wie viel sie mir bedeutete. Sie hatte mich daran erinnert, dass es Menschen gab, die liebten, und Träume, die sich lohnten, geträumt zu werden. Meine Bartstoppeln kratzten über den Rand der Sauerstoffmaske. Ich lächelte. Müdigkeit zerrte an meinem Geist. Ich wollte nicht mehr kämpfen, nicht mehr rennen. Aber Louisa würde ihren Weg gehen. Sie war klüger als ich, vernünftiger. Sie würde nicht tun, was man ihr sagte, nur weil es Erfolg versprach. Sie würde weiter an *micronounce* glauben und sich für immer daran erinnern, dass sich die Dinge, die wirklich im Leben zählten, nicht bemessen und beurteilen ließen. Es gab keine Währung für Liebe, kein Normmaß für Glück. Im Wettlauf um Ruhm, Geld und Erfolg war ich gerannt und gerannt, immer weiter, immer schneller, ohne zu merken, dass ich im Kreis lief. Jetzt war ich gestolpert. Das Hamsterrad hatte gesiegt.

Um mich herum herrschte Hektik. Mein Körper zitterte und krampfte. In dem wabernden Schmerznebel erschien Louisas Gesicht. Noch nie hatte ich etwas Schöneres gesehen. Sie streckte die Hand nach mir aus, doch die Berührung erreichte mich nicht. Trotz der Tränen auf ihren Wangen, trotz der Furcht auf ihrer Miene trank ich ihren Anblick, labte mich daran. Wenn ich es wirklich ein für alle Mal versaut hatte und ich jetzt für immer die Augen schloss, war Louisas Gesicht das, woran ich mich erinnern wollte.

KAPITEL 24

Ruben

»Guten Morgen, guten Morgen!« Die quietschvergnügte Krankenschwester log. Nichts an diesem Morgen war gut. »Aufwachen.« Mit einem Ruck zog sie die Vorhänge vor den Fenstern zurück. Morgenlicht flutete das Krankenzimmer. Ich war wach, aber genauso gut hätte ich schlafen können. Durch sie hindurch sah ich auf einen Punkt gegenüber der Tür. Die Wandpaneele hatten ein Lochmuster. Sechzig Punkte horizontal, sechzig vertikal. Ich hatte es wieder und wieder gezählt. Wenn mein Kopf von der Konzentration schmerzte, schloss ich die Augen und rollte mich zu einem Ball zusammen.

»Ihre Medikamente stehen auf dem Frühstückstablett. Denken Sie daran, sie nicht auf nüchternen Magen zu nehmen, ja? Ein paar Bissen genügen, das können Sie doch für mich machen, oder? Ein paar Löffel von dem Schokopudding. Der rutscht ganz einfach.«

Ich antwortete nicht. Ich hatte nicht vor, Schokoladenpudding zu essen. Wenn ich mir vorstellte, das Zeug zu schlucken, schwirrten vor meinem inneren Auge Fettklumpen durch meine Adern, setzten sich an meine Wangen und mein Kinn, bis mein Gesicht aussah wie das einer englischen Bulldogge.

Die Krankenschwester seufzte, jetzt nicht mehr quietschvergnügt. Ich hatte ihr die Fröhlichkeit aus dem Körper gesaugt. Mit meiner bloßen Existenz. So war ich nun mal. Ein schwarzes Loch, das Freude zerstörte, Träume zerplatzen ließ und Freunde verriet. Thomas Gering hatte ich verraten, Louisa hatte ich verraten. Ich verriet die ganze Welt, indem ich vorgab, etwas zu sein, was ich lange schon nicht mehr war.

Die Krankenschwester verließ das Zimmer. Die Tür fiel klappernd hinter ihr ins Schloss. Ich starrte auf die Wandpaneele gegenüber meinem Bett. Eins, zwei, drei … zwanzig Löcher, vierzig, sechzig. Die nächste Reihe. Immer und immer wieder.

Zur Visite begleitete ein ganzer Tross Weißkittel den Chefarzt. Professor Rausch faselte etwas von Unregelmäßigkeiten in meinem EKG bei Aufnahme, einem deutlich erhöhten Troponin-Spiegel sowie einer Vergrößerung der rechten Herzkammer.

»Das sind alles Symptome, die wir von Hochleistungssportlern kennen. Die Ersthelfer haben berichtet, Sie in stark verschwitzter Sportkleidung gefunden zu haben. Wurde Ihnen früher schon beim Training schlecht? Haben Sie schon öfter Bewusstseinstrübungen beim oder nach dem Sport erfahren?«

Ich blieb ihm die Antwort schuldig.

»Außerdem haben Sie gestern das Abendessen und heute das Frühstück ausfallen lassen. Haben Sie Angst zuzunehmen? Ist Sport Ihre Kompensationsmethode? Ruben – ich darf doch Ruben sagen? –, wir machen uns große Sorgen um Sie. Ihr Verhalten seit Einlieferung legt nahe, dass es Ihnen nicht gut geht. Nicht nur körperlich. Wir sind hier, um Ihnen zu helfen. Doch dafür müssen Sie sich helfen lassen wollen.«

Dreiundvierzig Löcher in dem Wandpaneel, vierundvierzig, fünfundvierzig. Wieder ein Seufzen, diesmal von dem guten Professor. Das Kratzen eines Kugelschreibers auf Papier, dann das Klappern der Tür, als sie ins Schloss fiel.

Ich machte die Augen zu. Das hier war falsch, alles war falsch. Ich sollte nicht hier sein. Ich war nach Berlin gekommen, um genau so etwas zu verhindern. Ich war davongerannt. Doch so sehr ich gerannt war, es war mir nicht gelungen, der Dunkelheit zu entkommen, weil sie in mir drinnen war.

Seit über vierundzwanzig Stunden war ich nun hier. Vierundzwanzig Stunden, in denen ich mit niemandem geredet hatte. Vielleicht, wenn ich vorgab, nicht zu existieren, würde die Welt endlich aufgeben. Ich hatte ihr nichts mehr zu bieten. Das Feuer, das einmal in mir gebrannt hatte, war erloschen. Zurückgeblieben war eine leere Hülle, Heimstatt für nichts als Enttäuschungen. Mein Leben war eine Verschwendung. Warum hatte ich mich überhaupt bemüht?

Ein Klopfen an der Tür brachte meine Gedanken ins Stolpern. Vor meinem Bett, breitschultrig und muskulös wie ein Profi-Wrestler, baute sich ein Mann in Freizeitklamotten auf. Die längeren Strähnen seines Undercuts waren zu einem Pferdeschwanz zusammengebunden, aus dem Kragen des T-Shirts blitzten farbenfrohe Tattoos hervor. »Mein Name ist Christian Dahl. Ich bin Psychologe. Professor Rausch hat mich geschickt, weil er der Meinung ist, wir sollten uns einmal unterhalten. Damit das besser funktioniert, schlage ich vor, wir vergessen die Höflichkeitsfloskeln und gehen direkt zum Du über. In Ordnung?«

Ich starrte an die Wandpaneele. So hatte ich die quietschvergnügte Schwester und den guten Professor vertrieben. Christian Wir-tun-als-seien-wir-beste-Freunde würde auch nicht lange standhalten.

»Wunderbar.« Er rieb sich die Hände, schnappte sich einen Stuhl vom Besuchertisch in der Ecke des Zimmers und setzte sich neben mein Bett. »Ich nehme an, du hast mir nichts zu sagen?« Die Pause, die er nach der Frage einlegte, hätte selbst dann kaum für eine Antwort genügt, wenn ich hätte antworten wollen. »Dachte ich es mir. Also machen wir es so: Ich übernehme das Sprechen, du das Zuhören.« Er verschränkte die Hände ineinander, dehnte die Finger, bis die Knöchel knackten. Er gab einen erbärmlichen Psychologen ab. Sollten Seelenklempner nicht voller Rücksicht auf die Gefühle ihrer Patienten, sanftmütig und verständnisvoll sein? Christian Dahl hatte dieses Memo nicht erhalten.

»Ich glaube, du bist krank.«

Ach was, Sherlock. Beinah hätte ich geschnaubt, so lächerlich war seine Feststellung. Ich befand mich in einem Krankenhaus, natürlich war ich krank.

»Und ehe du hier voreilige Schlüsse ziehst, ich rede nicht von den Zicken, die dein Herz gemacht hat. Ich rede von deinem Kopf. Ich glaube, da oben haben sich bei dir ein paar Schräubchen gelockert, und wir sollten uns gemeinsam darum bemühen, sie wieder festzuzurren.«

»Mit meinem Kopf ist alles in Ordnung«, schnappte ich. Ich hatte nicht vorgehabt, mich auf Christians Provokationen einzulassen, aber irgendwas an seiner flapsigen Art reizte mich. »Ich leite einen Milliardenkonzern, das würde kaum gehen, wenn ich verrückt wäre.«

»Oh, sieh an, der Mann kann also sprechen.«

Ich presste meine Lippen zusammen. Ich gehörte nicht zu den Menschen, die denselben Fehler zweimal begingen.

»Nun gut, dann sehen wir uns mal an, was du gesagt hast. Du bist also ein ganz wichtiger Kerl, ja? Du bist einer von denen, die immer alles unter Kontrolle haben. Dir ist wichtig, was andere von dir denken. Deine Disziplin wird bewundert. Alle staunen darüber, wie du dich trotz der ganzen Arbeit, die du hast, fit halten kannst. Du bist ein Vorbild für andere, weil du ein perfektes Bild abgibst, du bist der Inbegriff des sportlichen Jungunternehmers. Das kommt nicht von allein, habe ich recht? Lass mich raten: Du weißt genau, wie viele Kalorien der Schokopudding hat, den Schwester Danuta dir heute Morgen serviert hat. Du hast genau im Kopf, wie lange du joggen müsstest, um das zu kompensieren.«

»134 Kilokalorien pro hundert Gramm.« Mir brannten die Augen. Es war wichtig, den Überblick zu behalten. Kontrolle war alles. Wenn ich nicht einmal mich selbst kontrollieren konnte, wie sollte ich dann Tausende Mitarbeiter leiten?

»Du weißt, dass das nicht normal ist, oder? Ich erzähle dir nichts Neues, wenn ich sage, dass du ein Problem hast, das längst außer Kontrolle geraten ist.«

»Du kennst mich nicht.«

»Nein.« Aus dem Augenwinkel sah ich, wie Christian den Kopf schüttelte. »Aber ich habe mich mit Timon und Louisa unterhalten. Die beiden rufen beinah stündlich an, um sich zu erkundigen, wie es dir geht. Wir dürfen ihnen keine Auskunft geben, weil sie nicht zur Familie gehören, aber sie machen sich große Sorgen um dich. Deshalb haben sie sich mit mir unterhalten.«

Louisa und Timon. Timon, mein guter, alter Kumpel, der mir ayurvedisches Essen vorbeibrachte und nicht eher von meiner Seite wich, bis er sicher sein konnte, dass ich es aß. Und Louisa, die mich gehalten und mir versichert hatte, dass ich gut war, wie ich war. Mit allen Fehlern und auch dann, wenn mir die Kontrolle entglitt. Sie beide hatten gesehen, was ich vor der Welt verschloss, und sie waren trotzdem geblieben. Sie waren zu Stelle gewesen, um mich zu retten, auch dann, als ich selbst nicht mehr daran geglaubt hatte, dass ich es verdiente, gerettet zu werden.

Christian fuhr fort: »Du lebst in einem Fitnessstudio, Ruben. Dein Leben besteht aus Arbeit und Sport, immer nur Arbeit und Sport. Louisa sieht dich fast nur in der Firma. Vermisst du sie nicht?«

Tränen sammelten sich in meinen Augen, liefen über. Ob ich Louisa vermisste? Natürlich vermisste ich sie. In jeder wachen Minute sehnte ich mich nach ihrer Nähe. Ich sehnte mich nach ihrem Lächeln, ihrem Kampfgeist, der kein bisschen zwanghaft war, sondern einfach und echt. Ich sehnte mich nach ihren Küssen und danach, mit ihr in ihrem fahrenden Schuhkarton zu sitzen und die Zeit zu vergessen.

»Ich bin nicht gut für sie.« Ich presste die Augenlider aufeinander, wollte die Tränen stoppen, aber es gelang mir nicht.

»Hältst du Louisa für eine kluge Frau?«

»Natürlich tue ich das!« Empört wischte ich mir die Tränen von den Wangen. Mich selbst konnte dieser Typ so viel verurteilen, wie er wollte. Aber zu unterstellen, Louisa könnte irgendwas anderes sein als phänomenal in allem, was sie tat, ging zu weit.

»Dann solltest du diese Entscheidung nicht für sie treffen, oder? Ob sie dich liebt und warum, kann nur Louisa entscheiden. Du kannst nicht alles kontrollieren. Wenn du bereit bist, mit mir zu arbeiten, wird es unser erstes Ziel sein, das zu begreifen.«

War ich bereit? Wollte ich, dass dieser Kerl mit den vielen Tattoos, den langen Haaren und den vielen Muskeln mir in die Seele schaute?

Wieder dachte ich an Louisa. Und an Timon. An meine Eltern, irgendwo weit weg auf der anderen Seite des großen Teichs. Sie hatten mich angespornt, hatten mir geholfen, das Beste aus mir herauszuholen und mir Ziele zu setzen. Ich hatte sie reich gemacht. Sie und mich und so viele andere Menschen, die im Laufe der letzten fünfzehn Jahre meinen Weg begleitet hatten. Doch wie viele von ihnen hatte ich auch glücklich gemacht?

Wenn ich mir diese Frage stellte, sah ich nur ein Gesicht vor mir. Louisa, in dem Moment, als sie mir gesagt hatte, dass sie mich liebte. Wie gerne hätte ich ihr jetzt gesagt, dass auch ich sie liebte, doch sie war nicht hier. Sie und mich trennte eine Mauer aus falschen Entscheidungen und Dunkelheit. Wäre das nicht ein lohnenswertes Ziel? Sie wieder im Arm halten und ihr ganz ohne schlechtes Gewissen sagen zu können, dass ich ihre Liebe erwiderte? Ich nickte zu mir selbst. Es würde nicht einfach werden. Nichts im Leben, das sich wirklich lohnte, war das. Doch ich war Ruben Stephanski. Schwer erreichbare Ziele hatten mich noch nie abgeschreckt.

Louisa

Rechte Maustaste, USB-Stick auswerfen, fertig. Ich zog den Datenträger aus dem Laufwerk und ließ mich in dem Bürostuhl zurückfallen. Achtzehn Uhr siebenundzwanzig, gar nicht mal so schlecht. Als Zielvorgabe hatte ich mir achtzehn Uhr gesetzt. Wenn ich um halb acht im Büro aufschlug, waren das immer noch zehneinhalb Stunden. Zehn, wenn ich die halbe Stunde Mittagspause abzog, auf die ich seit Neustem penibel achtete. Eine halbe Stunde über dem Ziel war vertretbar, fand ich. Ich drehte den USB-Stick in der Hand hin und her. Genau genommen hatte ich die letzte Stunde ja nicht einmal mit Arbeit verbracht. Ja, ich konnte durchaus zufrieden mit mir sein.

Es klopfte an der Tür, und noch bevor ich den Gast hereinbitten konnte, steckte Esther den Kopf in meine WorkBubble.

»Fertig?« Sie trug ihren Rucksack über einer Schulter und ein Käppi auf dem Kopf. Nicht nur ich achtete in letzter Zeit darauf, neben der Arbeit genug Freizeit zu haben. Rubens Zusammenbruch war für die ganze BrainBubble ein Weckruf gewesen. Ich schob mir den USB-Stick in die Hosentasche und nickte. »Bin quasi schon auf dem Sprung. Willst du trotzdem noch kurz reinkommen?«

»Klar, warum nicht?« Sie ließ sich gegenüber von mir auf den Besucherstuhl fallen, streckte die Beine von sich, legte den Hinterkopf auf die Stuhllehne und stöhnte theatralisch. »Mir ist so heiß. Ich sag's dir, manchmal ist es echt ätzend, in einem Gewächshaus zu arbeiten. Ihr habt es so gut hier drin mit der Klimaanlage.«

»Dafür kannst du dich jederzeit im Pool abkühlen.« Ich zwinkerte ihr zu.

»Stimmt.« Ruckartig setzte sie sich auf. Mehr als fünf Minuten Selbstmitleid gab es bei ihr nie. »Und außerdem habe ich heute noch ein heißes Date. Drück mir die Daumen.«

»Mach ich. Kenne ich die werte Dame?«

»Den werten Herrn«, verbesserte sie mich. Fragend hob ich die Augenbrauen. Vor ein paar Tagen erst hatte sie mir von ihrer Ex-Freundin erzählt und davon, wie lange sie gebraucht hatte, um über das Ende der Beziehung hinwegzukommen.

Esther zuckte mit den Schultern. »Ich bin pan. Aber apropos werter Herr: Hast du irgendwas Neues von Ruben gehört? Weißt du schon, wie lange er noch in der Klinik bleiben muss?«

Ich schüttelte den Kopf. Seit gut drei Wochen war Ruben nun im Krankenhaus. Noch in der ersten Klinik hatte er beschlossen, die Reha nicht zu Hause in Eigenregie, sondern stationär zu absolvieren. Um den Zyklus aus exzessivem Sport und zu wenig Essen zu durchbrechen, hatten die Ärzte eine mehrwöchige Sportabstinenz verschrieben, und in seinen eigenen vier Wänden wäre die Versuchung für einen Rückfall zu groß. Ich hatte mich mit Timon abgesprochen, der sich darum gekümmert hatte, Rubens privates Fitnessstudio abbauen zu lassen, um auch nach Rubens Entlassung Trigger, so gut es ging, zu vermeiden. Wenn er wieder nach Hause kam, müsste Ruben ganz langsam lernen, auch ohne Unterstützung wieder gesunde Entscheidungen zu treffen. Wie immer, wenn meine Gedanken sich in diese Richtung bewegten, ballte sich in meinem Magen das schlechte Gewissen zusammen. Warum hatte ich nicht viel früher bemerkt, wie schlecht es ihm in Wahrheit ging? Die Warnhinweise waren da gewesen, direkt vor meinen Augen. Die Deckenhöhle auf dem Sofa, die Albträume, der viele Sport, die ungesunden Essgewohnheiten. Ich hatte das alles gesehen und hingenommen, statt Ruben zu zeigen, dass ich sein Leid sah.

»Hey.« Esther streckte eine Hand nach mir aus, drückte meine Finger. »Alles in Ordnung? Ich wollte dir nicht zu nahetreten.«

»Tust du nicht. Es ist einfach nur …« Ich suchte nach Worten. »Ich kann immer noch nicht glauben, dass das alles passiert ist.«

»Er hatte irrsinniges Glück, dass du den Notarzt alarmiert hast.«

»Das meine ich nicht.« Ich biss mir auf die Unterlippe. Konnte ich mich Esther anvertrauen? Immerhin war Ruben auch ihr Investor. Sicherlich würde es ihm nicht gefallen, wenn sie von seinen Schwächen wüsste. Andererseits, war dieser Zwang, vor anderen immer perfekt wirken zu müssen, nicht die Ursache des ganzen Dilemmas gewesen? In den Monaten unserer Bekanntschaft war Esther zu einer wahren Freundin für mich geworden. Tobi würde mich jetzt mit Sicherheit daran erinnern, dass auch ich das Recht hatte, mich auszusprechen. Krankheiten wie die von Ruben hatten auch auf die Angehörigen Auswirkungen. Wenn ich ihm in Zukunft eine bessere Freundin sein wollte, war es meine Aufgabe, dafür zu sorgen, dass es auch mir gut ging, also gab ich mir einen Ruck und schob das schlechte Gewissen beiseite. »Es ist so schrecklich, wie schlimm es werden musste, bis endlich jemand seine Not gesehen hat.« Ich holte Luft. Mein Atem zitterte. »Ich war so naiv, Esther. Ich habe ihn auf Ausflüge geschleppt und ihm freche, süße Nachrichten geschickt und gedacht, alles zwischen uns sei in Ordnung. Dass er eben viel arbeiten muss, weil doch jeder in seiner Position viel arbeitet. Und als ich nichts mehr von ihm gehört habe, habe ich zuerst an mich gedacht, und an den Verrat, den er vermeintlich an mir begangen hat, statt zu sehen, wie bescheiden es ihm in Wahrheit geht. Kein Wunder, dass er mich nicht sehen will.« Der USB-Stick in meiner Hosentasche wog plötzlich tausend Tonnen.

»Also, erstens: Es stimmt nicht, dass er dich nicht sehen will, und das weißt du. Du hast mir selbst erzählt, dass seine Ärzte ihm geraten haben, sich die ersten Wochen der Reha vollkommen auf sich zu konzentrieren, und du wärst eine Ablenkung, wenn auch eine gute.«

»Ich habe ihm eine Playlist zusammengestellt.« Meine Mundwinkel zuckten. »Die wollte ich ihm gleich vorbeibringen. Damit er etwas hat, was ihn an mich erinnert und ihm Mut macht.« Es hatte mich Stunden gekostet, die richtigen Lieder auszuwählen und auf den Stick zu spielen. Musik war es gewesen, die uns während der gemeinsamen Autofahrten einander nähergebracht hatte. Rubens Vorliebe für klassische Klaviermusik und die Botschaft, die er mir übermittelt hatte, indem er mich an Musikschaffende heranführte, die Pioniere auf ihrem Gebiet waren. Genau dasselbe wollte ich nun für ihn tun. Ich wollte ihn mit der Musik auf dem Stick daran erinnern, dass es mehr gab als Arbeit und Sport. Wie oft waren es die winzigen Verzögerungen zwischen den Tönen, die eine Interpretation erst wahrhaftig zum Leben erweckten? Die Synkopen und Dissonanzen. War es nicht im Leben genauso? War Perfektion nicht ein Trugbild, geschaffen, um den Geist zu lähmen? Leben passierte dort, wo Menschen das Unvollkommene liebten, statt nach einer Vollkommenheit zu streben, die sie niemals erreichen würden. Ich konnte nur hoffen, dass Ruben meine Botschaft verstand, wenn er sich die Stücke auf dem Stick anhörte und in der Musik genauso viel Kraft fand, wie ich es getan hatte.

»Das ist eine tolle Idee!« Esther strahlte. »Und was deine Selbstvorwürfe angeht …« Sie suchte meinen Blick, doch ich wich ihr aus.

»Ich schätze, er hat sich sehr viel Mühe gegeben, das vor dir zu verstecken. Sein ganzes Sein war darauf ausgerichtet, niemanden sehen zu lassen, unter welchem heftigen Druck er stand.« Nachdenklich wiegte sie den Kopf hin und her. »Ich meine, wir alle lieben unsere Arbeit und sind ehrgeizig und alles. Aber Ruben war noch ein Kind, als er ContactLoop programmiert hat. Ein Kind, das eine glückliche Erfindung auf einen Thron gesetzt hat. Kein Wunder, dass er daran irgendwann zerbrechen musste. Plötzlich musste er ein ganzes Königreich regieren.

Musste allen gerecht werden und seine Rolle spielen und dabei darauf achten, nur ja keinen Fehler zu machen. Ich bin schon erschöpft, wenn ich mir das nur vorstelle.«

»Er hat sich immer um alles gekümmert. Nur um sich nicht«, bestätigte ich.

»Wahrscheinlich ist schon allein deshalb diese erzwungene Auszeit gut für ihn. Jetzt muss es ohne ihn funktionieren. Das wird für ihn sicher ein ganz schöner Schlag, wenn er feststellt, dass sich die Welt auch dann weiterdreht, wenn Ruben Stephanski nicht die Finger im Spiel hat.«

»Da könntest du recht haben.« Ich kicherte ein wenig. Die ersten Tage zurück im Büro waren ziemlich seltsam gewesen. Ohne das Wissen, im Fall der Fälle Ruben stets um Rat fragen zu können, hatte ich mich so unsicher und hilflos gefühlt wie schon lange nicht mehr. Was, wenn ich eine falsche Entscheidung traf? Was, wenn ich irgendwas übersah oder jemand ausnutzte, dass ich in vielen Bereichen des Tagesgeschäfts noch unerfahren war? Doch dann war etwas Seltsames passiert. Mit jeder Entscheidung, die ich alleine traf, wuchs mein Selbstbewusstsein. Mit jedem Fehler, den ich beging und anschließend ausbügelte, machte es mehr Spaß, das Steuer in der Hand zu halten. *Micronounce* war mein Schiff, und es war mein Job, es durch Untiefen zu manövrieren. Am meisten Freude hatte ich daran gehabt, die Absage an Allister Hardy noch einmal zu bekräftigen. Offiziell, per Einschreiben mit Stempel und Unterschrift, hatte ich ihn wissen lassen, wohin er sich seine Bemühungen um *micronounce* stecken konnte. Womöglich hatte es Ruben tatsächlich nur gut gemeint, als er mir die Option des Firmenverkaufs offenlassen wollte, aber das spielte keine Rolle mehr für mich. Gut gemeint war nicht gleich gut gemacht, und ich hatte meine Wahl getroffen. Es machte keinen Unterschied mehr für mich, was andere mir zutrauten, in welche Schublade sie mich steckten oder was sie von mir hielten. Wichtig war, was ich für meine Firma wollte, denn ich war der Boss.

»Und jetzt?«, nahm Esther das Gespräch wieder auf. »Wie geht es jetzt dann für dich und ihn weiter?«

»Keine Ahnung.«

»Gar keine Ahnung?«

Ich zuckte mit den Schultern. »Ich werde ihn weiterhin jeden Tag lieben. Ich werde seine Stärken mit ihm feiern und mit seinen Schwächen geduldig sein. Ich werde darauf achten, dass es mir gut geht, denn nur dann kann ich von ihm erwarten, dass er auch auf sich achtet. Und sobald er aus dem Krankenhaus entlassen wird, werde ich ihn am Ende jeden Tages in den Arm nehmen, ihn küssen und ihm sagen, dass ich froh bin, dass es ihn gibt. Weiter reicht mein Plan noch nicht.«

Esthers Blick wurde ganz weich. Sie lächelte mit den Augen und auch ein wenig mit dem Mund. »Ich finde, das klingt nach einem perfekten Plan.«

KAPITEL 25

Ruben

Die letzten Klänge der Sonate für Klavier und Violine von Samuel Coleridge-Taylor verklangen. Ich beendete die Musik-App auf dem Handy und nahm die Kopfhörer von den Ohren. Christian stand in der Tür zu meinem Privatzimmer und wartete geduldig, bis ich fertig war.

»Bereit?«, fragte er schließlich.

»So bereit, wie es nur geht.« Nachdem sich herausgestellt hatte, dass ich mit Christians direkter, rauer Art zigmal besser zurechtkam als mit den verständnisvollen Samthandschuh-Ansätzen anderer Therapeuten, hatte die Klinikleitung veranlasst, dass er mich auch in der zweiten Klinik weiterbetreute. Er wusste, was mir Louisas Playlist bedeutete, und kannte meine Ängste und Befürchtungen. Ihm hatte ich von meinen Albträumen und Versagensängsten erzählt, hatte gestanden, wie oft mich das Gefühl quälte, ein Hochstapler zu sein, der ein Kartenhaus regierte, das jeden Moment einzustürzen drohte. Christian hatte sich all das in Ruhe angehört, doch viel wichtiger war seine Reaktion gewesen. Er hatte genickt, mit den Händen ein Dach geformt und gemeint: »Nun gut. Das sind also deine Probleme. Es ist gut, dass du sie erkannt hast. Von jetzt an wollen wir uns darum kümmern, was du tun kannst, damit sie dich nicht noch einmal derart in den Arsch beißen. Ist das ein Plan, mit dem du dich anfreunden kannst?«

Das konnte ich, viel mehr, als wenn er mich aufgefordert hätte, in meiner Vergangenheit zu wühlen und nach alten Verletzungen zu graben, also hatten wir uns an die Arbeit gemacht. Ich hatte gelernt, ein Ernährungstagebuch zu führen, hatte progressive Muskelrelaxation geübt, meditiert und mich mit den Säulen gesunder Schlafhygiene beschäftigt. Wenn mein ganzer Körper nach Bewegung schrie, hatte ich die Zähne zusammengebissen und mich stattdessen zu Ruhe gezwungen. Je größer die innere Unruhe wurde, desto wichtiger war es laut Christian, mir Ruhe zu gönnen.

Einfältigerweise hatte ich geglaubt, wenn ich nur meine Übungen brav absolvierte, würde es irgendwann einfach werden, den letzten Schritt zu gehen und aus der Sicherheit und Abgeschiedenheit der Klinik hinaus in die Welt zu treten. Doch darin hatte ich mich getäuscht. Meine Finger zitterten, mein Herz raste, denn heute war es so weit. Wie ich es gelernt hatte, spannte ich alle Muskeln gleichzeitig an und zwang mich dann, sie bewusst zu entspannen.

Der Kampf mit meiner Nervosität blieb Christian nicht verborgen. Er betrachtete mich intensiv. »Kannst du mir sagen, was das Problem ist?«

Ich schnaubte. »Die Unsicherheit, was mich da draußen erwartet. Was wird über mich geredet? Was wissen meine Mitarbeiter von meinen Problemen? Wird mich jemals wieder jemand ernst nehmen, nachdem ich mich so vollkommen zum Idioten gemacht habe?«

»Ist es wichtig, was andere denken?« Abwartend verschränkte Christian die Arme vor der Brust. Die Muskeln in seinen Oberarmen wölbten sich herausfordernd, die ganze Pose glich einer einzigen Provokation.

»Nicht wirklich.«

»Und was ist mir dir? Glaubst du wirklich, dass du dich zum Idioten gemacht hast?«

»Nein.« Ich stieß einen Seufzer aus. »Ich war krank.« Wir hatten diese Konversation in den vergangenen Wochen oft genug durchgekaut, um zu wissen, welche Antworten Christian erwartete. »Ich habe mir Zeit genommen und mich um mich selbst gekümmert, damit es mir wieder besser geht.« Zu Beginn meines Klinikaufenthalts hatte ich kein Wort dieser Beteuerungen geglaubt. Erst nach und nach war die Wahrheit zu mir durchgedrungen. Eine Ärztin hier in der Klinik hatte mir eine UN-Studie besorgt, laut der jedes Jahr eine Dreiviertelmillion Todesfälle auf Überarbeitung zurückzuführen waren, Tendenz steigend. Die Dunkelziffer war bestimmt noch einmal so hoch. Ich war kein Einzelfall. Das, was mit mir geschehen war, passierte jedes Jahr Hunderttausenden. Wenn ich meinen beruflichen Erfolg wirklich dafür nutzen wollte, ein Vorbild zu sein, war es meine verdammte Pflicht, auch auf mich selbst zu achten. Das hatte ich begriffen, und deshalb fiel es mir mittlerweile auch nicht schwer, Christian die richtigen Antworten zu geben.

»Sehr richtig.« Er nickte bestätigend. »Und was machst du, wenn du merkst, dass der Druck doch wieder zu groß wird?«

»Ich hole mir Hilfe. Ich spreche mit den Menschen, denen ich vertraue und die mich lieben.«

»Apropos lieben.« Christian nickte zum Flur hinaus. »Im Foyer wartet jemand auf dich. Willst du sie wirklich noch länger auf die Folter spannen?«

Louisa. Mein Herz vollführte einen Purzelbaum, als ich mir ihr Gesicht vor Augen rief, und plötzlich war es ganz einfach.

»Nein.« Ich streckte den Rücken durch und klatschte in die Hände. »Gehen wir es an.« Und dann setzte ich den rechten Fuß vor den linken und machte den ersten Schritt auf dem Weg in meine neue Zukunft.

Tausendmal und öfter hatte ich mir ausgemalt, wie es sein würde, Louisa wieder gegenüberzutreten. Ich hatte mich gefragt, ob ich Vorwürfe auf ihrer Miene erkennen würde, Abscheu oder Mitleid. Die Realität war so anders als alles, was ich mir vorgestellt hatte.

Sie stand dort, inmitten des Klinikfoyers. Sonnenstrahlen fielen durch die gläserne Eingangstür und die Oberlichter der Empfangshalle und tauchten Louisas Gestalt in eine Aureole aus Licht. Ihre Haare schimmerten wie gesponnenes Gold, sie trug ein hellblaues Sommerkleid mit fröhlichen Blümchen und spielerischen Volants, das ihre Kurven betonte und jedem Mann im Umkreis von mehreren Kilometern den Atem rauben dürfte. Das Schönste an ihr war aber ihr Lächeln, als ihr Blick auf mich fiel. Darin erkannte ich kein Mitleid und schon gar keine Abscheu. Alles, was ich sah, war bedingungslose, ehrliche Liebe. Sie ging auf mich zu. Erst einen Schritt, dann noch einen, dann rannte sie. Ich rannte ihr entgegen, sie warf mir die Arme um den Hals, und ich fing sie auf. Um uns herum verschwand die Welt. Louisa rutschte an meinem Körper hinab, bis sie wieder auf ihren Füßen stand, doch wir lösten die Umarmung nicht, sondern hielten einander fest. Wir stützten uns gegenseitig, ich trug ein Teil ihres Gewichts und sie einen Teil von meinem, und genau so sollte es sein.

Louisa

Als ich Ruben am Set zu *Unter Haien* zum ersten Mal gegenübergestanden hatte, hatte ich einen unnahbaren Geschäftsmann vor mir gehabt. Ich hatte seine Eleganz bewundert und sein lückenloses Selbstbewusstsein. Die Art, wie er sich hielt und bewegte, als wäre er sich ständig bewusst, dass er besser war als wir Normalsterblichen, erfolgreicher und vorausschauender. An dem Tag, an dem ich dabei zugesehen hatte, wie Sanitäter ihn bewusstlos aus seinem Bunker trugen, schien er gebrochen. Ein Engel, dem das Leben die Flügel geraubt hatte. Ein gefallener Gott, erdrückt von den Bürden des Menschseins. Immer waren es die Extreme gewesen, die ich in ihm gesucht hatte. Vielleicht, weil ich mich darin wiedergefunden hatte. Auch mich hatten zu oft Menschen in Extremen gesehen. Besonders hübsch, herausragend intelligent, bemerkenswert ehrgeizig.

Jetzt, da ich Ruben über die Schulter sah, während er das neue Türschloss zu seinem Bunker aufschloss, begriff ich, dass dies ein Teil des Problems war. Ruben war kein Gott, kein überirdisches Wesen, kein gefallener Engel. Er war ein Mensch. Ein Mann mit Ängsten und Fehlern, guten Seiten und schlechten. Ihn zu lieben bedeutete, ihn so zu sehen, wie er war, und nicht nur eine Seite von ihm.

Das Schloss klackte, und die Tür gab nach. Ruben streckte die Hand nach mir aus, und ich griff danach. Seite an Seite betraten wir den Bunker. Dort, wo zuvor sein Home-Gym gewesen war, begrüßte uns Leere. Kahle Wände, blank gescheuerter Fußboden. Die künstliche Frische von Zitronenreiniger erfüllte den Raum. Auf halbem Weg zwischen der Eingangstür und der Wendeltreppe zum Wohnbereich blieb Ruben stehen. Er ließ meine Hand los, drehte sich einmal um die eigene Achse. Wie immer herrschte Zwielicht in dieser Ebene des Hauses. Die Lichtstreifen, die durch die Treppe nach unten fielen, tauchten Rubens Züge in ein dramatisches Schattenspiel.

»Ganz schön leer hier.« Obgleich er so leise sprach, dass ich ihn kaum hörte, vernahm ich das Beben in seiner Stimme.

»Ich dachte, du hättest das mit Timon besprochen. Er sagte, er stand mit deinen Ärzten und Therapeuten in Kontakt.«

Er fuhr sich durchs Haar. »Ja, das stimmt. Es ist nur ... Es zu wissen und es zu sehen sind zwei verschiedene Dinge.«

Ich trat zu ihm, ganz nah, schlang ihm einen Arm um die Hüfte und legte den Kopf an seine Schulter. »Weißt du, was das Tolle daran ist, wenn etwas ganz leer ist?«

»Nein. Verrat es mir.« Er vergrub die Nase in meinen Haaren, inhalierte meinen Duft.

»Du kannst es mit neuen Dingen füllen.«

Für die Dauer eines Herzschlags ließ er meine Worte nachhallen, dann drehte er sich in meiner Umarmung zu mir und umschloss mit beiden Händen meine Wangen, seine Daumen streichelten meine Kieferknochen. »Wirst du mir jemals verzeihen können?«

»Was soll ich dir denn verzeihen, Ruben? Es gibt nichts zu verzeihen.«

»Du hast mich gebeten, niemals hinter deinem Rücken zu handeln, und trotzdem habe ich es getan. Zuerst dachte ich, das wäre das Beste für dich. Um dir alle Optionen offenzuhalten. Aber nach unserem Ausflug in die Villa Sonnenschein habe ich verstanden, wie falsch das war. Ich habe Allister kontaktiert und ihm geschrieben, dass *micronounce* nicht weiter an Übernahmegesprächen interessiert ist. Ich wollte dich nicht hintergehen, indem ich nach unserer London-Reise die Kommunikationskanäle auch in diese Richtung weiter offengehalten habe, Louisa.

Das alles hatte ich dir am nächsten Tag erklären wollen, aber dann …« Er ließ den Satz unbeendet zwischen uns schweben.

»Dann kam das Leben dazwischen. Ich weiß.« Ich schloss die Augen, spürte seinem Atem auf meinem Gesicht nach. Dass es Gerings Suizid gewesen war, der Ruben letztendlich den Boden unter den Füßen weggerissen hatte, hatte ich längst begriffen. »Ich bin dir nicht böse, Ruben. Wirklich nicht.«

Ungläubig schnaubte er.

»Okay, zugegeben, zuerst war ich böse. Ich war sogar richtig wütend.«

»So wütend, dass du die Feuerwehr alarmiert hast, damit sie bei mir einbricht?«

»He.« Spielerisch pikte ich ihm in die Seiten. Er ließ mein Gesicht los, aber noch immer standen wir so nah beieinander, dass nicht einmal ein böser Gedanke zwischen uns gepasst hätte. »Ich bin ganz schön froh, dass ich das getan habe.«

»Ich auch«, bestätigte er.

»Aber mit etwas Zeit zum Nachdenken habe ich verstanden, dass ich eigentlich gar keinen Grund hatte, so zornig zu sein.«

»So?«

»Ja.« Ich drückte ihm einen Kuss auf die Lippen. Seine waren rauer als sonst und schmeckten nach Zahnpasta. »Deine Verhandlungen mit Allister waren nur das: Verhandlungen. Du hast mir damit Möglichkeiten offengehalten, die ich selbst viel früher verworfen hätte. Es ist kein Fehler, mir die Wahl zu lassen. Ich musste nur lernen, deutlich Nein zu sagen, wenn mir etwas nicht gefällt.«

»Das heißt, künftig schiebst du nicht mehr Tobi oder mich vor, um den bösen Cop zu spielen?«

»Ganz sicher nicht. Weißt du, was verrückt ist?«

»Nein.« Er tupfte mir einen Kuss auf die Nasenspitze. »Aber du wirst es mir sicher gleich sagen.«

»Den Auftritt bei *Unter Haien* sollte eigentlich auch Tobi machen. Er konnte nicht, weil er die Röteln hatte, also blieb mir nichts anderes übrig, als mich zu überwinden. Ich habe Anlauf genommen und bin ins kalte Wasser gesprungen, und obwohl ich bei den ganzen Sachen, die bei dem Auftritt schiefgelaufen sind, gedacht habe, es wäre der vielleicht schlimmste Tag meines Lebens, hat es sich in Wahrheit als die beste Entscheidung aller Zeiten herausgestellt.«

»Weil du den Deal bekommen hast?«

»Weil ich dich kennengelernt habe, du Dummkopf. Ich liebe dich, Ruben. Ich habe es dir schon einmal gesagt, und ich meine es so. Meine Bühne bei der Show war so leer wie dieser Raum, und trotzdem habe ich es geschafft.«

»Du hast die Bühne mit Träumen gefüllt, mit deiner Vision für eine bessere Welt. Wie hätte ich da Nein sagen können?«

»Genau, und dasselbe wirst jetzt du tun. Schau dich um, hier ist so viel Platz zum Träumen. Das hier ist dein Neuanfang, Ruben. Jetzt ist es an dir, Anlauf zu nehmen und zu springen. Und ich verspreche dir, auch ich werde immer wieder Ja zu dir sagen.«

»Klingt nach einem Deal. Und, Louisa?«

»Ja?«

»Ich liebe dich auch.«

EPILOG

In Wahrheit sprangen wir natürlich nicht, sondern nahmen die Zukunft Schritt für Schritt. Wenn Ruben Anfragen für weitere Expansionsmöglichkeiten bekam, lehnte er ab. Wenn ich Möglichkeiten sah, *micronounce* beim Marktdurchbruch zu unterstützen, packte ich sie beim Schopf. Meine Eltern gewöhnten sich an den Gedanken, eine Geschäftsfrau zur Tochter zu haben, und wie nicht anders zu erwarten gewesen war, liebten sie Ruben. Wir arbeiteten jeden Tag von halb acht bis achtzehn Uhr, doch am Wochenende nahmen wir uns frei. Wir besuchten einen Malkurs zusammen und verwandelten Rubens ehemaliges Home-Gym in eine kleinere Ausgabe des Eden Projects. Nach und nach wanderten immer mehr meiner Sachen in Rubens Wohnung. Irgendwann fragte Timon, wann ich endlich mein kleines Apartment aufgeben würde. Jemand, den er kannte, suchte dringend eine neue Bleibe. Also zogen meine Pflanzen und ich offiziell bei Ruben ein. In der Garage neben dem Bunker standen Rubens Tesla und mein Fiat Seite an Seite. Sonntags besuchten wir Pauline in der Villa Sonnenschein. Manchmal stritten wir. Weil ich der Meinung war, Ruben würde sich wieder übernehmen, oder weil er glaubte, ich würde den einfachen Ausweg nehmen und mein Licht unter den Scheffel stellen. Aber am Tag meines Einzugs hatten wir uns ein Versprechen gegeben. Was immer geschah, wir würden niemals mit Wut auf den anderen ins Bett gehen. Und so erfüllte ich mir den Traum, von dem ich Esther erzählt hatte, während Ruben im Krankenhaus gewesen war. Ich liebte Ruben, und er liebte mich. Gemeinsam feierten wir unsere Erfolge, und wenn es schwer war, bemühten wir uns, mit den Schwächen des anderen geduldig zu sein. Wir achteten auf uns selbst, und wir achteten auf den anderen, und am Ende jedes Tages nahmen wir einander in den Arm und zeigten uns mit einem Kuss, wie froh wir waren, dass es den anderen gab.

– ENDE –

DANKSAGUNG

Eine Geschichte zu schreiben, die irgendwann einmal ein Buch werden soll, gleicht für mich immer einer Reise. Das kann ein Vergnügungstrip in einen Freizeitpark sein – voll mit adrenalingeschwängerten Achterbahnfahrten und berauschenden Überraschungen – oder eine Wanderung, bei der ich mich stetig Schritt für Schritt dem Ziel nähere. Manchmal – und das habe ich bei »Late Night« gelernt – gleicht diese Reise aber auch einer Atlantiküberquerung bei schlechtem Wetter in einer Nussschale. Am Ende überwiegt die Freude über die sichere Ankunft, aber auch eine ganze Menge Erschöpfung. Ohne eine ganze Reihe wunderbarer Reisebegleiter wäre ich auf diesem Trip ohne jede Frage abgesoffen. Meinen überwältigenden Dank an die Menschen auszudrücken, die mir während dieses Abenteuers das Ruder gehalten und mich unterstützt haben, scheint ein Ding der Unmöglichkeit zu sein, denn an die Wertschätzung, die ich für diese Menschen empfinde, reichen Worte nicht heran.

»Late Night« behandelt einige sensible Themen. Vieles verdanke ich den Menschen, die mit mir offen über ihre Probleme und ihr Leben gesprochen haben und die ich an dieser Stelle nicht namentlich erwähnen will, um ihre Privatsphäre zu schützen. Depressionen, Essstörungen, Autismus-Spektrum-Störung, Körperwahrnehmungsstörungen – psychische Erkrankungen können jeden treffen, und für jeden Betroffenen ist der Umgang damit eine sehr persönliche Reise. Ich habe mich bemüht, eure Erfahrungen so einfühlsam, wie es mir möglich war, in die Geschichte einfließen zu lassen. Sollte ich mit meiner Darstellung dennoch Betroffene oder Angehörige gekränkt haben, tut mir das aufrichtig leid.

Kein Leser würde dieses Buch heute in Händen halten, hätte es meine fantastische Agentin, Anna Mechler, nicht gegeben. In zahllosen Telefonaten hast du einen Großteil meiner Zweifel und Verzweiflung abbekommen. Trotzdem warst du immer für mich da und hast weiter an mich und meine Vision für diesen Roman geglaubt. Dafür danke ich dir von ganzem Herzen.

Viola Plötz und Lisa Lischewsky, ihr seid nicht nur wundervolle Kolleginnen. Ihr habt es auch echt drauf anzufeuern, wenn ich Anfeuerung brauche, und zu beruhigen, wenn ich drohe zu platzen. Um es mit einem Filmzitat aus »Das Leben ist schön« zu sagen: »Ein Mensch, der Freunde hat, ist niemals ein Versager.« Danke, dass ihr mir geholfen habt, das zu begreifen. Dasselbe gilt natürlich auch für alle anderen aus meinem Tribe, wie Esther es in »Late Night« nennt – meine Gruppe Gleichgesinnter, die vielleicht als Einzige wirklich verstehen, was dieser besondere Wahnsinn, während des Schreibens ganz in einer Geschichte zu leben, mit einem anrichten kann. Karin Seemayer, Ute Bareiss, Jana Lukaschek, Nadine Jansen und die wunderbaren Mitglieder der Montsegur Plot-AG: Vielen, vielen Dank!

Danke auch an meine Lektorinnen Stefanie Zeller und Daniela Jarzynka. Dem Autor Gene Wolfe werden die Worte zugeschrieben: »Man lernt nie, wie man einen Roman schreibt. Man lernt höchstens, den Roman zu schreiben, an dem man gerade sitzt.« Die Zusammenarbeit mit euch an »Late Night« hat mir vor Augen geführt, wie recht er damit hat.

Ich bedanke mich mit all meiner Liebe bei meinem Mann Henry, der mir die Hand gehalten, mich unterstützt und mit mir gelitten hat. Als du vor achtzehn Jahren »Ja« zu mir gesagt hast, war dir wohl nicht bewusst, dass du damit auch zahllose fiktive Figuren mit in unsere Ehe einlädst. Doch eins sollst du wissen: Trotz all der Bookboyfriends bist du immer noch meine Nummer 1.

Jule und Lena – meinen großartigen Töchtern – gilt meine überwältigende Dankbarkeit, einfach, weil sie sie sind. Euch dabei begleiten zu dürfen, wie aus euch zwei starke junge Frauen wurden, war für mich die beste Inspiration für die Figur der Louisa. Bleibt, wie ihr seid, und lasst euch niemals was anderes einreden!

Zuletzt geht mein Dank aber natürlich an dich, mit dem Buch oder eReader in der Hand. Vielen Dank für die Zeit, die du Ruben und Louisa geschenkt hast. Ich hoffe, ihr hattet Spaß zusammen!

Triggerwarnung

(Achtung, Spoiler!)

»Late Night – Unter Haien«
behandelt potenziell triggernde Inhalte.

Diese sind:
Essstörungen, Depressionen,
Körperwahrnehmungsstörung, Imposter-Syndrom.